死亡之吻、木乃伊詛咒、吸血鬼傳說……對文藝軼聞趣事的獨到見解，余鳳高藝術隨筆集

帕格尼尼的手

余鳳高，馮高 著

ESSAYS ON ART

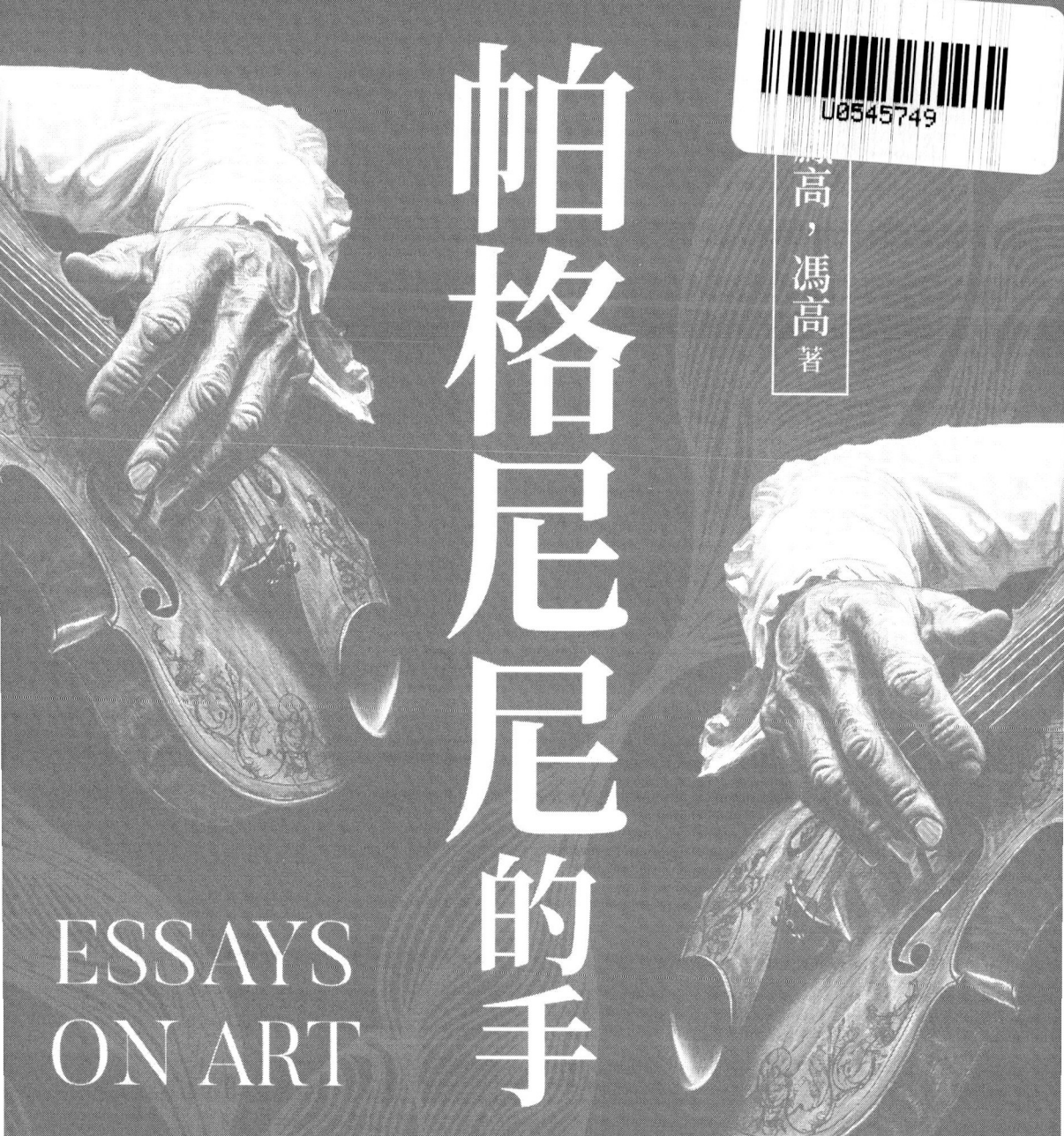

本書以藝術隨筆的形式，編織出一幅橫跨歷史與文化的絢麗圖景。
余鳳高老師透過細膩的筆觸與深刻的洞察，深入剖析文藝界中引人入勝的主題，
巧妙融合歷史背景、藝術視角與人文精髓，不僅為讀者帶來豐富的知識啟發，
更呈現出一場極具美感與深度的閱讀盛宴。

目 錄

一、傳奇
1、「死亡之吻」……………………………006
2、法蘭西的「鐵面人」……………………014
3、說不盡的浮士德…………………………026

二、原型人物
1、沃波爾的「草莓坡」……………………040
2、追蹤科學怪人……………………………049
3、安徒生的「夜鶯」………………………058

三、藝術品風波
1、法貝熱的「復活節彩蛋」………………070
2、戈特雷奧夫人的細肩帶…………………080
3、邂逅「米洛的維納斯」…………………087

四、鑽石
1、「希望鑽石」的神奇經歷………………096
2、影響「大革命」的「項鍊事件」………109
3、「科依諾爾」之劫………………………120

目錄

五、名士

1、李斯特的雙重個性 …… 134
2、華格納的多角情感世界 …… 150
3、畢卡索：美的天使和魔鬼 …… 170
4、阿爾瑪・辛德勒：繆斯還是魔女 …… 197

六、人生

1、一夜白了髮 …… 214
2、倫敦塔裡的囚徒 …… 226
3、紐瑞耶夫的輝煌和悲愴 …… 240

七、藥物

1、「斑蝥夾心」案 …… 254
2、大麻的罪與罰 …… 263
3、勞倫斯神父的藥水 …… 278

八、死亡

1、「死亡之舞」 …… 296
2、「木乃伊詛咒」的產生和破解 …… 306
3、真假安娜塔西亞 …… 316
4、「吸血鬼」傳說的終結 …… 326

後記

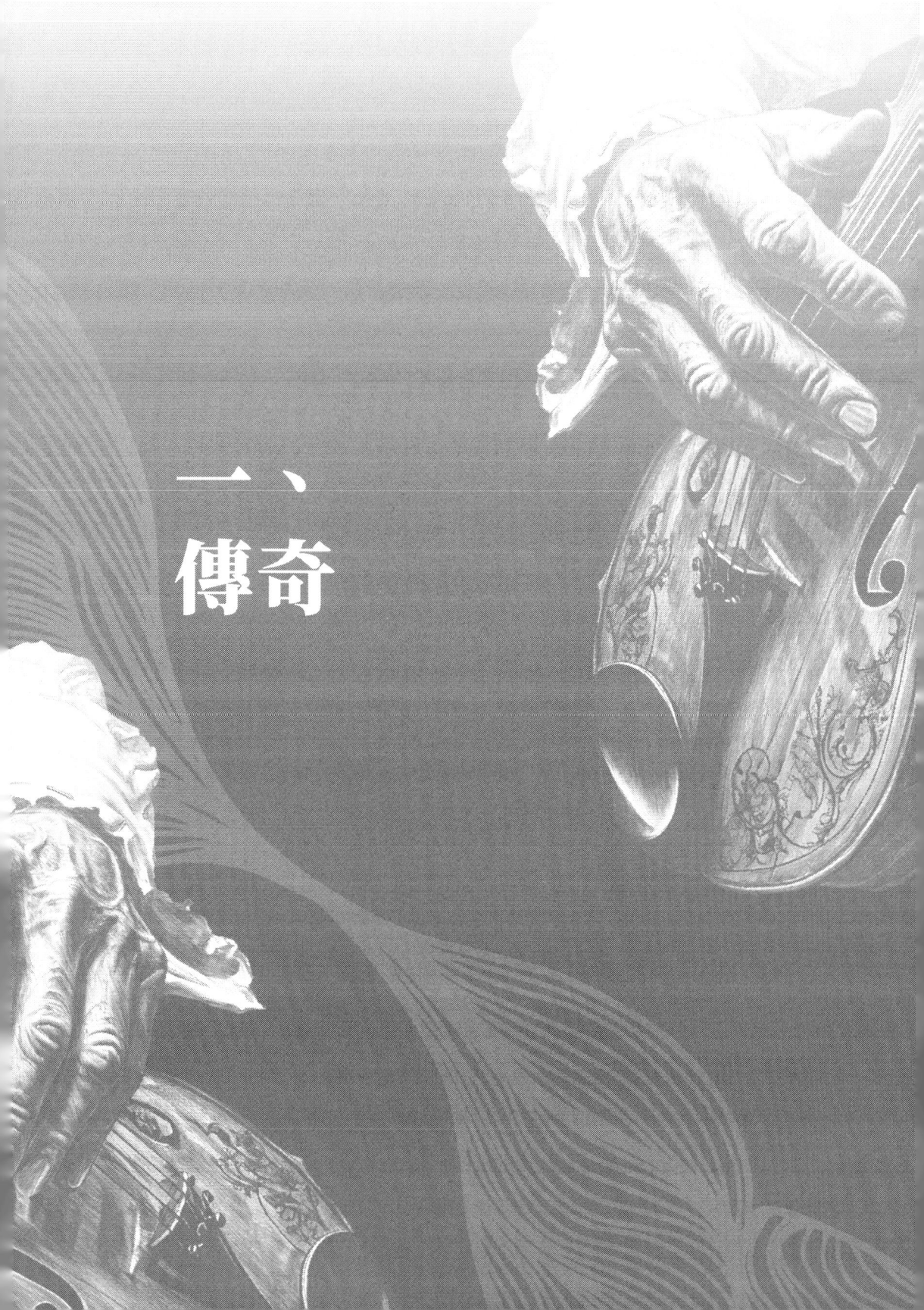

一、傳奇

一、傳奇

1、「死亡之吻」

　　菲力浦斯・奧雷奧盧斯・特奧夫拉斯圖斯・邦巴斯特・馮・霍恩海姆（Philippus Aureolus Bombastus von Hohenheim, 1493–1541）是一位德籍的瑞士醫師，他相信自己的經驗，對傳統的教條深惡痛絕。他曾當著大學生們的面，公開把古羅馬醫生蓋侖（Galen）的著作燒毀，並將自己取名Paracelsus（帕拉塞爾蘇斯），以表明自己要超過（Para）公認為古羅馬最偉大醫學作家的塞爾蘇斯（Celsus）。而他確實留下許多方面的成就：他發現並使用多種新藥，促進了藥物化學的發展；他對現代醫學，包括精神疾病治療的興起都有所貢獻；他還發表過一部《外科大全》；同時他也是一位著名的煉金術士。這與他的興趣廣泛有關，甚至涉及文學藝術。

瑞士化學家帕拉塞爾蘇斯

　　帕拉塞爾蘇斯在廣泛閱讀中，曾發現一首西元1480年首次在德國史特拉斯堡出版的詩〈馮・施陶芬伯格騎士〉（Der Ritter von Staufenberg），詩中描寫了一則動人的德國傳說。他後來在出版於西元1566年的著作《自由的水神、風神、火神和其他精靈》（*Liber de nymphis, sylvanis, pygmaeis, salamandris et gigantibus et caeteris spiritibus*）中，轉述了這則傳說。

　　帕拉塞爾蘇斯在該作中將土、氣、火、水四種精靈描述為外貌和功能都跟人類一樣，但卻沒有靈魂。其中的寧芙（nymphs），是一大類水神仙女，他稱她們為昂丁（undinae 或 Ondines），這名字顯然來自於拉丁文中的「unda」（波浪）一詞，有如帕拉塞爾蘇斯發明絮爾夫（Sylph）來指稱

風神，發明薩拉曼德（Salamander）來指稱火神，用科博爾德（Kobold）來指稱地神。

故事描述在浩瀚的萊茵河上游，有一條小小的支流，兩岸全是神祕的古老森林。昂丁（Ondine）一直生活在水中，對人類竟能生活在空氣中感到相當好奇。有一位昂丁仙女非常嚮往人間的空氣，因此與姐姐們在施陶芬貝格（Staufenberg）屬地的湖泊裡遊玩時，總要從水中出來，順著林中獵物走過的小徑，留下來看看陸地上古怪而美麗的動物。有一天，她看到一種最古怪、最美麗的動物，那正是在林中打獵、年輕英俊的施陶芬貝格領主。此後，每當他在林中漫遊的時候，她都要出來看他，不久便愛上了他，並決定要擄獲他的心。只因她是一個精靈，他自然看不見她。於是，她運用水神自古以來的手段，使自己擁有一副人的軀體，全身洋溢著美感，在林間小徑等待。

施陶芬貝格領主來了，這次，他看見她了，她的美和風采使他傾倒。他是那麼地為她而沉迷，就邀請她去他的城堡，她同意了。途中，他們雖得時時提防獅子、老虎及野熊的襲擊，仍一次次停下來擁抱。在終於到達目的地之後，昂丁流著淚向他告別。她解釋說，她一定得回她的水中去。但這位名叫胡德勃蘭特（Huldbrand）的馮·施陶芬貝格要求跟她結婚。昂丁告誡說：「如果你發的是偽誓，將會有可怕的事發生！」胡德勃蘭特說：「我永不會背棄妳。」

他們以古代的方式舉行婚禮，沒有神父，也沒有證婚人，並保證以後像一個男人和其妻子一樣地生活。

三年過去了。最初，他們的生活有如一首田園牧歌。後來，當胡德勃蘭特外出參加馬上武術比賽，看到他的朋友們都與有錢人家結婚時，就開始懊悔自己的妻子不是陸地上的女子了。

一、傳奇

　　有一次，他在最富有的鄰族馬格瑞夫（Margrave）主持的馬上武術比賽中，迎戰一位從遠方來的騎士並取得了勝利。他的勇猛和耐性使主持比武的馬格瑞夫和他女兒留下深刻的印象，她似乎也十分喜歡他。於是，他在心中開始將這個女人與他的昂丁進行比較。他覺得，也許她沒有水神那麼漂亮，也許也沒有她那樣有才氣；但是她有嫁妝，包括金銀財寶和陸地上的大片土地。回到家後，他向昂丁宣稱，他要與馬格瑞夫的女兒結婚，而她一定得回自己的水中去。

畫家筆下的寧芙

　　昂丁深受打擊，悲痛萬分，她哭泣著請求他別忘了自己的諾言。但胡德勃蘭特鐵石心腸，不理睬她的請求，對她又是嘲笑又是威脅；最後，還凶暴地跳到她面前，動手要打她，罵說：「妳不是夏娃的女兒，妳是怪獸的女兒。滾吧，魔鬼。回妳水中的朋友那兒去吧。我要的是陸地，而不是水。」並硬是將她拖到附近一條河岸邊。她乞求、辯解、勸說、啼哭，情緒狂亂。但他抓住她，把她推向了河中：「回妳的水裡去吧！我再也不要跟水和妳交往了！」

　　昂丁先是不情願地猶豫了一會，隨後接受了他的決定：「聽從你的命令，我的主人。」她回答得那麼冷靜而莊嚴，使他一下子放開了她。到了河裡後，她警告他說：「不過由於你詛咒過水了，你可得小心。它不再是你的朋友了。」

　　昂丁潛入到河中游走了；到了萊茵河後，她的姐姐們都來安慰她。

　　胡德勃蘭特聽到昂丁分手時的話後，害怕極了，決心再也不接近水。

　　一個月後，又舉行了一次盛大的馬上武術比賽，這是為慶祝胡德勃

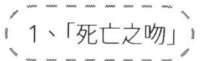

蘭特和馬格瑞夫女兒的婚禮。胡德勃蘭特再度迎戰那個外國騎士。不過這次的結果不一樣了。在胡德勃蘭特與這位騎士交戰時，板著臉非常生氣的昂丁帶領她的姐姐和表姐妹們跳舞到他跟前。就在這個時候，胡德勃蘭特比輸了。

胡德勃蘭特被擊敗後，站在參賽場上，又熱又渴。他的新娘急忙向他遞上一杯清涼的冷水。可等他記起昂丁說過的話時，已經太遲了。

英國畫家瓦特豪斯畫的昂丁

昂丁對這水施過魔術，胡德勃蘭特一喝，就陷入窒息狀態。於是，昂丁回萊茵河去了。

水充滿胡德勃蘭特的氣管，使他窒息無法呼吸。他的新娘、新娘的家人和朋友驚恐地眼看著他竟然在乾燥的空氣中被淹死。

德國作家穆特·福開男爵

生於德國東北部布蘭登堡（Brandenburg）的穆特·福開男爵弗里德里希·海因里希·卡爾（Friedrich Heinrich Karl, Baron de la Motte-Fouqué, 1777–1843），是一名記者，同時也寫詩、劇本和小說，特別是對北歐神話有很深的造詣，還出版過一份有關浪漫主義文學的季刊。卡爾對帕拉塞爾蘇斯轉述的這個故事具有極大的興趣，據此，他另外寫了一則故事，題目就叫〈昂丁〉（*Undine*），似乎發表在西元 1811 年他自編的這份季刊上。

一、傳奇

　　由內容看來，穆特・福開是注意到了帕拉塞爾蘇斯故事中胡德勃蘭特的死在科學上並不合理。因此，他只是吸取帕拉塞爾蘇斯的故事框架，而對它的內容，尤其是胡德勃蘭特的死法，做出了合理的改動。

　　在穆特・福開的〈昂丁〉中，昂丁是一個3歲的女孩子。有一次，當她從湖中出來的時候，正好被一個漁夫和他的妻子看到。漁夫的女兒也是這個年紀，大概是被淹死的。夫婦兩人便將昂丁帶回家裡，將她視為自己女兒那般把她養大。昂丁18歲時，見到了旅人、騎士林斯特爾登伯爵的胡德勃蘭特（Count Huldbrand of Ringstelten），當時伯爵迷了路，他美麗的夫人貝塔爾德（Bertalda）正在設法到處找他。昂丁贏得了伯爵的愛，兩人舉行了婚禮。婚後，昂丁告訴他，她是地中海海王的女兒，或者美人魚，或者水精；直到與人間的男人結婚之前，她都不能擁有靈魂。現在，她獲得了嶄新的靈魂，使她擁有一顆溫柔、仁慈和體貼的心。她便懷著這顆溫柔、仁慈和體貼的心，跟隨伯爵回到貝塔爾德仍在等他歸來的城堡。最後，他們建立起了ménage à trois（三人之家）。

　　有一次，當他們三人划船遊多瑙河的時候，有一隻水精的手從河中伸了出來，搶走了伯爵送給貝塔爾德的項鍊。見此，昂丁也把手伸進水裡，另外撈出一條項鍊，比原來那條還要漂亮得多。胡德勃蘭特很生氣，他生水精的氣，也生昂丁的氣，還詛咒了昂丁，卻忘記了昂丁曾經告誡過他，永遠不要在水邊立下詛咒。為了懲罰他，昂丁就回到她原來的水中去了。

　　以為昂丁已落水而死，胡德勃蘭特和貝塔爾德再次決定結婚，雖然他以前曾做過一個夢，水神在夢中警告他，如果重婚，馬上會死。婚禮結束後，貝塔爾德打開一口古代的噴泉。這時，隨著噴泉的水，水神昂丁突然出現在他們跟前，使胡德勃蘭特想起做一個不忠的丈夫會有什麼

樣的命運。訣別時,他去吻昂丁,但當他碰到她的唇時,她緊緊抱住他,扼住他的喉嚨,「直至他最後呼吸停止」(bis ihm endlich der Atem entging)。

在西方,小亞細亞愛奧尼亞學派中的泰勒斯(Thales, 西元前 624? –?547)最先假定整個宇宙是起源於空氣、土與水,經由人和動植物的身體,又歸於空氣、土、水,形成一個變化的迴圈。以畢達哥拉斯(Pythagoras, 西元前 584? –?497)為代表的畢達哥拉斯學派則增加了一個火,相信任何生命物質,包括人在內,都是由土、水、氣、火四者所組成;土、水、氣、火各有一種特性:燥、冷、熱、濕;這幾種特性,形成了人體的四種體液(Humors)——血液、黃膽汁、黏液和黑膽汁,血液的特性是熱而濕,黃膽汁是熱而燥,黏液是冷而濕,黑膽汁是冷而燥。古希臘最著名的醫學家希波克拉底(Hippocrates, 西元前 460? –?375)和他的柯斯(Cos)學派進一步完善了這一學說,認定這四種「體液」的和諧(crasis 或 eucrasis)還是不調(dycrasis)決定了人的存在及本性,也涉及健康狀況、心理狀態和氣質個性。

帕拉塞爾蘇斯深受這一理論的影響,在昂丁的故事中,他企圖表現人和動物的互動關係:水中的精靈渴望大地上的氣,而大地上的人也不能沒有水,胡德勃蘭特因為與水不協調,導致了人體中這些元素和體液失調,因而陷於死亡。到了現代,儘管在西方仍然有人相信體液對人的影響,但是在德國病理學家魯道夫・菲爾紹(Rudolf Virchow)西元 1858 年的著作《細胞病理學》(*Cellular Pathology*)指出人體是由彼此平等的細胞組成的細胞王國,疾病的出現,最初並不是發生在人體的整個器官或組織內,而是發生在細胞內,從此之後,四元素這一理論就已經沒有立足之地了。卡爾的〈昂丁〉描寫胡德勃蘭特去吻昂丁時,強調了昂丁緊緊

一、傳奇

抱住他，扼住他的喉嚨。如此這般，有所準備的昂丁就可以懷著強烈的恨意，自己先鼓足氣，然後扼住對方的口鼻，使他無法呼吸，直至死亡。

卡爾的〈昂丁〉吸引了許多藝術家，此後就極少有人記得帕拉塞爾蘇斯的〈昂丁〉了。有一本書中記述，偉大的德國歌劇作家和作曲家理查·華格納（Richard Wagner）在他西元 1883 年 2 月 13 日因心臟病去世的當天，還在讀卡爾的這則故事。

著名的德國作家和作曲家恩斯特·泰奧多爾·阿馬德烏斯·霍夫曼（Ernst Theodor Amadeus Hoffmann, 1776–1822）據此寫成了一部三幕夢幻歌劇《昂丁》（*Undine*），在西元 1816 演出；另一位作曲家、德國輕歌劇的創始人阿爾伯特·洛爾青（Albert Lortzing, 1801–1851）則寫出四幕浪漫主義歌劇《昂丁》（*Undine*），在西元 1845 年 4 月 21 日首演於古城馬德堡（Magdeburg）的國家劇院；到了一個多世紀之後的 1958，還有一部融合爵士樂因素的古典芭蕾舞劇《昂丁》（*Undine*），該劇由德國作曲家漢斯·維爾納·亨策（Hans Werner Henze, 1926–）作曲、英國皇家芭蕾舞團總編導和藝術指導弗里德里克·阿什頓爵士（Sir Frederick Ashton, 1904–1988）設計舞蹈。

德國作家和作曲家
恩斯特·泰奧多爾·阿馬德烏斯·霍夫曼

1、「死亡之吻」

　　英國翻譯家艾德蒙·戈斯爵士（Sir Edmund Gosse, 1849–1928）西元1896年將穆特·福開的文本翻譯成英語；在1909年出版的散文改寫版本中，甚至附有插圖，由以替中古高地德語史詩《尼貝龍根之歌》等作品製作插圖而著名的亞瑟·拉克姆（Arthur Rackham, 1867–1939）所繪製，他是當時英國最傑出的插畫家。

　　還有一些作者，也曾撰寫過與上述相似的內容，尤其值得提到的是由讓·季洛杜（Hippolyte-Jean Giraudoux, 1882–1944）撰寫的、最出名的劇本。這位法國小說家和劇作家是以他的《間奏曲》（Intermezzo）、《安菲特律翁》（Amphitryon 38）和《沙依奧的瘋女人》（The Madwoman of Chaillot），當然還有《昂丁》（Ondine）等作品而聞名的。在這部據穆特·福開的故事所改寫的劇作中，胡德勃蘭特的名字被改成為漢斯（Hans），貝塔爾德也成了貝爾塔（Bertha）；劇本描寫在漢斯第二次婚後，昂丁的父王要依照約定處死他，因為他作為一個不忠的丈夫破壞了這約定。昂丁在父王面前竭力為他辯護，但是徒然無功。不過允許她回去與漢斯告別，然後必須被她的姐姐們以魔法召回去，這魔法還能使她忘卻自己與漢斯一起生活時的情景。在兩人最後的告別談話中，漢斯告訴昂丁，在她離開之後，他的生活也就變成了折磨：「我全身的任何一個部位、任何一個器官都是受我控制的。我只能看到我讓眼睛去看的事物……我控制我的五官、我的三十塊肌肉、我的骨骼。一不在意，我就會忘掉去聽、去呼吸。它們會說他因呼吸阻塞而死。」

　　歌頌堅貞的愛情和婚姻，抨擊對愛情的不忠是歷來文學藝術的永恆主題，歷史上各國、各民族作家、藝術家共同一致的態度都是對不忠的丈夫嚴加懲處，其中最嚴厲的自然是以各種各樣的手法處死他。但最常見的對惡有惡報命運的描寫，雖然會使觀眾、讀者獲得一時的安慰，不

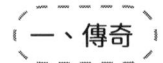
一、傳奇

過畢竟不能算是可信的必然。穆特・福開對這個故事的處理，則以它科學的合理性深深被人們所接受。今天就有許多人把因性生活複雜而染上愛滋病稱為「死亡之吻」。

2、法蘭西的「鐵面人」

　　誤會是文學作品情節的潤滑劑，雖然不是基於人物性格的發展而引發的衝突，而只是出於某種偶然性，但畢竟有助於故事推進，因而為許多文學藝術家所青睞。大概，沒有比孿生兄弟、孿生姐妹更容易招致誤會的了。所以威廉・莎士比亞以大安提福勒斯、小安提福勒斯和大德洛米斯、小德洛米斯兩對孿生子寫成了《錯中錯》，馬克・吐溫的《乞丐王子》寫的也是一對孿生兄弟。不過，有關孿生兄弟的故事中，最令人驚心動魄的大概要數傳說中的路易十四和他孿生哥哥的事了。它不但被多種書籍所記述，法國讀者最多的通俗小說家大仲馬把它作為一段重要的情節寫進他的小說，還將它改編為五幕話劇《鐵面人》；另外，以它為題材的電影《鐵面人》(The Man in the Iron Mask)，至少就有 1929 年由大明星范朋克 (Douglas Faiebanks) 主演的默劇、1976 年李察・張伯倫主演的搞笑片，和 1998 年有李奧納多・狄卡皮歐和傑瑞米・艾朗、約翰・馬克維奇等大牌明星主演、轟動一時的彩色電影。李奧納多等人的這部《鐵面人》近年來還一次又一次地出現在各地的電影院和電視節目中，吸引了眾多的觀眾。

　　這邊說的當然是藝術作品中的「鐵面人」，那歷史上真的有「鐵面人」嗎？如果有，他到底是什麼人，發生了哪些事？

2、法蘭西的「鐵面人」

從1789年開始就有一幅匿名畫家繪製的鐵面人

巴士底（Bastille）原是法國國王、賢君查理五世（Charles Ⅴ, The Wise, 1338-1389）於西元1380年下令在巴黎東側建造的一座城堡，目的是為了防止英國的侵襲，保衛首都巴黎。城堡共有八座塔樓，均高達100英尺，塔樓之間有圍牆相連，牆外有寬達80多英尺的護城壕分隔，並有地下室，是一個既能隱蔽、又有利於攻守的好地方。到了亨利四世（1589-1610在位）時代，財政大臣馬克西米利安・德・貝蒂恩・絮利公爵（Duc de Maximilien de Bethune Sully, 1560-1641）得到國王的應允，將它改建為國家儲備金庫，以備應對突發之時的需求。後來，當阿爾芒・讓・迪普萊西・德・黎塞留（Armand-Jean du Plessis de Richelieu, 1585-1642）任國務祕書和御前會議主席時，他就將它用作國家監獄。從那時以來，巴士底關押或拘禁過政治、刑事甚至民事等方面的不少重要人犯。

西元1715年至1719年的巴士底監獄

一、傳奇

路易十四時代（1643–1715，路易十四生於 1638 年）是法國最輝煌的時代，這位「太陽王」不僅在國內將王權至上制度推向巔峰，在國際上西元 1688 到 1697 年間的多次戰爭也都屢屢獲勝。

就在這時期中的西元 1698 年，又有一名人犯被監禁到這裡來了。

雖然被關到這裡來的，通常都是失寵於國王的著名要人，但這次關進來的是什麼人，幾乎沒有一個人知道，連他的醫生都沒

路易十四

有見過他的真面目。而且，實際上，此人早在西元 1687 年就遭拘禁（也有說法認為還要更早），然後被極隱祕地押送到法國南方普羅旺斯海外、地中海聖瑪格麗特島上的一座塔樓；最後由巴士底監獄的典獄長聖瑪律斯（Benigne d'Auvergne de Saint-Mars）於西元 1698 年 9 月 18 日親自前往島上，將他帶出，轉移到巴士底監獄。

這位被稱作「鐵面人」（the man in the iron mask）的罪犯於西元 1703 年 11 月 19 日死於獄中，次日葬於聖保羅教區公墓，在公墓登記的名字是「馬希奧利（Marchioly）」，登記年齡為「約 45 歲」。

「鐵面人」去世之後多年，關於他的身世仍然有很多傳說，而不像其他人那樣，很快就被遺忘。

西元 1711 年，國王路易十四的弟媳、奧爾良公爵菲利普一世的第二任妻子帕拉坦公主（Princess Palatine）在給姑姑的一封信中談到，說這名罪犯在獄中所受的待遇非常好，只是有兩名槍手隨時站在他的身旁，奉命如果他卸下面具，就殺死他。而他無論什麼時候，總是戴著一副鐵製

2、法蘭西的「鐵面人」

大約西元 1872 年的插圖

的面具，即使吃飯、睡覺，也沒有卸下來過，甚至他死後還戴著這面具。只是他的身分，就連皇宮裡的人也覺得是一個謎。

西元 1716 年 5 月，素來以俏皮的警句和鋒利的短詩而聞名的法國哲學家和作家伏爾泰（Voltaire, 1694–1778）因寫了兩首諷刺詩，觸怒了菲利普二世、攝政王奧爾良公爵，被逐出巴黎。回來後，他又於西元 1717 年 5 月寫了諷刺詩〈幼主〉（*Puero régnante*），連續以「我見過」的語句，歷數社會的種種黑暗，最後是「我不過 20 歲，卻見識了這些罪惡」。這首詩再次惹怒了這位攝政王，因而被捕，被送進巴士底監獄，關了差不多一年，到西元 1718 年 4 月才獲釋。

伏爾泰

伏爾泰後來告訴一位朋友，說他在被囚禁期間，曾經跟服侍過「鐵面人」的人談過話。在西元 1751 年出版的重要著作《路易十四時代》（*Le Siècle de Louis* XIV）中，伏爾泰詳細記述道：在首相、樞機主教馬薩林（Cardinal Mazarin, 1602–1661）去世後幾個月：

「一個身材高於常人、年輕、漂亮、高雅的不知名囚犯，被極端隱祕地押送到普羅旺斯海外的聖瑪格麗特島上的一座城堡。這個囚犯一路上戴著面罩，面罩的護頰裝有鋼製彈簧，使他能戴著面具吃飯而不感到絲毫不便。押送人員奉命，如果他取下面罩就殺死他。直到有一天，一個叫聖瑪律斯

一、傳奇

的深得當局信任的軍官，即皮涅羅爾的軍區司令，亦即1690年被任命為巴士底監獄典獄長的那個人，到聖瑪格麗特島上把他領出，然後把他帶到巴士底監獄。這個囚犯始終戴著面罩。他被遞解之前，（國防大臣）盧瓦侯爵到島上看他，站在他面前，畢恭畢敬地和他講話。這個無名氏被帶到巴士底監獄以後，人們在這座城堡裡盡可能把他的住宿安排得非常舒適妥貼。他要什麼從未遭到拒絕。他最喜歡異常精美的襯衣和花邊。他常常彈奏吉他。為他做的是頭等飯菜。典獄長很少在他面前坐下。巴士底監獄裡有位老醫生（原是黎塞留的私人醫生——此句原文就有），常常替這個奇怪人物看病。他說他雖然常常檢查他的舌頭和身體其他部分，但從來沒有見過他的臉。他身材優美，令人讚賞。皮膚略帶棕色。僅僅他的聲調就使人感到有趣。他對自己的處境從無怨言。至於他可能是什麼人，他自己一點也不讓人知道。」（吳模信等譯）

關於這位死於西元1703年的人，除了別的傳言以外，伏爾泰根據自己的了解，還提到另外一件軼事。有一天，這個囚犯用餐刀在一個銀碟子上刻了幾個字，然後把碟子從窗口扔出去。碟子落在停泊在城樓腳下河邊的一艘船上，被船主漁夫撿起來拿去還給典獄長。見到這個碟子，典獄長非常驚訝，問漁夫：「你看過碟子上的字嗎？你撿起碟子時有沒有誰看到？」漁夫回答說自己不識字，而且剛剛才撿到這個碟子，當時沒有人看見。這個農民先是被扣留了起來，直到典獄長確認他確實從來沒有念過書，碟子也沒有被別人看到過之後，才把他放了。典獄長對他說：「去吧！你不識字是你運氣好。」

伏爾泰還特別指出，有一位叫夏米亞爾的先生「很值得信任」，他是知道這個奇怪祕密的最後一個大臣。他的女婿，即拉弗亞德家族第二任法國元帥曾親口跟伏爾泰說：「他岳父臨死前，他曾跪在岳父面前懇求其

告訴他，那個僅僅以鐵面人之名為人所知的人究竟是誰。夏米亞爾回答他說，這是國家機密，他曾經宣誓永遠不洩露。」伏爾泰強調，直到他撰寫此事的當下，即西元1760年，仍然「還有很多同時代人能證實我所講的。我沒有聽說過比這更加奇特，比這更加確鑿的事實了。」

後來，已經到了1770年代，伏爾泰又再次談到這個「鐵面人」。他說這個死時大約60歲、非常引人注目的人，與「那個法國最著名的人」十分相像。研究者指出，在當時，被特稱為「法國最著名的人」就只有路易十四一個，而且他也是60歲左右。所以伏爾泰是在暗示，此人即是路易十四同父異母的哥哥，但不一定是孿生兄弟。因為伏爾泰認為，這有如英格蘭的博福特公爵（Duke of Beaufort）家族，會引發王位繼承上的麻煩，所以必須保持絕對機密。

伏爾泰這裡說的是指英格蘭愛德華三世的兒子蘭開斯特公爵岡特的約翰（John of Gaunt, Duke of Lancaster, 1340–1399），他曾與表妹凱薩琳·斯溫福德（Katherine Swynford）私通，生有四個孩子。西元1396年父母正式結婚後，這幾個孩子雖然也隨之合法化，但卻被同父異母的兄弟亨利四世（Henry Ⅳ, 1366–1413）公開排斥，不得繼承王位。

約瑟夫·德·拉格朗日·尚塞（Joseph de Lagrange-Chancel, 1677–1758）是法國的劇作家和諷刺作家，路易十四統治時期曾被囚於聖瑪格麗特島上關過「鐵面人」的那座塔樓。他的作品不少，編著出版過五卷本的著作集，甚至還與人合寫一部歷史著作（Histoire de Pirigord）。但是史學家認為他最重要的貢獻是他寫給埃麗·費隆（Elie Ferron）的一封信，因為在這封信裡，他說到聖瑪格麗特島典獄長聖瑪律斯對「鐵面人」非常尊敬，稱他為「我的王子」，有助於釐清「鐵面人」的身分輪廓。

不過考察有關「鐵面人」的故事，會發現常常有不一致的說法。例如

一、傳奇

典獄長聖瑪律斯的一位後裔在西元 1768 年寫道：實際上，囚犯始終受到很好的待遇，除了在公開場合，一直都沒有戴面具，即使在衛兵經常看著他的時候，也沒有戴；有監獄的官員在場時，衛兵對他也都恭恭敬敬地脫下帽子，一直站到這位囚犯允許他們坐下。另外，他說，押送囚犯來的人都把他的名字叫做「塔樓」。

也有幾位作家聲稱，囚犯戴的是黑色的天鵝絨面具，而不是鐵的。艾蒂安·迪戎卡（Etienne Du Junca）是掌管巴士底的第二任典獄長。他說他從未見到囚犯戴的不是黑天鵝絨面具。迪戎卡在日記中還說囚犯死後被埋葬時用的名字是 M·德·馬希埃利（M.de Marchiel）；是後來一位執筆者把他的名字寫成馬希奧利、年齡約 45 歲的。

西元 1789 年，有廣泛社會關係的德裔評論家、盧梭和狄德羅的密友格林男爵（Baron Grimm, Friedrich Melchior Grimm, 1723–1807）宣稱，一位王室的貼身男僕曾向他透露，路易十四有一個雙胞胎兄弟。他們的父親路易十三擔心兄弟兩人長大之後會爭奪王位，便把晚生的嬰兒祕密關了起來。孩子被送到一位貴族家，受到極大的禮遇，但是一直不告訴他其真實身分。當他到了青年時代，看到他兄弟的一幅畫像，猜到事情的真相時，他立刻就被關押起來，並一輩子過著鐵面人的生活。

許多人相信，在有關「鐵面人」的記述中，本來就摻雜了不少虛構的情節，隨後幾年裡，又有幾位作者對它進行了精心的打造和修飾、渲染，以致這方面的許多故事只是一些人們樂於交流的談資，而永遠找不到確切的記載。就像是有傳聞說在巴士底監獄被革命民眾攻破時，曾發現這位「雙胞胎王子」的屍骨仍舊戴著鐵製面具，這就是一個典型的例子。不實傳言是顯而易見的。

很多史學家都認為，路易十四是路易十三和妻子——西班牙國王腓

力三世的長女奧地利的安娜（Anne of Austria, 1606-1666）的兒子，是很難令人信服的，一個簡單的理由就是，從結婚之日起，路易十三就對這位妻子十分冷淡，從不接受她的政策建議，他們是一對彼此仇恨的夫妻；而且在路易十三去世（1643）前的四、五年裡，也就是認為小路易出生的時候，兩人甚至根本不同房。於是又產生另一個傳言，說這個「上帝恩賜」的神奇孩子，實際上是安娜的親信、她政治上忠誠的支持者，相貌英俊的博福特公爵的兒子。傳說被關進監獄並戴上鐵面具的正是博福特公爵，目的是不讓人知道他是國王的生父。

傳言與奧地利的安娜有染的還不只有博福特公爵一人。有說法認為在幾年之前，她還與英格蘭的白金漢公爵（1st Duke of Buckingham, 1592-1628）有過一段短暫的戀情，「鐵面人」即是他們祕密產下的兒子。還有一個與安娜有關係的故事是一個只被稱為 C.D.R. 的外國人，像博福特公爵一樣，據說他是小路易的生父。故事的另一個版本還說「鐵面人」是皇后私人醫生的女婿馬克・德・雅里蓋・德・拉・莫爾伊（Marc de Jarrigue de la Morelhie），原因是有一次，他偶然發現路易十四並非路易十三兒子的證據，為防止他將此事告訴他人，於是被戴上鐵面具並送進監獄。

又有說「鐵面人」是奧地利的安娜和路易十三的女兒。這位第一個孩子誕生之後，他們怕以後不再有孩子，但是必須要有一個男孩繼承王位，國王夫婦可能將自己的女嬰與別人的男孩調換。結果，頂替者成為路易十四，真正的公主卻被關進監獄、戴上了鐵面具。

顯然，這個故事是有政治動機的。因為一年後，奧地利的安娜生下兒子菲利普，即後來的奧爾良公爵菲利普一世（duc d'Orléans Philippe I de France, 1640-1701）。路易十四繼承人的敵人希望不是路易，而是菲利普作為路易十三的長子，成為合法的王位繼承人。

一、傳奇

樞機主教馬薩林

小說家大仲馬

路易十三在西元1643年5月去世的時候，路易十四還不滿5歲。雖然仇恨奧地利安娜的路易十三曾立有遺囑，意在剝奪她擔任幼子唯一攝政的權力，但在首相、馬薩林紅衣主教的勸說下，促使巴黎高等法院宣布這一遺囑無效，於是她連任兒子的攝政十八年。因此，就有傳言說安娜不但曾與馬薩林結婚，還祕密地生了一個兒子，他就是「鐵面人」。

如今雖然有一些人認為「鐵面人」是確有其人，但多數人都只是從大仲馬的小說和根據小說改編的電影得知「鐵面人」的故事。大仲馬很可能是從他祖父那裡獲得靈感，才對「鐵面人」的傳說產生興趣。因為他的祖父安托萬·亞歷山大·達維·德·拉巴葉特里侯爵（Marquis Antoine-Alexandre Davy de la Pailleterie）是法國波旁王朝主系之一孔代親王（Prince of Conde）世家的後裔，在凡爾賽王宮裡長大，聽過許多宮中的傳言與緋聞。

大仲馬的父親原是帝制時期的一名普通士兵，後來成為拿破崙軍隊中的一員將領。因不滿拿破崙開拓殖民地、建立王權，失去了這位皇帝的恩寵，最後因貧窮而死於疾病，當時大仲馬只有4歲。

大仲馬最初的生活也一直很貧困，直到1820年代末1830年代初成為一位劇作家和上流社會的知名人物；在寫出了五十多部劇作之後，他把注意力轉向歷史小說，與人合寫了許多作品，其中最著名的當屬《三劍客》。因為深受歡迎，作家寫了兩個續篇，第二個續篇名為《布拉熱洛

納子爵》(*Dix Ans plus tard ou le Vicomte de Bragelonne*, 1848–1850)，共由三卷組成，「鐵面人」的故事在第三卷。此書雖然不是第一部寫到「鐵面人」的虛構小說，卻是這個老故事最著名的版本。

在長達二百六、七十章的《布拉熱洛納子爵》中，描寫了一段令人難忘的傳奇式插曲：法國國王路易十四一次恰巧與他的孿生兄弟、那個「面貌、動作、身材，所有方面竟是這樣相似，甚至出於偶然，衣服也一樣」的菲利普相遇；見竟然出現這麼一個「假國王」，感到十分驚訝，先是一聲不響、一動不動，隨即就勃然大怒，大聲呼喊火槍手「來救駕」；然後晃了晃腦袋，向菲利普走去，把手按在他的肩膀上，說道：「先生，我逮捕您。」並寫了張給火槍手統帥達太安便條：

「命令達太安將囚犯帶到聖瑪格麗特島，在他臉上戴一具鐵面具，犯人如摘下則處以死刑。」

在聖瑪格麗特島的期間，某天，被關押於塔樓囚室裡的這個犯人恰巧看到下面有幾個人走來，便從鐵窗扔出一個銀盤子。布拉熱洛納子爵等剛撿起銀盤，塔樓上立刻射來一排子彈。幸虧達太安認出是他，慌忙阻止身旁的統領等人停止射擊，並謊稱他們是西班牙人，一點法文都不懂，才救了他們的命。因為盤子底部用刀刻有這麼段話：

「我是法國國王的兄弟，我今天遭受監禁，明天將會發瘋。法國的貴族和基督徒，請你們為一位王子的靈魂和理智祈禱吧。」

達太安說：「這是國家機密，國王有命令，誰知道這國家機密，就處死誰……」後來又由達太安把他轉送入巴士底監獄。

小說裡的人物還包括路易十四的母親奧地利的安娜和他的情婦拉瓦利埃女公爵（Louis de La Vallière, 1644–1710）。另外，國王的大臣柯爾貝爾（Jean-Baptiste Colbert）和財政大臣尼古拉‧富凱（Nicolas Fouquet）也

一、傳奇

在小說的情節發展上發揮重要作用。但小說中的親衛隊及其對故事的影響，則完全是作家的虛構，雖然國王確實也有一個親衛隊。

時至今日，有關「鐵面人」的事，人們所知甚少。不過巴士底監獄曾關過一個戴鐵面罩的人卻是歷史事實。那麼他是誰呢？根據研究者的推測，以往有人提出是某個黑人或某個女性的推測都被逐一否定，認為最有可能是幾位貴族或貴族的僕人：

1. 博福特公爵（Duke of Beaufort, Francois de Vendome, 1616–1669）：法國的海軍上將，王后奧地利安娜的忠實支持者，他於西元 1669 年被派往克里特島對抗土耳其人，在戰鬥中死去。有些人相信，實際上是他被送進監獄、戴上鐵面罩；至於說路易十四真正的父親是他，而不是路易十三，那根本沒有任何證據。

2. 厄斯塔什‧多熱爾（Eustache Dauger）：一名地位卑微的男僕，因莫須有的原因，也有人認為是因為洩露了王室的祕密，於西元 1669 年 7 月由國防大臣盧瓦侯爵下令，在敦克爾克將他逮捕入獄。為了防止他被捕的消息走漏和他洩露的祕密進一步擴散，這天，全巴黎戒嚴。他先是被監禁在皮涅羅爾（Pignerol），作另一名囚犯尼古拉‧富凱的僕人；富凱死後第二年，即西元 1681 年，多熱爾被帶往它處，六年後又被監禁在聖瑪格麗特群島，最後被轉入巴士底。不過多熱爾所戴的是天鵝絨面具。近期一部著作，約翰‧諾恩出版於 1988 年的《鐵面罩後人》（John Noone: *The Man Behind The Iron Mask*）也認為，多熱爾被戴上面罩，只是為了不讓人意識到他曾受雇於富凱。

3. 厄斯塔什‧多熱爾‧德‧卡瓦耶（Eustache Dauger de Cavoye）：法國海軍軍官，可能因參與撒旦崇拜活動（Satanic rituals）而於西元 1668 年被捕入獄。由於國王的一位情婦也是撒旦的崇拜者，於是隱瞞了德‧卡

瓦耶入獄的真實原因。另有一種說法是，德‧卡瓦耶被戴上面罩是由於他是婚生的路易十四兄弟。

4. 尼古拉‧富凱（Nicolas Fouquet）：路易十四的財政大臣。西元1661年，國王前往富凱宅邸參加露天遊樂會時，見到建築家路易‧勒沃（Louis Le Vau）為富凱設計建造的維孔宮（Vaus-le-Vicomte），一座巴羅克的傑作，和安德列‧勒諾特爾（André Le Notre）設計的美妙絕倫的花園。出於妒忌，同年就將富凱送進監獄。後來，國王就讓勒諾特爾按維孔宮花園的原型，建造了凡爾賽宮殿花園。富凱於西元1680年死於獄中。據傳說，國王曾允諾釋放富凱，但聽說他當時的一位情婦曾與富凱有染，便改變主意。為了不履行諾言，他安排了一齣富凱死亡的假戲；於是這位大臣便成為一個「鐵面人」祕密地活到死。

5. 埃科爾‧安東尼奧‧馬蒂奧利伯爵（Count Ercole Antonio Matthioli）：一位為沒落的曼圖亞公爵斐迪南‧夏爾（Ferdinand Charles, duke of Mantua）工作的義大利人。西元1678年，他奉命參加法國政府購買公爵位於卡薩萊要塞（Fortress of Casale）的祕密談判時，因將祕密洩露給了某些外國朝臣，使所簽訂的協議失效。路易十四感到遭受愚弄，下令將他暗中劫持、送進監獄。據說馬蒂奧利是按照義大利的習俗自願戴上面罩的。

6. 莫里哀（Moliere）：著名演員和劇作家。他因肺疾死於西元1673年。但是有一種看法認為莫里哀死於演出的舞臺上是偽造出來的，實際上是因為他的劇作冒犯了宗教狂熱分子，從而被送進監獄並戴上面具。

法國劇作家莫里哀

一、傳奇

7. 蒙茅斯公爵（Duke of Monmouth）：英國國王查理二世和他的情婦露西·沃爾特（Lucy Walter）的私生子。西元1685年，因領導一場反對國王詹姆士二世的未成功的叛亂而被捕入獄。傳說因為蒙茅斯公爵是詹姆士二世的姪子，國王心裡不願將他處死，於是便另外找了一個替身。如此，真正的蒙茅斯公爵就戴著鐵面具在獄中度過餘生。

8. 納波（Nabo）：在法國宮廷中獲得寵幸的黑人侏儒，涉嫌與國王路易十四的妻子奧地利的瑪麗·泰蕾莎（Marie-Thérèse d'Autriche）有曖昧關係。傳說在王后生下了他的孩子之後，他就被送進監獄。為掩蓋醜聞，國王暗中要回了孩子撫養，而納波則一直在獄中戴著鐵面具。

9. 德·韋芒多伊伯爵（Comte de Vermandois）：路易十四的私生子。韋芒多伊於西元1683年16歲時死於天花，當時他父親正好出征在外，有留下相關文獻記載。但是18世紀時有些人相信，他根本就沒有死，而是被暗中送進監獄，戴上鐵面具。

對「鐵面人」身分的猜測，還有其他說法，但都缺乏有力的證據。《大英百科全書》當中提到：「只有兩個說法站得住腳：埃科爾·馬蒂奧利和厄斯塔什·多熱爾。」但既然是兩個，而不是一個，說明仍就無法肯定。因此研究者感嘆：這個「鐵面人」到底是誰，恐怕永遠是歷史上最大的謎團之一了，它直到今天都在困擾著歷史學家，激勵他們去尋求正確可信的答案。

3、說不盡的浮士德

歷史上，往往確實曾出現某一個人或某一件事，只因過於奇特，完全不像一般人平時所見到的人或所經歷過的事，於是多年之後，經過一

3、說不盡的浮士德

代代的流傳,便演變成一則則神奇傳說。世上有很多這類傳說,歐洲有關浮士德(Faust)的傳說,可能是其中流傳得最廣的一個。

法國藝術家 Jean Paul Laurens(1838–1921)畫的浮士德

歷史上,的確曾經有一個叫浮士德的人,不過只知道他出生在德國羅達(Roda),鄰近威瑪,父親是敬畏上帝的農民;他與偉大的人文學者伊拉斯莫斯、宗教改革家馬丁‧路德、科學家帕拉塞爾蘇斯、宗教家喀爾文、作家拉伯雷、散文家蒙田等人身處於同一個時代;大約在西元1540年去世。也有研究認為他是生於西元1488年,死於1541年,別的資訊就無從探究了。一直以來,就有許多有關浮士德的零星傳說,從西元1570年起,這些傳說漸漸形成一個比較完整的故事。到了1587年,在美茵河畔的法蘭克福(Frankfurt am Main)出版了一部名為《約翰‧浮士德博士傳》(*Historia von D.Johann Fausten*)的話本(Volksbuch),被認為是第一部「浮士德著作」(The Faust Book)。此書沒有署名作者,很可能是扉頁上所標明的出版者約翰‧施皮斯(Johnnes Spies),但他的生平也不得而知。

據《約翰‧浮士德博士傳》,浮士德的生平大致是這樣:

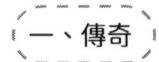

一、傳奇

生於威瑪羅達的約翰·浮士德從早年起,就表明自己是一名學者,不但精讀《聖經》,醫學、數學、天文、法術、預言術和通靈術都無不精通。他追求這些知識,目的是想要與魔鬼溝通。

隨後出版的英譯本寫到這些時說:浮士德研究神學,但遠離教會、不進教堂,因為他的心「所嚮往的是被禁止的事物,他日夜渴求自己長有雄鷹之翼,以便探求天地之極限。他是如此冒失魯莽、目無法紀和恣意妄為,竟決心嘗試並實行咒語和魔法,把魔鬼召到他的跟前來。」

當然,實現這種願望是要有遭受災禍的心理準備。浮士德不顧危險,在一天夜裡去了威登堡附近斯佩塞森林(Spesser Forest, Wittenberg)的十字路口,到9、10點鐘時,他用手杖畫了幾個圓圈,再唸了幾句咒語把魔鬼召來。

魔鬼,此書中是梅菲斯特(Mephistopheles)在狂風暴雨中來到,非常生氣,假裝來這裡有背於他的意願。等風暴和閃電平息之後,魔鬼要浮士德博士說出他有何願望,對此,這位學者回答他願意訂立契約。這契約的內容,要求魔鬼方面讓浮士德博士想活多長時間就活多長時間;向浮士德博士提供他所要求的任何資訊;絕不對浮士德博士說假話。

魔鬼同意這些條款,條件是浮士德博士答應將肉體和靈魂都交付給魔鬼;要以自己的血來簽字,以確認這契約;放棄信仰基督教。

如此說定,契約訂立,浮士德博士用血簽過字後,正式生效。

從此之後,浮士德博士就過起舒適而奢侈的生活,甚至因為過度享受,反而活得不合常理。他什麼都得心應手:穿著優雅華麗的服裝、享用珍美稀有的食物、暢飲豪華貴重的美酒,還享受最漂亮的女子,他召來特洛伊的海倫和蘇丹閨房的宮室。海倫甚至為他生了一個小精靈尤斯圖斯·浮士德(Justus Faustus)。他還成了陸地上最著名的占星術大師,因

3、說不盡的浮士德

為他的占星術從沒有出錯過。他還能從地獄的最底層航行到最遙遠的星際，不受空間的限制。他有關天文地理的知識使同行的學生和權威感到莫名驚詫。

但是就在他聲譽和幸運到達最高點的時候，與魔鬼訂立二十四年的約期就要到了。這時，浮士德意識到自己的做法是何等地愚蠢，心中產生一種任何時候都未曾有過的憂鬱，他十分悔恨，希望可以反悔。但魔鬼說，已經晚了，不能反悔。於是，浮士德請來幾位徒弟，包括原是威登堡大學學生的卡里斯托夫·華格納（Christoph Wagner）來吃晚餐，向他們懺悔自己的悲慘境遇，講述自己一生豐富的經驗和慘痛的教訓，然後與他們道別。

二十四年最後的時日到了。徒弟們聚集到患病的浮士德博士家，突然所有人都聽到有什麼巨大的騷動。先是激烈暴風雨的聲響，接著是斥責怒罵之聲；起初他們導師的聲音很響亮，隨後就漸漸微弱。

黎明時，他們冒險進入他的房內，見遍地鮮血流淌，牆上還黏著一塊塊腦漿。這兒有一隻眼睛，那兒有幾顆牙齒；他們在室外發現導師的屍體躺在糞便上，有幾處肌肉還在痙攣抽動。

浮士德博士恐怖的死狀警惕學生們，一輩子都要避免他們導師那種生活，盡快順從上帝，拒絕魔鬼和魔鬼的一切誘惑。

從故事的敘述不難看出，該書是從新教的立場出發，譴責浮士德不信教，尤其扉頁上的題詞說：此書的目的是「願向不信神鬼的人，／奉獻善意的忠告。／（《新約》）《雅各書》第四章中說：／你們要順服神，／務要抵擋魔鬼，／魔鬼就必離開你們逃跑了。」

但作者對浮士德的態度又帶有兩面性，在譴責浮士德的無神論的同時，不但故事整體給人的印象是浮士德不愧為具有莫大精神追求的人，

一、傳奇

而且把他比喻為一隻「雄鷹」，希望探求天地宇宙的高低廣闊。

西元 1592 年，《約翰・浮士德博士傳》在出版之後五年被譯成了英語，題名《約翰・浮士德博士傳：完全該死的一生》(The History of the Damnable Life and Deserved Death of Doctor John Faustus)。

伊莉莎白時代的著名詩人、英國戲劇中莎士比亞戲劇最重要的先驅克里斯托夫・馬婁 (Christopher Marlowe, 1564–1593) 可能讀過這個譯本，至少曾聽說過浮士德的傳說，使他在寫了《帖木兒大帝》(Tamburlaine) 之後，創作出他最著名的劇作《浮士德博士的生死悲劇》(The TragicallHistory of the Life and Death of Doctor Fauftus)。

《悲劇》完成的日期存在很多爭論，一般認為是在西元 1588 年至 1592 年之間；首次發表的時間是西元 1604 年，另一個版本則出現於 1616 年。《倫敦書商註冊簿》(London's Stationers' Register) 上對此劇作所記錄的時間是西元 1601 年。不過多數學者相信，馬婁僅僅寫了悲劇的開頭和結尾，中間大部分滑稽有趣的臺詞都是他的合作者完成的；有證據表明，西元 1602 年，至少另有兩位作者因對劇本做過補充而獲得酬勞。

伊莉莎白時代和詹姆士時代是戲劇繁榮的時期。當時有個著名演出公司，西元 1576 年至 1579 年間，公司的名字是以贊助人諾丁漢第一代伯爵查理斯・霍華德 (Charles Howard) 的姓氏命名為「霍華德勛爵供奉劇團」；六年後，霍華德勛爵被任命為海軍上將，於是改名為「海軍上將供奉劇團」(Admiral's Men)。供奉劇團在西元 1594 至 1597 年間演出馬婁的《悲劇》共計有二十四場。西元 1604 年，湯瑪斯・布希爾 (Thomas Busshell) 將馬婁的這個劇本印刷出版；西元 1609 年，約翰・賴特 (John Wright) 又印製了另一個不同的版本。如今所見的馬婁《浮士德博士悲劇

史》(*The tragical History of Doctor Faustus*)是依據這兩個版本和別的幾個版本合編而成的。

《浮士德博士悲劇史》大體上也是根據傳說中有關浮士德的故事，描寫這位博士如何成為巫師，最後將靈魂出賣給魔鬼，來交換知識和權力。劇本出場人物多達數十人，除了主角浮士德和梅菲斯特、華格納等重要人物，還有教皇、德國皇帝、匈牙利國王、撒克遜公爵；還有多位學者、主教、大主教、僧侶、托缽修士、士兵、侍從；另有亞歷山大大帝和他情婦模樣的靈魂，和大流士的靈魂、海倫的靈魂以及眾多魔鬼。此外，馬婁還採用中世紀道德劇（morality play）寓言化的模式，讓舞臺上出現「善天使」（Good Angel）、「惡天使」（Evil Angel）與「七種致死罪」（The Seven Deadly Sins）等抽象概念。

在馬婁的筆下，浮士德既有他引以自豪的偉大抱負，同時這抱負中的荒誕野心又使他陷入自我毀滅的境地。這就如派特・羅傑斯所編《牛津插圖本英國文學史》（Pat Rogers: *The Oxford Illustrated History of English Literature*）所指出的：雖然「浮士德實際上是一個與傳統價值相悖的現代人，但他的追求目標卻是渴求知識和貪婪個性的奇特混合。」

過了大約半個世紀，浮士德的故事被繪成多幅圖畫，其中最著名的自然是荷蘭藝術大師林布蘭・哈爾門松・范・賴恩（Rembrandt Harmenszoon van Rijn, 1606–1669）大約作於西元1652年的蝕刻畫《書齋裡的浮士德》。

隨後，浮士德的故事以打油詩、舞臺劇、木偶戲等各種往往是非常幽默風趣的藝術形式於全歐洲廣泛流傳。第一齣描寫浮士德的木偶戲是西班牙劇作家貝德羅・卡爾德隆・德・拉・巴爾加（Pedro Calderon de la Barca, 1602–1681）的《奇妙的魔術師》（*El magico prodigioso*）。這類詩和

一、傳奇

劇著重表現的是浮士德所做的假巫術,而不是故事的倫理含義和宗教含義;於是,故事漸漸地演變成趣味性的民間傳說,直到西元 1759 年。

從前一年,也就是西元 1758 年起,在創作和理論上都已經具有很大成就的德國劇作家兼美學家戈特霍德·萊辛(Gotthold Ephraim Lessing, 1729–1781)在柏林開始定期為作家兼書商弗里德里希·尼古拉(Friedrich Nicolai)主編的《德意志萬有文庫》撰寫一系列關於當代文學的論文。在兩年裡,這類「關於當代文學的通信」(Briefe, die neueste Literatur betreffend),萊辛總共寫了五十五篇。其中最重要的是寫於西元 1759 年的第十七封信,在這信裡,萊辛在向德國的劇作家們提出莎士比亞戲劇是復興德國戲劇最有力的樣板的同時,發表了他自己創作的、描述浮士德的戲劇片段——一部動魄人心且嚴肅的浮士德戲作。在這場戲裡,萊辛勾畫出了一個「不帶邪惡的浮士德」,描寫他對知識的追求是高尚的行為,並設法讓他與上帝和解,為同時代的青年歌德及其作品《浮士德》的故事開闢了道路。

浮士德的傳說還激發了眾多 19 世紀作家的靈感,除歌德外,德國劇作家和小說家弗里德里希·馮·克林格爾(Friedrich Maximilian von Klinger, 1752–1831)的《浮士德的生活、簽約和地獄之行》(*Fausts Leben, Thaten und Höllenfahrt . In fünf Bucherm*, 1791)也是著名之作,該作家還因「狂飆突進」浪漫主義運動是得名於其西元 1776 年的劇本《狂飆與突進》(*Sturm und Drang*)而聞名;此外,知名相關作品還有:最有才能的柏林浪漫派抒情詩人之一阿德爾伯特·馮·夏米索(Adelbert von Chamisso, 1781–1838)的《浮士德的嘗試》(*Faust: Ein Versuch*, 1804)、具有表現主義風格的德國劇作家克利斯蒂安·迪特里希·格拉貝(Christian Dietrich Grabbe, 1801–1836)的《堂璜和浮士德》(*Don Juan und Faust*, 1829)、匈

牙利出生的奧地利詩人尼古勞斯・萊瑙（Nikolaus Lenau, 1892–1850）的戲劇詩《浮士德》（*Faust: Ein Gedicht*, 1836）、德國作家沃爾德瑪律・紐倫貝格（Woldemar Nurnberger, 1819–1892）的《約瑟夫斯・浮士德》（*Josephus Faust*, 1847），和大詩人海因里希・海涅（Heinrich Heine）作於西元1851年的《浮士德博士：舞之詩》（*Der Doktor Faust: Ein Tanzpoem*，英譯名為 *A Dance Poem*）。

無需贅言，影響最大的自然是大詩人約翰・沃爾夫岡・馮・歌德的《浮士德的悲劇》（*Faust. Eine Tragödie*）。

歌德年輕時便被浮士德的故事所吸引，西元1790年，他發表了描寫浮士德的片段，西元1808年寫成了詩劇《浮士德》第一部。

德國作家歌德

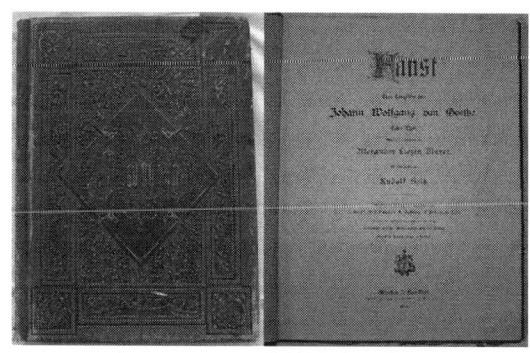
1876年 Rudolf Seib 裝幀的歌德《浮士德》

歌德在詩劇的序幕中，採用《聖經》的《約伯記》來表現魔鬼梅菲斯特和天主打賭引誘浮士德「拽上歧途」（據綠原的譯文，下同）的可能性。梅菲斯特被描寫成一個玩世不恭、富有趣味的形象，而不是一個不可抗拒的惡魔。出於進取的本性，浮士德跟梅菲斯特簽定了契約；於是，在梅菲斯特的幫助下，他進行了一場場冒險，終於誘惑了愛人格雷琴心甘

一、傳奇

情願地「順從你的心意」。在親歷了「瓦爾普吉斯之夜」，即一場「巫師夜會」（Witches' Sabbath）之後，浮士德在地牢裡找到格雷琴，她大概是因為「淹死了我的孩子」而被判刑。「她的罪行完全是一場善良的癡狂！」

英國藝術家
Henry Patrick Clarke（1889-1931）
為歌德《浮士德》繪製的插圖

歌德的《浮士德》第二部直到西元1832年才發表。雖然是同一部劇作，但人物差異很大，許多場景和浮士德或梅菲斯特也沒什麼關係，更多的是一些神話人物，大量幻想、諷喻和象徵。詩劇描寫浮士德雖然經過幾次重大的追求和幻滅，「可我內心還亮著光」，仍試圖築堤攔海，造福人類。臨死前，在崇高的預感中，他說道：「停留一下吧，你多麼美呀！」隨即就在契約的魔力支配下倒地而亡。但浮士德沒有落入魔鬼之手，眾天使「抬載浮士德的不朽部分」，使他的靈魂升上天堂。這正如眾天使唱的：「凡人不斷努力，／我們才能濟度。」對於這句關鍵性的臺詞，歌德曾對他的祕書約翰·彼得·艾克曼這樣解釋：「浮士德得救的祕訣就在這幾行詩裡。浮士德身上有一種活力，使他日益高尚化，到臨死，他就獲得了上界永恆之愛的拯救。這完全符合我們的宗教觀念，因為根據這種宗教觀念，我們單靠自己的努力還不能沐神福，還要加上神的恩寵才行。」（朱光潛譯）

顯然是受歌德的影響，奧地利詩人尼古勞斯·萊瑙（Nikolaus Lenau, 1802–1850）於西元1836年創作了《浮士德：一首詩》（*Faust: Ein Gedicht*）。評論家認為，萊瑙的這部作品讓浮士德面臨一種缺乏任何絕對

價值的荒謬絕倫生活，就像詩人自己，人生失意、處處與他的藝術理想相悖，使他感到全然的失望，浮士德的處境就是詩人自己的處境。

19世紀對浮士德比較重要的詮釋還有夏爾·古諾（Charles Gounod, 1818–1893）的歌劇《浮士德》（*Faust*）和艾克托·白遼士（Hector Berlioz, 1803–1869）的戲劇音樂《浮士德的劫罰》（*La damnation de Faust*）。兩位都是法國作曲家，皆根據歌德詩劇的譯本進行改編，並獲得世界性的聲譽。此外，據說英國大詩人喬治·拜倫也曾嘗試創作浮士德。

20世紀有三部作品，以英語、法語和德語解讀浮士德的傳說。

桃樂西·塞耶斯（Dorothy L.Sayers, 1893–1957）是英國的女作家，也是神學家和中世紀文學研究者。從1923年發表第一部小說《誰的屍體？》（*Whose Body?*）之後，十五年裡，每年都要出版一、二部神祕偵探小說；晚年轉而寫作神學劇本，還完成了但丁《神曲》前兩部的翻譯。

1939年，桃樂西·塞耶斯第二次為在坎特伯雷大教堂的演出，創作了《魔亂》（*The Devil to Pay*）一劇。在劇中，女作家把浮士德描寫成容易情緒衝動的改革家，他熱切渴求真理，對苦難異常敏感，希望用自己的力量為人類社會謀福利。當他的努力失敗、陷入絕望之後，奇異的幻想使他深陷在自我陶醉的愉悅中，直到與魔鬼訂立的二十四年契約到期。死後，他的靈魂蜷縮成一隻小黑狗。在「最終審判」時，讓他選擇是繼續活在世上、但不信上帝，還是下入地獄、卻相信上帝存在，他選擇了後者。作者安排這樣一個結尾，其含意是浮士德要在煉獄中滌罪受苦，但最終將會得救。

法國詩人保羅·瓦勒里（Paul Valéry, 1871–1945）的《我的浮士德》（*Mon Faust*, 1941）由「欲望，或克里斯達小姐」（Lust, ou la Demoiselle de Cristal）和「獨居者」（Le Solitaire）、「戲劇性的魔力」（féerie dramatique）

一、傳奇

所組成,但都只是一些片段,沒有全部完成。題為〈欲望〉的片段,寫於 1940 年。這裡的浮士德生活在 20 世紀,與以前書本、戲劇和歌劇中一樣,似乎也是一個學者,梅菲斯特仍然是他的朋友和伴侶,但他已經放棄占有浮士德靈魂的想法。全詩沒有多少故事情節,大多是對話,表達的也是他在其他詩作和散文中的主題。瓦勒里的浮士德指出,梅菲斯特早已落後於時代,不再使人恐懼;人們再次意識到的混沌無序不再是罪惡,他們感興趣的很少是個人,而是對群體的統計學研究。

英國畫家 1831 年畫的〈浮士德和女妖莉莉絲〉

在所有有關浮士德的故事中,最複雜、最具顛覆性的文本大概要算是德國的諾貝爾獲獎作家托瑪斯·曼(Thomas Mann, 1875–1955)寫於 1947 年的小說《浮士德博士》(*Doctor Faustus*)。

曼把小說《浮士德博士》寫成一部音樂家阿德里安·雷維庫恩的傳記,由音樂家的友人塞雷努斯·宅特布隆姆講述。雷維庫恩生於德國中部的一個農莊,早年就顯示出極高的天賦,他被送往附近城市的學校,這城市許多方面都還處在中世紀時代,他住在樂器製造和銷售商的叔叔家,漸漸對音樂產生出濃厚的興趣。不過他還是決定學習神學,並進入一所大學從事天主教神學的研究。但是幾年之後,他又放棄神學,全心全意投入音樂中。

雷維庫恩是一個嚴肅而喜歡獨處的人,只有少數幾個朋友,20 歲時,他來到萊比錫生活。有一天,一位導遊帶他遊覽全城之後為他指引旅館的方向時,把他帶進一家妓院裡。他在彈幾節鋼琴曲時,一位女孩

子過來撫摸他的臉。他很震驚，就把她趕走了。這事當時雖然讓雷維庫恩感到不舒服，但一年後，他又去找這個女孩子。他想起，以前趕走她是因為害怕得到淋病；現在他一直跟隨著她，而且不顧她的警告，堅持要與她發生一次性關係。結果，他染上了梅毒。第一個醫生為他治療過幾次之後就去世了，而第二個醫生遭到拘捕。此後他就不再治療，最後他出現繼發性症狀，成為神經性梅毒患者。

在最初被傳染之後，雷維庫恩仍繼續他的音樂研究和音樂創作，他的創造性一天天增強，創作出了非比尋常的新作。去義大利遊覽時，某天，他一個人坐下來時，正好與魔鬼相對。他們進行了一場冗長的交談，交談中，魔鬼對他說，他可以賦予他二十四年充滿創造性的音樂創作時光，以他的靈魂作為交換條件。魔鬼讓雷維庫恩明白，他允許自己染上梅毒、不進行醫治，就表明同意他們的契約；魔鬼還警告他，在這二十四年裡，他雖然會創造力爆發，但他還得在其他許多方面承受痛苦。

在與幻覺中的魔鬼交談之後，雷維庫恩繼續以更大的能量和原創性作曲。他創作的音樂作品越來越難演唱，而且絕大部分根本聽不懂，只有幾個文化教養極高的人能夠欣賞，絕大多數的人都拒絕其很少人會演奏的作品，但他仍舊繼續作曲。最後幾年裡，他的生活中遭遇一系列的災難和痛苦：他可愛的姪子死於腦膜炎，一個他視為知己和同志的年輕人遭受槍擊，他希望與她結婚的女人嘲笑他的求婚。

最後，從最初染上梅毒過去了十四年，他完成了一部最偉大的作品，清唱劇交響曲《浮士德的悲歌》。雷維庫恩的幾位熟人要為他演奏這部清唱劇的一部分，他便前往聆聽並，在演出前發表了一場自我譴責的演講，講得語無倫次，終於全身麻痺、喪失意識。又過了幾年，他瘋

一、傳奇

了。他死於 1940 年,正是「敘事者」說的「德國發著高燒,憑著一紙用血簽訂的契約,企圖贏取整個世界,在勝利的顛峰踉蹌」的時候。

從人物來看,曼的主角是以德國哲學家弗里德里希・尼采的一生為原型來寫作的。但小說的觀點非常廣:由於作家把雷維庫恩的悲劇跟德國的毀滅巧妙地結合了起來,使作品成為《大英百科全書》說的,「是一部 1930 年前的德國文化 20 年間的故事,尤其是傳統人道主義的崩潰和虛無主義與野蠻的原始主義混合物取得勝利的故事。……沒有別的作品能如此表現德國的悲劇。」另外,作家克勞斯・施略特(Klaus Schröter)在《托瑪斯・曼》一書中還詳細分析了曼如何將自己的生活經歷和情感經歷融入主角的人物形象,使小說成為一部作家「透過高超的理智達到的」「懺悔」。

對浮士德傳說的詮釋自然是說不完的。但已經有幾部不朽之作擺在面前,21 世紀還能有大師做出更為深刻、更加豐富的闡釋嗎?希望能有。

二、原型人物

二、原型人物

1、沃波爾的「草莓坡」

西元 1764 年，一部題為《奧特朗托堡》(*The Castle of Otranto*)的小說在英國一出版，立即產生了極大的效應，四個月就重印了一次，可以說是轟動一時。這部小說之所以吸引讀者，主要是因為它寫的是一個中世紀的恐怖故事，非常合乎人類原始情感中進化遺傳下來的、對恐怖事物既害怕又熱衷的集體無意識，尤其切合 18 世紀後期英國人的崇古思想和對恐怖文學的需求；另外，匿名出版和「序言」中的幾句話也頗能勾起人性中普遍存在的好奇心理。

小說的「序言」是這樣開頭的：

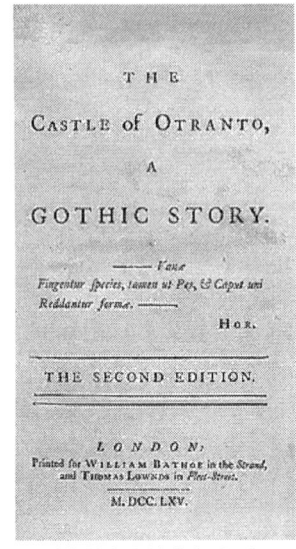

《奧特朗托堡》初版本

「下面這部作品是在英格蘭北部一家天主教徒家庭的圖書室中發現的。原書於 1529 年以黑體活字在那不勒斯印刷。它寫成之後多久才出版的，不得而知。據說主要是因為在基督教最黑暗歲月裡的緣故；不過語言和結構倒沒有不符規範的感覺。風格是最純粹的義大利風格。」

「如果故事寫作的時間和推測故事中發生的時間相去不遠，那麼應寫於 1095 年第一次十字軍遠征和 1243 年最後一次遠征之間，或者在此之後不久。……」

但這只是作家們所慣用的虛構手法。在作品獲得成功之後再版時，英國小說家霍瑞斯·沃波爾在「前言」中承認，原來說的從義大利文翻譯過來，不過是當時因為「缺乏自信」而用的「托詞」；並表示「請求讀者諒解，原諒他借用了一個翻譯者的角色向讀者奉獻這本書」。實際上，《奧特朗托堡》是他的原創作品，這次他又在書名《奧特朗托堡》後面加上一

條副題:「一個哥德式故事」(A Gothis Story)。

霍瑞斯・沃波爾(Horace Walpole, 1717-1797)出身顯赫,是西元1721至1742年的英國首相、第一代奧福德伯爵羅伯特・沃波爾的第四個,也是最小的兒子;西元1779年他哥哥的兒子第三代奧福德伯爵去世後,他繼承並擁有了第四代奧福德伯爵的爵位。

霍瑞斯生於倫敦,童年是在父親的議院度過的;8歲那年,在倫敦西南泰晤士河畔特威克納姆(Twickenham)的劍橋議院(Cambridge House)過暑假時,據稱曾遇到大詩人亞歷山大・波普(Alexander Pope)。在大倫敦周邊的貝克斯利自治市接受早期教育之後,沃波爾於西元1727年進了伊頓公學,與未來的詩人、以〈墓園挽歌〉(*Elegy Written in a Country Churchyard*)而聞名的湯瑪斯・葛雷(Thomas Gray)結為好友;西元1734年離伊頓的隔年進入劍橋大學的國王學院。西元1739年從國王學院完成學業即與葛雷一起漫遊法國、義大利等歐洲各地。待他於西元1741年9月回到英國時,竟發現他不在時,已經被選進議會。二十多年後,西元1767年5月,沃波爾從議會退隱。

《奧特朗托堡》的作者霍瑞斯・沃波爾　　英國浪漫主義先驅詩人湯瑪斯・葛雷

二、原型人物

　　沃波爾終身未娶，他畢生最大的興趣是旅遊，尤其是在舊大陸的旅行中收集繪畫，或在龐貝和赫庫蘭尼姆（Herculaneum）這兩個西元79年同時被維蘇威火山毀滅的義大利古城發掘古物。他的四卷集《英國繪畫軼事》(Anecdotes of Painting in England)、《英國王族和貴族作家名錄》(Catalogue of Royal and Noble Authors of England)、《對查理三世生活和統治的歷史質疑》(Historical Doubts on the Life and Reign of King Richard the Third)，還有由W.S. 路易斯（W.S.Lewis）為他將差不多三千封通信編整成冊，這些著作讓人感受到他對中世紀生活的熱情。

　　特威克納姆有一間小屋，號稱「草莓坡」(Strawberry Hill)，它建於西元1698年，原先由劇作家、西元1730年的桂冠詩人科利·西伯（Colley Cibber, 1671–1757）和特勒姆主教塔爾博特（1685–1737）居住；後來租給了伊莉莎白·切尼維克斯。切尼維克斯夫人是保羅·丹尼爾·切尼維克斯的妻子，倫敦一家最時髦的玩具店的所有者。西元1748年，沃波爾花了1,339英鎊10先令，在這裡購置了一小片農場之後，切尼維克斯夫人把「草莓坡」轉租給他在此定居。

　　最初，沃波爾只是想在這裡種點樹木、花草，再養幾隻家禽和奶牛、羊之類的。後來又決定重建。沃波爾之所以產生這個念頭，部分是受當時英國收藏藝術品和修建博物館這一流行風尚的影響，希望用新建成的別墅來存放他的收藏品；更主要的是他決意要讓心中的理想建築物成為現實，如同他在西元1749年9月28日給友人的信中所言，要按照「我自己的喜好」把小屋建成一座「哥德式的小城堡」。

　　「哥德式」中的「哥德」(Goth)，起源於古代日爾曼民族中的一支，這支日耳曼民族在西元2世紀後半，從斯堪地那維亞南部南遷到黑海海岸。在幾個世紀的遷徙中，曾於西元5世紀擊毀了強大的西羅馬帝國；

但到了七個世紀之後,它就被同化而在歷史上消失。第一個用「哥德」這個詞來指稱中世紀建築風格的人,是16世紀的喬爾喬‧瓦薩里(Giorgio Vasari),這位以《義大利傑出建築師、畫家和雕刻家傳》(Lives of the Most Excellent Painters, Sculptors, and Architects)而聞名的畫家和建築師,他用這個詞來表示文藝復興時代的思想家們所不喜歡的中世紀建築風格,即所謂的「哥德式風格」。

哥德式建築風格的主要特徵是有尖角的拱門,肋狀拱頂和飛拱;它們構成一個完整的架構,使建築物的重量分布在有垂直軸的骨架結構上。這種架構使牆壁成為嵌板,或如後來實際形成的樣子,只是一些玻璃屏風和石窗花格;它還充分發揮其垂直線的視覺效果,並從結構上加以強調。

沃波爾為確保修建的規畫能夠合乎他理想中的審美需求,請來他的朋友、鑑賞家約翰‧丘特(John Chute)和藝術家兼製圖員理查‧本特利(Richard Bentley),與他自己一起組成一個「鑑賞委員會」(Committee of Taste);另外還請有實際建築經驗的威廉‧魯賓遜作參謀。期間,本特利因與沃波爾發生爭執,中途退出,由有建築知識的鄰居湯瑪斯‧皮特替補。

儘管沃波爾參照了哥德式的實際建築和書本上的哥德式建築圖樣,按自己的想法為「草莓坡」設計出詳細建造圖,但既是修建,而不是新建,他理想的「小城堡」就不可能是典型的哥德式建築,而只能是一座假城堡,或說是仿哥德式建築,如他自己所美其名的,是「超越仿造的幻想作品」。

沃波爾的「草莓坡」分三個階段建成,第一階段的工程於西元1753年告一段落,第二階段在西元1758年結束,最後在1770年代全部完成。

二、原型人物

《劍橋藝術史》中由斯蒂芬·瓊斯撰寫的〈十八世紀〉一章裡曾這樣描述這棟建築：

「這座房屋經多年時間一點一點地建造起來，設計是不可能的，而沃波爾竟將這不利條件轉化為優勢。最早的哥德風味無非是在古典別墅外套上一層薄殼，可是哥德風格本身卻是一種薄殼結構的建築樣式，柱子、穹頂和拱門等就代表其建築特色。但沃波爾只將哥德式的細節用於裝飾，這種不全面的手法不妨謔稱為『哥忒式』（仿照18世紀人的拼寫）。草莓山莊的東大門始終是對稱的，儘管有尖尖的窗戶和哥德式的細節，卻從來不讓人覺得可怕，也沒有戲劇性的構造。後來沃波爾又加了個北大門，以一個圓堡為終點，圓堡隱現於樹叢中，象徵著傳說中的古堡。這樣就引發類似於克勞德畫中的那種效果，在那些畫裡，小城堡浮現於林木之上。不過除此之外這個圓堡也還有一些英國傳統城堡的要素……」

根據記載，經過這樣的修整，草莓坡竟一步步地從原來的5英畝擴大成一個46英畝之廣的莊園，可以說是一座被樹林環抱的「草莓山莊」了；那間小屋也成了價值2萬1千英鎊的著名哥德式住宅。草莓山莊甚至被認為是哥德式建築在全歐洲的樣板，也是全歐洲同類建築的源頭。

18世紀以哥德式別墅「草莓山莊」為題的雕刻作品

1、沃波爾的「草莓坡」

沃波爾「草莓山莊」遠觀圖

沃波爾「草莓山莊」近觀圖

於是，斯蒂芬・瓊斯接下去寫道：「在沃波爾自己身上，古典氣質多於浪漫氣質，因此，他坐在書房裡時，情願沉浸在聯想的歡樂中，而不願受真正哥德式世界的恐懼威迫。」

不過這一點斯蒂芬・瓊斯說得不對。有一次，草莓山莊主人就受到夢魘（nightmare）的騷擾而驚醒過來。

事情發生在西元1764年6月初的一天夜裡，沃波爾在黑暗中睡著之後。事後他在一封給他的信徒威廉・科爾牧師（Reverend William Cole）的信中如此描述此事：「6月初的一天清晨，我從夢中醒來，這夢我全都記得（是一個非常逼真的夢，因為開頭就像我的哥德式小說）。我覺得自己身在一座古堡裡，而且在那個大樓梯的最高一階，我看到一隻穿盔甲的巨手。」

二、原型人物

這雖是一個惡夢,但賦予了沃波爾創作的靈感。於是「當天晚上,」沃波爾說:「我坐下來開始動筆」。最初他是「一點也不知道我為什麼要寫或要寫些什麼」,但是隨著「作品一點一點寫出,我也漸漸愛上它了,加上我非常喜歡思考非政治的事物,簡單來說,我深深受到我這不到兩個月就寫完的故事所吸引,以致一天夜裡,我從大約 6 點鐘喝茶時起,一直寫到第二天凌晨半夜,我的手和手指都累得無法握筆寫完段落中的那一句……」

沃波爾就這樣完成了他的哥德式小說《奧特朗托堡》。

《奧特朗托堡》這個題目相當具有象徵性。堡即城堡,雖然有時也用以指豪華的宅邸或鄉間的莊園,但一般都是指中世紀歐洲的要塞,大多為國王和貴族領主領土內的住所;奧特朗托也有它的特殊含義,它是位於奧特朗托海峽薩倫蒂納半島的一個義大利古港,原為古希臘的聚落,後來雖歸羅馬統治,長期以來始終保持著希臘語言和文化。

《奧特朗托堡》不但題目蘊涵了作者濃厚的崇古情結,小說的故事也相當離奇恐怖。

奧特朗托公國的君主曼弗雷德,因兒子康拉德在舉行婚禮之時,意外死於突然飛來的巨型盔甲之下,決定娶新娘為妻,休掉自己的原配妻子,以延續家系、保住領地。伊莎貝拉被這求婚嚇壞了,她得到一位相貌酷似原奧特朗托君主「好人阿方索」肖像的年輕農民希歐多爾的幫助,從地道逃到附近的一座教堂裡。但是後來,出現了一隊神祕騎士,其中的「巨劍騎士」是伊莎貝拉的父親弗雷德里克,他是阿方索的近親,受聖地隱士囑託,要討伐僭越王位的曼弗雷德。最後,由於聖地隱士顯靈,還有阿方索的身影顯現,宣稱希歐多爾才是奧特朗托堡的合法繼承人。出於對怪異現象的恐懼,尤其是阿方索龐大的鬼魂像預言所言的逐漸增

大,穿透了城堡的頂端,使曼弗雷德嚇得精神崩潰,誤殺了親生女兒,並坦白了自己祖父當年篡位的罪行,離開了王位,與原配妻子歸隱修道院。

除了情節曲折,小說以中世紀城堡為背景,地下的通道、幽暗的走廊、暗藏的密室、暗門和機關,特別是不時顯現的幽靈鬼魂和巨型盔甲、巨劍等超自然現象,如血從雕像的鼻孔中滴下,畫像中的人一聲長嘆後從畫框裡跑出等等,甚至腳步聲、關門聲,都使讀者產生一種神祕感,組合成一個典型的「哥德式故事」。葛雷曾寫道,說他和劍橋的朋友們看過此書後,「晚上都不敢睡覺」。

作為一位作家,沃波爾還寫過一部亂倫主題的悲劇《神祕的母親》(*The Mysterious Mother*, 1768),但《奧特朗托堡》是最成功的作品,雖然對人物的刻畫方面明顯缺乏心理深度。華特・史考特(Walter Scott)稱讚《奧特朗托堡》,認為其可貴之處是「把一則有趣的虛構故事建構在古代騎士傳奇基礎上的首次嘗試」。

《奧特朗托堡》的影響,不僅在於直至1964它發表二百周年之時,至少已經再版一百五十次,而且許多譯本還尚未計算在內;更重要的是隨著這部作品,被稱為「哥德式小說」的新題材在英國風行一時,產生了一大批此類小說,其中比較重要的有克拉拉・里夫的《英國老男爵》(Clara Reeve: *The Old English Baron*, 1778)、威廉・貝克福德的《瓦特克》(William Beckford: *Vathek*, 1786)、安・拉德克利夫的《福里斯特的羅曼斯》(Ann Radcliffe: *The Romance of the Forest*, 1791)、《尤道夫的神祕事蹟》(*The Mysteries of Udolpho*, 1794)和《義大利人》(*The Italian*, 1797)、威廉・戈德溫的《凱萊布・威廉姆斯》(William Godwin: *Caleb Williams*, 1794)、馬修・格里高利・路易斯的《僧人》(Matthew Gregory Lewis: *The Monk*,

二、原型人物

1796)、瑪麗婭‧埃奇沃思的《拉克倫特堡》(Maria Edgeworth: *Castle Rackrent*, 1800)、查理斯‧羅伯特‧馬圖林的《漫遊者梅爾莫斯》(Charles Robert Maturin: *Melmoth the Wanderer*, 1818)、瑪麗‧雪萊的《科學怪人》(Mary Shelly: *Frankenstein*, 1818, 1831 年重印);其中安‧拉德克利的三本、埃奇沃思的《拉克倫特堡》、路易斯的《僧人》和瑪麗‧雪萊的《科學怪人》都是耳熟能詳的作品,尤其是《科學怪人》最為著名。此外,像威爾基‧柯林斯的《白衣女人》(William Wilkie Collins: *The Woman in White*, 1860)、《月光石》(*The Moonstone*, 1868) 和謝里丹‧勒法努的《塞拉斯叔叔》(J.Sheridan Le Fanu: *Uncle Silas*, 1864) 和伯蘭‧史杜克的《德古拉》(Bram Stoker: *Dracula*, 1897),甚至在查爾斯‧狄更斯的《荒涼山莊》(*Bleak House*)、《遠大前程》(*Great Expectations*) 以及美國作家查理斯‧布羅克登‧布朗 (Charles Brockden Brown)、埃德加‧愛倫‧坡和納撒尼爾‧霍桑 (Nathaniel Hawthorne) 的某些作品中,也都可以看到《奧特朗托堡》的影響。

英國哲學家伯特蘭‧羅素在《西方哲學史》(*A History of Western Philosophy*) 中談到浪漫主義時說,浪漫主義者「喜歡奇異的東西:幽靈鬼怪、凋零的古堡、昔日繁盛家族最末代的哀愁後裔、催眠術士和異術法師、沒落的暴君和東地中海的海盜」;在他們「寫的小說及故事裡,見得到洶湧的激流、可怕的懸崖、無路的森林、暴風雨、海上風暴和一般認為無益的、有破壞性的、凶暴猛烈的東西」。

哥德式小說起始於 18 世紀,隨後便繁榮起來,其社會文化背景,主要就是這段時期浪漫主義的興起。浪漫主義是對理想主義壓抑感情、否認神祕的反動,浪漫主義者也熱衷於羅素提出的這些奇異事物,此外,

該主義的美學基礎正是人們對恐怖事物的雙重感情，這些時代脈絡促成哥德式小說的興起。但在追溯它的發祥地的時候，文學史家和讀者們，不能不想到促使霍瑞斯·沃波爾寫成《奧特朗托堡》的「草莓坡」。

2、追蹤科學怪人

印尼的坦博拉火山從西元 1815 年 4 月 10 日起持續噴發三個月，甚至使歐洲到了第二年，仍出現異常的暴風雨，已至初夏，還是連日細雨連綿，關了百葉窗，夜裡也陰冷異常。三位為婚姻逃離英國而在這裡相遇的文人，詩人喬治·拜倫、雪萊夫婦以及瑪麗·雪萊同父異母的妹妹珍·克萊爾便只好躲在義大利的迪奧達里山莊（Villa Diodali），圍坐在爐火旁閒聊。拜倫習慣於要到凌晨 3 點才上床，他建議不妨讀讀隨身帶來的德國鬼怪小說法譯本自娛；讀後就相互講恐怖故事，並寫下合出一本書，獲得了一致同意。

| 英國大詩人喬治·拜倫 | 詩人比希·雪萊 | 雪萊的妻子瑪麗 |

二、原型人物

瑪麗創作《科學怪人》的迪奧達里山莊

瑪麗「急於構思出一個故事」，希望 —— 根據她在西元 1831 年版的《科學怪人》「引言」中的說法 ——「可以和激起我們創作欲望的那些鬼怪故事相媲美。這個故事將打動我們天性中那種神祕的恐怖情緒，並駭人聽聞 —— 它會使讀者不敢朝身後看，他將毛骨悚然、心跳加速。如果我做不到這一點，我的小說就不配稱作為鬼怪故事。」（羅今等譯）

可是連續三天，雪萊每天一早問她「妳想出故事了嗎？」她都只能做出令人失望的回答。

6 月 18 日夜，他們繼續聚在一起講故事。拜倫講的是詩人塞繆爾·柯勒律治剛於當年寫的一首哥德歌謠〈克里斯特貝爾〉（Christabel）。他以前讀此詩時就深受誘惑，像是中了妖術；現在所講的不少詩句都是背出來的。拜倫的醫生約翰·威廉·波里道利（John William Polidori）在西元 1817 出版的《周遊六星期記事》（History of a Six Weeks）中回憶道：

「拜（倫）勛爵一遍又一遍地唸柯勒律治的克里斯特貝爾的詩句，唸描寫女巫乳房的詩句。隨著沉默的到來，雪萊一聲尖叫，兩手按著頭，隨後抓起一支蠟燭，從房間裡衝了出去。向他的臉上噴了冷水，又讓他吸了乙醚。他定睛看著雪（萊）夫人，突然覺得她是一個他以前聽說過的眼窩上長兩顆乳頭的女人，她攫住了他的心，使他恐懼萬分。」

2、追蹤科學怪人

這個細節，不論是雪萊在為瑪麗西元1818年版《科學怪人》代寫的「序言」中，或是瑪麗自己在1831年版的「引言」中都沒有提及。但瑪麗詳細地描述了兩位詩人關於「生命的真諦」、「屍體的復活」的交談對她的觸動，表示聽過他們的交談之後，「當我將頭放在枕上時，我卻睡不著，也不能說是在思考。不召自來的想像糾纏和牽引著我，一幕幕遠比平日幻想清晰的景象，接連不斷地浮現在我的腦海。雖然閉著眼睛，但我是以敏銳的心靈視覺看到的……」

「我看見一個類似人形的可怕影子，直挺挺地躺著，然後透過某種巨大的機器的功能，它有了生命的跡象，笨拙地、僵硬地活動起來。這種景象使人驚恐萬分。……」

於是隔天，即6月19日，一早她就宣布：「我已經想出了一個故事。」並開始動筆。兩個月後，小說完成了，以《科學怪人，或現代的普羅米修斯》(*Frankenstein, or The Modern Prometheus*)之名於西元1818年1月出版。

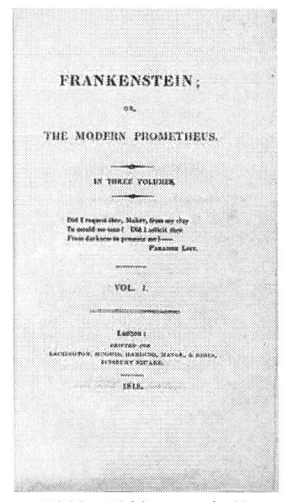

瑪麗・雪萊1818年的
哥德式小說《科學怪人》

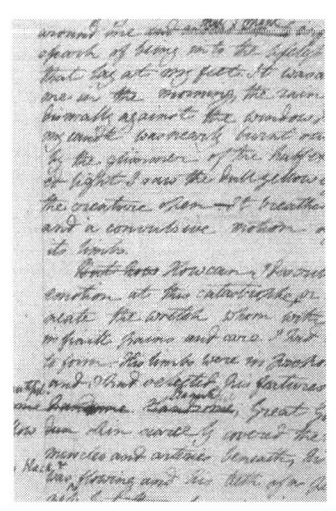

《科學怪人》的草稿

二、原型人物

1831 年版《科學怪人》的卷首圖

　　小說內容描寫一個科學家人為造出了一個人，最後卻引起可怕的後果。這部小說不僅有富有戲劇性的創作動機激發過程，更在出版後被譽為「科學哥德式小說的奠基者」，足以進入經典的行列，至今已被翻譯成百餘種語言，啟發了 1930 年代多部恐怖電影的製作，改編成近百種戲劇和影視……。無論從哪一方面來看，這部小說都充滿傳奇色彩；連小說主角的形象，都一次次刺激著研究者和傳記作家去探索人物的現實線索：瑪麗怎麼會萌生出「一個類似人的影子，透過機器的功能，僵硬地活動起來」的想法？

　　作家的創作，總是有客體的刺激引發主體固有的格局或基模（Schéma），經兩者發生同化之後，才能激發起他的創作動機，然後進入具體的創作行為。迪奧達里山莊之夜的事件是對瑪麗心靈格局的一次衝擊。那麼她心中原來存在有什麼樣的格局或基模呢？

2、追蹤科學怪人

研究者注意到,西元 1814 年 9 月 2 日是雪萊一行人私奔期間少有的一天。他們把小船擱在萊茵河右岸離曼海姆(Mannheim)河口以北數英里的地方,撇開克萊爾三個小時,據說是去打聽當地的民間故事和民間傳說。

美國麻塞諸塞州波士頓學院東歐歷史學教授拉杜・弗洛里斯庫(Radu Florescu)是「一位東歐史專家」。他曾耐心細緻地順著瑪麗・雪萊一行人的路程,考察了他們的這段行蹤,並於 1975 年出版了《追蹤科學怪人:探尋瑪麗・雪萊的怪物背後的神話》(*In Search of Frankenstein: Exploring the Myths behind Mary Shelley's Monster*)。在探尋的過程中,弗洛里斯庫從下比爾巴赫州(Nieder-Beerbach)的前州長處得到啟發,經過探尋,並請教了當地的史學家,他相信雪萊一行人於西元 1814 年 9 月 2 日來過這裡。弗洛里斯庫在書中寫道:

「她(瑪麗)基本上不像某些人所想的。她曾涉足萊茵河一帶,而且她異母同父的妹妹也提到,她曾在一個叫格爾斯海姆(Gernsheim)的小村子逗留。從這裡,可以很清楚地看到法蘭克斯坦城堡(Castle Frankenstein)。藉由追蹤她的足跡,我還發現能夠證實一個事實,即雪萊曾去過這個城堡……」

法蘭克斯坦(《科學怪人》中科學家名為法蘭克斯坦)的意思是「法蘭克人之石」。法蘭克人是生活在萊茵河下游東岸的一個日爾曼部落,3 世紀中葉,他們設法西進,跨過萊茵河,把勢力擴張到羅馬所屬的高盧地區。到西元 494 年又征服了高盧北部全境;再過了十多年,到了西元 507 年,他們南下進軍,將高盧南部的西哥德人降服,建起了一個統一的法蘭克王國。

在被法蘭克人征服的區域中,有一個位於日爾曼達姆施塔特(Darm-

二、原型人物

stadt)附近的羅馬人採石場。人們記憶中最早生活在這裡的人是騎士阿博加斯特・馮・法蘭克斯坦（Arbogast von Frankenstein）；到了13世紀，貴族馮・法蘭克斯坦（也許是他的後裔）在採石場附近建起了一座城堡。

關於此城堡有兩則傳說，其一是描述16世紀的喬治・法蘭克斯坦爵士的戰績。有次在開掘地窖時，他將一頭龍踩在足下，殺死了它。只是龍的尾巴穿透他的盔甲，刺進了他的心臟。但是他在死去之前，還救出了有「幽谷玫瑰」之稱的美麗的安妮瑪麗。喬治・法蘭克斯坦死後，人們就把他葬在這裡。這則傳說包含了龍武士傳奇的全部經典。

另外一則著名傳說是關於名為迪佩爾的人。

牧師的兒子約翰・康拉德・迪佩爾（Johann Konrad Dippel, 1673–1734）生於當時作為陸軍醫院的法蘭克斯坦城堡，長大後他進了史特拉斯堡大學，在那裡，他用的名字是迪佩爾・法蘭克斯坦，或「法蘭克斯坦城堡的迪佩爾」。年輕人的目標是要成為一名有成就的醫生。

迪佩爾對煉金術有很好的研究。他夢想能製出「長生不老藥」（elixir vitae）。為此，他在城堡裡建造起一間規模宏大的實驗室，並外出挖掘墳墓、偷盜屍體，屠殺大量的動物，解剖他們的軀體，將血液、骨骼、毛髮倒進缸裡煮沸，釀成奇妙的液體，進行實驗。多年過去後，迪佩爾雖然確信自己已經能夠透過往屍體注入他精心釀成的液體使屍體復活，甚至在其過世前一年還宣稱自己已經找到能夠讓人活到135歲的方法。但這畢竟不是事實。西元1734年，迪佩爾醫生仍在繼續實驗他的「長生不老藥」，用的是法蘭克斯坦家族地窖中的屍體和其他配料。他又蒸餾出一種液體並以自己做實驗，由於一時疏忽，製出並喝下了毒性極強的氫氰酸（Prussic acid），約翰・康拉德・迪佩爾最後死於自己之手。一天後，當人們發現他時，他仍處在死亡的劇痛中，因為這種毒物的作用，他全身

透出了美麗的藍色陰影。

2004 年 6 月，德國員警證實，有人在達姆施塔特西南距離法蘭克斯坦城堡大約 2 英里的一處卡車停車場發現一具裸體的男性無頭屍體，被認為是迪佩爾做實驗的一個旁證。

另一個追蹤科學怪人的有心人是多產科普作家彼得・海寧（Peter Haining）。他在 1979 年出版的《法蘭克斯坦的原型》（*The Man Who Was Frankenstein*）中提到另一條線索，認為瑪麗・雪萊筆下的法蘭克斯坦是以安德魯・克洛塞為原型的。

安德魯・克洛塞（Andrew Crosse, 1784–1855）生於英格蘭的一個富裕家庭。他一生最引人注意的有兩件事：他是一位神童，8 歲就精通希臘文；後來，他來到布魯姆費爾德（Broomfield）隱居的菲恩院（Fyne Court）鄉間之家，將舞廳改造成龐大的實驗室，擺設萊頓瓶與各種實驗器皿，並從窗外連通一條 1,800 英尺的銅線，做了一系列科學還不能解釋的「創造生命」實驗。

法蘭克斯坦的原型人物
安德魯・克洛塞

克洛塞原是想將火山石溶於鹽酸，等溶液一點點乾燥，予以通電來製造水晶。結果，水晶還沒有成形，卻出現另一種奇特的效果：石塊上像是長出什麼東西，特別是到「實驗開始的第十四天」，克洛塞記錄說，「透過一面透鏡，我看見有小小的白色贅生物或隆起的乳頭從充電的石塊上伸出。第十八天，它們變大了，長出七、八條絲狀體。」一個月之後，已經可以輕易透過放大鏡看到它們在走動；似乎是小小的某種昆蟲。克洛塞以為這可能是他的實驗混入昆蟲卵的緣故，決定另外做一次小心控制外界影響的實驗。這次克洛塞用的是密封容器，而且事先將所有的部件都用熱酒精消毒過，透過塞子將電線連通進容器。結果使他大為吃

二、原型人物

驚，幾個星期內，有數百隻小動物出現在石塊上，「在顯微鏡下觀察，它們小的有六條腿，大的有八條腿。」……

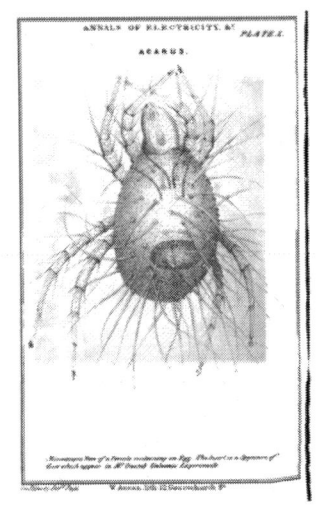

克洛塞描述說，他看到的是「一隻完整的昆蟲，以幾根可作尾巴的毛直立在那裡」，像是「一頭微型的豪豬」；另外還有幾隻靠近它。兩天後，這些生物不斷擺動牠們的腿，然後又彼此分開，在實驗缽裡「行動自如」。幾個星期後，這種生物已經超過一百多隻。「當它們成功地迸發出生命的活力時，這些昆蟲遍布擺滿儀器的桌子，牠們都在找暗處隱蔽自己。……在牠們靈活地從一處爬向他處時，肉眼都可以看得清清楚楚。」克洛塞把它們命名為「蜱蟎屬」(genus Acarus)。

安德魯從火山石溶液中「創造」出的蟎蟲

最初只有少數人注意到此事，後來就逐漸傳開了。一家地方報紙注意到這個故事，用「非比尋常的實驗」(Extraordinary Experiment)的大標題報導這「電流蜱蟎」(Acarus galvanicus)，使事情傳遍英國和歐洲。

克洛塞本以為自己透過實驗創造了生命，相當高興。殊不知隨著發現和創造的狂喜，這位「創造者」的悲劇命運也開始了。

大多數的歐洲人都是虔誠的基督教徒，他們深信一切生命都是由上帝所創造，克洛塞自稱創造了生命，這是對上帝最大的褻瀆。他們對他的這種瀆神行為感到十分震驚。在他們的心目中，克洛塞干預了上帝的創造法則，是一個與上帝對立的人。商人拒絕為他服務，教會相信他顯然是中了邪，在他門前的石階上舉行禮拜儀式，為他驅魔除妖。克洛塞竭力希望向人們解釋，但被拒之門外。

克洛塞大概在西元 1836 年寫過一份有關自己創造生命實驗的報告給倫敦的「電學協會」。肯特郡桑威奇（Sandwich）一位名叫 W.H. 威克斯（W.H.Weeks）的科學家被選定來重做他的實驗，肯定了克洛塞的研究。第一臺電動機和發電機的發明者、偉大的麥可·法拉第（Michael Faraday, 1791–1867）在皇家協會（Royal Institute）的一次講演中，抨擊了所有懷疑克洛塞的人，而且他和威克斯兩人都相信克洛塞的「蟎蟲」是一種生命形式，他的確創造了生命，兩人都表示自己也能重現克洛塞的實驗。法拉第甚至聲言自己重做過克洛塞的實驗，得到了類似的結果。但一切都沒有用，克洛塞成為全英國最令人憎恨的人，他的心靈受到的傷害越來越嚴重，最後他漸漸地被人遺忘，終於在孤獨中死去。

有記載表明，克洛塞曾多次在倫敦就電學實驗的問題進行過多次報告。彼得·海寧說，雪萊夫婦不但了解他的實驗，還曾於西元 1814 年 12 月 28 日聽過他的一次報告。因此，海寧肯定，克洛塞顯然是瑪麗塑造法蘭克斯坦的原型人物。

海寧的書出版後，獲得許多人的贊同。一部專門研究文學原型的書，威廉·阿莫斯出版於 1985 年的《小說中的真正原型》（William Amos: The Originals: *Who's Really Who in Fiction*）就採納了他的看法。不過一位叫威廉·聖克雷爾（William St Clair）的研究者看了海寧的書後，在《星期日電訊報》上發表了相關文章。他一方面肯定海寧的研究，說他提出了「一個很有意思的想法」，瑪麗和雪萊的確都對最新電學方面的發現感到極大興趣，甚至津津有味地閱讀了對電磁現象頗有研究的英國化學家漢弗里·戴維爵士（Sir Humphry Davy, 1778–1829）的一些著作。只是，聖克雷爾同時也指出，海寧說的西元 1814 年 12 月 28 日的報告，卻不是由克洛塞發表，而是一位法國科學家做的。

二、原型人物

阿莫斯的
《小說中的真正原型》書影

除了迪佩爾和克洛塞，瑪麗創造法蘭克斯坦的形象，還可以追溯到義大利波隆那 (Bologna) 大學的實驗哲學教授約翰·喬萬尼·奧爾迪尼 (John Giovanni Aldini)，瑪麗的父親威廉·戈德溫小說《聖萊昂》(St Leon) 的主角，和當時社會一些先進人物的自由、平等、博愛思想，尤其是《人的權利》(Rights of Man) 的作者湯瑪斯·潘恩 (Thomas Paine) 的思想，以及威廉·莎士比亞的《暴風雨》、約翰·米爾頓的《失樂園》與柯勒律治的《老水手》等名著中的細節描寫。

3、安徒生的「夜鶯」

丹麥作家漢斯·克里斯汀·安徒生 (Hans Christian Andersen, 1805–1875) 雖然寫有戲劇、小說，還寫過詩歌、遊記、兒童文學及自傳。這些都十分有價值，只是因為他的童話實在是太眾所皆知，至今已經被翻譯成多種語言，發行於一百六十多個國家，以致在人們的心目中，他彷彿就只是一位童話作家，是舉世無雙的童話大師。

的確，世界上大部分的孩子，以及已從童年長大的成人，誰不知道安徒生的〈海的女兒〉、〈冰雪女王〉、〈賣火柴的小女孩〉，還有他的〈夜鶯〉？他所描繪的夜鶯故事：那隻古代中國皇帝花園裡的小夜鶯，牠的歌聲是那麼地美妙動聽，不但為忙碌的漁夫和窮苦的女孩帶來愉快和歡樂；由於聽著牠所唱的安慰和希望之歌，甚至原來處在垂危之中的皇帝，他

的「孱弱的肢體裡，血也開始快速地流動起來」，最後終於恢復了體力，神智也清醒了；而等在皇帝身邊準備帶他進入墳墓的死神，則變成一股寒冷的白霧，從皇帝的房內消失。

丹麥作家漢斯·安徒生

豎立在哥本哈根的安徒生塑像

安徒生的〈夜鶯〉結尾的插圖

　　不要認為這個如此美好的故事是安徒生憑空幻想出來的。像他其他許多的童話一樣，〈夜鶯〉的創作也是取材於現實生活，甚至比其他的許

二、原型人物

多童話更加真實、更加蘊含著他本人的親身感受，因為故事中作為原型的夜鶯，是這位作家在內心深深愛了一生的歌唱家，有「瑞典的夜鶯」之稱的女高音珍妮・林德。因此換句話說，〈夜鶯〉是作家沉痛愛情的昇華。

珍妮・林德（Jenny Lind, 1820–1887）生於瑞典首都斯德哥爾摩的克拉拉教區（Klara），母親安娜・瑪麗婭・拉德伯格或費爾伯格（Anna Maria Radberg, or Fellborg）出身中產階級家庭，是一間私立小學的數學教師。她1810年與一位海軍上校結婚，有一個女兒。但這段婚姻只持續了一年多。與上校分手後，安娜覺得自己經濟狀況和社會狀況都很糟，簡直難以生存，就與22歲的尼克拉斯・約翰・林德（Niklas Johan Lind）同居，另外生了一個女兒，依父母之名取名為約翰娜・瑪麗婭・林德（Johanna Maria Lind），也就是後來的珍妮・林德。

珍妮・林德的畫像

林德很有音樂才華，他以闡釋18世紀的瑞典偉大詩人和音樂家卡爾・貝爾曼（Carl Michael Bellman）的作品而為人所知。但此人，要說他是富有浪漫氣質，還不如說是根本沒有責任感，他只愛交友、狂飲，儘管安娜一直稱自己是他的「林德夫人」，他卻不放在心上，孩子出生之後，他就一走了之，把家交給了安娜。

安娜沒有經濟能力養活孩子，於是在珍妮還只有一歲的時候，就把她交給斯德哥爾摩北郊索倫蒂納的一位風琴手兼教區執事卡爾・費恩達爾（Karl Ferndal）寄養，安娜同樣是個沒有責任感的人。珍妮在費恩達爾家養到4歲時回到家中，但還沒經過一年，安娜就拋下她，自己帶著大女兒移居瑞典東南部的林克平（Linkoping）。這次幫助珍妮的是一對沒有

孩子的夫婦，他們以外祖父母的名義跟她一起生活。

珍妮小時長得並不漂亮，她在自傳中說自己9歲的時候，是「一個又小又醜又笨，大鼻子、害羞且長不高的女孩子」。但這隻「醜小鴨」沒有被悲觀的心理所壓倒，她在自己的生活中找到了快樂。她回憶說自己常常「踏著我的小腳，邊跳邊唱歌」；她還特別喜歡唱歌給她的小貓聽，在小貓的脖子圍一條藍色的絲帶，和它一起玩耍；她也常常一個人坐在窗臺上唱歌。她動人的歌聲引起許多路過的行人停下腳步來聆聽。

老夫婦住的地方在斯德哥爾摩中心的一座公園旁，瑞典皇家歌劇院離他們的家不遠。有一次，皇家歌劇院芭蕾舞舞者倫德伯格小姐（Miss Lundberg）的女僕經過這裡時，聽到了珍妮純粹清脆的歌聲，覺得唱得簡直好極了。她回去之後，迫不及待地告訴她的女主人，並慫恿她也不妨去聽聽這女孩子動聽的歌聲。

倫德伯格小姐聽過後，非常訝異珍妮竟有如此美妙的歌喉，相信她絕對是一個天才。她向歌劇院鄭重提出可否安排她來皇家歌劇院進行一次試唱。歌劇院的總管聽了她的建議後問：「她幾歲？」「9歲。」「9歲！」總管不相信，「這裡可不是幼稚園，而是皇家歌劇院！」但是在聽過珍妮的演唱之後，他立即就改變了主意，同意讓她進劇院，並由政府資助她學習聲樂。

在進劇院之後，珍妮・林德幾乎馬上就開始登臺，當然只扮演一些不重要的兒童角色之類的。實際上，這種鍛煉對她相當有用，到15歲時，她就已經發揮出她的音樂天賦，並且在瑞典首都以外也小有名氣。在一步步深造之後，珍妮・林德於1838年在斯德哥爾摩正式首次登臺，演唱德國作曲家卡爾・韋伯歌劇《魔彈射手》（Carl Maria von Weber: *Der Freischütz*）中的女主角、林務官庫諾的女兒亞嘉特，立即獲得成功。

二、原型人物

為得到更進一步的發展,兩年多之後,珍妮滿懷期望,於1841年7月1日前往巴黎,希望獲得世界知名的男高音歌唱家、最有聲望的聲樂教師之一曼努埃爾‧派特里修‧羅德里格斯‧加西亞（Manuel Patricio Rodriguez Garcia）的指導。加西亞聽了珍妮‧林德演唱義大利歌劇作曲家蓋塔諾‧多尼采蒂（Gaetano Donizetti）的歌劇《拉美莫爾的露琪亞》（Lucia di Lammermoor）中的一段後,很不以為然地對她

珍妮‧林德扮演歌劇的女主角

說：「小姐,妳的嗓音過於疲勞,或者妳原本就沒有好嗓子,怕是教妳也是白費精力。」加西亞的話使珍妮感到極度痛苦,立刻就流下了眼淚。幾年之後,她曾跟德國作曲家費利克斯‧孟德爾頌說起,這是她一生中最痛苦的一刻。但她當時還是鼓起勇氣,懇求加西亞收她為徒。加西亞勉強答應,只是請她先回去,休息一段時期,在三個月內都不要歌唱,甚至連話都得盡量少說,「然後我再聽妳唱」。珍妮聽從了加西亞的教導。當她再次去見加西亞時,果然獲得了他的賞識,被他收為學生。加西亞曾向旁人這樣稱讚珍妮‧林德：「我不記得我是否有過比她更認真、更聰明的學生了。她從不需要我向她講解兩次。」

向這位名師學習十個月,對珍妮‧林德來說是極其重要的,她衷心感謝加西亞教給了她「一些重要的東西」,但她也很自負,她相信自己的天賦。她說,她不遵循任何人的規則來唱歌,她所努力追求的是要像鳥兒一樣地唱。她認為,只有唱得最好的鳥兒,才合乎她對歌唱所要求的真實、清晰和傳神。從現在看來,珍妮‧林德後來確實做到了這一點。

眾多評論家都描述她的嗓音純潔無瑕，具有清晨林間的清新感，著有經典音樂理論著作《論音樂美》(*The beautiful in music*)的維也納知名音樂理論家愛德華・漢斯利克（Eduard Hanslick, 1825 － 1904）則稱讚珍妮・林德的演唱「接近最偉大的自然界之美的表現」。他評論她：

> 極為精巧地模仿了鳥兒的歌唱，幾乎超越了音樂的界線，在珍妮・林德的口中，這種婉轉、清脆的歌聲非常美妙迷人。鳥兒歡樂的歌聲融入高超華麗的演唱技巧，帶給我們樹林中新鮮、自然、令人陶醉的感受，真是奇妙無比。

正是因為如此，珍妮・林德作為花腔女高音歌唱家，與另外兩位歌唱家 —— 德國的亨里埃塔・松塔（Henriette Sontag, 1806–1854）和義大利的愛德琳娜・帕蒂（Adelina Patti, 1843–1919）—— 並稱為 19 世紀的三位「夜鶯」，珍妮也以「瑞典的夜鶯」而聞名。

1843 年，丹麥首都哥本哈根極熱情地歡迎珍妮・林德的造訪。這年，安徒生正好也在出版了《即興詩人》、《奧・特》、《只是個提琴手》和第一部童話集，並獲得盛譽周遊歐洲之後回到祖國。

哥本哈根蒂沃利花園

二、原型人物

蒂沃利花園遠景

在此以前，即 1840 年的一天，安徒生在哥本哈根一家旅館看到珍妮‧林德的名字時，就相信那時還完全不為人知的女子是斯德哥爾摩的第一歌手，曾前去拜訪過她。當時，珍妮雖然接待了他，但態度並不熱情，安徒生甚至認為「比較冷淡」。這次，是他的朋友奧古斯特‧布農維爾（August Bournonville）跟他說起珍妮來到此地的消息的。布農維爾是丹麥皇家芭蕾舞團的編導，同時也是一名演員，他的瑞典夫人是珍妮的好朋友。布農維爾還告訴安徒生，珍妮跟他說，她始終記得安徒生的名字，還讀過他的著作。布農維爾希望安徒生與他一起去見這位歌唱家，並協助竭力勸說她加入他的皇家劇院。這就促成了安施生與珍妮的再次見面。

珍妮‧林德在哥本哈根的首場演出是扮演德國的歌劇作曲家賈科莫‧梅耶貝爾創作的歌劇《惡魔羅貝爾》(Giacomo Meyerbeer: *Robert le Diable*) 中的艾麗絲。《惡魔羅貝爾》描寫吟遊詩人拉姆鮑特向一群騎士宣稱魔鬼羅貝爾是由惡魔與一位女性所生，恰好這時羅貝爾本人也在聽者之中，於是他狂怒不已，要殺死拉姆鮑特，只因有其胞妹艾麗絲對他的愛，才使拉姆鮑特得以倖免。

丹麥上流社會人士對自己本土的文化，甚至整個斯堪地那維亞島國的民族文化都相當鄙視，他們崇尚的是外來的西歐文化，特別把欣賞義

3、安徒生的「夜鶯」

大利歌劇視為最大的流行,即使對珍妮·林德這樣已經在歐洲獲得名聲的優秀歌唱家,也抱著不屑一顧的態度。但安徒生卻深深為珍妮的艾麗絲這一形象所感動。安徒生後來在他的《自傳》(*The True Story of My Life: A Sketch*)中以最親切、最崇敬的言語回憶道:

珍妮·林德在《惡魔羅貝爾》中扮演艾麗絲的第一次演出,就像是在藝術王國裡的一次全新展示,青春、清新的聲音打動著每個人的心靈;在此發揮作用的是純真和天性,洋溢著思想和智慧。她在哥本哈根的演出創造了我們歌劇歷史的新時代。

沒有什麼能夠削減珍妮·林德在舞臺上表現出來的偉大印象,除了她自己的人格。……由於珍妮·林德,我第一次感受到藝術的神聖,經由她,我學到了一個人在為上帝的效勞時必須忘記自己。

從未有過一本書,或是一個人,比珍妮·林德使我產生更佳、更崇高的印象。

安徒生把珍妮·林德視為「一位聖潔貞女的形象」。

與此同時,珍妮那文靜的笑容和美妙的歌聲也使安徒生動情,尤其是在兩人單獨處的候。「我墜入情網了!」他在日記裡這樣承認。他的日記多處寫到了珍妮·林德的名字。那幾天,他們兩人見過許多次面,安徒生為她介紹一家兒童救濟協會,安排一場音樂會義演。珍妮對他顯得溫柔而坦率。至於對於安徒生的愛,她只在一次餞行的宴會上舉杯感謝安徒生的時候,特地含蓄地說:「我希望在哥本哈根有一個兄弟,您願意做我的兄弟嗎?」安徒生明白她的態度,但他的感情仍舊熱烈沸騰。

文學史和作家傳記的大量例證表明,完美的愛情只會帶來幸福的婚姻,而不得回報的愛情才能激發作家創作出感動人心的作品。

對珍妮的苦澀之愛萌發在安徒生的心底。既然不能再在所愛之人面前表達,那麼只能藉由自己的作家之筆來表達。美妙親愛的夜鶯,我是

二、原型人物

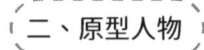

多麼地想描寫妳。這暗示著安徒生的心聲。他決心要用最美好的字句來描寫珍妮的歌聲，珍妮那像林中的夜鶯自然地流淌出來的歌聲，湧滿心頭的奔放情感，讓安徒生在 1843 年很快就寫出了一篇非常獨特的童話。這就是〈夜鶯〉，它既是一篇給孩子看的童話，又是一篇引發成人深思的小說。像常見於許多作家身上的那樣，它讓安徒生在作品中重溫並再現了一次不復存在的愛。

在安徒生的筆下，〈夜鶯〉中的夜鶯是一隻生長在本土海邊花園林間的灰色夜鶯，而不是來自國外的人造夜鶯。牠確確實實是王國裡「所有一切中最美的東西」，只是當時沒有立刻為宮廷裡的人所知曉，反而把外國的人造夜鶯視為「皇家的高超夜間歌手」，雖然連贈送這隻人造夜鶯的國家也深知自己的夜鶯，「比起中國皇帝的夜鶯，是很寒酸的」，而且行家也看出：「牠似乎總缺少一種東西」。在這裡，作家把夜鶯描繪成真善美的化身，深沉地表達了他對珍妮純真的愛戀情懷；同時又婉轉地指責了盲目崇拜外國文化的現象。

著名畫家愛德蒙·杜拉克為〈夜鶯〉繪製的插圖

著名畫家愛德蒙・杜拉克
為〈夜鶯〉繪製的插圖

著名畫家愛德蒙・杜拉克
為〈夜鶯〉繪製的插圖

　　珍妮・林德於 1852 年嫁給了德國鋼琴家、作曲家和指揮奧托・戈特斯密特（Otto Goldschmidt, 1829-1907）。安徒生一生都沒有得到珍妮的愛，也沒有得到別的女性的愛。但是一個半世紀來，更令人們深刻記得的還是他與這位歌唱家間純真的愛；不但傳記作家都懷著崇高的敬意記述這段愛情，還有其他作品不止一次地描述他這段愛情。例如，1974 年 12 月 17 日，一場以眾多情節描寫這段愛情的兩幕音樂劇《漢斯・安徒生》在倫敦帕拉迪昂劇場（Palladium）演出，吸引了眾多觀眾。委內瑞拉詩人阿奎勒斯・納佐阿（Aquiles Nazoa, 1920–1976）創作了一首動人的〈漢斯和珍妮的情歌〉（Balada de Hans y Jenny），唱出「從未有過像漢斯愛珍妮那樣純潔的愛情」。而凡是讀過〈夜鶯〉的人，都會想起這位童話作家和歌唱家珍妮・林德兩人之間曾經有過這麼一段獨特而純潔的感情經歷，並被這段經歷所深深觸動。

二、原型人物

三、藝術品風波

三、藝術品風波

1、法貝熱的「復活節彩蛋」

  基督教有很多節日禮拜，其中「復活節」是最重大的節日之一。俄羅斯的東正教作為基督教三大集團之一，屬世界東正教之首，歷來以華麗多彩的禮拜儀式為其顯著特色：通常是在每年的 3 月 22 日至 4 月 23 日。在這段時間，無論是平民百姓還是羅曼諾夫王族，都會去教堂參加紀念活動，如史學家記述的：「教徒們相互接吻（三次），宣稱：『基督復活了』；對方的回答是：『他真的復活了』；並要每個人互送禮物。」禮物中，最重要的是彩蛋，因為「復活節彩蛋是復活、新生和希望的古老象徵。」一般人因為經濟條件不允許，只能在將普通的蛋煎得像石頭一樣硬後，再在上面繪製一些象徵性的彩色圖樣，然後送至教堂，紀念基督的復活。貴族和有錢人就不同了，他們贈送的彩蛋都是請著名技師和藝術家用金、銀、寶石、琺瑯、微型小畫像製作出來的。最著名的，當屬羅曼諾夫王朝的幾代國王和王后留下的「法貝熱彩蛋」。

亞歷山德拉皇后的「花籃彩蛋」　　　　普通的復活節彩蛋

070

1912年的一幅描繪復活節的繪畫

彼得·卡爾·法貝熱 (Peter Carl Fabergé, 1846-1920) 原籍法國，生於信奉新教的家庭。本來，由於有亨利四世國王1598年頒布的《南特敕令》(*Edict of Nantes*)，新教徒享有廣泛的宗教自由，新教特別繁瑣的禮拜儀式也獲准可以在巴黎以外的許多地方公開舉行。但是到了1685年，路易十四國王撤銷了這項「敕令」，剝奪了新教徒的一切宗教自由和公民自由。於是，法貝熱家開始逃亡，他的幾位祖先最後在俄羅斯定居了下來，Fabergé這個法語名字也變成為俄語的 Карл Гу́ставович Фаберже́。彼得的父親居斯塔夫·法貝熱最初在俄羅斯帝國的首都聖彼德堡學習做一名金首飾匠和珠寶匠，到了1842年，他自己創立一家店鋪正式營業。

卡爾·法貝熱 　　　　彼得·卡爾·法貝熱

彼得·卡爾·法貝熱 (Петер Карл Фаберже́) 雖然在聖彼德堡出生，但他父親把他送到德國接受教育，並在那裡做金首飾匠的學徒。到了

071

三、藝術品風波

1866年,他已滿20歲,而且能獨立製作,在經濟和商業事務方面也打下了扎實的基礎,但父親仍然要他繼續進一步精進自己的技藝,直到1870年或1872年才讓他接管在聖彼德堡的珠寶公司。

法貝熱既聰明又機靈。他在管理自己工廠業務的同時,常志願去著名的艾爾米塔什博物館服務,做文物編目、鑑定和修復工作。果然,雖然他做這項工作不收取任何報酬,後來獲得的回報卻遠遠超出了他當時所付出的勞動。他將從博物館學得的知識運用到自己的工廠裡,先是仿製古俄羅斯的珍寶出售,隨後在芬蘭名匠埃里克·科林(Eric Kollin)的幫助下製作出一批仿製品,推向莫斯科市場。這批產品產生了極大的影響,連沙皇亞歷山大三世和他的妻子瑪麗亞·費多羅芙娜王后都親自到場購買,卡爾·法貝熱因此獲得金質獎章,被稱為「開創了珠寶藝術的新時代」。

彼得·法貝熱之所以這樣做,據法貝熱作品的著名收藏家克里斯多夫·福布斯(Christopher "Kip" Forbes)的說法是,「他認為,對一件作品的鑑賞,重要的應該是其創造性和工藝,而不是克拉的含量……。所以他的作品才引起亞歷山大三世的注意,他讚賞法貝熱的作品是俄羅斯的天才典範。」

後來,法貝熱又想到一項技術。他聘用俄國金匠米哈依爾·葉夫拉姆皮耶維奇·佩爾辛,協助他學習和實驗用黃金和琺瑯仿效古代藝匠的技藝。結果,製作出來的藝術品,甚至連沙皇本人都分辨不出,哪一個是法貝熱的複製品,哪一個才是他自己收藏的鼻煙壺等原物。

1885年的一天,沙皇亞歷山大三世一早醒來,想起復活節即將到來。此前,亞歷山大三世每年都送給他的妻子瑪麗亞·費奧多羅芙娜皇后鑲有寶石的復活節彩蛋,這已經成為慣例。於是,他的兄弟弗拉基米

爾‧亞歷山德羅維奇大公建議，可以讓法貝熱為他製作一枚鑲珠寶的彩蛋，要求既要使皇后感到驚喜，又要覺得好玩。接受聖諭後，法貝熱便專為羅曼諾夫王朝製作了一顆彩蛋。據說這顆彩蛋的靈感來自於18世紀丹麥皇家收藏的象牙彩蛋。法貝熱的彩蛋高3公分、寬2公分，外表似乎相對簡單，2.5英寸的琺瑯外殼，中間鑲一條金色的帶子。打開雞蛋，裡面露出一顆金色的「蛋黃」，打開蛋黃，裡面是一隻蹲在金色稻草上的金色母雞；母雞體內有一個鑽石製成的微型皇冠和一個紅寶石吊飾。這就是所謂的「第一枚帝國金雞彩蛋（First Imperial <Hen> Egg）」，共耗資4,151盧布75戈比。

1885年的「帝國金雞彩蛋」

在阿尼奇科夫宮（Anichkov Palace），瑪麗亞‧費奧多羅芙娜皇后收到這份禮物後非常高興。於是亞歷山大三世在六周後，於當年5月1日任命法貝熱為「帝國宮廷的供需官」，讓他專門從事製作彩蛋的工作；並從第二年起，幾乎年年都為王族製作彩蛋。從此開啟了製作這種復活節彩蛋的傳統，期間就算這位國王因長期嗜酒而損耗身體、患上腎病，於1894年俄曆10月20日（西曆11月1日）過早去世，此傳統仍一直持續到1918年羅曼諾夫王朝覆滅。

亞歷山大三世駕崩後，他的兒子尼古拉二世於1894年11月1日繼承王位，十多天後結婚。皇后本名阿里克斯‧維多利亞‧伊琳娜‧布里吉

三、藝術品風波

塔・路易莎・比阿特麗斯，原是黑森 - 達姆施塔特的公主，是英格蘭維多利亞女王的外甥女，來俄羅斯後改名亞歷山德拉・費奧多洛夫娜。依照傳統，要讓法貝熱為新皇后製作一顆復活節彩蛋。法貝熱考慮，在皇后的祖國德國，黃色的玫瑰——金玫瑰被認為是玫瑰中最高貴、最有價值的品種，就決定要製作一顆使皇后驚喜而愉悅的彩蛋。

1895 年的這顆復活節彩蛋雖然是法貝熱工廠為俄羅斯帝國製作的最小的彩蛋之一，但作為國王和皇后愛情的象徵，十分精緻且富有新意，被稱為「玫瑰花苞彩蛋」(Rosebud Egg)：彩蛋像一個好玩的糖果盒，打開後，裡面露出一朵琺瑯的黃色玫瑰花苞；輕按支桿，玫瑰自動綻開，露出一頂微型帝國皇冠，皇冠內是一顆紅寶石吊飾。這就是亞歷山德拉・費奧多羅芙娜在丈夫尼古拉二世繼位後，擔任俄羅斯皇后的微型皇冠。

1895 年的「玫瑰花苞彩蛋」

雖然尼古拉二世是在 1894 年繼位的，但他的加冕典禮則是在 1896 年 5 月 26 日在莫斯科的烏斯賓斯基大教堂舉行。法貝熱覺得，需要製作一顆彩蛋，慶祝這一歷史事件。這就是 1897 年尼古拉二世送給亞歷山德拉的「帝國加冕禮彩蛋」(Imperial Coronation Egg)。

這顆彩蛋是用黃金製成的，在金黃色瓷釉的表面，格紋結構的飾紋上嵌有旭日形的寶石飾針，每個格子的交叉點都站立著象徵帝國的雙頭

鷹。彩蛋的頂端冠以玫瑰色寶石和紅寶石交叉裝飾的皇后名字首字母；底部是皇后當時穿著加冕禮服的微型畫像，和「1897」幾個字。令人驚喜的是，打開彩蛋，有一輛皇后去烏斯賓斯基大教堂時乘坐的帝國四輪馬車的可拆裝模型，車艙、可打開的窗門和可轉動的車輪、天鵝絨坐墊、踏腳板等一應俱全，都是用黃金、瓷釉、鑽石、水晶製作出來的，不愧為一件奇妙的工藝品。

1897年的「帝國加冕禮彩蛋」

　　傳統還在繼續。1898年，法貝熱為尼古拉二世製作送給皇后的是「幽谷百合彩蛋」（Lilies of the Valley Egg）。這顆彩蛋是遵照當時歐洲興盛的、亞歷山德拉皇后特別喜歡的「新藝術」（Art Nouvea）風格設計的：彩蛋長7.25公分，寬3.75公分，以淡淡葡萄酒色的瓷釉打底，上面是綠色的葉子中間伸出淡黃色的枝莖，莖上開出一朵朵珍珠製成的潔白的百合花，花瓣上是一顆顆細小的鑽石。由於以底座上四個支架支撐，使這朵百合看起來就像是出自一處山谷，從而使這枚彩蛋有「幽谷百合」之名。另外，彩蛋的頂端還有一頂羅曼諾夫王朝皇冠的複製品。輕輕一按，皇冠徐徐升起，展開成三幅肖像，一幅是國王尼古拉二世，另兩幅是他們夫婦的兩個女兒奧爾迦和塔吉雅娜。法貝熱知道，每年春天，亞歷山德

> 三、藝術品風波

拉皇后宮內的房間都擺滿了美麗的花束；粉紅色是皇后最喜歡的顏色，百合是她最喜歡的花。所以他就以象徵純潔愛情的幽谷百合，來歌頌皇后全家的純潔之愛。

1898 年的「幽谷百合彩蛋」

此後，每年復活節，王室都會請法貝熱製作彩蛋：1899 年的「鐘形百合彩蛋」（Bouquet of Lilies Clock egg），1900 的「小公雞彩蛋」（Cockerel egg），1901 年的「花籃彩蛋」（Basket of Wild Flowers egg），1902 年的「三葉草彩蛋」（Clover egg），1903 年的「彼得大帝彩蛋」（Peter the Great egg）。

1、法貝熱的「復活節彩蛋」

1899年的「鐘形百合彩蛋」　　1900的「小公雞彩蛋」

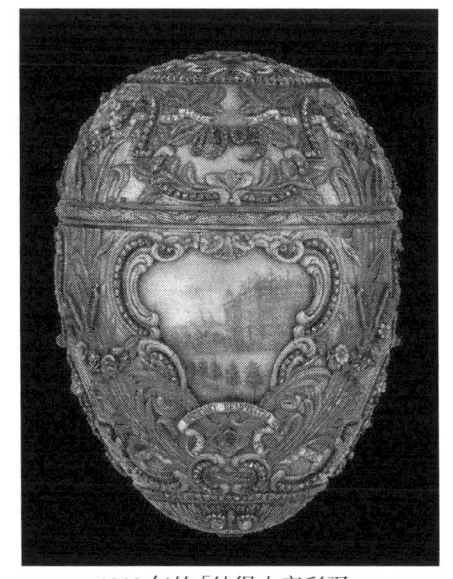

1902年的「三葉草彩蛋」　　1903年的「彼得大帝彩蛋」

077

三、藝術品風波

但 1904 年和 1905 年,因「日俄戰爭」慘敗,未見到贈送復活節彩蛋的記載。不過十年後,儘管處於第一次世界大戰,這一傳統也仍沒有被忘卻。

俄羅斯參加第一次世界大戰對國家來說是一場災難,帝國損失慘重。戰爭期間,尼古拉二世時時親自前往前線,皇后與女性友人也於戰爭一開始就學習護士課程,並在宮廷從事實際的護理操作,兩個大女兒也協助她們。皇后站在外科醫生身邊,為他們遞送滅菌器械、藥棉和繃帶,拿走鋸下的手臂和腿,皇后還組建醫院和救護車,做了不少她自稱為「慈善修女」的工作。法貝熱 1915 年為國王送給妻子的「愛國紅十字彩蛋」(Red Cross egg with Imperial Portraits),為適應戰爭氣氛,以淡淡的灰白色來表現這一特殊時期的樸素精神。蛋的中間是一個鮮紅的十字,象徵皇后協助國際紅十字會在第一次世界大戰中的慈善工作。另外,環繞彩蛋,是皇后和四個女兒的畫像,全都穿著一身潔白的紅十字會護士服。這顆彩蛋一切都很簡樸,其含義卻十分深刻,主題就是頌揚皇后的這一功績,深得皇后的賞識。

1915 年的「愛國紅十字彩蛋」

1916年的「聖喬治十字彩蛋」(The Cross of St.George egg)是為了紀念尼古拉皇帝和他的兒子阿列克謝‧尼古拉耶維奇大公(Alexei Nikolaevich)被授予「聖喬治勳章」。像「愛國紅十字彩蛋」一樣,「聖喬治十字彩蛋」同樣也表現出當時的艱苦、嚴峻、緊縮、勵節的風格。雖然也是淡淡的乳白色琺瑯為基底,卻不同於以往的那些閃閃發光的彩蛋,它沒有光澤,以配合戰時的氣氛。綠色的花環,構成一個個格子,突顯出一枚用黑色和橘紅色綬帶圍繞的聖喬治十字勳章。這是帝國對勇敢軍人作為獎勵的象徵;勳章的背面是尼古拉二世的鏤刻像。法貝熱在此處意在表彰皇帝經常深入前線總指揮部的英勇行為。但是尼古拉二世把這顆彩蛋送給他的母親皇太后瑪麗亞‧費奧多羅夫娜了。這可能是法貝熱的工廠為羅曼諾夫家族製作的最後一枚彩蛋。

1916年的「聖喬治十字彩蛋」

據稱,法貝熱一生共製作了69顆「復活節彩蛋」,至今尚存57顆。這些彩蛋雖然都冠以法貝熱之名,但實際上每一顆都需要法貝熱公司中的設計師、金匠、銀匠、珠寶匠、石刻師、琺瑯師和雕塑家的辛勤準備,製作完成約需一年時間。在這過程中,對任何人,甚至包括沙皇本人,在看到成品之前都嚴格保密。法貝熱的工作坊製作出的彩蛋,格外

三、藝術品風波

精緻，每顆都令人驚喜。

　　1918 年，尼古拉二世及其家人被處決，法貝熱逃往瑞士，於 1920 年去世。大部分的法貝熱彩蛋和皇家的金銀珠寶被運往克里姆林宮的軍械庫，在這過程中，有幾顆彩蛋不知去向或遭搶劫。當時唯一沒有找到的是聖喬治十字彩蛋，那是因為皇太后乘坐英國戰艦瑪律伯勒號從雅爾達撤離去了英國，才得以被保存下來。列寧去世後，史達林執政，列寧保護俄羅斯文化遺產的努力遭到了破壞。史達林用俄羅斯帝國的遺產向西方換取貨幣，以支撐當時蘇聯所處的困境。1929 年末，蘇聯開設了一家專賣藝術珍品的古董店，美國石油公司主管艾曼達·漢默（Armand Hammer, 1898-1990）以 5 萬美元購入該店首批出售的七、八個法貝熱彩蛋，其中包括「玫瑰花苞彩蛋」。漢默後來將這些彩蛋帶回美國，成為展售會上最具有轟動效應的展品，有幾顆被藏家邁爾康·斯蒂文森·富比士（Malcolm Stevenson Forbes, 1917-1990）看中，以每顆 100 萬美元的價格買走。近年來，法貝熱彩蛋已經成為國際拍賣市場上最搶手的工藝藝術品，每顆拍賣價都以億元起價。

2、戈特雷奧夫人的細肩帶

　　西元 1881 年 6 月的某一天，美國畫家薩金特在巴黎社交界見到一位女子之後，就寫封一封信給他童年時代的好友本·德·卡斯蒂洛（Ben del Castillo），請他想辦法能讓她做他的模特兒，讓他為她畫幅肖像：

　　「我極其渴望要畫她的肖像，且有理由認為她會應允並期待著有人希望對她的美表達敬意。如果你『bien avec elle』（與她友好），你可以告訴她，我是一個天賦非凡的人。」

2、戈特雷奧夫人的細肩帶

約翰‧辛格‧薩金特（John Singer Sargent, 1856–1925）祖先是美國人，父親菲茨威廉是一位醫生，西元1854年攜家去歐洲；兩年後在義大利的佛羅倫斯生下了他。

約翰‧薩金特12歲就開始學習繪畫，先在當地臨摹一些名畫；18歲那年由父親陪同去巴黎，拜訪了上流社會肖像畫畫家夏爾‧埃米爾‧奧古斯特‧卡羅呂‧杜蘭（Charles-Emilie-Auguste Carolus-Durand, 1837–1917），跟著他學畫。在練習母親畫像和獲准為老師畫像之後幾年，為考驗自己的能力，薩金特於西元1877年選擇為一位女士瓦茨小姐——芳妮‧瓦茨（Fanny Watts）畫一幅半身像，獲得了成功，不但在沙龍展出，一年後還出現在巴黎的世界博覽會上。一年後，又為後來嫁給美國畫家喬治‧巴斯的17歲少女羅西娜‧費拉拉（Rosina Ferrara）創作了一幅優美的肖像畫；隨後又為詩人和劇作家愛德華‧佩勒隆的妻子瑪麗‧布洛茲‧佩勒隆夫人和女兒瑪麗‧路易絲‧佩勒隆（Marie Buloz Pailleron, Marie-Louise Pailleron），以及非常富有的愛德華‧達利‧波依特（Edward Darley Boit）的四個女兒創作畫像，還有〈拾牡蠣〉（Fishing for oysters at Cancale）、〈西班牙舞蹈〉（The Spanish Dancer）、〈波齊醫生〉（Dr. Pozzi at Home）等其他創作，幾乎年年都有作品入選沙龍，使他名聲大振，畫約不絕。

畫約豐厚的酬金雖然有不小的吸引力，但在薩金特看來，自己只有20多歲，未來還有大好前途。於是他多次出入社交場合，希望能找到一位模特兒，使他能夠創作出一幅令全巴黎都震驚的肖像畫。

弗吉尼‧艾美莉‧艾夫諾‧戈特雷奧（Vieginie Amelie Avegno

三、藝術品風波

Gautreau, 1859-1915）生於美國路易斯安那州的紐奧良，據說為義大利後裔特南第二代侯爵（2nd marquis de Ternant）安那托爾・普拉西德・艾夫諾少校（Major Anatole Placide Avegno）家中唯一倖存下來的孩子。她父親艾夫諾少校於西元 1862 年 4 月在南北戰爭中那場著名的夏洛戰役（Battle of Shiloh）中負傷而亡，此後，她的寡母就收拾行李，攜帶 4 歲的艾美莉和她姐姐朱麗遠渡法國。從此，她們再也沒有回過美國。

女兒一天天成長，快到適婚年齡了，艾夫諾夫人想讓她們在社交圈有一席位置。只是她們的家系過於混雜，背景也太過神祕，

戈特雷奧夫人的畫像

導致她們無法進到最高階層。儘管有些微的貴族關係，她們仍被視為野心家（arriviste）而遭唾棄。不過女孩子出落得那麼地美，無論如何都不可能被忽視。

艾美莉五官勻稱，下頷突出，前額的髮線相當高，嘴唇薄而適中，頭髮略帶暗銅色，柔軟而有光澤，身材也非常好。所有的一切，被神祕的魔力結合在一起，創造出兩人驚異的美。

姿色就是一筆可觀的資產，艾美莉在炫耀自己方面又毫不謙讓、不落人後，她為自己有如此面容和身材而自豪，並處處引人注意。終於她如願以償，找到一個位置，嫁給富有的銀行家和船東彼埃爾・「彼得洛」・戈特雷奧（Pierre "Pedro" Gautreau），他當時 40 歲，與母親一起住在布列塔尼和巴黎的宅邸。雖然在巴黎的社交圈裡，這不是一個十分可靠的位

2、戈特雷奧夫人的細肩帶

置，但畢竟讓她得以混跡金融界、醫界和政界等職業階級。在舞廳裡、在歌劇院，甚至在公園的馬車裡見到她時，林蔭道和長椅的人群都會發狂似地衝出去，一睹這個「La Belle Gautreau」（美女戈特雷奧）的姿容，甚至導致交通堵塞。《紐約先驅報》(*New York Herald*) 記者加布里埃爾・路易士・普林格 (Gabriel Louis Pringue) 前往法國採訪後，在西元 1880 年 3 月 30 日的報紙上發表了一篇題為〈漂亮的美國女子：一顆沐浴在巴黎社交海中的美麗新星〉(*La Belle Americaine: A New Star of Occidental Loveliness Swims into the Sea of Parisian Society*) 的文章，說那個時候，巴黎的女子流行捲曲的高髮型，她們都拱起胸部、穿著寬鬆的服裝、蓬鬆的衣袖，整天被絆在門內的扶手椅和腳凳上。但艾美莉和她們不同。普林格描繪說她第一次在社交圈亮相時，「就像一尊古希臘時代的雕像」：紅褐色的頭髮向後挽成希臘式的髮辮，反射出金色的光澤；前額驕傲地突出，一張令人讚嘆的臉，「絕對勻稱，沒有絲毫的缺陷」；細長的脖子，完美地搭在她圓潤的肩上，幾乎透明的皮膚緊貼著她「極佳的」身軀……

這樣一個美人，還有誰不喜愛？她成了共和派政治家萊昂・甘必大 (Léon Gambetta) 的密友，還長期與著名的法國婦科醫生薩米埃爾・讓・德・波齊 (Samuel Jean de Pozzi) 有曖昧關係。與此同時，有關她的流言蜚語也很多。除了未必有根據的緋聞之外，傳記作家斯坦利・奧爾松在他 1986 年出版的《薩金特傳》(*Stanley Olson: John Singer Sargent His Portrait*) 中記錄了這麼一則「駭人聽聞的傳言」：

艾夫諾小姐厭惡男人和妻子之間的關係，她連續多次粗暴拒絕了戈特雷奧的求婚。但戈特雷奧被她的美貌所迷惑，甚至表示，只要與她結婚，他願不提任何自己方面的權利。她可以住在居所的另一處。他只要求生活在同一個屋簷下可以去看看她，享有作為她純潔丈夫一切簡樸的

三、藝術品風波

愉悅。這似乎是可以忍受的約定，於是她同意嫁給他。婚後，她一度開始顯示出妊娠不可避免的生理徵兆。戈特雷奧狂怒了，他自然不信她聲明說自己沒有跟人睡過覺。她呢，確實也沒有騙他。她去找她的婦科醫生──大概是波齊醫生，經檢查結果表示真的沒有！太神奇了。波齊醫生作了手術，發現在戈特雷奧夫人體內有她未出生的雙胞胎姐妹。在這之後，故事就結束了，丈夫和妻子開始美滿的夫妻關係，並有一個女兒，女兒後來於1914年去世。

薩金特一見到戈特雷奧夫人，夫人那雕像般的輪廓和側影，以及曲線多姿的體型，具有難以言喻的美，立刻深深吸引著他，使他覺得她正是其夢寐以求的理想模特兒。在薩金特的意識中，之所以是戈特雷奧夫人，不僅由於她的特殊之美，還因為她是全巴黎、全世界的名人，是所有名人中最有誘惑力，他低檔不住她的誘惑；其他的傳聞就進不到他的心靈裡了。他馬上寫信給德·卡斯蒂洛，因為卡斯蒂洛是艾夫諾家族的遠親，希望他能對戈特雷奧夫人施加影響；他還爭取到作家和翻譯家愛瑪·瑪麗·卡迪奧·阿洛爾·儒昂（Emma Marie Cadiot Allouard-Jouan）的幫助，因為愛瑪在布列塔尼的迪納爾（Dinard）有一座避暑山莊，跟戈特雷奧在巴拉美（Parame）的莊園「橡林別墅」（Chateau les Chenes）相距不遠。

薩金特的努力終於收到成效。西元1883年2月28日，他寫給阿洛爾·儒昂夫人的信中說道：

〈戈特雷奧夫人〉的畫像如今賣到了紐約大都會美術館，已被改名為〈X夫人像〉──活躍於巴黎社交圈，她的成功與美麗相得益彰。她的五官突出，髮線相當高，嘴唇薄而好看，將這些特點結合在一起，竟然塑造出一張如此動人的臉。她使用大量蜜粉擦在雙臂、肩膀、胸前、頸

2、戈特雷奧夫人的細肩帶

項和臉部,看起來白皙細嫩。她同時有很好的身材,穿著低胸的黑色細肩帶禮服,顯出二維空間的視覺效果。

當薩金特畫她時,夫人只有23歲。事實上薩金特第一次遇到這位小姐時,就有希望能為她作畫,不只是因為她的美麗,還有一種與眾不同的氣度。

從1883年2月開始畫,預定費時三個禮拜,作品準備參加沙龍展。到了夏天,更換場地,薩金特隨她到鄉間別墅繼續工作。這位小姐很慵懶,擺各種姿勢都撐不久。薩金特只好儘快素描,包括有臥姿、臉型特寫、坐姿、頭部等。最後決定是站在圓桌旁,右手撐著桌面,理由是這樣不會站得太累,而右肩的禮服肩帶隨著身體傾斜滑落下來,不知道是故意還是無意。

素描之一　　　　　　　素描之二

對於這幅畫像,薩金特期望很高,作家也認為頗有創意。令他的緊張不已的結果隨著沙龍開幕而揭曉,最後大會將獎項頒給了這幅畫,使得今後薩金特的作品不必經過審核也可以直接參展。所有藝術界的同行都讚賞不已,可是一般大眾對於「下垂的肩帶」無法接受,認為邪惡、不

三、藝術品風波

夠莊重，同時畫中人物蒼白的膚色也不被認同。不過夫人認為這是一副完美的傑作，而畫家所繪正是當時所見。

〈戈特雷奧夫人像〉原畫　　　　　今日看到的〈戈特雷奧夫人像〉

由於此畫引起的肩帶風波，薩金特拒絕將夫人的畫像從會場收回，因為這也會違反展覽規則。可是經過傳言醜化、大眾的指責，使得夫人要求薩金特更改畫面，將滑下的肩帶扶正，這也就是目前大都會美術館所見的版本。這次風波對正在發展追求進步的畫家打擊不小，使他懷疑過去一向認為「只有巴黎才是唯一選擇」的念頭有所改變。這也是薩金特移居倫敦的原因之一。

薩金特在畫〈戈特雷奧夫人像〉

3、邂逅「米洛的維納斯」

　　她，身高 204 公分，胸圍 121 公分，腰圍 97 公分，臀圍 129 公分，肩寬 44 公分，不僅身材符合女性人體美的完美標準；那豐潤的肌膚、典雅的面龐、含蓄的笑容、微微扭轉的站姿，優美的體態以及自然舒展的衣服褶痕，以絕代風韻使多少美的傾慕者為之傾倒。當奧古斯特・羅丹在羅浮宮站到她的面前時，一下子就被震驚住了。據保羅・葛賽爾（Paul Gsell）記載，這位雕塑大師這樣評論道：「神奇中的神奇！……我們看到的這位女神，身子不是向前挺，而是微彎，就好像基督教藝術中的雕像那樣，但絲毫沒有不安和苦痛。這是古代的神品：被節制了的熱情，為理智所調節的生之愉快。」（沈寶基譯）

　　當德國詩人海因里希・海涅雖然已經病得很重，還是於 1848 年 5 月的一天，獨自離家出門，勉勉強強地去了羅浮宮。他在詩集《羅曼采羅》的「後記」中這樣敘述他心靈受到的衝擊：

三、藝術品風波

「我費了好大的勁才拖著腳步一直走到盧浮宮。當我跨進莊嚴的大廳，看到那位備受讚美的美神，我們親愛的米洛夫人站立在臺座之上，我差點兒暈倒在地。我在女神腳下躺了很久，失聲痛哭，哭得那樣傷心，連石頭也會對我起憐憫之心的。甚至女神也同樣地，可又是無可奈何地俯視著我，彷彿想說：『你沒有看見，我沒有手臂，所以對你愛莫能助嗎？』」（張玉書譯）

是的，她就是「米洛的維納斯」！

米洛的維納斯正面像 　　米洛的維納斯側面像 　　米洛的維納斯背面像

歷史上常有這樣的事：重大的發現或發明，經常使後來的一些人獲得無盡的讚頌，甚至一次次被載入史冊，卻恰恰漏掉了第一發明或發現者。恐怕很多人都想不到，「米洛的維納斯」的情形竟然也是如此：對它如何從米洛斯島到巴黎的羅浮宮，許多資料都津津樂道；至於它最初如何被發現，卻往往隻字未提。沃蒂埃真是一位不幸的幸運者，或者說是幸運的不幸者。

3、邂逅「米洛的維納斯」

奧利維埃・沃蒂埃（Olivier Voutier，1796–1877）是法國的一名海軍少尉。他有著高高的前額、烏黑的頭髮、細心修剪的大捲曲鬍子，鬚尖高高翹起。他那修長而精幹的運動員體型，看起來好像有點瘦削，但懷有一腔浪漫主義的熱忱，讓他的外表顯得孤傲而有神韻。他還喜歡穿一身剪裁講究的制服，增加他一絲不苟的軍人氣概。

法國海軍少尉
奧利維埃・沃蒂埃

那是西元1820年春，沃蒂埃第一次踏上希臘土地的日子，那年他23歲，被派至「信使號」（Estafette）雙桅艦服役。船艦在米洛斯島（Melos）那宏偉壯麗的港口停泊了一個多月。

米洛斯島是愛琴海中位於希臘大陸和克里特島之間的一座島嶼，面積150多平方公里。愛琴海中的希臘群島大多都富有詩意。萊斯沃斯島（Lesbos）是女詩人莎芙（Sappho）生活的地方，在這裡，她在豎琴的伴奏下為許多女子歌

「信使號」駛向米洛斯島

唱。基克拉澤斯島（Cyclades）在蔚藍色大海和黃褐色海灘的掩映下，裸露的山脊上點綴著深綠色的橄欖樹，和海面上潔白的風帆交相輝映，景致格外幽美；考古學家曾在這裡發現過許多十分動人的女性小雕像⋯⋯但是米洛斯島沒有這種浪漫氣氛。長期待在這座島上，對「信使號」來說，除了待命，別無他事；沃蒂埃在這裡也閒得無聊，每天都只能在沙灘上索然無味地做做體操。

最後，沃蒂埃終於想到一個避免無聊的辦法。

三、藝術品風波

沃蒂埃喜歡追逐新鮮事物。在那個年代,正好有一門不成熟的新學科剛剛誕生,那就是考古學,沃蒂埃對它產生了濃厚的興趣,有機會就要參與嘗試。

4月8日,無所事事的沃蒂埃約了兩名水兵,帶著鏟子和鐵鎬離開「信使號」。他們要去米洛斯的山坡上進行挖掘,因為他知道在這裡可以找到古希臘羅馬的光輝遺址。當然,沃蒂埃所關注的要比找尋古希臘遺址多得多。他曾親眼目睹希臘人——這些古典文明的後裔,在鄂圖曼帝國的統治下受盡屈辱的生活。就在這次曠日持久的停泊之後一年,他突然受命去協助希臘人反抗鄂圖曼土耳其的獨立戰爭,他的英雄主義得到了彰顯,不但神氣地以佩戴漂亮的穗帶和在寬腰帶上插一把手槍來炫耀,還在戰鬥中成了一名真正的英雄。

8日早晨,在明朗的陽光之下,在米洛斯島不難找到一處挖掘地點。古劇院的遺跡,還有石牆以及圓形石柱的碎片,在島上那座高山的陡坡上都清晰可見。沃蒂埃和兩位水兵開始在石牆遺址附近挖掘。他們發現有無數的大理石碎片,還有半身像,石雕的一隻腳,和兩座缺頭、缺手、缺腳卻又輪廓鮮明的雕像。

當沃蒂埃和水兵正在挖掘的時候,在離他二十步處,有一個當地的農夫試圖從古牆挖出石塊,來建造他的農舍。當沃蒂埃向那方向俯視時,那人的姿勢恰好讓沃蒂埃看得很清楚,只見他停了一會,隨後在牆的凹入處做什麼記號。沃蒂埃走過去幾步,這時他看到農夫忙著要用泥土把什麼東西掩蓋起來。細看時,沃蒂埃發現是一座雕像,或者說只是雕像的上半截,平躺在一旁,一部分仍然被埋在土裡;它的古怪模樣,使它像是從建築物上掉下來的石塊,大概是農夫認為沒有什麼價值,才決定把它埋回土下。沃蒂埃塞給農夫一些錢,賄賂他要他把這東西挖出

3、邂逅「米洛的維納斯」

來。沒過多久，就將這東西立了起來，並用泥土和石塊支撐住它。於是，便可以看清是一截裸體女子的上身，她的鼻尖和圓形髮辮都已破損；軀體右側有一個難看的大洞，沃蒂埃猜測是由於長期某些粗魯的修復造成的，而且可以看出，從它第一次摔倒時起，雕像的表面就多次受到汙損，遭受擦傷和損壞。

發現米洛的維納斯的地點

儘管有這些瑕疵，沃蒂埃仍第一眼就敏銳地意識到，他看到的是一件非比尋常的精品。裸體雕像的軀幹極其優美，比他早上出門時想像中希望找到的任何古代遺物都要光彩奪目。

沃蒂埃猜測農夫是在找雕像的下半身，這信念不由得使他顯得興奮而激動。農夫一定也已經看出這一點，便要求更多的錢，才允許他繼續挖下去。沃蒂埃毫不猶豫地滿足了他，使他得以進入農夫準備占用的這塊差不多 5 公尺寬的土地。

在對碎石中間的幾處稍加挖掘之後，農夫發現了雕像的下半截。在把它從泥土下挖了出來之後，卻發現這兩個部分不能重新拼合起來，因為右側失去的大部分跟下半截的頂部無法相互銜接。於是，沃蒂埃又給了農夫一筆錢，使他同意繼續挖下去；但因缺失的部分比另外兩部分都小得多，找起來就相對困難且費時。在農夫想要離開時，沃蒂埃就鎮靜

三、藝術品風波

地催他走,直到最後找到那散失的中段。

沃蒂埃和農夫,可能還加上兩位水兵的幫忙,終於能將雕像的上半截與下半截接在一起了。等到他們將中間的部分慢慢地擺放進去之後,雕像就能保持平衡、穩穩立起。這時,他們已經可以看出,如想像中的一樣,這是一個腰部被斷折的裸體女人。沒錯,就是後來被命名為「米洛的維納斯」的著名雕像。

對這雕像,農夫唯一感興趣的是借助它可以得到的那些錢。而盡可能抑制內心激動的沃蒂埃心裡明白,這是一次極為難得的經歷。他親眼目睹到一件差不多兩千年間都無人知曉的傑作;他感到古希臘的天才,此刻就在這座小島上,重現在他的眼前,以無比的榮耀站立在那裡,為他所凝視。沃蒂埃後來用一句話描述這最初的刹那:「凡是見過米洛的維納斯的人都能夠理解我(當時)的震驚。」

在從驚異中恢復過來之後,沃蒂埃開始去注意這件實物。為防它倒下、再次受到損傷,他又將上半截卸下,輕輕放到地面下半截的旁邊。他想,現在,該在還沒有人能夠清楚地了解、甚至根本還沒有人見到它之前,設法宣布發現這雕像的事情。沃蒂埃急忙前往離這遺址大約十五分鐘的小山頂上,那裡有一個小鎮,他能在那裡找到法國政府在島上的唯一代表,一位名叫路易・布列斯特(Louis Brest)的領事。

大約三十分鐘後,沃蒂埃領著布列斯特領事回到那裡。在沃蒂埃走後,這個農夫,他的名字叫約戈斯(Yorgos),有足夠的時間在這片土地進行全面仔細的搜索,找到了一段握著蘋果的大理石手掌,一片嚴重毀壞的手臂,和兩段赫爾墨頭柱(herm)。赫爾墨頭柱是大約 3 英尺高的石柱,上端是頭像,一個是有著絡腮鬍的男人的頭,一個是年輕女子的

頭，基座上刻有銘文；頭柱的用途尚不清楚，據說，一般都作為界石和里程碑。

沃蒂埃外出挖掘時一向都帶著速寫本和鉛筆，他在當下也畫下了四幅素描：雕像的上半身、雕像的下半身，和兩個頭柱底座的銘文。他臨摹或拓下的銘文，尚清楚得足以閱讀。他計劃用這些畫作去說服「信使號」船長接納這雕像。

當時，希臘有一個不成文的規定，如果發現了有價值古代雕刻，發現者不僅可以據為己有，還可以在民間市場上買賣。在沃蒂埃說服布列斯特買下這座雕像時，約戈斯提出要 400 皮阿斯特（piaster），大約一頭上好驢子的價格。

布列斯特 31 歲，長得圓圓胖胖的，身穿藍色制服，背著金色的穗帶。他做事有條不紊，始終保持官員的嚴肅性格。對於這雕像，他表示由於沒有列入正式預算，因此如果要買下，不得不先由他自己掏錢，然後希望法國政府給予補助；這可能行得通，也可能行不通，「你有把握嗎，這麼高的價格？」他貼著沃蒂埃耳朵低聲說：「請不要讓我冒損失財產的風險。」

沃蒂埃帶著畫離開布列斯特回到「信使號」上，把自己畫下的速寫拿給船長看。船長是個非常極端的人，他態度激烈，對船員要求很高，船員們對他沒有尊重，而只有恐懼，人們形容他像德國歌劇作曲家賈科莫‧梅耶貝爾（Giacomo Meyerbeer）歌劇《惡魔羅貝爾》（*Robert le Diable*）中的同名惡魔。沃蒂埃慫恿他把船立即駛向君士坦丁堡，等待法國大使批准買下這尊雕像。雖然沃蒂埃的素描讓這個羅貝爾留下深刻的印象，但他仍然下令留在米洛斯島待命，並表示他不能因為一個中尉突然對一座

三、藝術品風波

雕像感興趣,便下令出航。

　　沃蒂埃相當沮喪,只好放棄自己的願望。他控制住了自己的熱情,似乎對雕像失去了一切興趣,在以後的相關事件中也始終保持冷靜,但素描始終保存完好,直到五十年後才被公開出來:一位不幸的幸運者,或者是幸運的不幸者啊!

米洛的維納斯在羅浮宮展出,此畫大約繪於 1824 至 1830 年

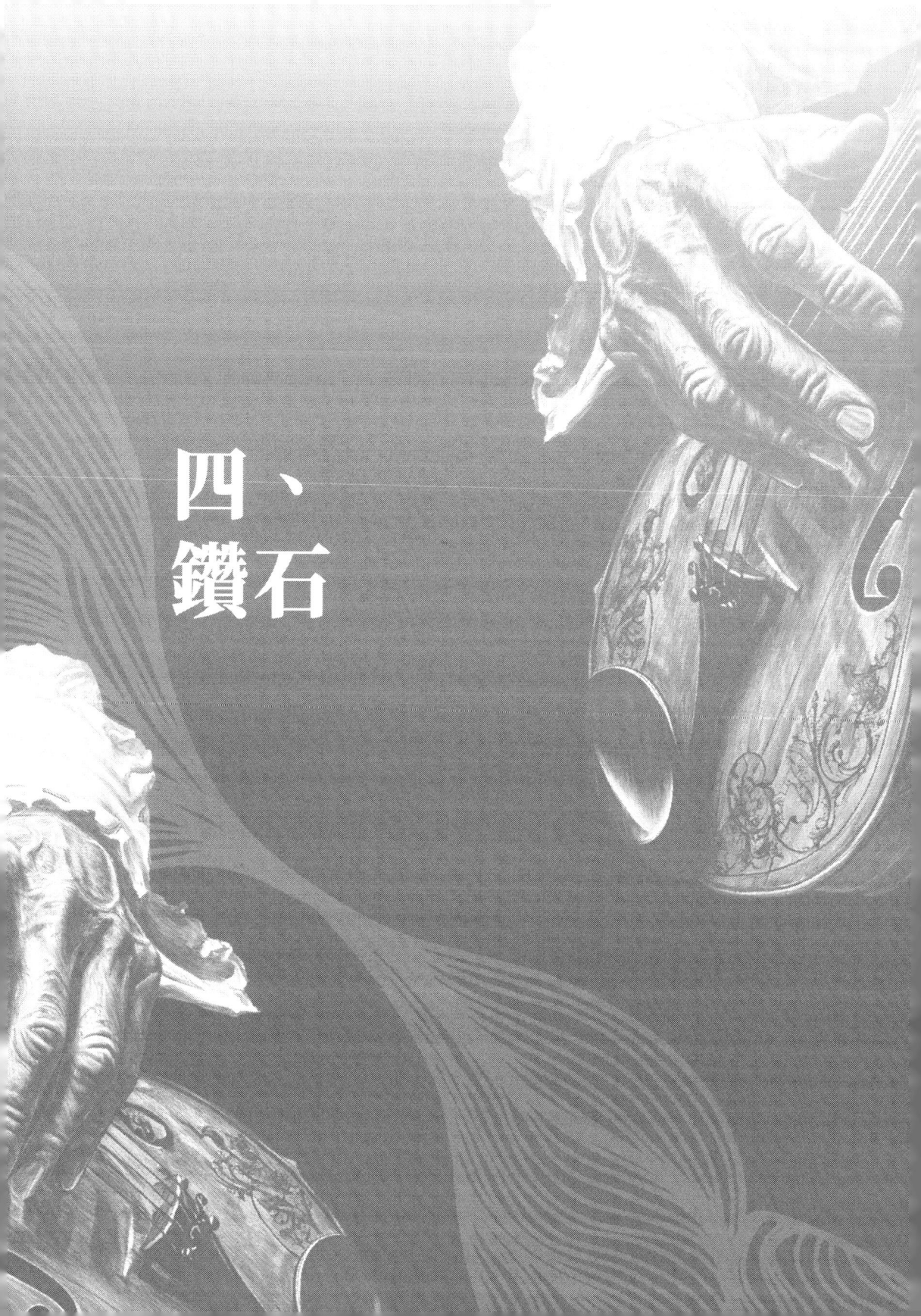

四、鑽石

四、鑽石

1、「希望鑽石」的神奇經歷

印度南部安德拉邦海德拉巴市之西的科盧爾礦區（Kollur）是著名的鑽石產地，這裡開採出的鑽石多屬優質。很多很多年以前，人們從這裡選了一顆最為優質的精品，不論硬度、亮度、光彩都屬高檔，色體更是極為罕見的深藍。在經匠師切割琢磨之後，就將它鑲嵌到一尊悉多神像的眼窩裡或額頭上，該神像當時位於印緬交界曼德勒（Mandalay）附近一座神廟裡，而他們所崇敬的女神悉多——婦女忠貞節烈美德的化身，即羅摩（羅摩占陀羅）的妻子。

西元 1642 年，法國旅行家和珠寶商讓・巴蒂斯特・塔韋尼埃（Jean Baptiste Tavernier，1605-1689）在穿越印度的旅行中來到這裡，看中了這顆鑽石，便雇用一名竊賊或由他親自動手，將它挖了出來偷走。塔韋尼埃得到這顆鑽石後，秤出它的重量是 112 又 3/16 克拉，讚賞它是「美麗的紫羅蘭色」（un beau violet），相信是一顆極有價值的瑰寶，就趕快離開了。

在繼續旅行中過了二十六年，塔韋尼埃把這顆藍色的鑽石帶到了自己的祖國法國。

法國旅行家和珠寶商塔韋尼埃

當時正是路易十四時代（Louis XIV, 1643-1715 在位）。號稱「太陽王」（Sun King）的路易十四有「美麗的身段和優雅的風度」，剛降生就被認為是「神意」（Dieu donné）；繼承王位後，自稱是上帝在人間的代表。的確，由他統治的七十多年，算得上是法國

1、「希望鑽石」的神奇經歷

歷史上最輝煌的時期。但是路易十四有一個嗜好,他自己也曾在回憶錄中坦率承認,就是對榮耀的追求,這個嗜好也作為其主要個性。有學者評論,說正是這個嗜好,最後使他和他的國家走向末路。但是在鼎盛之時,他大力營造行宮,如著名的凡爾賽宮,還重視裝飾、宣傳藝術,一切都表現出他對豪華、優美的喜好。因此,當塔韋尼埃帶著這顆「美麗的紫羅蘭」來兜售時,他就不計價格,立刻買下了這顆大鑽石,還一口氣購入另外 44 顆大鑽石和 1,122 顆小鑽石。

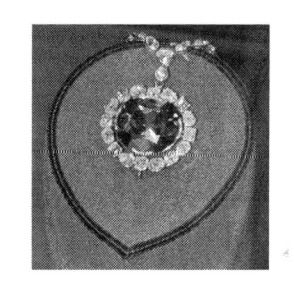

太陽王路易十四　　　　美麗的「皇冠藍鑽」

「美麗的紫羅蘭」雖然已經經過巧匠的切割,而不是剛開採出來的原石,但見多識廣的路易十四並不滿意。西元 1673 年,他讓宮廷珠寶匠西於爾‧皮托(Sieur Pitau)重新切割琢磨,使它增強光澤,放出了異彩;並鑲嵌到黃金上,佩到他一條長長的頸帶上。不過重量卻幾乎減少了一半,只剩下 67 又 1/8 克拉。這顆鑽石在皇家財產目錄中被稱作「皇冠藍鑽」(Blue Diamond of the Crown)。路易十四很喜歡這顆「皇冠藍鑽」,不僅在正式禮儀場合,就連平時也常常將它戴在脖子上,以顯示自己的氣派。

四、鑽石

　　路易十四的曾孫、5歲起就接任王位的路易十五（Louis XV, 1715–1774）長得相貌堂堂，有人稱他是「法國境內最英俊的年輕人」；但他極愛尋歡作樂，所以人們將他比作愛神厄洛斯（Eros）。他喜好雕刻、刺繡、戲犬，當然還有玩女人；他的情婦不計其數，包括有一家的四個姐妹。無需贅言，漂亮、名貴的鑽石自然是他所追求的。「皇冠藍鑽」傳到他的手上後，他又讓皇家珠寶匠安德列·雅克曼（Andre Jacquemin）再次將它切割成一顆授「金羊毛勳位」（L'Ordre de la Toison d'Or）時的禮儀寶石；與此同時，這顆美麗的「皇冠藍鑽」獲得了一個通俗的外號：「法國藍」（French Blue）。

法國的路易十五

　　路易十五去世後，他21歲的孫子路易十六（Louis XVI, 1774–1793在位）繼位。「法國藍」傳到他和他的妻子瑪麗·安東尼（Marie-Antoinette, 1755–1793）之後，國王本人非常喜愛，曾將它佩到王冠上；王后據說只曾戴過一次。

1、「希望鑽石」的神奇經歷

路易十六的皇后安東尼　　哥雅畫的王后路易莎

　　法國皇室所有的金石瑰寶，平時都放置在專用的「傢俱儲藏室」（Garde-Meuble）裡，「法國藍」也保管在那裡。但是起於西元 1787 年的大革命爆發後，一切都陷入混亂之中。西元 1789 年 7 月 14 日攻下象徵國王暴政的巴士底監獄之後不到半個月，國民制憲議會下令廢除封建制度；隨後，皇家國庫，包括「傢俱儲藏室」裡的珠寶，均由市政府接管。但有一段時間監守非常不嚴，沒有正式的公文便可以到這裡拿取珠寶首飾，無異於明搶暗奪。結果就造成西元 1792 年 9 月 12 日至 9 月 17 日差不多一個星期的搶劫事件。雖然那些被劫走的財物大部分都很快就被追回，「法國藍」的下落卻一直未能查出。也有資料說，「法國藍」是在西元 1792 年 9 月被偷走的。總之，此後多年裡，「法國藍」都沒有出現過，也沒有聽說過有哪一顆與「法國藍」相似鑽石的資訊。

　　隨後是幾段令人費解的插曲和幾件十分可靠的交易，使得「希望鑽石」的故事更加撲朔迷離。

　　西元 1800 年，西班牙著名畫家法蘭西斯科・德・哥雅（Francisco de Goya, 1746–1828）為西班牙的瑪麗亞・路易莎（Queen Maria Louisa）王后

四、鑽石

畫了一幅肖像畫。在這幅畫上，王后佩戴的一顆鑽石，很像那顆「法國藍」。這不禁引起人們的懷疑：莫非她就是這顆「法國藍」新主人？

西元 1813 年，一顆藍色鑽石在英國首都倫敦稍一露面就消失不見；十年後，1823 年，這顆鑽石終於為珠寶商丹尼爾・伊萊亞森（Daniel Eliason）所擁有。雖然就其質地和完美程度來看，這顆藍色鑽石是那麼地罕見，立即使人覺得也許就是法國王室遺失的那顆「法國藍」。不過，大部分人仍然不信，因為兩顆鑽石的切割形狀不一樣，並且其重量估計也只有 44 到 45 克拉。但是有人懷疑，它可能被故意重新切割成這樣，目的是為了掩飾它的非正當來路。而且有人猜測，完成這一切割任務的是名叫威廉・法里斯（Wilhelm Fals）的荷蘭切割師。

另外也有證據表明，伊萊亞森將這顆藍色鑽石賣給了英國國王喬治四世（George IV，1820–1830 在位）。

喬治四世是一個品行不端、惡名昭彰的人物，《泰晤士報》說他「永遠只愛女人和酒瓶，而不喜歡政治和布道」。他生活的確十分放蕩，經常揮金如土，欠下了很多債。不過他也不是毫無長處，他有語言天賦和其他方面的才智，尤其是對藝術，能作出精確的評價。所以，當他看到這麼一顆美麗的藍色鑽石，就設法購置下來。可惜他活到西元 1830 年就去世了，總共只做了十年國王。在他死後，據說為歸還他所欠下的債務，這顆藍色鑽石透過私下管道被變賣，它的新主人是亨利・菲利普・霍普（Henry Philip Hope）。從此時起，「藍色鑽石」開始一段它的新旅程。

喬治四世

1、「希望鑽石」的神奇經歷

亨利‧菲利普‧霍普是以「霍普」為名的大公司和大銀行的繼承人之一。西元 1813 年，他為了抵債而賣掉這家銀行，但剩餘的資金足夠使他成為一個珠寶和藝術品收藏家，從而能夠購入這顆「法國藍」；為紀念他的家族姓氏，他馬上將這顆著名鑽石命名為「希望鑽石」(Hope diamond)。

由於亨利‧菲利普從未結過婚，於是在他於 1939 年去世時，透過遺囑吩咐將自己全部的財產留給三個姪子；獲得這顆「希望鑽石」的是最大的姪子亨利‧湯瑪斯‧霍普 (Henry Thomas Hope)。

亨利‧湯瑪斯‧霍普已婚，且有一個女兒。女兒長大後結了婚，並且生有五個子女。當亨利‧湯瑪斯在 54 歲那年去世後，這顆「希望鑽石」先是歸由他的遺孀所有。但當亨利‧湯瑪斯的遺孀也去世之後，這顆「希望鑽石」就傳給了她的姪孫子法蘭西斯‧霍普勳爵 (Lord Francis Hope)。

「希望」鑽石

法蘭西斯‧霍普雖然得到「希望鑽石」，卻未能一直保得這顆瑰寶。西元 1898 年，他向法院提出申請，要求允許他賣掉這顆鑽石。但因針對祖母的財產，他只有非世襲的終身財產擁有者之財產權 (life interest)，使他的要求遭到了拒絕。西元 1899，他雖再次提出上訴，仍被拒絕了。在這兩宗案件中，法蘭西斯‧霍普的手足都反對賣掉這顆鑽石。但在 1901 年一宗勳爵家族的上訴案中，法蘭西斯‧霍普勳爵獲得大法官法院 (the Court of Chancery) 和姐妹們的允許，終於賣掉了這顆鑽石，來為他抵債。

先是賣給一位倫敦商人，又轉手賣給了紐約的約瑟夫和西蒙‧弗蘭克爾 (Joseph Frankel & Simon Frankel) 父子。後來，當弗蘭克爾父子急需現

四、鑽石

金時,再次轉手賣給了法國仲介雅克·科洛(Jacques Colot)和名叫塞利姆·哈比布(Salim Habib)的近東商人。1909年,哈比布將這顆鑽石拿去巴黎拍賣。這次拍賣會上未能成交,在等到賣給C.H. 羅塞諾(C.H.Rosenau)之後,才於同年轉賣給了名叫皮埃爾·卡蒂埃(Pierre Cartier)的法國仲介。

皮埃爾·卡蒂埃購得「希望鑽石」後不久,即相信自己已經物色到一位合適的買主,她就是美國華盛頓特區一位非常富有的女人,伊芙琳·沃爾什·麥克萊恩(Evalyn Walsh McLean)。

麥克萊恩夫人是藉由開採金礦累積起巨額財富的湯瑪斯·F·沃爾什(Thomas Francis Walsh)的女兒。她童年是在洛磯山區的科羅拉多州和達科他州南部的礦區裡度過的,後來在華盛頓特區和和歐洲接受教育;最後嫁給了《華盛頓郵報》的所有人愛德華·比爾·麥克萊恩。她曾經向卡蒂埃誇口,說一般被認為是不祥的東西,在她身上都會變成吉祥物;以往傳說名鑽的詛咒最有可能是擁有者本人狂喜、敬畏和恐怖的複雜心理

富有的麥克萊恩

造成的。因此,當她1910年與丈夫一起造訪巴黎,在卡蒂埃的公司裡,她第一次看到這顆「希望鑽石」,當時卡蒂埃堅信不妨可以向她強調這顆鑽石曾經發生過的負面效應。但是這次麥克萊恩夫人沒有買它,這倒並不是她改變了自己原有的信念,而是因為不喜歡當時鑲嵌這顆鑽石的底座。

不過卡蒂埃畢竟有自己的辦法。他另外為「希望鑽石」重新鑲嵌了一個底座,並帶到美國,把它寄放在麥克萊恩夫人那裡一個週末,希望過

了週末後她會喜歡上它。這顆「希望鑽石」，作為鑲嵌在環狀白色大鑽石中心的飾品，終於在1911年以1,850萬美元交易成功。

麥克萊恩夫人非常喜愛這件瑰寶，把它視為是吉祥的護身符，始終帶著它，直到她1947年去世。她不但戴著它到處跑，連進游泳池也不願摘下來；她又把它套到愛犬的脖子上，還曾將它借給幾位新娘在婚禮上戴；她甚至允許女兒瑪米在沙坑裡玩這顆「希望鑽石」。特別是在她要作甲狀腺手術時，經醫生再三勸說，她才勉強同意摘下這顆鑽石。三十八年裡，只有一次，「希望鑽石」曾離開過她幾天。那是在1932年，為了幫助一位美國飛行員向綁匪贖回他年僅二十個月大的孩子，這位飛行員曾於1927年以33.5小時完成首次紐約至巴黎的單翼機不著陸飛行，她將這鑽石典給了維吉尼亞的一家當鋪。令人疑惑的是，有資料記錄，當時的典價僅10萬美元。一個被認為可信賴的人加斯頓·米恩斯（Gaston Means）騙走了她的錢。結果孩子死了，麥克萊恩夫人取回她的鑽石，米恩斯則進入監獄。

麥克萊恩夫人死後兩年，即1949年，因留有一些債務，紐約的海瑞·溫斯頓公司便出了一筆保密的高價給一家有權支配她財產的銀行，收購了她財產中的全部珠寶收藏品，包括這顆「希望鑽石」；其他還有著名的「東方鑽石之星」（Star of the East diamond），重94.8克拉；著名的「南方鑽石之星」（Star of the South diamond），重15克拉；一顆9克拉的綠色鑽石；以及一顆現在被稱為「麥克萊恩鑽石」的31克拉鑽石。

隨後的十年裡，「希望鑽石」曾多次出現在海瑞·溫斯頓公司組織的展覽會和慈善活動中，同時作為他們珠寶陳列室裡最吸引人的核心展品。1958年11月10日，「希望鑽石」被置於一個不起眼的灰色箱子裡，透過掛號郵寄，捐贈給了美國的史密森尼學會（Smithsonian Institution）。

四、鑽石

送達時，受到一大群人迎接，以表示慶祝。

史密森尼學會是根據英國國王亨利七世的直系後裔、科學家詹姆斯‧史密森 (James Smithson, 1765–1829) 的遺願，而於西元 1846 年建立的。他在遺囑中要求，在他死後，將他主要從母系方面繼承來的巨額遺產，全部「轉往美國，在華盛頓創辦文化機構，定名為史密森尼學會，以增進和傳播知識，」同時也使他自己的名字「永存在人們的記憶中」。學會共包括不同名稱的藝術陳列館、藝術博物館以及裝飾藝術和設計等十餘個機構。這顆碩大的「希望鑽石」來到學會所屬的珍妮特‧安南伯格‧胡克地質、寶石暨礦石廳 (Janet Annenberg Hooker Hall of Geology, Gems, and Minerals) 後，幾乎立即成為最誘人的展品。至今，它一直留在那裡，只離開過四次。一次是 1962 年，作為「法國珠寶十世紀」展覽的一部分，在羅浮宮展出了一個月；第二次是 1965 年，它被運往南非，在首都約翰尼斯堡「蘭德復活節展示會」上展出；第三次是在 1984 年被借回紐約海瑞‧溫斯頓公司，慶祝該公司成立五十周年；最後是 1996 年又被送回海瑞‧溫斯頓公司，這次是為了清潔和作一點小小的修復，因為據美國寶石研究院的一組專家 1988 年用最新技術察看，發現這顆極佳的瑰寶曾受到磨損，影響到它的清晰度。

多年來，一直認為「希望鑽石」的重量是 44.5 克拉，1974 年查明，它實際上重 45.52 克拉。根據最新的資料，「希望鑽石」的體積大小為寬 21.78mm，深 12.00mm，長 25.60mm；色澤深藍，重 45.52 克拉，品質「無瑕」；在短波紫外線下發出強烈的紅色磷光，持續好幾秒鐘，而別的藍色鑽石在紫外線下一般均發出藍色磷光。如今它就以 16 顆白色鑽石外加 45 顆白色鑽石組成一條以它為中心的項鍊，陳列在展示廳裡。今天，「希望鑽石」被公認是世界上最著名的一顆鑽石，價格不下於在 250 億

1、「希望鑽石」的神奇經歷

美元，實際上是「無法估價的」（inestimable value），恐怕沒有人能買得起它。

說「希望鑽石」的經歷神奇，不僅是因為它受到從國王、王后到貴族、商人甚至冒險家等那麼多人的青睞，還因為圍繞著它，曾經出現過很多很多神祕以致令人害怕的事件，雖然對這些事件的記述，事實和傳說交織，科學和迷信混雜，因而引發歷史學家們的無盡爭論。

事情起於一則古老的傳說：世界上有一顆碩大的藍色鑽石，十分名貴。但當它被從印度的一位神像身上摘下，也就是偷走，落入某個人的手裡時，就會有可怕的詛咒降臨到鑽石主人和觸摸過它的人身上。

也許這個傳說早就存在，也可能是後來附會上去的。但不管它是否可信，與藍色的「希望鑽石」有牽連的事故，確實發生過很多次。

與路易十四的交易使塔韋尼埃發了大財，並且成為貴族。但是據說由於觸犯了宗教戒律，也就是傳說中的「詛咒」生效，使他後來淪於破產，甚至有過幾乎溺斃的經歷；最後在回到印度或轉往俄羅斯的路途中，被一群野狗咬死，全身被撕得粉碎。絕大部分的資料都是這麼記載的，但也有一個例外。有傳說認為塔韋尼埃在俄羅斯一直活到84歲，死因不明。另外，曾經保存過「希望鑽石」的史密森尼博物館館長傑佛瑞·E·波斯特（Jeffrey Post）在1997由紐約哈里·艾布拉姆斯公司出版的《國家瑰寶收藏品》（The National Gem Collection）一書中斷言，巴蒂斯特·塔韋尼埃是由於自然原因而死亡。無論事實如何，這大概是與藍色鑽石有關的第一個可怕死亡傳聞。

被說成第二次與「希望鑽石」有關的可怕死亡是路易十六和瑪麗·安東尼在大革命中分別於西元1793年1月21日和10月16日被送上斷頭臺。

但是有學者不同意這個看法，他們認為，路易十六夫婦是由於他們

四、鑽石

的奢侈放肆和法國革命，而不是鑽石的詛咒作用。

路易十六性情懦弱、優柔寡斷，法國歷史學家法朗索瓦‧米涅在已經成為世界名著的《法國革命史》(Francois Mignet: *History of the French Revolution from 1789 to 1814*, 1824)中稱他是「一個最善良又最軟弱的國王」。瑪麗‧安東尼則在任何時候都表現得果斷、沉著且冷靜，同時卻又是一個輕佻的女性，生活也異常奢侈，揮霍成性。統計資料說，至大革命前夕，由於宮廷、據稱主要是王后的揮霍，需要65,050萬里弗爾才能填補國庫的空虛，全國上下對她恨之入骨。另外，在當時，尤其是在西元1793年9月5日到隔年7月27日的「恐怖統治」(Reign of Terror)時期，巴黎到處是上演捉捕、處決的場景，一片混亂。巴黎第四大學歷史學教授皮埃爾‧米蓋爾（Pierre Michel）在1976年出版的《法國史》中說：「法國歷史上還不曾有過這種規模的政治屠殺。處決犯人的協和廣場每天血流成河。」持不同看法的人認為，實際上不僅是國王和王后兩人，除了逃走的人，連大部分的貴族都在斷頭臺上命喪黃泉，何況這兩個貴族領袖。再說，路易十四、路易十五兩人戴過很多次「希望鑽石」，卻全都安然無恙，倒是僅戴過一次的路易十六夫婦遭逢厄運，這也說不通。所以不能武斷地說凡是佩戴和碰觸過「希望鑽石」的人都一定會受此詛咒。可是反駁意見認為，情況雖然如此，但有一批批保皇派一次次想盡辦法保護國王和王后一家，特別是西元1791年6月20日深夜，終於使他們成功藉由化妝得以逃離；結果仍然於6月22日在上倫（Toulon）被捕，這說明正是「希望鑽石」的詛咒發揮作用。而且，他們認為，在這以後，有更多事故證明「希望鑽石」的可怕詛咒力量。他們舉了一些不幸或死亡事例，這些人據說是在直接交易或轉手「希望鑽石」時遭到「詛咒」的：霍普家購入「法國藍」後，即陷入貧困，尤其法蘭西斯‧霍普，更負債累累、直至破產；雅克‧科洛在購得「希望鑽石」後不久即發瘋自殺；「希望

鑽石」曾一度轉到俄國或東歐的親王伊凡·卡尼托夫斯基（Ivan Kanitowsky）手中，據說他把這顆鑽石借或送給了他的情婦、巴黎最著名夜總會「女神遊樂廳」（Folies-Bergère）的舞女拉呂小姐（Mademoiselle Ladrue），但她第一次戴上它就開槍自殺。親王本人也在革命中遇刺身亡。

舞女拉呂小姐

另一說法是親王將鑽石交給她後便開槍將她殺死；一位轉手將「希望鑽石」賣給鄂圖曼蘇丹阿卜杜勒·哈米德二世（Abdul Hamid Ⅱ）的希臘珠寶商，也與妻子和兒子一起從懸崖上翻車而死；而這位蘇丹則像卡尼托夫斯基親王那樣，殺死他的情婦佐貝達（Zobeida），他自己則在1909年土耳其黨的革命中被廢黜；最後，將「希望鑽石」從溫斯頓公司運送到史密森尼學會的那個郵務員，後來失去了妻子、房子和一條腿。他們甚至說。溫斯頓公司的主人海瑞·溫斯頓樂意把「希望鑽石」捐贈給史密森尼學會，是因為害怕也會遭到這顆鑽石的詛咒。諸如此類。

不信「希望鑽石」詛咒的人認為，儘管說了這麼多，仍舊不能說明「希望鑽石」的詛咒關於「會降臨到每個觸摸過它的人」。首先，霍普一家三代，其他人實際上都沒有發生什麼特別事故，法蘭西斯·霍普是由於揮霍無度並好賭成性，才負債累累、導致破產的。而且這些危言聳聽的故事，未必就能與鑽石連繫起來，尤其事實是否真是如此，也值得進一

四、鑽石

步考證。不過，相信的人堅持自己的說法，特別提出 20 世紀以後的事，主要是麥克萊恩夫人的厄運，認為時間點比較近，更加無可辯駁。

有關麥克萊恩夫人，原來傳說在她購得「希望鑽石」之後，他的丈夫就在 1912 年 4 月英國豪華客輪「鐵達尼號」的沉船事件中遇難。但後來查明，這次首航的乘客名單上沒有他的名字。雖然關於船難是空穴來風，但他死於精神病院，卻是事實。而更重要的是，麥克萊恩夫人購得「希望鑽石」後，她的兄弟年紀輕輕就去世了；她的大兒子、只有 9 歲的文森（Vinson）又死於翻車事故；她的丈夫或前夫被宣稱患有精神疾病，被禁閉在一家精神病院，直至 1941 年去世；她唯一的女兒在 25 歲時服下過量安眠藥自殺。從此，夫人本人再也沒有從女兒的悲劇中恢復過來，隔年，60 歲的她便離開了人世。

「希望鑽石」是否真的有詛咒力量？！爭論無疑會繼續下去；同時，每年大約有五萬人次前往觀賞「希望鑽石」，「希望鑽石」會繼續使他們在狂喜、敬畏和恐怖的複雜心理中，將詛咒的神祕傳說永遠流傳下去。

今日的「希望鑽石」

2、影響「大革命」的「項鍊事件」

　　歷史是許多人的傳記。被載入史傳中的往往是皇帝、教皇、國王、宰相、將軍等能對重大事件發揮重要影響與產生決定性因素的人物；也會有少數在偶發事件中影響歷史推進的人，如正直或卑鄙的叛徒和刺客。但極少有哪個騙子會成為歷史人物，也許只有極少數的幾個例外，如拉·莫特夫人，由於她一手策劃了「項鍊事件」（L'Affair du Collier），不僅每一本法國史著作都提到她，她還被寫進了歐洲史和世界史。

　　讓娜·德·聖雷米·德·瓦洛瓦（Jeanne de Saint-Remy de Valois，？–1831）出身於法國東北部香檳地區（Champagne region）的一個窮苦農民家庭，父親雅克·德·聖雷米（Jacques de Saint-Remy）酗酒成性，整天生事偷懶，做女僕的母親生活放蕩，所以她實際上從小就被父母遺棄。有一次在乞討時，她意外遇見一位貴族，布蘭維利埃侯爵夫人（marquise de Brinvilliers），便宣稱自己原是聖路易即路易九世（Louis IX，1226–1270 在位）的後裔，也就是幾百年前統治法國的瓦洛瓦王朝（Valois Dynasty）的直系，此刻卻如此貧窮落魄。這番話立刻打動了侯爵夫人的情感，將她帶走，並開始照管和培養她。可是後來讓娜雖然被安排進了一所專收貴族女孩的學校，在那裡卻很不安分，竟逃了出來，並與一個下等貴族出身的低階軍官拉·莫特伯爵（Comte La Motte）結了婚。

　　她的確是一個不肯安於命運的女人。由於長期缺乏了資產來源，不但生活貧困，也沒有什麼地位，自然不會有人注意到她。因此，她一心

女騙子讓娜·瓦洛瓦

四、鑽石

期望擺脫目前的處境，獲得貴族舒適悠閒的生活。為了博取對她這個原法國王室女人的命運的同情，她不擇手段。先是去找布蘭維利埃侯爵夫人；後來又自封「拉·莫特伯爵夫人」（Comtesse La Motte），帶著丈夫，隨其他求見者進了國王路易十六的妹妹伊莉莎白夫人的接見廳，並在等候接見的過程中，裝作因身體過於虛弱而暈倒在地，從而在經濟上得到了一些幫助。

這個巧計雖然引起了伊莉莎白夫人的注意，但遠不能滿足拉·莫特夫人的虛榮心。她的目標是要能見到瑪麗·安東尼王后。

瑪麗·安東尼（Marie-Antoinette, 1755–1793）是神聖羅馬帝國皇帝弗蘭茨一世和奧地利女大公、匈牙利和波希米亞女王瑪麗亞·特蕾莎十六個孩子中的第十五個，也是他們的第十一個、即最小的女兒，她受洗時的名字是瑪麗亞·安東尼亞·約瑟法·約翰娜（Maria Antonia Josepha Johanna），西元 1770 年與法國王儲路易-奧古斯特結婚後才改用瑪麗·安東尼。

瑪麗·安東尼

這是一樁奧地利哈布斯堡王朝和法國波旁王朝為鞏固雙方和解而結合的政治聯姻。瑪麗當年還不過 15、16 歲，卻須擔當起如此重大的使命。因此，在 4 月 21 日離別時，母親就囑咐她：「要向法國人盡可能顯示妳所能表達的善意。要使法國人覺得，我向他們送去了一個天使……」在以後的日子裡，瑪麗亞·特蕾莎女王又透過大使，陸續寫了七十四封信給女兒，告誡她在各方面都應嚴加注意。

但瑪麗·安東尼本性上是一個天真純潔的少女。她不僅長得漂亮，且風度優雅，融入歐洲人的時尚和趣味，顯示出無窮的魅力，比他丈夫

更受人讚賞。但她性格坦率、正直而且熱情,她的傳記作者、奧地利作家史蒂芬‧茨威格(Stefan Zweig)稱「她是一個道道地地的奧地利人,主張一切順其自然、自由自在,不必一天到晚擺出一幅道貌岸然、一本正經的臉孔。」根本不懂得裝腔作勢、掩蓋自己。由於她常為自己傳奇性的美麗外貌與身為歐洲王族和哈布斯堡公主流露出驕傲的情緒,因此引起法國舊貴族的不滿。另外,儘管在母親那具有崇高道德教育環境的宮廷中長大,但她父母本人,就如她母親的一位傳記作者所言,「過的是在那個時代極不尋常的市民式夫婦生活」;伏爾泰還曾特別讚賞她「免除了宮中的形式主義和過多限制」。這些無疑都對她產生一定的影響。但凡爾賽的宮廷,向來就要比瑪麗亞‧特蕾莎的宮廷刻板得多。所以瑪麗‧安東尼某些在國內本算不了什麼的舉止,在法國便成為斷斷不能容忍的違規行為了。她幼稚地無視法國王族的禮儀,在一些正式場合有時會呵呵發笑,偶爾還打個呵欠。於是,對她的非議就出現了。

最初的一、兩年,瑪麗‧安東尼只是個孩子,但很快就成長為一位少女了。少女和女孩在生理上是完全不同的兩個階段。可是她的丈夫、西元1774年繼承王位的路易十六有生理缺陷(phymosis),不能做一個合格的丈夫。這使他自己感到非常自卑,形成膽怯、害羞的個性,而且還稍稍有點笨拙;成天去狩獵和做些鎖匠的活來排解心頭的鬱悶,被認為是「最軟弱的國王」。

路易十六國王

四、鑽石

可對瑪麗‧安東尼來說，多年獨守空閨已經夠痛苦的了，不明真相的貴族和民眾還指責她不能為法國生下一個王位繼承人。於是，作為對受壓抑的反抗，她的生活開始放鬆、或者說有點放縱、難以管束。她挑選自己喜歡的服裝，拒絕穿制式的束胸和撐條，還堅持挑選自己的朋友，丟下周圍的隨從，與自己志趣相投的同伴外出，去參加假面舞會，甚至賭博⋯⋯如此一來，有關她或真或假的閒話就更氾濫了。

西元1777年，經多次勸說，路易十六終於同意做一個小手術。隔年，王后生下第一個孩子，女兒瑪麗-泰雷茲-夏洛特（Marie-Thérèse-Charlotte）。她的心平靜下來了，開始滿足於婚姻生活，做一個忠實的妻子和母親。

但是人們對她的成見太深了，因為她是一個奧地利人；奧地利不但在過去，甚至就在二十多年前還和法國打過仗，是他們的宿敵。他們從思想深處就憎恨這個奧地利女人。他們看不到她的改變，頑固地堅持說她揮霍奢侈、舉止輕浮，是「赤字夫人」（Madame Deficit），根本不像一個王后；他們還造謠說她有很多風流韻事，竟然在公開場合與男性或女性情人幽會，主要宣稱瑞典外交官漢斯‧阿克塞爾‧馮‧費爾森（Hans Axel von Fersen, 1775–1810）是她的情人。這類謠言漫天蓋地，每天都有大量的淫穢歌曲、圖畫甚至小冊子在對她謾罵，甚至還出版過一本偽造的瑪麗‧安東尼回憶錄，詳細敘述她對自己過失的「懺悔」，說自己已經墮落成一個娼妓，等等。

據研究，瑪麗‧安東尼在生活方面，確實一度十分奢侈浪費，但她並不像人們想像的那麼腐敗和愚蠢。來法國後，母親多次教導她：「一個王后，時時刻刻不能掉以輕心，讓自己在奢侈中墮落。」、「您不要學法國的輕浮，要做一名嚴肅的德意志人，您應為此感到自豪。」事實上，當

她成長到比較成熟之後,對以前的那種生活方式的確相當收斂和節制,服裝也穿得更加樸素,她還擺出姿勢,與孩子一起讓人畫肖像,企圖藉此改變自己在民眾中的形象,只是效果甚微。傳說在大多數百姓都處在飢餓中的時候,她卻說「讓他們吃蛋糕」,這不是事實;費爾森無疑是瑪麗最親密的男性友人之一,但說是她的情人,則不能肯定。因為民眾看不到這一切,他們不願意原諒她,直到拉‧莫特夫人策劃的這樁醜聞徹底地毀了她,使這個奧地利人成為法國君主制的代罪羔羊,雖然實際上她與這樁醜聞完全沾不上邊。

以前,在布蘭維利埃侯爵夫人的城堡中,拉‧莫特夫人曾見到一位大人物——羅昂樞機主教。直覺告訴她,這個男人對她來說會非常有用,甚至超過比布蘭維利埃侯爵夫人。

羅馬天主教的樞機主教路易士-勒內-愛德華‧羅昂-蓋芒（Louis-Rene-Edouard de Rohan-Guemene, 1734–1803）,父親算得上是法國著名的古老貴族之一,家系最早可追溯到 12 世紀的羅昂子爵。他雖然繼承了叔叔史特拉斯堡主教,但他的一生,大部分都是在巴黎度過的,是個有名的紈褲子弟。西元 1772 年 1 月,當羅昂被任命為法國駐奧地利大使時,由於他對駐在國一貫的敵對態度,使瑪麗亞‧特蕾莎女王非常反感,稱他「是一個輕率狂妄的無能之輩」,「既不符合他的教會身分又不懂外交業務,是個充滿粗魯氣息的笨蛋。」起初拒絕接受他,後來為了女兒,雖勉強同意,仍多年不跟他說一句話。女王的女兒瑪麗‧安東尼更加討厭他,不僅因為他的反奧態度,還因為他多次將她作為王后的不檢點之處向她母親稟報。十年來,羅昂一直希望成為王后圈子裡的人,一來是為王后的美所吸引,二來還希望有朝一日爬上首相的高位。但他深知國王一切都聽從他所愛的王后,所以,不取得瑪麗‧安東尼的歡心是萬萬行不通

四、鑽石

的。這使他非常苦惱，總是在尋求能夠改善他與王后之間關係的契機，重新獲得王后的喜愛，甚至不自量力地想分享王后的愛情。

羅昂是在西元1784年認識「拉・莫特伯爵夫人」的。儘管她很嫵媚，她的丈夫也很順從，使她很快便成為他的情婦。但是他們兩人的關係，是她控制著他，而不是她由他所控制。

拉・莫特夫人先是利用羅昂主教的地位，讓她的丈夫升為上尉，並獲得一筆年金。當然，她並不以此為滿足。有一次，羅昂的朋友、被人視為神醫的騙子卡廖斯特羅伯爵（Count di Cagliostro, Alessandro）告訴她，說羅昂一心想當上首相，但擔心王后是他仕途上的重大障礙。於是拉・莫特夫人覺得機會來了。

一個想透過對方獲得金錢上的酬報，一個想透過對方獲得仕途上的升遷，於是，這兩人都覺得對方符合自己的需求。拉・莫特夫人開始在羅昂面前，彷彿漫不經心地提起她是王后的「好友」，暗示是其同性戀伴侶，得到王后的無限信賴。羅昂主教因為心態過於熱切，對拉・莫特夫人根本毫無戒備，非常相信她說的一切，從而不止一次給予她很高的酬勞，報答她為他調節和王后之間的關係。

羅昂相信拉・莫特夫人確實一次又一次為他傳信，包含他向王后解釋的信件和王后回覆他的信件，卻沒想到所謂王后的手書，實際上是偽造的。使他疑惑的是，在凡爾賽宮，瑪麗・安東尼仍沒有理睬過他。他需要有王后對他轉變態度的實際表示，對拉・莫特夫人來說，這也不難。她從前的好友、25歲的妓女奧利維埃夫人（Madame d'Olivia），體態豐滿，留著一頭金髮，走路的步伐給人一種傲慢的感覺，很像瑪麗・安東尼王后。於是，在這年夏天的一個夜晚，拉・莫特夫人就讓她穿上一身細麻布的時裝，就像畫像上的那位著名王后，再戴上一個面紗，像謠言

中王后與她的情人幽會一樣，在凡爾賽宮花園與主教見面。當時，在夜色蒼茫中，這個假王后給羅昂一支玫瑰，說了句「過去的事都過去了」（另有記載是「一切都會忘卻」），就匆匆離去，使羅昂在幻覺中相信，自己真的與王后見了面，而且相信王后已經對他盡釋前嫌，說不定還有了感情；而她，拉‧莫特夫人，無疑是王后的耳目。於是，他對她更加信從。

十年前，巴黎珠寶商夏爾‧博埃梅（Charles Boehmer）和名叫巴桑熱（Bassenge）的合夥人，曾傾其所有，收購或製作了一條極為名貴的鑽石項鍊。這條項鍊由三個部分組成：它本身是一條11顆各重5到8克拉的鑽石連起來的短項鍊；下方懸掛著三條圍成橢圓形的垂花裝飾，左右兩條各串有11顆鑽石，中間一條串了19顆；此外，還相間掛著鑽石流蘇。項鍊共重2,800克拉，價值1,600里弗爾，相當於今日的1億美元。

珠寶商原來計劃將這條項鍊賣給路易十五的最後一個情婦杜巴利伯爵夫人（comtesse Du Barry），但由於這位國王突然死亡，路易十六即位後，將她放逐到隱修院，因此自然無法成交。後來又想出售給西班牙宮廷，也沒有賣成。四年後，即西元1778年，路易十六曾有意買下這條項鍊，送給王后瑪麗‧安東尼。王后曾戴著它在貴婦人們面前展示過，但不願意買，說：「花這麼一筆大錢去買一條項鍊，還不如去購置一艘新的戰艦，不管它多麼地美麗……」西元1781年王太子誕生後，兩位珠寶商再次想將這條鑽石項鍊賣給瑪麗‧安東尼王后，又遭到了拒絕，這次明顯是出於對以往奢侈生活的反省。如此這般，這條鑽石項鍊的交易又延後了。

夏爾‧博埃梅曾在宮裡見到過拉‧莫特夫人。這位珠寶商本來就像羅昂一樣，聽信有關瑪麗‧安東尼生活作風方面的傳言，現在目睹拉‧莫特夫人的美豔，就更不懷疑她是王后的寵兒了。於是，他找拉‧莫特夫人

四、鑽石

作仲介：既然誰都知道瑪麗・安東尼王后歷來喜愛這類首飾，而且從不計較價格，那麼，作為王后的親密朋友，拉・莫特夫人為什麼不勸王后將這件精美的工藝品買下來呢！拉・莫特夫人知道機會真的來了，當即就表示願意盡力幫忙。

拉・莫特夫人對羅昂樞機主教說，瑪麗・安東尼王后希望他作為謹慎可靠的中間人，代表她祕密買下這件價值貴重的首飾，這是對他的信任。於是，羅昂不疑有他地認為這是討好王后的好機會，並在西元1785年的2月1日從珠寶商那裡取得了這條鑽石項鍊，立即於當天下午親自把它交給拉・莫特夫人，讓她轉交給王后。隨後，他就收到拉・莫特夫人送來的王后的信，說很喜歡這條項鍊，並對他們的行動表示讚賞。於是，羅昂主教一心等待著王后的垂青，同時也期待王后自己來支付這筆購置項鍊的款項。

當然，瑪麗・安東尼王后從來沒有見過這條鑽石項鍊。事實是拉・莫特夫人已經把這條項鍊交給她丈夫，由他帶到倫敦拆散賣掉了。王后當然不會為這條項鍊付款。只是她那陣子為了扮演法國劇作家博馬舍（Pierre-Augustin Caron Beaumarchais）六年前寫的劇本《費加洛的婚禮》（*Le Mariage de Figaro*）中的女主角羅絲娜，忙於進行準備，因此當某天有人將那張購置鑽石項鍊的發票交給她時，她隨手就把它扔掉了。後來，博埃梅親自來到凡爾賽，跟王后的侍女康寵夫人（Madame Campan）表示要求付款，並展示了有王后簽名的信件，說由羅昂主教取走這條項鍊。到這個時候，瑪麗・安東尼才意識到事情的嚴重性，立即召羅昂主教來凡爾賽宮。

一個十五年裡從來沒有與他說過一句話的人，竟然膽敢放肆地宣稱她這位當朝王后與他幽會！面對羅昂主教，王后覺得這種誹謗是對自己

名聲的嚴重侮辱,暴怒不已;路易十六也一樣。在與羅昂對質的時候,他們不願聽羅昂的任何辯白,便要求公開審訊,路易十六還下令將他拘禁起來。

拘捕法國地位最高的教士,並要公開審訊。這種事,本來由梵蒂岡出面就可以解決,也可以在宮內協商處裡,是否有此必要呢?國王的顧問提出了警告。但猶豫不決的國王,最終表態同意由高等法院(Parliament of Paris)來進行審判。

這一被歷史學家稱作「項鍊事件」的案件,因為王后和國王的關係,被視為國家大事。

電影「項鍊事件」女主角　　電影「項鍊事件」一個場景

對羅昂樞機主教的指控是對王后犯下「不敬罪」(lese-majeste)。但許多陪審員根據瑪麗・安東尼以往的浪費和奢侈的生活方式,卻都相信她是會購買那條鑽石項鍊的,尤其當拉・莫特夫人堅持她說的都是事實,包含編造出來的王后的性欲望、在凡爾賽的放蕩和她與羅昂主教的情書,並聲稱王后是她自己的後盾;羅昂主教答辯時聲稱自己忠於王后、

117

四、鑽石

一心只求為王后效勞時,民眾普遍都站在主教那一邊。特別需要注意的是,主持審訊的可不是普通的法庭,而是巴黎的貴族法庭,而在巴黎,羅昂仍然是一個有相當勢力的富裕大家族,有不少支持他的人。加上還有一些以往與國王有過爭執、對王后非常不滿的人物。這些錯綜複雜的關係使在西元 1786 年 5 月 31 日的審訊中,羅昂主教被宣告無罪,只是被逐出宮廷,流放到法國中部奧弗涅(Auvergne)的一處隱修院。拉‧莫特夫人則按偷竊犯論處,被當眾鞭笞、打上烙印、終身監禁。當火鉗往拉‧莫特夫人的胸部烙印時,這個女罪犯猛然大聲詛咒道:「受烙印的應該是王后,而不是我!」裁決的那天晚上,王后不顧員警的忠告,去巴黎歌劇院參加一項慈善義演。這時傳來羅昂主教無罪的判決,頓時,整個劇院一片喝彩,隨後觀眾都對著王后吹口哨轟她走,使王后感到十分愕然,只好在侍從的陪同下,流著眼淚回凡爾賽。

當年一幅描寫拉‧莫特受審的畫

西元 1787 年大革命開始後,面對前所未有的暴力,貴族們一心就想抑制國王的權力,其他人為了保護自己,也對國王表現出極大的憤恨,如路易十六的堂兄弟奧爾良公爵(duc d'Orléans, Louis-Philippe-Joseph),於西元 1790 年進入國民議會,兩年後還被選入國民公會,就投票贊成處死路易十六。

2、影響「大革命」的「項鍊事件」

攻占巴士底　　　　　　　　處死路易十六

幾個月來,「項鍊事件」原本就是影響全國的大事,相關報導和主要人物的命運一直吸引著民眾關注。現在他們心中認為,拉·莫特夫人可能是替罪的羔羊,羅昂主教既被宣告無罪,原來對他的拘捕純屬無理蠻橫之舉,而真正的罪犯瑪麗·安東尼卻還坐在王后的寶座上,握有無限的權力。先是貴族,然後是商人,最後是農民,君主政體激起了很多法國人的不滿,更刺激和鼓勵了國王和王后的敵人。他們把仇恨集中到國王、尤其是王后的身上。而羅昂主教,當他在革命初期從放逐地回到巴黎時,受到熱烈的歡迎,甚至被選入國民議會;後來在他看到革命暴力轉向包括他家族在內的貴族階層和教士後,又逃離了法國,安穩地過完他的晚年。拉·莫特夫人於西元 1793 年從監獄裡逃了出來,被視為革命英雄,隨後去了英國,與丈夫共享了變賣項鍊的巨額財富,還有她於西元 1788 或 1789 年在倫敦出版的暢銷著作《德·瓦洛瓦·德·拉·莫特伯爵夫人回憶錄》(*Memoirs of the Comtesse de Valois de La Motte*)的收入,同樣安穩地活到西元 1831 年去世。在這部刻意誣陷瑪麗·安東尼的回憶錄中,她仍強調自己原來的供述:「哪怕只剩一口氣,我也會堅持樞機主教與王后之間存在不正當關係。」而國王和王后,則於西元 1793 年 1 月 21 日和 10 月 14 日先後被送上斷頭臺。

> 四、鑽石

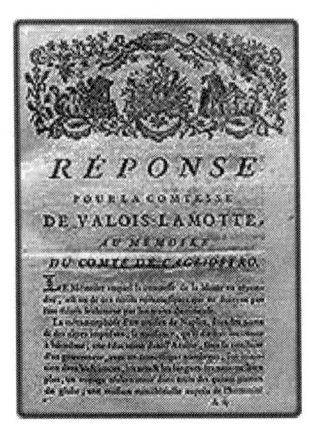

拉・莫特的《回憶錄》　　　　拉・莫特《回憶錄》內頁

導致路易十六專制政權解體固然有多方面原因，但「項鍊事件」無疑是直接激起民眾憤怒的法國大革命導火線。所以拿破崙把它視為「燃起法國大革命的三把火焰」之一。

3、「科依諾爾」之劫

英國作家威爾基・柯林斯（Wilkie Collins, 1824–1889）的《月光石》（*The Moonstone*, 1868），圍繞一顆叫「月光石」的大鑽石，以「鑽石失竊」、「真相大白」和「發現月光石」三個部分，組成一個撲朔迷離的故事，情節曲折離奇，引人入勝，但由於作者構思周密，讀起來顯得合情合理。不僅多年前被大詩人和評論家T.S.艾略特（T.S.Eliot）稱頌為「第一部最偉大的英國偵探小說」，直到今天，文學史家仍然肯定它是英國最優秀的偵探小說之一。

小說主體的內容自然是虛構的，學者馬丁・布斯在1997出版的《鴉片史》（*Martin Booth: Opium:A History*）中，甚至說該著作是在作者吸食

鴉片之後「口授，並由他忠實可靠的祕書筆錄」寫成的。但小說〈序幕〉中有關這顆鑽石的傳奇歷史，大體上並不是作家憑空捏造的。在西元1898年第一版《月光石》的「序言」中，柯林斯曾說到，他創作這部小說是根據俄羅斯的「奧爾洛夫」鑽石和英國皇冠上的「科依諾爾」鑽石的故事，從最初就不是真正英國和英國人的故事。1966年「企鵝」（Penguin）版《月光石》中，J.I.M. 斯圖爾特（J.I.M.Stewart）寫的有關此

英國作家威爾基·柯林斯

書「資料出處的注釋」更明確指出，柯林斯是參考了 G.C. 金出版於西元1865的《寶石自然史》(*G.C.King: Natural History of Precious Stones*)裡「科依諾爾」鑽石的相關故事。

這是一個劫掠、謀殺和遭難且充滿血腥的故事。

後來名為「科依諾爾」的這顆鑽石採自印度南部克里希納河（Krishna River），儘管關於它的早期歷史還存在不同的看法，但對於它是現存寶石中歷史最悠久的一顆鑽石，研究者們有一致認知。

據說，「科依諾爾」原來鑲嵌在一尊月神蘇摩（soma）像的前額上。部分由於它有像月亮一樣的光澤，部分也由於迷信傳說，說它不僅具有它所裝飾的月神的威力，它的光澤也會隨著月亮的陰晴圓缺而變化。根據史書記載，西元11世紀起，在穆斯林入侵期間，加茲尼的蘇丹們（Sultans of Ghazni）「榨取印度的財富，遭到劫掠的軍事資源都達到了駭人聽聞的程度」。他們將神廟裡的所有寶物洗劫一空。但幸虧有三位僧侶的保護，蘇摩神像連同這顆鑽石被轉移到了印度的第二聖城貝拿勒斯（Benares），被重新安放到神廟的新神龕上，受到信徒的朝拜。

四、鑽石

　　傳說在神龕落成的那天夜裡，印度教的主神之一、護衛並維持世界之神毗濕奴（Vishnu）出現在這三位僧侶的夢中，對他們說，從此以後，月光石就由他們輪流看守衛護，直至世界的末日；最後，這位神靈還立下一條詛咒，預言凡占有這顆鑽石的人，都得承受它所帶來的災難。三位僧侶躬身發誓，永世不負神的旨意，並將此預言用金字刻在神龕的大門上。自此以後，他們和他們的後人一代接一代地守護著這顆月光石。

大約畫於 1730 年的印度教主神之一毗濕奴　　濕婆（左）、毗濕奴（中）和梵天（右）

　　另有人說，實際上，在印度教的經典《吠陀》中，早就有一段話：「擁有它就會擁有整個世界，擁有它就得承受隨它而來的災難。唯有神或一位女人擁有，才不會遭受懲罰。」指的就是這顆鑽石。而且鑽石真的帶著這詛咒，從一個持有者之手轉到另一個持有者之手，果然都使他們遭逢災難。

　　有一個說法認為，印度中西部瑪律瓦地區的首領（「瑪律瓦的拉賈」，Rajah of Malwa）是第一個祕密占有這顆鑽石的人，時間在西元 1302 年前後。但另有研究者否定了這一說法，相信它先是落在某個拉賈（首領）手裡，後來成了巴布爾的戰利品。

3、「科依諾爾」之劫

蒙兀兒王朝的創始人、印度皇帝巴布爾（Babur, 1483–1530），祖籍為蒙古的巴爾拉斯部落，是蒙古皇帝成吉思汗的母系第十三代後裔，也是帖木兒的第五代直系子孫。他抱著恢復帖木兒王位的願望，一心要像他的那位祖先一樣，征服印度斯坦。在他的多次征討中，發生過歷史上稱為「帕尼帕特戰役」（Battles of Banipat）的三次戰鬥。其中的第一次發生在西元 1526 年的 4 月 21 日。當時，他在德里以北 80 公尺處的帕尼帕特，與阿富汗血統的德里蘇丹國統治者易卜拉欣·洛迪（Ibrahim Lodi, 1517–1526）對陣。雖然巴布爾的軍隊估計不超過一萬兩千人，易卜拉欣卻率兵十萬，並有百頭大象。但易卜拉欣「是一個沒有經驗的人，行動粗心大意，前進時沒有秩序，駐軍或撤退時沒有規則，而在作戰時又沒有深謀遠慮。」而且戰術陳舊，軍隊中又發生內訌。而巴布爾，他不但有著堅強的性格，還因久經沙場，深諳騎兵戰術，並有土耳其人新式炮火支援。於是，巴布爾憑著他高超的戰略和指揮才能，並且運用大炮，最後打敗了對方，贏得了決定性的勝利。洛迪蘇丹雖帶領軍隊殊死抵抗，仍徹底潰敗，自己也陣亡沙場。巴布爾在《回憶錄》中驕傲地寫道：「感謝真主的仁慈，我化險為夷了！半日之內，這支強大的敵軍就屍橫遍野。」巴布爾迅速占領了德里和另外幾個重要據點；隨後又擊敗了一個阿富汗部落的反抗，特別是坎奴之戰的勝利，甚至比三次帕尼帕特戰役都更具決定性意義。這樣，巴布爾征戰一生，統治的區域達到了西起印度河，東抵比哈爾邦，北自喜馬拉雅山，南至瓜廖爾（Gwalior）的整個印度北方。研究者認為，這顆「科依諾爾」鑽石就是印度中央邦北部瓜廖爾的拉賈在這次戰役失敗後，呈獻給勝利者和統治者巴布爾兒子的禮品。當然，這裡所謂的「呈獻」，實際上無異於劫掠。

但是，作為第一個擁有「科依諾爾」的君主，巴布爾戎馬一生，帝國

四、鑽石

剛剛草創,還來不及好好欣賞這顆稀世寶石,便生病過世了。這也是第一位擁有「科依諾爾」之後,遭受厄運的君王。

巴布爾死後,他的兒子胡馬雍(Humayun, 1508-1556)即位。胡馬雍所繼承的不是一個實際的帝國,只是一個建立帝國的希望。因為阿富汗人造反,他兩度失去對帝國的控制,成為無家可歸的浪子,在各處遊走,尋求支持,等到西元1555年7月終於得以回到都城阿格拉(Agra)重返王位,不到四個月,西元1556年1月的一天,他突然莫名其妙地從藏書閣的樓梯上摔下,重傷致死。成為下一個繼承「科依諾爾」後,遭遇厄運的君主。

時光流逝,胡馬雍的孫子阿克巴鞏固和改造了蒙兀兒國家,擴大了疆域。「科依諾爾」先是傳到他的手裡,然後又從他那裡傳給了他的孫子沙賈汗(Shah Jahan, 1592-1666)。

沙賈汗是個非常嚴厲而冷酷的征服者,但在他的統治下,這個國家達到了蒙兀兒王朝的全盛時期。在許多人的印象中,這位從西元1628年起統治了帝國三十年的皇帝,與其他寵姬無數、奢侈糜爛的帝王不同,是一位少有的深情之人。因為他在妻子阿柔曼・巴紐・比格姆(Arjumand Banu Begum,即慕塔芝・瑪哈)死於分娩之後,竟多日不吃不眠,且費時二十二年、每天投注兩萬多人力、耗資4千多萬盧比,來建造一座規模宏偉的泰姬瑪哈陵,以紀念這位愛妻。

建造「孔雀寶座」的沙賈汗

不過被公認是世界第七奇蹟的泰姬瑪哈陵也只是愛好藝術的沙賈汗在位時的傑作之一,儘管是最宏大的一項。其他的傑作如:他興建的珍

3、「科依諾爾」之劫

珠清真寺、大清真寺、勤政殿、樞密殿等等,都無不具有壯麗、豪華、堂皇、雄偉的特點,尤其是他為他自己建造的「孔雀寶座」(Peacock Throne),可謂精美絕倫、華麗無比。史料記載說:

> 「這個寶座的形狀像個由金製的腿腳支撐著的吊床架。彩色的華蓋由十二根綠寶石柱子支撐著,每根柱子有兩隻用寶石鑲嵌的孔雀。一棵覆蓋著鑽石、綠寶石、紅寶石和珍珠的樹,矗立在每對孔雀之間。」

在這許多寶物中,最引人注目的是靠背上那對孔雀中的一隻眼睛所鑲嵌的鑽石,它就是「科依諾爾」。沙賈汗建造「孔雀寶座」,並將從祖代傳下來的這顆「科依諾爾」鑲嵌到上面,目的是企求自己的王國也能像出身於摩利亞(Maurya 在梵文中,意思是「孔雀」)的旃陀羅笈多(Candrá-gupta Maurya)創建的古印度孔雀王朝那樣,成為歷史上最大的帝國之一;在這寶座上再鑲嵌這顆「科依諾爾」鑽石,就會使坐在這寶座上的

沙賈汗為他自己建造的「孔雀寶座」

人,也就是他自己,成為一個新的歷史上最大帝國的統治者,「統治整個世界」。

只不過同樣是好景不長。西元 1657 年 1 月,沙賈汗罹患重病,他原來各任省督和軍隊司令官的四個兒子,43 歲的達拉·舒科、41 歲的沙舒賈、39 歲的奧朗則布(Aurangzeb, 1618–1707)和 33 歲的穆拉德·巴克什,為繼承王位展開你死我活的鬥爭;兩個女兒,一個支持達拉·舒科,另一個則站在奧朗則布那邊。第二年,奧朗則布獲勝,沙賈汗被趕下王位,並關進阿格拉城堡,「作為一個普通的囚犯嚴密監禁,連一般的方便也被剝奪了」。有一年夏天,酷熱乾燥,這位前國王卻不得不飲用城堡裡

四、鑽石

鹹澀的井水止渴。他寫了一封傷感的信給奧朗則布，說道：「印度教徒應永受讚揚，／彼等對死者常奉獻水湯。／吾子真乃一奇異穆斯林，／你使我生時為（缺）水而悲傷。」直到西元 1666 年 1 月 22 日去世，才從一切痛苦中得到解脫。

依傍恆河而生的印度是個十分富有的國家。法國大作家伏爾泰這樣描述這一帶的富庶：

「世上沒有一塊地方比恆河流域有著人們垂手可得的更鮮美、更可口、更豐富的食物。這裡稻子不種自長；椰子、椰棗、無花果無處不有，可作菜肴；橘子、檸檬可作飲料，又可供食用；甘蔗俯拾即是；棕櫚樹、寬葉無花果樹濃蔭蔽日。在這種環境中，人們無需剝下獸皮給孩子們禦寒；時至今日，孩子們還是赤身裸體，直至青春年齡。這裡的人從來沒有像幾乎所有其他地方的人那樣，被迫冒著生命危險去打獵，吃獸肉維持生命。」（梁守鏘譯）

印度的富庶自古以來就引誘著外來入侵者的野心，與它發生一次次的戰爭。沙賈汗在位時，蒙兀兒帝國勢力強大，他們自然不敢將野心變為行動；但是到了他的兒子穆罕默德沙（Muhammad Shah, 1719–1748 在位）被擁上王位之後，情況就大為不同了。穆罕默德沙是個耽於酒色又平庸無能的人，這就為入侵者提供了良好的機會。

波斯（即今日伊朗）的納迪爾·沙阿（Nadir Shah, 1688–1747），出身卑微，原是強盜首領。艱難困苦的環境使他磨練出勇敢的性格，而且有能力，又有永無止息的幹勁。西元 1726 年，他率領五千名匪徒支持國王塔赫馬斯普二世（Tahmasp II）從阿富汗人手裡奪回他父親失去的王位，西元 1732 年，他又將塔赫馬斯普二世廢黜，扶持塔赫馬斯普年幼的兒子上臺；四年後，他又將其廢黜，自立為沙阿（國王），成為伊朗帝國的統治者。

3、「科依諾爾」之劫

自立的伊朗國王納迪爾‧沙阿

西元 1738 年，納迪爾‧沙阿找了一個藉口，向印度進軍。入侵期間，不論是穆罕默德沙還是手下的軍人，對於他們的所作所為，歷史學家說：「達到可恥的不稱職，甚至低能的地步」。於是，到了隔年 9 月，蒙兀兒帝國就被擊潰了；穆罕默德沙本人雖保住了王位，也幾乎成為任由納迪爾‧沙阿擺布的俘虜。歷史記載：「得勝的納迪爾‧沙阿和受辱的穆罕默德沙皇帝一起進入德里，前者還占用了樞密殿旁邊的沙賈汗之宮室。」無需贅言，所有財物，任憑納迪爾‧沙阿的處置。由 R.C. 馬宗達、H.C. 賴喬杜和卡利金卡爾‧達塔等印度三位著名歷史學家寫的《高級印度史》(R.C. Majumdar, H.C. Raychaudhuri, and Kalikinkar Datta: *An Advanced History of India*) 寫道：在這次征服戰中，

「這個殘酷的征服者搶走了王室的所有珠寶，包括著名的『科依諾爾』鑽石，帶走了沙賈汗昂貴的孔雀寶座和論印度音樂的波斯文著名手稿，該手稿是由皇帝穆罕默德沙下令撰寫，並附有插圖說明。根據納迪爾‧沙阿自己的祕書估計，他在德里勒索了一億五千萬盧比現金和大量珠寶、服飾、傢俱以及帝國倉庫裡的其他貴重物品。……」

搶劫「孔雀寶座」和寶座上孔雀眼睛裡的那顆「科依諾爾」鑽石原是納迪爾‧沙阿進軍印度的主要目的之一。可是奇怪的是，他來到孔雀寶座跟前，卻找不到原來鑲嵌在寶座上的那顆珍貴鑽石；設法到處尋覓，也遍尋不著。最後是穆罕默德沙後宮中的一個妃子告密，納迪爾‧沙阿才得知這顆鑽石的真正去處。

四、鑽石

納迪爾·沙阿坐在孔雀寶座　　　　科依諾爾鑽石的複製品

　　戴頭巾（dulband）是男性穆斯林信徒的傳統習俗，雖然頭巾的形狀、顏色或尺寸可以不同，但最重要的是頭巾的長度：根據社會地位，頭巾愈大，顯示其人的身分愈高。此外，必須露出前額，以便禱告時能夠使皮膚接觸地面。最長的頭巾可以達到4、50公尺，把頭部或內帽纏繞得很扎實。據告密者說，穆罕默德沙是將這顆「科依諾爾」鑽石暗中深藏在自己的頭巾裡面。

　　納迪爾·沙阿可是一個異常精明的人。他並不打算用強硬的手段來搶奪，那會有失勝利者的「寬容大度」之風，盡可以留到最後使用。他要先以另一種，即溫和的劫掠手法來取得。於是他設下一計：在慶祝勝利的時候，他機敏地建議，要按眾所周知的古代穆斯林禮節，與印度皇帝交換頭巾，以表明雙方對戰果的嚴肅態度、他們之間兄弟般的關係與真誠永恆的友誼。這個建議是不可違背的，否則就是在侮辱對方這位征服英雄。打了敗仗的穆罕默德沙只好無奈地順從了。得手後的那天夜裡，當納迪爾·沙阿解開穆罕默德沙的頭巾，「科依諾爾」鑽石出現在他的面前時，他不由自主地驚喜得叫了起來：「Koh-i-nor！」在他看來，這顆碩大的珠寶簡直像是一座燦爛的小山。

3、「科依諾爾」之劫

納迪爾‧沙阿將所有劫得的珠寶、孔雀寶座和「科依諾爾」鑽石，全部帶往伊朗首都德黑蘭，大部分都存放在伊朗皇家珍寶庫中。但後來，寶座不知去向，僅知道鑽石的下落。

像另外幾個持有者一樣，納迪爾‧沙阿也沒有得到好下場：他作為軍人和將軍，有輝煌的成績，可惜無治國才能；他為人生性殘忍，到處屠殺。西元1747年6月的一天夜裡，他在熟睡被部下暗殺。又一個遭逢厄運的「科依諾爾」持有者。

納迪爾‧沙阿手下有一名軍人叫阿哈馬德沙‧阿卜達利（Ahmad Shah Abdali），任騎兵隊長。他出身顯貴，是阿富汗兩個主要部族之一阿卜達利部族酋長穆罕默德‧札曼汗的第二個兒子。納迪爾‧沙阿死後，阿富汗的酋長們推舉他為國王。即位後，他在首相和九名顧問的輔佐下，全面控制了內政、外交、民事、軍事等各方面事務，不但成功地成為阿富汗的統治者，鞏固了自己的地位，還使阿富汗成為一個統一獨立的國家。阿哈馬德沙‧阿卜達利稱自己為「杜爾‧伊‧杜蘭」（the Durr-I-Durran），意思是「珍珠中的珍珠」，據此，他的部族隨後也被稱為「杜蘭」，而不再叫「阿卜達利」了。

隨著阿哈馬德沙‧杜蘭尼（Ahmad Shah Durrani），即阿哈馬德沙‧阿卜達利得勢，「科依諾爾」鑽石也就自然而然地成為他的所有物，並在最後傳到他的孫子沙‧舒賈（Shah Shuja）一代。

自從沙‧舒賈成了「科依諾爾」的擁有者之後，他的生活便也開始不得安寧了。

從阿哈馬德沙‧杜蘭尼於西元1772年10月去世之後起，阿富汗各部族和家族相擁自立的局面又再度出現。而沙‧舒賈，如歷史學家所描述的，「他才智有限，性格又太消極，使他無法達到這種動亂時代的要

四、鑽石

求。」因此不但不能建立有效的統治，連自己的位置、甚至性命也難以保住，而只好求助於人的保護。

錫克部族酋長的兒子蘭季特·辛格（Ranjit Singh, 1780–1839）19歲時占領印度旁遮普邦的首府拉哈爾，兩年後自立為旁遮普國王，以錫克聯盟的名義治理國家。他有很大的野心，要奪取對全部錫克人的霸權。從西元1809年起，他到處擴張，至1820年，鞏固了這個旁遮普的統治。

大約西元1811至1812年間，沙·舒賈遭到喀什米爾總督、阿富汗人阿塔·穆罕默德·汗的拘禁。沙·舒賈的妻子瓦法·貝古姆焦急萬分，於是就去賄賂蘭季特·辛格，求他設法救出她丈夫。蘭季特·辛格提出要以「科依諾爾」鑽石作為交換條件。答應後，沙·舒賈終於在西元1813–1814年間被從地牢裡營救出來，安全地逃到了拉哈爾。

沙·舒賈獲得自由後去拜訪蘭季特·辛格。兩人互相行禮，然後就座。這時，僕人呈上一個布包。蘭季特·辛格懷著熱切的心情要一睹這布包裡的物品。緩緩展開後，一顆鑽石被置於他的掌上。當認定這就是他夢寐以求的「科依諾爾」時，蘭季特·辛格高興得發狂似地跳了起來。這顆「科依諾爾」鑽石當時的價格是6克羅爾盧比（crore rupees），折合今日2百多萬美元。

蘭季特·辛格占有「科依諾爾」的時間雖然比較長一些，但在他病逝後，西元1840年，錫克再度發生戰爭，旁遮普血流滿地。西元1849年，英國殖民者介入，經過兩次戰爭，戰勝了錫克人，兼併了旁遮普，將它變成為其殖民地。

旁遮普邦的最後一個統治者杜利普·辛格王（Maharajah Duleep Singh）與英國維多利亞女王是朋友，曾請這位女王做他好幾個孩子的教母。他原

來流亡在外，英國入侵旁遮普之後，他回來成為英國在這個邦的第一個殖民者。隔年，西元 1850 年，為紀念伊莉莎白一世女王創建東印度公司二百五十周年，在倫敦聖詹姆斯宮（St.James Palace）隆重舉行了一場紀念會。在紀念會上，杜利普·辛格王就把這顆重 186 克拉的鑽石，還有另外兩顆著名鑽石：重 94 克拉的庫利南三號（Cullinan III）和重 63.5 克拉的庫利南四號（Cullinan IV）鑽石，獻給維多利亞女王。這當然只是一個名義，實際上，奉獻這顆「科依諾爾」，一方面是作為帝國的戰利品，同時也算是遵從了印度教經典裡的教誨，讓一位女人擁有。

維多利亞女王

維多利亞女王一貫熱衷於收藏。她先是將這顆「科依諾爾」鑲嵌在她的胸花上，後來又把它鑲嵌到英國王冠前面的馬爾他十字形裝飾帶的正中央，成為二千八百顆鑽石中主要的一顆。三年後，因倫敦民眾覺得這顆「科依諾爾」鑽石光澤不夠好，於是將它重新切割、琢磨，雖然重量減至 108 克拉，卻富有光澤。當年曾有傳聞認為，維多利亞女王覺得這顆大鑽石不是佩在回教徒的頭巾上，擔心會為她帶來不幸，曾打算歸還原主。不過這也不過是傳聞而已。如今，這顆微微呈淡綠色的「科依諾爾」鑽石，作為英國王室最耀眼的收藏品之一，與其他的王冠、權杖以及火炮、兵器等，陳列在原作為皇家監獄的「倫敦塔」裡，每年吸引數百萬的參觀者；2002 年 4 月 9 日在倫敦西敏寺舉行的英國王太后葬禮上，曾有更多人公開感受到這顆鑽石的魅力。

四、鑽石

女王王冠

　　但是正如柯林斯說的,「科依諾爾」鑽石的故事從來就不是英國和英國人的故事。柯林斯把《月光石》的背景設定在第四次英國‧邁索爾戰爭(the Fourth Anglo-Masore War),敘述英軍攻陷了印度南部卡納塔克邦的塞林伽巴丹(Seringapatam)之後,軍官約翰‧亨卡什爾乘機從提普蘇丹的軍械庫裡搶到了聞名於世的月光石帶到了英國。這樣的框架,是具有重大意義的:在作家看來,如今鑲嵌在英國皇冠上的這顆鑽石,實際上是大英帝國從殖民地劫掠來的的贓物。小說最後描寫到由於印度人的努力,最後使這稀世珍寶回到了印度神廟月亮神像的額上,這是個多麼富有深意且值得玩味的結尾啊。

五、名士

> 五、名士

1、李斯特的雙重個性

　　七百餘首樂曲,著名的包括十二首交響詩、二首鋼琴協奏曲、多首宗教合唱曲以及大量形形色色的鋼琴獨奏小品;這些作品的作者不僅拓展了鋼琴作曲的技巧,使這一樂器有了光彩,而且賦予它豐滿富麗、幾乎像管弦樂那樣的聲音。音樂史上能找出幾位像匈牙利的弗朗茲·李斯特(Franz Liszt, 1811–1886)這樣的鋼琴演奏大師和作曲家?

匈牙利鋼琴家李斯特　　　　李斯特速寫畫像

是啊,李斯特是一位天才。

　　李斯特從小就顯示出這種音樂才華。他的父親、業餘音樂家亞當·李斯特對他兒子的了解,算得上是最透徹的。有一次,他演奏德國鋼琴家費迪南·里斯(Ferdinand Ries)的 C 大調協奏曲,他的兒子、當時還只有 5、6 歲的弗朗茲便已經聽得入神,並且晚上從花園散步回來時,還唱起了這首曲子的主旋律,可是要他再唱一遍時,他就根本不知道自己

1、李斯特的雙重個性

剛才唱的是什麼。在他父親看來，這正好表明孩子對音樂所具有的天賦本能。於是，父親開始親自培養他，後來又帶他去維也納，並遷居巴黎，向名師學習。極其嚴格、近於殘酷的要求，使這個兒子迅速獲得驚人的進步，8歲即能作曲，9歲時登臺表演，最後成為當時最偉大的鋼琴家。

但是亞當也由於為成就兒子的成功耗盡了畢生的精力，在51歲那年死於傷寒。彌留之際，這位深知兒子的父親在病床邊警告16歲的李斯特說：「我擔心女人會毀了你。」

之後的事實是，李斯特一方面以極為早熟的才情震撼歐洲和世界音樂界，另一方面也因為他迷戀女性到無法自拔的地步，而被人視為那個將人引入「小世界」享受生活的惡魔梅菲斯特，使李斯特自己後來回憶起來都感到「這種預測真是太奇怪」。因此，亞當的預感對了一半：女人的確毀了李斯特，但同時，女人也賦予李斯特創作的靈感。

從西元1824年5月在巴黎初次登臺大獲成功、被奉為社會名流起，這三年來，李斯特已經看出，在這法國首都，許多有文化教養的上流家庭，不管是不是喜愛音樂，或者僅僅考慮提升他們的社會聲望，都樂於聘他擔任家庭音樂教師。現在父親死後，為了維持自己和母

少年時的李斯特

14歲時的李斯特

五、名士

親像樣的生活，他接受教授貴族小姐們音樂的工作。在他的學生中，有一位 16 歲黑髮藍眼的美麗少女卡洛琳·德·聖克里克（Caroline de Saint-Cricq），是國王查理十世內閣一位部長的女兒。教了一段時間後，音樂課變成了文學作品的閱讀，時間也拖到午夜之後。因為李斯特已經完全陷入對她的熱烈愛情中了。卡洛琳病中的母親很同情他們，甚至有意撮合他們，她懇求丈夫，如果女兒與李斯特相愛，就隨他們的意好了。可是憤怒的父親等妻子一死，便以社會出身懸殊為藉口，要李斯特立刻離開他家，永遠不准再來。不久，卡洛琳嫁給一位門第相當的求婚者，過著不幸的生活，使她一直難以忘懷與李斯特的愛情。李斯特曾多次請求與她再見一面，都遭到她父親的回絕。兩人後來通過幾年信，一直等到十多年後，才於西元 1844 年再次相見。李斯特在西元 1860 年立遺囑時，曾表示要遺贈她一枚鑲著一顆珠寶的戒指。只是這個願望無法實現，因為卡洛琳在西元 1872 年就去世了，已經皈依天主教的李斯特還深深記得她，長嘆說：「她是天主庇護的世界上最純潔的人之一。」

　　失戀和階級障礙的屈辱使李斯特精神上受到深重的打擊，他甚至因此產生過自殺的念頭，最後終於病了。有一次發病時竟失去知覺，導致報紙上誤登過一則有關這位天才的訃告。拯救他的仍是藝術。他從喬治·拜倫、勒南、夏多布里昂等浪漫主義作家的作品中尋求解脫；又從三位音樂家的身上找到了向前邁進的榜樣——尼科洛·帕格尼尼演奏小提琴的力度和輕巧性，艾克托·白遼士「標題」音樂的戲劇表現，和弗里德里克·蕭邦對自己作品雅致詩意的闡釋。於是，數年後，當再度出現在巴黎沙龍時，李斯特不僅是巴黎最漂亮的男子，還被認為是一位才華橫溢的偉大鋼琴家。著名的畫家、詩人和雕塑家為他畫像、寫讚美詩和雕像，巴黎美貌的公主與夫人，如阿黛拉·德·普魯納萊德伯爵夫人（Countess

1、李斯特的雙重個性

Adèle la Prunarède)、波琳·普拉特伯爵夫人（Countess Pauline Plater）等，一個個投入他的懷抱。其中最為人樂道的是瑪麗·達古伯爵夫人。

　　西元 1833 年將近年底的一個晚上，在巴黎拉·瓦耶侯爵的宅邸舉辦了一場交際性聚會，出席的貴賓都是有極高身分的上流社會人士。聚會中最引人注目的是瑪麗·達古伯爵夫人。出身於中產階級、22 歲的李斯特雖然也在場，但他的身分不是作為賓客，而是受聘來為他們演奏的鋼琴師。

李斯特在喬治·桑家演奏。
其他人從左至右：大仲馬、雨果、喬治·桑（坐著）、帕格尼尼、羅西尼，右下方是瑪麗·達古

李斯特在演奏

五、名士

瑪麗‧凱薩琳‧索菲‧德‧達古（Marie Catherine Sophie de d'Agoult），舊姓為弗拉維格尼（Flavigny），西元1805年12月31日生於美茵河畔的法蘭克福，父親是一個流亡貴族，母親出身於法蘭克福著名銀行家貝特曼家族。瑪麗在經濟順遂和自由優雅的貴族生活中度過她的童年和青年時代初期，西元1827年22歲時嫁給比她大15歲的夏爾‧達古伯爵（Count Charles d'Agoult）。

瑪麗‧達古

雖然已有兩個女兒，但是對於個性敏感、智力超凡、又愛好浪漫主義的瑪麗來說，他們的婚姻早就已經死亡。於是她走自己的路，與巴黎沙龍裡的知識階級為伍，沉醉在聖西門、夏多布里昂、貢斯當、歌德、聖伯夫、瑟南古等流行的宗教、哲學及文學中，並很快就成為巴黎上流社交界眾所矚目的焦點人物。浪漫主義的一個特點是以社會地位不平等代替門當戶對，瑪麗對於作為被他們雇傭的奴僕而出席今晚聚會的李斯特，不但沒有階級偏見和敵意，相反地，第一印象認為她面前的這一位男子是「我至今為止見到過最為非凡卓越的人」。她敏銳地注意到「他閃爍的雙眼、他的舉止、他的微笑，一下子深不可測，充滿無限的深情，一下子又露出挖苦嘲諷的深意。」認為「這一切都似乎在向我發出委婉的暗示……」而伯爵夫人也以其特有的女性之美，同樣讓李斯特留下深刻的印象。這位無所顧忌的藝術家，第一眼看到她，就在心中吶喊：

「美麗，的確極其美麗──就像羅蕾萊女妖一樣。她身材頎長，舉止非凡；行走時姿態誘人優雅而又穩健莊重，她的頭顱高傲地抬起，濃密的一頭金髮像金光閃閃的簾瀑似地從她雙肩垂下，整體外貌具有古典的對稱美。」

1、李斯特的雙重個性

　　無需贅言，他們立刻就愛上彼此了，只是最初都沒有表露，即使李斯特被邀請到伯爵夫人的家裡，兩人也從未觸及這類隱祕親熱的話題，而只是談論靈魂、談論上帝以及人的命運。當然，這些都是偽裝。到了西元 1834 年底，夫人 6 歲的大女兒露易莎罹患腦膜炎而去逝了，她極其悲痛，甚至想過投水自盡。在愛情的門口，李斯特有三個月都去找著名的天主教司鐸菲里西塔・德・拉梅內（Félicité de Lamennais）尋求保護，希望藉由遁入宗教來逃避，藉此忘掉伯爵夫人。可是一切都沒有用。斷絕音訊幾個月之後，李斯特寫了一封信給伯爵夫人，說他準備離開法國，希望最後再見她一次面。就在這次重聚之時，他終於按捺不住，以內涵深切的言辭向伯爵夫人表達了自己的愛情：

　　「從最初一刹那我就愛上妳了，並且感受到了什麼是愛情和它的需求是什麼，我為妳而擔憂，決定離開妳。但是現在我一看到過去做過的事⋯⋯我不能讓妳在這一苦難中受盡煩惱和困苦。我太渴望生活了！」

　　伯爵夫人當然完全明白他的心意，不再需要偽裝了。但是待在巴黎、甚至待在法國都是不可能的，因為他們兩個人的事，震驚了整個巴黎，何況他們的孩子也快要誕生了。因此，顯然勢必得走上私奔一途。兩人於西元 1835 年來到了瑞士南部，先是去巴塞爾，然後來到日內瓦。這是田園詩般生活的開始。

　　他們在塔巴贊路（rue Tabazan）買下一套可以觀賞壯麗景色的公寓。錢當然是伯爵夫人出的，實際上這時的一切費用都由她支付。在阿爾卑斯景致如畫的環境中，他們一起散步，共同閱讀和鑽研拉梅內、聖西門和法國浪漫主義詩人的哲學和政治著作，過得極為快活。可能完全是無意的，他送給她一本法國女作家喬治・桑剛出版的《萊莉婭》（*Lélia*），這本小說抨擊了受到社會支持的婚姻束縛，作品中的女主角勇於要求愛情的生理滿足，如果丈夫不能使她得到，她就有權力離開他。瑪麗對她的

五、名士

這位情人是抱有期待的,她不但以愛情激發他的靈感,還培養他貴族階級應有的修養和風度,使他集中心思創作。在這段時期中,李斯特寫出了著名的鋼琴曲〈巡禮之年〉的第一部分〈旅行集〉。

西元1835年12月18日,瑪麗生下他與李斯特的第一個孩子,一個女兒,取了個假名布蘭丁・拉爾。很快地,孩子出生的消息被當作一件醜聞傳開了,這使瑪麗更不可能再回巴黎。但李斯特必須回去,因為在這世界的音樂中心,24歲的奧地利鋼琴演奏家西傑斯蒙德・塔爾伯格(Sigismond Thalberg)被音樂權威稱為「劃時代的天才」。這「極大地妨礙和動搖了李斯特」的地位。李斯特覺得,他的威望受到了挑戰。但是等他到了巴黎,經過幾輪競技表演,李斯特終於大獲全勝,使人們幾乎再也聽不到塔爾伯格的名字。

出於對旅行的熱衷和嗜好,主要是瑪麗的催促,西元1837年,他們來到義大利北部尋求新的美,考察新的文化。在米蘭,李斯特開了一次獨奏音樂會,並贏得了「琴鍵上的帕格尼尼」之稱。隨後,他們回到倫巴底區環境優美的科莫湖(Lake Como)畔的貝拉基奧(Bellagio),租了一棟別墅定居下來。在這裡,處在橄欖、木犀和木蘭叢中,整個環境優美而幽靜,而且沒有令人討厭的喧鬧破壞這種田園風情。瑪麗感到,「在這裡,我覺得,個人的行動舉止,比起在法國自由得多,私通也產生不了醜聞……」

另一個使他們欣喜的是,在這時,瑪麗在聖誕夜生下了她和李斯特的第二個女兒,據聖徒科西瑪和出生地科莫湖之名,命名為弗蘭契斯卡・蓋塔納・科西瑪。同時,李斯特也寫出了他的偉大作品〈但丁奏鳴曲〉。在這首鋼琴曲中,對但丁和他的情人比阿特麗斯的世界所作的想像描述,是作曲家對自己與瑪麗的世界理想化的投射。

在威尼斯時,李斯特有一次從報上讀到多瑙河水溢過河堤,導致他

的祖國匈牙利大面積的洪水，於是一個人去了維也納舉行音樂會，為受難同胞募款。在那裡，他受到狂熱的歡迎。隨後，自西元1838年到1839年，從威尼斯到瑞士的盧加諾、日內瓦、佛羅倫斯，最後到羅馬，世界各地都在他的腳下，任何演奏大廳都聽從他的安排，王公貴族與他共餐，公主與夫人希望得到他的青睞。等到回來與瑪麗重逢時，瑪麗發現，她的這位情人已經變得刻薄、冷漠和愛諷刺挖苦。她想起當時她曾寫信向他訴說，他不在威尼斯時，她是多麼地孤獨，可是他竟建議她，不妨去另找一位希歐多爾洛伯爵之類的人作情人，根本不理解她的感情和需求。於是，沒有什麼可以作為藉口，分居的考驗就擺在面前了。西元1838年6月，瑪麗從威尼斯寫信給他：「我的愛耗去你的生命。我相信你仍會愛得快活的。至於你曾經強烈愛過的我……因為對我來說，我永遠也不會再去愛另一個人了，不過我為什麼要剝奪可以成為你新生活泉源的另一段愛情呢？我深深尊重你的自由。」這是真的。西元1839年5月9日瑪麗在羅馬生下第三個孩子兒子丹尼爾，同年11月兩人分居，瑪麗帶著兩個女兒去巴黎獨立生活，最初與李斯特為孩子教育等事而通信，最後於西元1844年徹底分手。此後，她再也沒有懷著如此強烈的感情愛過其他任何一個人。

李斯特和瑪麗‧達古的三個孩子

五、名士

　　西元 1846 年，瑪麗以丹尼爾·斯特恩的筆名發表自傳體小說《奈利達》(Nelida)，公開了她與李斯特的戀情，批判了男主角古爾曼即李斯特的人格，但小說的結局是古爾曼在道德敗壞、喪失健康、垂危病榻之時，字母重構的丹尼爾 (Daniel)，即忠誠於他的奈利達 (Nelida) 應召來到他的跟前，兩人重歸於好，他死在她的臂上。而李斯特，本性決定他無論如何也做不到「永遠也不會再去愛另一個人」。相反地，他立刻就愛上了別人，而且一個又一個。

　　從西元 1839 年起，七、八年裡，李斯特以自己的音樂征服了整個歐洲，從蘇格蘭到土耳其、從西班牙到俄羅斯，贏得了無盡的榮譽，也贏得了無數的女性。李斯特的一位傳記作者說：「就他所征服的女人數目而言，他的確可稱得上是唐璜旗鼓相當的對手。」的確，在這段時間裡，與李斯特私通的貴婦人不計其數，其中主要有波蘭的德爾芬·波托卡這樣的伯爵夫人、漂亮的夏洛蒂·哈恩這樣的法國女演員、卡洛琳·溫格爾和波麗娜·維奧爾多這樣的著名女高音、瑪麗·杜普萊西斯這樣的高階妓女、洛拉·蒙蒂茲這樣花俏的「西班牙舞者」……特別是這些女人，夏洛蒂·哈恩，本來就是兩個國王的情婦；波麗娜·維奧爾多，長期與俄國作家屠格涅夫一起生活；瑪麗·杜普萊西斯，是小仲馬的著名情人，《茶花女》中女主角的原型……她們出於虛榮，扮演了李斯特臨時情婦的角色。尤其是洛拉·蒙蒂茲 (Lola Montez)，幾年前，她曾侍奉過沙皇，第二年又去侍候巴伐利亞國王路德維希一世，使他因與她之間的醜聞被迫退位，柯南·道爾所寫福爾摩斯故事中的〈波希米亞醜聞〉，女主角愛琳·艾德勒就以她為原型，除了這些王公國王外，她也做大仲馬、李斯特等知名人物的情婦。但李斯特對於她，也像對其他女人一樣，不久就厭倦了。可是等李斯特來到波恩，要為貝多芬紀念碑揭幕指揮這位大師的第五號交響曲時，她也趕過來了。她走進波恩一家最高等的旅館告訴經理說，

是李斯特邀請她一起旅居此處的。可是合唱團中有人認出了她,於是經理拒絕讓她入住。揭幕結束後為李斯特舉行宴會,德國國王弗里德里希・威廉四世和王后,以及維多利亞女王和康索特王子都參加了。她騙過了一位警覺心低的市民進入大廳。乾杯過後,她不顧眾人的厭惡,爬到一張桌子上跳起「西班牙舞」來。於是場面一片混亂,鬧出了一大醜聞。李斯特只好急忙逃走。但事後,李斯特對這類事也似乎覺得無所謂。他甚至常常拿自己與這個女人或那個女人之間的風流豔事向瑪麗炫耀。例如他寫信給瑪麗時就說自己在巴黎如何討瑪麗・杜普萊西斯的歡心,又說自己「唯一的依戀就是她」。

李斯特在柏林的獨奏音樂會

西元 1846 年到 1847 年,李斯特穿過多瑙河地區向東旅行,於 2 月到達烏克蘭,在首都基輔連續演出數場,並宣布最後的那場是慈善義演。當人們問他為什麼不辭辛勞前來義演時,他回答說是「Genieoblige」(義務感)。演出那天,他收到一封信,裡面是一位居住在波多利亞區領地的一位貴族為慈善義演捐贈的一筆款項。第二天,出於禮節,李斯特去向這位捐助人致以敬意,並表達個人的感謝。

這位捐助人是珍妮・伊莉莎白・卡洛琳・馮・賽因-維特根斯坦公爵

五、名士

夫人（Jeanne Elisabeth Carolyne von Sayn-Wittgenstein），她已經出席過李斯特在基輔的第一場演出，為他這「義務感」的品格所感動，因而決心要做他的親密朋友。兩人第一次見面時，公爵夫人28歲，李斯特將近29歲。

公爵夫人的父親彼得·馮·伊凡諾夫斯基是個富有的波蘭地主，於數年前去世，留給她巨額財產。她在17歲時被迫嫁給了一位日爾曼血統、在沙皇軍隊中服役的貴族尼古拉斯·馮·賽因-維特根斯坦公爵，但不久就與他分居，帶著小女兒瑪麗隱居在她位於沃洛寧要塞的領地。卡洛琳長得沒有很好看，藍眼睛、黑頭髮、矮矮胖胖、鼻子尖尖的，而且幾乎總是一成不變地穿一件樸素的黑色長外衣，加一件寬鬆的外套和一頂黑色花邊軟帽，使她看起來很像格林童話中的老祖母。但是李斯特卻不這樣認為，他寫信給他母親說：「我堅持認為維特根斯坦公爵夫人是美的，甚至是非常地美，因為她的靈魂賦予她的形體極致之美。」他聲言：「我為自己是一位美的鑑賞家而自豪。」

在去沃洛寧要塞作禮節性拜訪之後，沒隔幾天，李斯特接到公爵夫人邀請他去她家一同慶祝瑪麗的十歲生日。一週的時間確定了他們的關係，但是原來計劃去南俄的演出使他不得不離開她。分離期間，兩人大量書信來往，熱烈宣稱嚮往在一起。夏天，他們又在奧德薩見了面。西元1847年9月，在葉麗札維特格勒舉行了他作為職業鋼琴家的最後一場演出之後，李斯特於西元1848年1月來到威瑪，投宿在拿破崙、韋伯、帕格尼尼、孟德爾頌、白遼士等人待過的厄勃林茲旅館。他宣稱，要在他的仰慕者、沙皇尼古拉一世的妹妹瑪麗雅·巴甫洛芙娜女大公（Maria Pavlovna）的保護之下，在她的領地裡度過他的音樂生涯，為自己與公爵夫人的幸福生活鋪路。

> 1、李斯特的雙重個性

4月，卡洛琳向她丈夫提出離婚並著手處理她的某些產業後，離開俄羅斯，前往李斯特的密友菲利克斯・馮・里察諾夫斯基公爵在西里西亞的城堡與李斯特見面。

李斯特與卡洛琳・馮・賽因-維特根斯坦公爵夫人在威瑪的別墅

由於據說李斯特在厄勒林茲旅館還供養著一位巴黎的情婦，於是卡洛琳來了之後，先是被安頓在阿爾滕堡別墅，待他的情婦走後，李斯特也搬去與她同住，他們兩人在這裡共同生活了十二年。

最初幾年，李斯特無疑是愛著卡洛琳的。他與她在同一間房間裡，始終不離開她。而卡洛琳以她的愛情督促他安定下來，使他創作出〈但丁交響曲〉、〈塔索〉、〈山下所聞〉、〈瑪澤巴〉、〈節日的喧鬧〉、〈浮士德交響曲〉、〈奧爾菲斯〉和〈前奏曲〉等出色的作品。在此期間，李斯特還為其他作曲家效勞，指揮了華格納、威爾第、多尼采蒂、白遼士等人作品的演出。

一般人的印象認為，李斯特與公爵夫人的關係，純粹是柏拉圖式的愛情。他們確實沒有法定的子女。但是實際上，公爵夫人與李斯特有過三個孩子，只是並不出生在威瑪，而是在使她能夠保守祕密的不顯眼之處。這些孩子都是在布魯塞爾長大的，其中一個取名為弗朗茲・塞爾維斯，與李斯特跟瑪麗生下的兒子丹尼爾十分相像。

五、名士

卡洛琳和她的女兒

公爵夫人到達威瑪後，一直在進行有關離婚的交涉。她透過沙皇的影響，並去梵蒂岡施加壓力，最後尼古拉斯發現已經無望使妻子回心轉意了，於是使公爵夫人最後在西元 1860 年 5 月獲得了離婚的判決。同年 9 月，李斯特在藝術上遭到挫折，再加上兒子丹尼爾去世，在深深的悲哀和孤獨中立下了一份遺囑，表示在過去的十二年裡，不論是他能有一些藝術創造，或是享有一點物質財富，「都必須歸功於我如此熱切希望能用妻子這個甜蜜名字稱呼她的」卡洛琳；同時，他也在遺囑中請卡洛琳為他送給達古伯爵夫人一枚鑲嵌著他的護身符的戒指中。又過了一年，卡洛琳在羅馬處理好她在梵蒂岡的事務後，他們舉行婚禮的時機終於到了。

西元 1861 年 10 月 21 日清晨，李斯特來到羅馬，他們計劃在第二天，即李斯特 50 歲生日之時舉行婚禮。為此，幾天前，卡洛琳公爵夫人就已經設法將聖卡羅·阿·科索教堂和附近一帶都做了裝點。不過為了試試運氣，她輕率地準備了一份遺囑，上面簽的名字是卡洛琳·李斯特，時間則推遲了一天，寫成西元 1861 年 10 月 23 日。但是婚禮最終沒有舉行，原因不得而知。

李斯特的親密朋友、音樂家波得·柯內里烏斯 (Peter Cornelius) 認為，卡洛琳公爵夫人是李斯特在威瑪歲月中，無窮靈感和無盡創造的動力。現在，公爵夫人已獨自一人在宗教沉思中度過清幽時日去了，沒有了她，李斯特如何生活啊！加上如今他的女兒布蘭丁也在她弟弟丹尼爾於 20 歲之時去世後三年，於西元 1862 年 9 月突然死於熱病。幾個月內，

52歲的李斯特頭髮白了，前額正中、右顴骨等好幾處都明顯地長出了大肉瘤。還年輕的時候，李斯特就曾夢想能進入宗教世界，此刻在這極度痛苦的日子裡，就更想委身於宗教了。如此這般，到了西元1863年6月，在教皇的檔案保管人阿戈斯蒂諾·泰依納的邀請下，李斯特邁入了羅馬市郊蒙特馬里奧山（Monte Mario）上的羅薩里奧聖母院（Monastery of Madonna del Rosario）。此外，西元1864年起直到1886年去世，由於他的朋友古斯塔夫·馮·霍恩洛厄紅衣主教的安排，他住進了附近一座講究的艾斯泰別墅，裡頭有宏偉的噴泉、寬敞的臺地式花園，以及布置講究的房室，還特地為他擺放了一架大鋼琴。只是不論在羅薩里奧聖母院，還是在艾斯泰別墅，李斯特始終忍受不了整天就只是面對一桌一椅、幾本書和幾張聖畫像的孤獨教士生活。唯一的活物，他養的兩隻貓也不能平息他內心的痛苦和情欲的折磨。這強烈的情欲仍時刻驅使著他做它的奴隸。

西元1853年，一位仍舊富有魅力的年輕寡婦，由她的兩個兒子陪伴，來到阿爾滕堡別墅。她叫艾格尼絲·斯屈里特（Agnes Street），她為了想成為李斯特的門徒而來。兩年之後，她又來了。李斯特立刻不可克制地愛上了她。艾格尼絲自稱，直到李斯特生命的最後，在他的心中，甚至可以說在他的靈魂中，唯一占有位置的就是她，而不是卡洛琳夫人。

另一位是波蘭的奧爾迦·馮·邁因多夫男爵夫人（Baroness Olga von Meyendorff），西元1871年丈夫死後，正好38歲。直到生命的終點，李斯特經常由她相伴。李斯特寫了很多信給她，常常一個星期三、四次，關係也很奇特。

五、名士

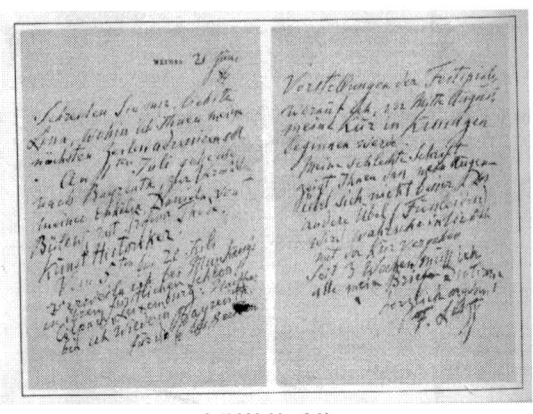

李斯特的手稿

  在李斯特的晚年，與女性的關係，最著名的是與奧爾迦・詹寧娜（Olga Janina）的風流事件。奧爾迦真名叫奧爾迦・澤林斯卡（Olga Zielinska），是波蘭里沃夫鎮一位靴子製造商的女兒，但是她向社會宣稱，自己是奧爾迦・詹寗娜女伯爵，她讓人留下的印象，使大家都稱她為「哥薩克女伯爵」。

  19歲的奧爾迦長得出奇地美。她15歲時結婚，婚禮一周年那天晚上，她用馬鞭抽打了她的丈夫後就逃離了他。奧爾迦進入李斯特的生活是西元1869年在羅馬的時候。因為她在鋼琴方面也有幾分才華，對這位鋼琴大師十分迷戀。他們兩個似乎立刻就互相吸引。後來，先是一天晚上，李斯特意外地出現在她的住家門前，摟著她的頭親吻她，並答應讓她定期來他的住處由他教授她。若干天後，奧爾迦向李斯特表示了自己對他的愛。於是，李斯特一把將她抱在懷裡說：「永遠不要對我說愛這個詞，我不能愛。」但是很快，這位教士仍然向她表示：「我不應該愛；但我愛，而且不能掩飾它。我乞求妳。現在可憐可憐我吧，妳已戳破了我的懺悔。」於是又熱烈地狂吻她。第二天，李斯特由於害怕

1、李斯特的雙重個性

這種愛可能產生的危險，躲了起來。但是奧爾迦化裝成一位年輕的花匠來到他的房間，送給他一束鮮花。當李斯特看出是她時，又立刻擁抱住她，說：「對妳，我再也不能克制了。」沉入了熱烈的愛和縱欲中。後來，奧爾迦還跟隨李斯特到了威瑪。有一次，在一個慈善性的音樂會上，她任性地演奏蕭邦的作品，表現得很糟糕，使李斯特極為氣憤，責備了她，並執意要她立刻離開該城。這使她十分不滿，她明確地跟朋友們說，她決意要去布達佩斯，殺死李斯特，然後自殺。終於有一天，她來到李斯特的房間，手上握有一支手槍和一小瓶毒藥。李斯特見到她時，冷靜地對她說：「夫人，妳現在想做的是一件邪惡的事，我請求妳打消這個念頭——不過我不能阻止你。」兩個小時後，一位朋友來了，她大聲地向他宣布，說她一生唯一的目標就是殺死李斯特，然後自殺。李斯特堅持說，不需要讓警方來干預，因為詹甯娜夫人有足夠的時間在被銬上手銬之前讓她的手槍走火。不過最後事情沒有發生。第二天她離開前往巴黎。一年後，她以羅伯特·弗朗茲的筆名出版了兩本書：《一個鋼琴家的回憶錄》和《一個哥薩克的回憶》，公開了李斯特希望隱藏的他們之間的關係。

李斯特的一位傳記作家曾引用這位音樂家一位朋友對他的評論，說李斯特是「一個弱者」，很容易被他所著迷的女子牽著鼻子走；並進一步說明，李斯特之所以如此，是因為他的內心不和諧：虛榮與悔悟，馬戲騎士的癖好與天主教教士的奉獻，社交之愛與隱居之需，是一個「扮作教士的梅菲斯特」，認為這種雙重性是理解李斯特作為一個人和一個藝術家的關鍵。莫非音樂家的父親在五十年前就已經看清這一點了嗎？！

五、名士

李斯特的葬禮

2、華格納的多角情感世界

在音樂史上，可以說，找不出一個比德國作曲家威廉・理查・華格納（Wilhelm Richard Wagner）更為奇特的人物了：他贏得了音樂史家的崇高稱頌，但又因為生活的放蕩而遭到一些人厭棄，是個一生集中了多方面的矛盾於一身的怪人。

作為一位音樂家，華格納繼承了歐洲浪漫主義的音樂傳統，又並不固守於這一傳統，而不斷創新，最終創造出了帶有全新風格的「音

德國作曲家理查・華格納

樂戲劇」,情節、人物、臺詞、音樂都他一人創作,留下許多後世稱頌的珍品,被認為是一位傑出的音樂革新者,和浪漫主義衰落時期最有代表性的、最完美的大師。另外,他還寫過一些有關歷史的、美學的、音樂的、政治的論著,內容涉及到文化和文明諸多方面,讀來新穎有趣、引人入勝。

但是作為一個人,華格納個性專橫獨裁、瘋狂自私,而且行為醜陋,令人厭惡。他是一名基督徒,也是個異教徒;他歌頌窮人的美德,又極盡奢華之享受;他主張禁欲,又以高度的狂熱傾心於官能的欲望,是一個大名鼎鼎的好色之徒。他讚揚自我克制,又鄙視每一個人,對待工作夥伴和對手毫無寬宏大量的騎士風度。一生裡,他結下了眾多仇敵,使自己在生命的最後一段日子裡,幾乎是孤獨一人離開了人世。

毋庸置疑,華格納是一個天才橫溢的藝術家。他的創作靈感來自各個方面,包括來自女性的愛情,來自女性對他才華的傾慕和他對女性美貌感到的愉悅所交織成的愛情。但是他太沉溺於對女性肉體的官能享受,以致他對女性的愛從來都不專一,也不深沉,永遠只把愛情當成一種虛榮,一種遊戲和享樂。

考察華格納的創作道路,最初在西元 1833 年任烏茲堡(Wurzburg)合唱團指揮時寫的〈仙女〉(Die Feen),只能說是對韋伯(Weber)風格的模仿之作。他真正的第一部作品要算隔年任勞赫施台特(Lauchstadt)劇團音樂指導時,寫的〈愛情禁令〉(Das Liebesverbot)。這是根據莎士比亞的戲劇《一報還一報》(*Measure for Measure*)而寫的,但是對原作有個關鍵性的改動,即假托出國的維也納公爵這個人物不見了。在原作中,有位受公爵之託攝政國務的安哲魯,欲以最高道德的名義做壞事,最終被

五、名士

公爵及時干預阻止。〈愛情禁令〉的改動，使莎士比亞透過這一情節所表達的正義審判的主題，也就跟著消失了。因此，〈愛情禁令〉的核心就僅僅限於受壓抑的情欲和未受壓抑的情欲之間的衝突。這位新興的音樂家還特地在終曲中狂熱狂歡節的喧鬧聲裡，宣揚了愛情自由的原則。這樣的表達，確實非常具有華格納的個性特徵，因為愛情自由和放縱情欲正是他最重要的精神需求和肉體需求。如此一來也就不難理解，在〈愛情禁令〉上演的西元 1836 年，這位 26 歲的馬德堡（Magdeburg）劇院音樂指導，會不顧自己的「愛情的禁令」，愛上了一位女演員敏娜·普拉納（Minna Planer）。

敏娜·普拉納教名克莉絲蒂娜·威廉明娜（Christine Wilhelmine），是薩克森克姆尼茨（Chemnitz in Saxony）附近村落中一位工人家庭的女兒，差不多比華格納大四歲。敏娜十多歲時就成了演員，被認為是勞赫施台特最漂亮、最迷人的女孩子。她的住處和華格納的住房從同一個大門出入。華格納第一次偶然在門口見到她時，她的外貌、態度、穿著都讓華格納留下了格外深刻的印象。

華格納的第一個妻子敏娜·普拉納

敏娜外貌秀麗而有魅力。她或許缺乏藝術才華，文化素養也比較低。但是由於她的迷人和嫵媚，使她能在德國許多地方的劇院都受到聘用；同時她的態度優雅嫻靜，很多年輕人都覺得她相當令人注目，對他們有強烈的吸引力。

敏娜與一個8歲的女孩子一起生活，她說是她的妹妹娜塔莉（Natalie），實際上是她的私生女。在她15歲那年，一位薩克森軍官對她半誘姦半強姦，因此懷上了娜塔莉。華格納當然不了解這些內情，於是毫不懷疑地愛上了她。在相識後的最初那幾天，敏娜讓充滿熱情的華格納對她愛得發狂。但華格納對捕獵女性似乎天生就有高超的技能，他很快就使敏娜在他的頭頂上看到一道光芒，對他產生絕對的崇拜。在那段日子裡，他雖然像一條忠實的狗，整天都跟在敏娜的身邊，但卻又裝出一副瞧不起她的樣子，使她心理上對他產生敬畏感。三個月後，當兩人跟劇團一起回到馬德堡時，華格納深相，敏娜已經完全愛上他了。其實，他也愛她愛得無法自拔，他甚至認為，「對我來說，她的愛就代表著一切，我的生活圍繞著她而進行。她使我生活充實，得到溫暖。我不能沒有她。」於是，到了11月，兩人就一致同意，要透過合法手續，把他們的關係永遠肯定下來。可是剛作出這樣的決定，兩人立即就演出了一場鬧劇。

那是西元1836年11月23日，華格納和敏娜一同去柯尼斯堡的特拉哥海姆教堂（Tragheimer Kirche）安排舉行結婚典禮的時間。當時，神父請他們先在正廳等一下。不到幾分鐘，兩人就發生了爭執，起因是華格納堅持一定要向朋友借很多很多錢，來裝修他們的新居，這使敏娜很生氣。爭執很快就變成為一場粗話謾罵比賽。兩人正打算離開，各走各的路。這時，神父出來了，見他們在吵架，被嚇了一跳，非常尷尬。他來到他們面前，於是，他們不得不又重新裝出很愉快的笑臉，真實上演這

五、名士

種悲喜劇情境,最後把婚禮的時間定在 11 月 24 日下午 1 點鐘。隔天,他們來到這裡舉行婚禮,登記時華格納把自己的年齡增加了一歲,謊稱是 24 歲,敏娜則不好意思地承認自己是 23 歲,將實際年齡減少了三歲。

這對夫妻過了六個月平靜、簡樸的生活之後,華格納發現他的新婚妻子與劇院的庇護人、一位柯尼斯堡的實業家有曖昧關係,十分妒忌。於是兩人又是爭吵不休,相互指責。華格納威脅說要跟她離婚,敏娜便到她父母親位於德累斯頓的家避風頭。等華格納由他的姐姐和姐夫陪同追到了那裡時,敏娜又與情人一起逃走了。有一陣子,華格納心裡非常猶豫不決:是否該原諒她的這一過失,並為自己妒忌她的情人和傷害她的父母而向她陪不是。在這感情危機的前幾個月裡,他們兩人之間的情況明顯是非常尷尬的。西元 1837 年 6 月,華格納寫了一封信給敏娜,請求她回到他身邊來,不過堅持說她應該履行作為一個妻子的責任,並直率而強硬地向她表明:「如果妳要繼續執迷不悟,做出使我無法忍受的事,那麼我就要說:讓我們永遠分手。」他又跋涉了差不多 400 英里的路程,從柯尼斯堡來到德累斯頓,試圖說服後來又回到了母親那裡的敏娜,跟他一起回里加,與他共同生活。但敏娜繃著臉,有點兒無理地拒絕了他。於是他一個人離開、回到了里加。敏娜後來也跟來了,並得到丈夫的原諒。在里加待了兩年後,兩人去倫敦逗留了一星期,然後去巴黎待了兩年半。當他在貧困和失望中,完成了根據布維爾-李頓(Bulwer-Lytton)的小說改編成的〈黎恩濟〉(*Rienzi*)、根據海因里希‧海涅修改過的古老傳奇改編成的〈漂泊的荷蘭人〉(*Der fliegende Hollander*),以及〈唐懷瑟〉(*Tannhauser*)等幾部歌劇之後,他的經濟狀況真的非常不好,精神也很頹喪。他盡力向人乞求和借貸,當掉了自己和敏娜所有的貴重物品,包括結婚戒指,後來這些當來的錢也用完了,就索性把當票也賣

2、華格納的多角情感世界

了，有一次甚至差點因為還不起債務而入獄。西元 1840 年 10 月，他請敏娜寫信給他的老朋友特奧多爾・阿佩爾（Theodor Apel），說他剛進了監獄，只有阿佩爾才能像以前那樣幫助他，將他保釋出來，讓他回到親愛的妻子身旁，繼續完成他的偉大歌劇創作，拯救他的才能免於被毀滅，等等。於是，阿佩爾和一位朋友再次給予他資助。

完成了根據中世紀一則傳奇故事改編的《羅恩格林》（*Lohengrin*）之後，西元 1849 年 5 月，華格納參加了德累斯頓革命。他冒著槍林彈雨廣發宣言，還在十字教堂鐘樓上擔任監視哨。在巴枯寧等革命者被捕後，他也遭到通緝。他逃到了瑞士，在蘇黎世湖畔定居下來，敏娜也被接來這裡料理家務。但是對於好色的華格納來說，不論是妻子或是情人，感情的相處都是短暫的，她們在他心中的情感位置總是都會被另一個情人或妻子所代替。於是從第二年開始，他在法國旅行時與傑西・泰勒（Jessie Taylor）所發生的風流韻事，還有隨後與瑪蒂爾德・韋森冬克（Mathilde Wesendonck）等另外幾個女人的性關係便接踵而來。

這些都造成敏娜心靈極其沉重的打擊。起初，敏娜曾與傑西的丈夫一起趕往巴黎，想釐清華格納與傑西的關係，目的是要挽回自己的愛情。但這對情人迴避了他們。後來，敏娜除了無盡的痛苦，對自己與丈夫的關係似乎也不再抱什麼希望了。只要想一想，連續好幾個月，她都可以從她所住的房子一樓，懷著妒忌目睹瑪蒂爾德走上二樓，進入她丈夫的房間去跟他幽會；還懷著同樣的心情看他丈夫急急忙忙去找她；特別是她的丈夫不在家的時候，她是何等的痛苦。

西元 1858 年 4 月的一個早晨，敏娜買通花匠，讓他在前往韋森冬克別墅途中的花園，攔截信使，取得華格納送去的一卷樂譜。發現在這份《崔斯坦與伊索德》（*Tristan und Isolde*）〈序曲〉的草稿裡，藏有一封

五、名士

　　給「韋森冬克夫人」瑪蒂爾德的長信，證明了她一直以來的猜測：她丈夫與瑪蒂爾德之間存在那一類的情感關係。更使敏娜傷心的是在她向他提出這一私通行為時，華格納竟炫耀說，他之所以喜歡上新的情婦，那是因為她們的智力都在她之上，而他的天才和創作是多麼地需要這種精神上的資助，但她卻只能給予他物質上的支援。受盡打擊的敏娜很快就在心靈上和肉體上都幾乎崩潰了。可憐的女人感到自己受盡了羞辱，她夜裡不斷地做惡夢，又患上了心臟病和慢性失眠，感到精疲力竭，最後只好離開巴黎，去萊茵河和圖林根之間黑森州（Hessen）的索丹溫泉浴場（Bad Soden）療養。敏娜曾寫過一封信給瑪蒂爾德，開頭就說：「懷著一顆流血的心，我在離開之前，必須告訴妳：妳已經成功使我丈夫在差不多二十二年的婚姻之後與我分開了。我相信妳這一高貴行為會有助於為妳帶來幸福和心靈平靜。……」接著敏娜在信中還憤怒地指責了瑪蒂爾德在跟她相識之後，如何濫用她對她的信任，在她丈夫的面前說她的不是，唆使她丈夫牴觸她，使得她縱使努力要跟丈夫保持原來的關係也都枉然，等等。顯然，事情發展至此，敏娜與華格納的關係已絕對無可挽救了。

　　從蘇黎世時期起，華格納實際上已經與敏娜分開，只是偶爾去探視她一下，短時間住在一起。敏娜也明白自己與丈夫的婚姻早已破裂。但她不肯離婚，只一味毫無希望地糾纏著他。她的理由是，她的健康狀況會如此糟糕，是由於華格納平時虐待她造成的，而她卻從來不肯為保養她的身體花錢。敏娜還認為，華格納之所以在音樂創作上取得成就，就是因為跟她生活在一起，〈黎恩濟〉、〈漂泊的荷蘭人〉、《崔斯坦與伊索德》等作品，都是在他與她共同生活的這段時間裡完成的；正是在這段時間，他的創作達到了顛峰。新情婦的誘惑，一次次奪走了華格納的感情，使敏娜身心憔悴，在心肌逐年惡化後，她終於在西元1866年1月25日死於心臟衰竭。

敏娜的死訊由她和華格納的醫生安東·蒲賽耐里（Dr. Anton Pusinelli）透過海底電纜傳給了慕尼黑的科西瑪科西瑪，再轉告華格納，後來科西瑪成為華格納妻子。為處理出殯之事，華格納及時來到德累斯頓。數天後，他的那隻老狗也死了。他極為憂傷。在幫敏娜包裹屍布、定購棺材和安排葬禮上，他都希望顯得不同尋常，來表現他對即將進入墳墓的妻子的哀悼。此後，有很長一段時間，敏娜的形象都一直縈繞在他的腦際，使他不得安寧。最有典型性的是，四年多以後，科西瑪還在日記中記錄：有一次，華格納又做了一個惡夢，在夢中，死去的敏娜來到了科西瑪和華格納的跟前，對他們說了一串無禮的話語。華格納對她毫無辦法，唯一能做的就是向她大聲喊叫：「快回去！妳已經死了！」來壯壯他的膽子。科西瑪說，那晚，華格納故意喊得很響，這麼一來，鬧得她再也睡不著覺了。但是儘管如此，華格納仍然由於擋不住性愛的誘惑，因此也就不顧一切地與其他女子交往甚密，把一度出現的、可能對敏娜的愧疚感忘得乾乾淨淨。

傑西·泰勒是個有錢的盎格魯·蘇格蘭女子，富有音樂天賦。西元1845年，當她與女性友人、一位很有錢的寡婦弗勞·朱麗·里特（Frau Julie Ritter）旅居德累斯頓的時候，曾去觀賞過華格納在那裡首場演出的〈唐懷瑟〉。三年後，這位19歲的女子去拜訪了作曲家。西元1849年，她嫁給了法國西南波爾多城的一個酒商歐仁·勞索（Eugene Lanssot），帶著她寡居的母親在波爾多定居下來。

弗勞·里特的生活相當富有，但她的婚姻卻很不幸。處境一直不好的華格納希望出版剛剛完成初稿的《鐵匠維蘭》沒有成功，來到波爾多，情緒沮喪。傑西·勞索得知這個情況之後，就設法讓弗勞·里特和泰勒·勞索家分別給他500德國泰勒（Thaler）即2,500法郎的年度補助。這是西元1850年初的事。到了3月，華格納意外地收到一封來自勞索家的信，

五、名士

邀請他去波爾多。這是歐仁‧勞索按照妻子的願望，讓這位德國作曲家來他風景優美的河畔之家作客，雖然他對妻子的藝術愛好並不理解。華格納立刻看出，這位酒商愛好音樂又有文化教養的年輕妻子已經傾心於他了。不用說，他對傑西‧勞索自然也極感興趣，這還不只是因為華格納對異性的性愛具有天生的敏銳度，還因為傑西對他的藝術所表現出來的絕對信賴，和對他的忘我許諾，都是他的妻子敏娜所缺乏的，因此使他相當動情；加上當時他的職業還不穩定，需要一位有錢夫人的資助。於是，像任何一個受到女性傾慕者恭維的男子的慣性，他就立即表現出天生的浪漫主義熱情。兩人間激發出風流韻事，並立刻計劃私奔去希臘或者土耳其。他寫信給敏娜，說他準備離開她；與此同時，傑西也向她母親吐露，說她決定拋下丈夫，帶著華格納出走。但是這對情人畢竟缺乏深沉的熱情，缺乏那種為了捍衛自己的愛情不惜犧牲的精神。當敏娜和歐仁‧勞索出現在面前時，特別是勞索威脅說，要一槍將華格納殺死，兩個人沒有反抗就屈服了。經弗勞‧里特的兒子卡爾‧里特斡旋，華格納乖乖地離開了，傑西也保證，不再實行她的逃跑計畫。這對情人的狂熱隨後也很快就平息下來了。傑西後來又嫁給了史學家卡爾‧希爾布蘭德（Karl Hillebrand），定居佛羅倫斯，對當地的音樂生活發揮其影響力。

瑪蒂爾德‧韋森冬克娘家姓魯克梅爾，原是德國萊因人，西元1848年19歲這年嫁給一家紐約絲綢公司的德國合夥人奧托‧韋森冬克（Otto Wesandonk），做他的第二任妻子。她年輕、漂亮、嫵媚，富有音樂天賦，喜愛浪漫主義詩歌，自己也能寫幾句。這對婚姻美滿的夫婦於西元1850年，也可能是西元1851年遷居蘇黎世，兩年後與華格納相識，並很快就成為其音樂的熱烈擁護者，與華格納互相拜訪，建立了友誼。奧托非常寬容大度，不但資助華格納一家人的生活和創作，甚至在他自己正

在建造新別墅的一處高級地段的小山崗上,蓋了一棟小房子供他居住。華格納和敏娜原來養了狗和鸚鵡,但這幾年都死了。細心體貼的奧托特地送給他們一隻名叫菲普斯的長耳狗,以填補這兩個膝下無子之人生活上和情感上的缺口。華格納很喜歡韋森冬克的這處莊園,把它叫做「綠崗」(Gruner Hugel),把奧托為他蓋的那棟房子叫「庇護所」。但無私而又極富同情心的奧托過於信任他的妻子和這位朋友了。

賦予華格納靈感的瑪蒂爾德・韋森冬克

韋森冬克的莊園「綠崗」

五、名士

結果是可想而知的：華格納和瑪蒂爾德兩人相愛了。瑪蒂爾德為華格納的藝術才華所折服，其音樂的感染力喚起了她對作曲家的欽佩和愛慕；而對華格納來說，他在瑪蒂爾德的身上看到了一位他一直很需要的殷勤女性支持者，一位跟缺乏文化素養的敏娜完全不同的、既懂得閱讀他的曲譜、又會談論貝多芬的交響樂、還會詮釋叔本華哲學的女子。為了表達對她的愛，華格納在他創作的《女武神》(Die Walkure)前奏的手稿上寫到「受惠於瑪蒂爾德」這麼幾個字；在西元1855年的修訂版〈浮士德序曲〉(Faust Overture)上，他又為她加上了「紀念我所愛的朋友」。對他們周遭的人們來說，這兩位有婦之夫和有夫之婦之間的相互吸引和彼此鍾情也都已經不是什麼祕密了。到韋森冬克別墅來訪的人甚至還發現，瑪蒂爾德這位十分真誠可敬的溫順女子，對她的丈夫也不隱瞞自己對華格納的感情。到了西元1857年秋，他們兩人的感情達到了高潮。

同一年的9月18日，華格納完成了《崔斯坦與伊索德》的詩詞。在他把最後一幕交給瑪蒂爾德看時，她先是讓他在沙發上坐定，然後激動地伸出兩臂，緊緊抱住華格納的頭頸，大聲地叫道：「現在我是什麼都不想要了！」華格納不論當時給朋友的信中，或是後來在回憶時，都熱烈地歌頌了這一段愛情，說瑪蒂爾德向他表露這一感情的時刻，是「我新生的象徵」。在一年後的回憶中提到與瑪蒂爾德的愛情時，他再次自豪地說起，以後，他們也許還會有困惑和苦惱，但是再也不會有使他對她的愛情失去芳香、哪怕是變成最微弱芳香的可怕時刻。他在心中默默地對她訴說：「我絕對明瞭，妳的愛是我生活中最重要的東西，沒有它，我的存在也就沒有了依據。請接受我的感謝，我甜美的愛的天使！」

確實，華格納是需要感謝瑪蒂爾德的。瑪蒂爾德的愛帶給他極大的愉快，還激發了他創作的靈感。華格納後來明確說過，他創作的三幕

2、華格納的多角情感世界

歌劇《崔斯坦與伊索德》，劇中熱切地愛著騎士崔斯坦的愛爾蘭公主伊索德，指的就是瑪蒂爾德・韋森冬克。因此可以想像，華格納當時對瑪蒂爾德的稱讚，說「對她的愛才是我的初戀，我永遠只有這唯一一次的愛！」的確是發自內心。

但是也像一邊與敏娜共同生活、一邊同時又愛著瑪蒂爾德・韋森冬克一樣，華格納在愛著瑪蒂爾德・韋森冬克的時候，同時又愛上了另一個瑪蒂爾德，因此所謂的對瑪蒂爾德・韋森冬克的「永遠只有這唯一一次的愛」也就不再是「唯一」的了。這位另一個瑪蒂爾德是瑪蒂爾德・邁爾（Mathilde Meyer）。

早年，父親就已去世的瑪蒂爾德・邁爾與母親、弟妹還有兩位姑姑一起住在美因茲（Mainz）。她認識叔本華，後來還認識了尼采，尼采對她的知覺智力和媚人風度曾有所反應。華格納過了十多年流亡生活之後，西元1860年受到薩克森國王的赦免重返德國，1862年，在美因茲、德累斯頓、維也納等地逗留。出版商弗朗茲・紹特（Franz Schott）出版了他的三幕歌劇《紐倫堡的名歌手》（*Die Meistersinger*）後，便在威斯巴登（Wiesbaden）附近萊茵河畔的一座小城拜勃里赫（Biebrich）租了一棟別墅一層樓中的幾個房間。隨後的一天，當他在紹特的客廳裡第一次見到25歲的瑪蒂爾德・邁爾時，就立刻又愛上她了。一年多裡，他時常說要把拜勃里赫的房子給她用，並寫信向她求愛。在西元1863年1月4日的信中，華格納訴說自己「在個人感情上無所歸屬」，而這是會使他「趨向毀滅的」。他明白地向她提出：「我現在需要有一位女性，一個在這樣可悲的狀況下，仍會不顧一切地下定決心盡一個女人之所能地對待我的女人——的確，必須有這樣的女人，我才能得救……」不久，他又寫信給她，懇求她與他結合。他還向瑪蒂爾德的母親保證，他會特別為她女兒

五、名士

的祕密生活作出安排。瑪蒂爾德沒有立即表態。她還來不及答覆,他又寫信來了,說他不會期望他們兩人的感情短時間內會發生劇變,但他會作一些準備。「我承認,我是自私的,」他說:「我只希望會得到安穩、和平和安慰。」這封求愛信是這樣結束的:「再見,我的孩子。愛護妳自己,不顧一切地愛我吧。」

這次求婚沒有成功。有一位作家寫到此事時評述說,「華格納也許本意上就不是嚴肅認真的。」這確實是華格納對待愛情的一貫態度,特別是這時由於他的崇拜者、年輕的巴伐利亞國王路德維希的幫助,使他得以結束苦難歲月;更因為他又與另一個女人交好,使他得以再次展開新的愛情追求,因此,他對向瑪蒂爾德·邁爾求婚的失敗,也就並不特別在意了。這個新的女人名叫科西瑪·李斯特。

西元1853年10月的一天,世界著名的鋼琴家弗朗茲·李斯特由他的情婦、俄國的卡洛琳·馮·賽因-維特根斯坦公主(Princess Carolyne von Sayn-Wittgenstein)陪伴來到巴黎。當晚,華格納宴請他和卡洛琳公主以及李斯特與達古伯爵夫人(Ciuntess d'Agoult)生的三個女兒。在這裡,華格納第一次見到這位伯爵夫人的第二個女兒科西瑪(Cosima)。

科西瑪於西元1837年耶誕夜在義大利北部倫巴底區的科莫(Como)出生,她在軀體方面遠不如她的姐姐那般有吸引力,她細長的身材為她帶來「鶴」的外號。但是隨著她的年齡增長,她表現出一種貴族風度,具有高度教養和靈敏才智的氣度。她受過天主教的薰陶,34歲那年還正式成為新教教徒。西元1857年8月,19歲的科西瑪嫁給了27歲的鋼琴家和指揮家漢斯·馮·畢羅(Hans von Bulow),漢斯16歲開始便成為華格納音樂的狂熱傾慕者,同時也是這位大師的忠實學生。

第一次的見面,華格納沒有記住科西瑪的名字。後來,李斯特將威

瑪住家的一個房間供華格納主辦音樂晚會時,漢斯和科西瑪都有參加,從此之後便與華格納常有來往。對於科西瑪來說,音樂一直都是她的愛好,華格納的《羅恩格林》每次上演都使她深受感動,熱淚盈眶。於是這對夫婦就不時去華格納在拜勃里赫的住處拜訪他。而華格納,實際上在向瑪蒂爾德‧邁爾求婚的時候,就已經對科西瑪懷有愛的感情。因此,當邁爾一拒絕,他就立刻去熱烈追求科西瑪了。

西元 1863 年 3 月到 11 月,華格納旅行歐洲各地,在聖彼德堡、莫斯科、布達佩斯、布拉格和其他城市舉行自己作品的音樂會。隨後,11 月 28 日晨,他在柏林拜訪了畢羅夫婦。為使他的這兩位朋友高興,他的第一步行動就把巴登大公送他的一個金鼻煙壺變賣為現金來花費。漢斯因為那天晚上要指揮一場交響樂,得研究樂譜,便讓他的妻子和朋友待在一起。那天下午,華格納與科西瑪就搭乘了一輛馬車外出遊覽。「這時,」華格納後來在他的自傳《我的生平》(*Mein Leben*)中說,「沒有談笑風生。我們只是無言地探視著對方的眼睛,卻感到自己被一種無法克制的欲望所支配,要把真情全都明白地表露出來,並無需透過言語,便可將壓抑我們的不快盡情加以傾吐。我們抽噎哭泣,互相發誓屬於對方。我們的心靈得到了慰藉。」半年多以後,西元 1864 年 6 月 29 日,科西瑪又來到華格納的鄉間別墅。於是華格納更有自信地認為「我被人愛著」。他在 10 月 1 日寫了一首題為〈獻給你〉的詩,來表現自己這種「被人愛著」的心裡。

科西瑪是個情感熱烈的女子。她把從藝術家的父親身上繼承下來的強烈情感轉化為對華格納的完全自我獻身精神。像她這樣個性的人,對很快就屈服於外界壓力的瑪蒂爾德‧韋森冬克,自然是瞧不起的。她認為瑪蒂爾德缺乏勇於去衝破既有關係的勇氣,無法跟隨愛情的支配,去

五、名士

保衛和維護自己所愛的人。她堅信自己在愛情面前絕對不會如此軟弱。只是她對可憐的敏娜抱有同情，這種感情如同一般人普遍共有的樸素人類心理，覺得敏娜從來沒有成為華格納的合適伴侶過。就因為有這種同情心，阻止了她與華格納之間的感情發展。因此，儘管以華格納的觀點來說，他本來就不顧合法妻子的存在，以及與婚外女子的感情關係，便看中了這位新的獵豔對象；但對科西瑪來說，雖然她也對才華洋溢的華格納不無傾慕之情，但只有等到敏娜這個阻礙消失，也就是她於西元1866年1月去世之後，才有可能促使自己與丈夫的離異，然後將與華格納的關係合法化。

華格納和科西瑪，1872年的照片

科西瑪曾經說過，她與丈夫的婚姻關係是建立在互不了解的基礎上的。但是，「要不是命運將這個人帶進我的生活，讓我把無條件地為他而生、為他而死視為天職，他（她丈夫）也不會永遠失去我」。這個人指

2、華格納的多角情感世界

的就是華格納。現在時機成熟了，於是，她便在西元1869年6月15日向漢斯提出，要求斷絕夫妻關係。漢斯立即表示同意。科西瑪與漢斯的婚約於一年後，即西元1870年7月正式宣布解除。又過了一個月，8月15日上午8點，科西瑪和華格納在瑞士湖光山色、風景如畫的琉森（Lucern）湖畔舉行新教式婚禮，雖然在此之前，她已在西元1865年、1867年和1869年為華格納生過三個孩子。此時此刻，她同時想到她的這兩個丈夫，默默思念：「我要祈禱兩件事情：我永遠能夠幫助理查得到成功和快樂；希望漢斯——也許根本辦不到——感到平靜和滿足。」這兩個男子此後的命運表明，這位妻子的願望都在不同程度上實現了。漢斯在此後的十一年裡，始終沒有跟科西瑪見過面，他在西元1882年52歲時再婚。他並不恨華格納，而且對其音樂的忠誠始終沒有動搖過，他甚至捐贈了4千馬克，作為對西元1876年第一次拜羅伊特音樂節以後巡迴音樂會中損失的補償。當華格納過世時，其死訊使他受到極大的打擊。當他得知科西瑪因華格納的死而拒絕進食、悲傷得幾乎也要死去時，他給她發了一則唁電：「夫人，他仍活著。」對於理查·華格納，他深受科西瑪的愛情鼓舞，再加上科西瑪的督促，激勵他堅持不懈地創作。人際關係中發生的許多衝突都無法使他中斷工作。跟科西瑪結婚後，華格納為紀念他們的愛之結合，特地譜寫了美麗的〈齊格飛牧歌〉（Siegfried Idyll）；同時為慶祝科西瑪33歲的生日，他親自指揮，在科西瑪的誕生之時——耶誕節的早晨首次演出；接著在午後又演奏了兩場。

表現華格納指揮的剪影

五、名士

後來,華格納還完成了〈皇帝的遠征〉、《諸神的黃昏》、《尼伯龍根的戒指》、《帕西法爾》等作品,取得了巨大的成功。同時,華格納還在科西瑪的陪伴下,兩個人或與孩子們一起,度過很多快樂的時光。享受到和愛人相處的幸福,華格納經常在晚上,與科西瑪共同回憶他們兩人愉快的往事,或者一起閱讀他們所喜歡的書籍,共讀賦予他創作題材的冰島詩集《艾達》、吉本的《羅馬帝國的興亡》、

表現華格納的漫畫

格林童話、卡萊爾的論著和戈特弗里德·凱勒的小說,等等。

西元 1872 年 1 月 1 日,華格納購入了一塊土地,用以修建自己的住宅,並在那裡建造了一棟別墅。他為它取了個神祕的名字:「萬福來得」(Wahufried),意思是「夢的滿足」;他還在門楣上用韻文題詞解釋說:「我渴望在此找到安息和寧靜,這一至福之所理應如此命名。」

華格納和科西瑪住的別墅

「萬福來得」是一處景色非常幽美的好地方,四周全是蔥郁的樹木、柔軟的草地,與房子旁邊美麗的花園相連。在這花園的中央,華格納和科西瑪選定了一塊地,作自己最後的永久棲息之處。十一年後,華格納就安葬在這裡;四十三年之後,1930 年 10 月,科西瑪也長眠在丈夫的身邊。

2、華格納的多角情感世界

華格納和朋友們在「萬福來得」

與華格納對待妻子的行為相反,科西瑪一輩子都真誠地愛著華格納,她為能把自己獻給親愛之人而感到幸福;直到最後一刻,她都陪伴在華格納的身邊。

西元1883年2月,華格納來到義大利,在威尼斯巴拉佐‧溫德拉敏旅館頂層預定了十八個房間。13日星期三,他用過早餐後,像往常那樣走進書房,寫作《論人性中的女性》直到正午。接近2點時,俄國的年輕畫家保爾‧馮‧尤科夫斯基(Paul von Joukowsky)來與他們全家一起享用午餐。他們剛坐定等待華格納來時,男僕格奧爾格進來說,大師覺得不舒服,請他們自行用餐,不必等他;並說已經去請醫生了。大約2點半,華格納派女僕貝蒂來告訴科西瑪,希望她過去一下。3點鐘時,醫生來了,說大家放心好了。就這樣等到大約4點鐘時,大家又焦急起來了,因為沒有一個人從華格納的房間裡走出來。突然,格奧爾格進來,只簡單地說了一句:事情已經過去。原來,華格納因心臟病發作,在一陣痙攣中血管破裂,於3點死在科西瑪的臂彎裡,死時沒有痛苦,臉上的表情無比平靜,令

畢生愛著華格納的科西瑪

五、名士

人永遠難忘。科西瑪一直緊偎在丈夫的身旁，待了一整夜又一整天，連奧古斯都·本文納托（Augusto Benvenato）要為死者做臉部模型都沒辦法將她拉開。在將華格納入棺並給棺材密封時，悲痛欲絕的科西瑪割下一束她長長的美麗青絲，灑在丈夫的屍體上，並在棺材旁待了五個小時，一直等到完全封好。監督封棺的威尼斯醫生深受感動地說：「我不認識這些人，但我知道，沒有人曾經這樣得到過如同他妻子的愛。」不知道如果華格納死後明白科西瑪對他的感情如此深切，靈魂是否也會痛苦哭泣，因為在他生前，他明知科西瑪深深地愛著他，他仍然毫不在乎地背叛她的感情；在與她相處相愛的時候，也背著她去追求別的女人，其中對裘蒂絲·戈蒂埃的愛，就是最顯著的例子。

華格納的葬禮

裘蒂絲·戈蒂埃（Judith Gautier）是著名法國詩人，也是華格納音樂維護者泰奧菲爾·戈蒂埃的女兒，還是小說家兼帕爾納斯派成員卡圖爾·孟戴斯（Catulle Mendis）的妻子。裘蒂絲曾經在丈夫陪同下，多次從巴黎來拜訪華格納。裘蒂絲留了一頭烏黑光亮的秀髮，白皙的皮膚透出淡淡

的紅潤。但她原始人似的嘴巴、象牙似的大牙齒、大大的眼睛、緊縮僵硬得有如一枚枚黑色扣針的眼睫毛,以及呆滯困倦的面容,都顯得非常突出、醒目。

裘蒂絲第一次來拜訪華格納的時候,華格納一見到她,立刻感情奔騰、完全不能自主。華格納很興奮地向她和她的同伴炫耀琉森湖畔的美,向他們演奏《西格弗里德》(*Siegfried*)中最新完成的篇章,在花園裡玩耍,將兒童玩的鞦韆盪到危險的高度,還從百葉窗攀上二樓的陽臺。他看起來完全不像一個56歲的知名人物,而是一個縱情於求愛玩樂的青少年。從這時起,華格納便成為許許多多被裘蒂絲・戈蒂埃那種特殊的美和才智所誘惑的人們之一。七年後,在西元1876年8月拜羅伊特節日上演作曲家的《尼伯龍根的戒指》(*Der Ring der Nibelungen*)時,他又再次受到這位年輕美麗的傾慕者的風韻所吸引。他突然感覺到,自己已經熱烈地、無可挽回地愛著她了。節日過後,裘蒂絲離開拜羅伊特那天,華格納寫信給她說道:「那天早上我吻妳的時候,是最後一次嗎?不,我還要再見到妳!我的意思是──因為我愛妳!」一年以後,他對她的熱情仍然激昂不衰,他寫信給她道:「我懷著狂熱的陶醉之情回憶起對妳的擁抱;那是我一生中無上的榮耀。在這不尋常的時刻裡,我產生了甜蜜而狂喜的思念之情,思念對妳的擁抱,而無法逃脫對妳的愛。妳是我的,不是嗎?……」在為《帕西法爾》譜曲期間,他又寫信給裘蒂絲,請求她:「幫幫我……愛我吧,我們不想等待新教的天地來臨,因為那裡肯定是枯燥無味的……」是否可以根據這些信中的言辭,斷定華格納與裘蒂絲之間,有像他與另外幾個情人一樣的情愛關係?

裘蒂絲在華格納去世之後堅稱,她與華格納並不是情人關係。有的研究者認為,華格納有時會有誇大其詞的習慣,如他的自傳中就不時會

> 五、名士

出現誇大不實的段落。再連繫到華格納在給裘蒂絲的信中，常常責怪裘蒂絲對他的感情反應始終不熱烈，裘蒂絲寫給他的信也從來都沒有流露過情感，何況他還曾經被裘蒂絲從她的房間裡趕了出來。因此華格納這裡所說的與裘蒂絲的關係，實際上有可能只是他自己內心的「自我幻想」而已。但是無論如何，對華格納來說，可以肯定的是，以他對裘蒂絲的此種心願為證，他已在情感上背離熱烈相愛中的科西瑪了。

華格納的逃亡無疑是19世紀德國音樂藝術的重大損失。當他的遺體帶著國王的花圈被從義大利護送回國時，慕尼黑全城居民都向他們的這位市民表達了敬意。但是劇院經理安格羅·諾伊曼卻不無遺憾地說了一句含意深遠的話語：「我簡直覺得，好像是一尊神離開了我們似的：拜羅伊特的這一切禮遇，要是能同樣給予一位誠實的公民就好了。」遺憾啊，不誠實的天才藝術家！

3、畢卡索：美的天使和魔鬼

偉大的畫家巴布羅·畢卡索的母親在1923年畢卡索43歲時，曾這樣說過她的兒子：「小時候，他的相貌就無人可比，他是美的天使和美的魔鬼，見到他誰都會盯著他看！」

母親的話，對畢卡索的藝術和生活既是準確的小結，又是神奇的預言。畢卡索是20世紀西方最偉大的藝術天才，他的作品極大地豐富了世界文化寶庫；但他同時也是對待女性相當無情的冷酷人物，他的行為使許多愛過他的

畢卡索像

人，在精神上和肉體上都留下不可彌補的創傷。還是他母親說得對，畢卡索在與奧爾迦結婚前將奧爾迦介紹給她時，這位老母親便說過：「我可憐的姑娘！妳不知道等待著妳的是什麼。如果我是妳的朋友，一定會勸妳別嫁給他。我相信任何女人和我兒子在一起都不會幸福。」以後的事實的確證明了母親的預言，與畢卡索在一起的女人，毫無例外沒有一個不是薄命的。

美術老師的兒子畢卡索從小就顯露出藝術才華，西元 1895 年 16 歲時以優異成績進入巴賽隆納的一間美術學校，兩年後轉入馬德里的聖費爾南多美術學院。雖然他的才能在幾年內得到美術界的承認，但他覺得，只有在歐洲的文化中心巴黎，他的藝術才有可能獲得最大的發展。於是在 1900 年秋，他離開祖國來到法國的首都。

一個異國人，語言不通、舉目無親，與妓女在一起也不能排解他心中的憂鬱。1900 年到 1904 年的「藍色時期」創作，就流露出他孤獨、失望、憂鬱的情緒。直到 1904 年秋天，隨著第一個情人的出現，才使他的心情相對平靜、比較愉快，創作也步入較為愉悅的「粉紅色時期」。

1904 年 4 月，畢卡索在巴黎拉維南路 13 號一棟叫做「洗衣船」（Bateau-Lavoir）的公寓定居下來。這是一棟以怪石、木料和玻璃搭建的建築。在公寓的一樓，畢卡索不止一次注意到有個樣貌姣好的女子從水龍頭取水，他和她也常常在走廊上相遇，他還跟她說過幾句話。這女子雖然覺得畢卡索「有點古怪」，但在他的黑色眼睛中，動人的瞳孔表明他對她有點意思，她簡直不敢直視這眼睛中燃燒的火焰。畢卡索確實被她身上展現出的巴黎女性魅力迷住了。這位「洗衣船」的房客既不是藝術家，也不是妓女，那是誰呢？他不由得這樣想。

五、名士

費爾南特・奧莉維埃西元 1881 年 6 月 6 日生於巴黎，她自稱是來自製作飛禽花草工藝的猶太工匠家庭，比畢卡索大四個月；她還自稱是一位叫奧莉維埃的無名雕塑家的前妻，實際上她丈夫是一個店員，名叫保羅-愛彌爾・佩爾什，生下兒子後五個月，就再也沒有丈夫的消息了。她透過她的妹妹、奧松・弗賴茨的情婦，結交了多位藝朋友，而單獨住進了「洗衣船」。她後來成為一位畫家的情婦，這位畫家要她去賣淫，自己靠她由此賺的錢為生。這一切使奧莉維埃對生活完全絕望。正在此時，她認識了畢卡索。

畢卡索在洗衣船畫室

奧莉維埃個子高高的，她身體健康、個性樂觀，充滿青春活力。這都對畢卡索產生吸引力。一個秋天的午後，當畢卡索外出歸來，在路上與奧莉維埃相遇時，他要求她把那隻剛從暴雨中救起來的小貓帶走，作為對她的奉獻。他還邀請她去他的畫室。不過他們的關係並沒有快速進展，直到 1905 年初才一起生活。

畢卡索很喜歡奧莉維埃的無限媚態。對於這個貧窮的西班牙移民來說，奧莉維埃作為沒有阻礙的性對象，是他所需要的。他常帶著她到他的同伴們經常去的餐廳等處，令他們能看到他與她在一起而驕傲，為他有一位吸引眾人眼睛、激起他們情欲的漂亮女性作為情婦而非常得意。性生活有規律，促使他的創作力增加了，不但數量多，像〈賣藝人一家〉、〈男演員〉、〈帶

費爾南特・奧莉維埃

> 3、畢卡索：美的天使和魔鬼

猴子的雜技演員一家〉、〈站在球上的少女〉這些全是優秀作品，都作於1905年。有人問他，他這段時期作品中的那些女子形象是否來自生活，是否有模特兒時，他說沒有，但實際上奧莉維埃就是他的模特兒。在他與奧莉維埃初次交歡後，他立即畫了一幅她的裸體速寫，他的水彩畫〈沉思〉：一位男子坐在床邊，頭擱在一隻手上，沉思地凝視著床上那位睡姿嫵媚迷人的年輕女子，畫的便是他自己和奧莉維埃。1906年的一個大熱天，奧莉維埃懶洋洋地裸體仰臥在床上，兩手擱在頸後。畢卡索取過一張紙，為她畫了一幅美麗的樹膠水彩畫。此畫如今已成為美國克里夫蘭藝術館的珍藏品。當時，畢卡索還完成了具有革新意義的作品〈亞維農的少女們〉，開始了他創作的「黑人時期」，並促成後來稱之為立體主義的運動。

確實，在最初的一段時期，畢卡索是真心愛著奧莉維埃的，使奧莉維埃感到他們在美妙的相處中常常「忘卻了時間，忘卻了自己」。但是隨著歲月的流逝，畢卡索的感情逐漸冷卻，特別是在他認識和愛上了埃娃‧高爾之後。的確，畢卡索仍舊寫信給奧莉維埃，向她表示熱烈的愛情：「我吻妳，並像以前一樣愛妳」，可這是虛假之詞，其實他暗地裡在與埃娃私通。奧莉維埃也與他虛與委蛇，當他不在的時候，

畢卡索畫的費爾南特

她便頻繁外出幽會。而畢卡索呢，縱使看到她與某個迪克或者哈里在一起，也不會去設法阻止她，反而覺得這樣更好，他倒是希望她能先走一步。於是就出現了這樣有趣的事：1912年初春的一天，奧莉維埃剛跨出門檻，埃娃便步入畢卡索的房間內。如此的日子過了不久，奧莉維埃就

五、名士

與一位年輕的義大利畫家私奔了。早已厭倦她了的畢卡索對此好像無所謂，他寫信給朋友說：「昨天費爾南特跟一位未來主義畫家走了。對這個娼妓我能有什麼辦法呢？」不過心中仍不免感到妒忌和悲傷。奧莉維埃對畢卡索也仍懷有舊情，曾希望重新回到他的身邊。但畢卡索避開了她，因為他有了新歡，就對舊情人感到厭惡了。奧莉維埃於1931年寫了一部有關她和畢卡索的風流韻事回憶錄，在《風雅信使》（*Mercure de France*）上刊登了三章，題為〈回憶畢卡索〉。由於這麼做使畢卡索當時正式的妻子奧爾迦覺得難堪，於是，據說是畢卡索向出版社施加壓力，原已接受這部書稿的斯托克出版社後來改變了主意，打算委託另外幾家出版社出版。最後直到1933年10月，仍由該社出版了附有編輯保羅·勞道作序的刪節版。

　　失寵後的奧莉維埃，處境很悲涼。在離開畢卡索的時候，屬於她名下的財產只有十一法郎，二十年後也好不了多少。這段期間。她從事過好幾種職業，包括在眾人面前朗誦詩歌，她年輕時留下的風韻還能吸引到男性們的注意。晚年，她孤獨地住在納伊一間小小的公寓房間裡，貧病交困，無限悲傷地回憶那個西班牙人的火熱目光，回憶他們的初次邂逅、他們不明智的愛情和相互不理解。分離後，兩人沒有再見過面，她僅僅透過一位畫家朋友的遺霜愛麗絲·德蘭，於1958年幫她向畢卡索索取2千法郎為生。在與畢卡索相愛後過了五十多年，她便在憂憤中死於這間公寓的小房間內，愛麗絲一直照料她到最後一刻，甚至連葬禮也幾乎只有她一個人全程跟隨。臨死的前幾天，奧莉維埃看到畢卡索穿一身無尾禮服與他的第二位正式夫人雅克琳在1956年坎城電影節上的照片時，笑著說：「想一想，往日他怎麼樣也不可能穿漿領白襯衫的！」這大概算是她的苦澀幽默。

　　埃娃在1912年春，畢卡索與奧莉維埃的感情破裂之後，成為他的情婦。

> 3、畢卡索：美的天使和魔鬼

比畢卡索小四歲的埃娃‧戈爾生於巴黎東郊的樊尚，是一個小資產階級女性。她厭惡放蕩不羈的生活方式，而注重實際，追求穩妥、舒適和體面。因此，不只是生理上，尤其是氣質上，都跟追求肉欲的奧莉維埃不一樣。

人人都知道，埃娃說自己叫馬賽爾‧洪伯特並不是真話，那是她已經離婚的丈夫名字。畢卡索讓她恢復了真名，他相信是他為她創造了這個名字。

埃娃‧戈爾

埃娃是一個脆弱的年輕女子，她身上那種特有的優雅柔弱之美深深打動並吸引著畢卡索。與她一起，畢卡索感到開始了嶄新生活，感到像一名剛上學的學童一樣快活，他希望以後生活會與往日完全不同。他就帶著這種喜悅與埃娃一起生活。1912年5、6月，1913年的春夏、1914年的夏天，他都與她一起在亞維農等地度過，直到1915年12月14日埃娃病逝。多虧了她，畢卡索過了三年非常歡愉的生活。

起初，畢卡索開始對奧莉維埃態度冷淡，感情另有所屬時，只有他幾個最親密的朋友稍有覺察。有一天，著名的美國先鋒派女作家葛楚‧史坦和她的終身伴侶或者說是同性戀伴侶愛麗絲‧B‧托克拉斯來到「洗衣船」畢卡索的畫室，見到一幅畢卡索尚未畫好的作品上面標了「我的美人」這樣的題跋。離開時，史坦對愛麗絲說：「我的美人一定不是奧莉維埃，我好奇這會是別的什麼人呢？」

葛楚‧史坦

五、名士

當然,這段時期中,畢卡索心中的「我的美人」就是埃娃·戈爾。不過他對她的愛與以前對奧莉維埃的愛是不同的,他這種愛的感情在創作中的展現與對奧莉維埃的表現也不一樣。

在與埃娃相處的幾年中,畢卡索的畫中沒有出現過女性形象,他也從來沒有畫過埃娃。這時畢卡索正從分析立體主義向綜合立體主義過渡,作品中物體的形狀支離破碎,他不想用這種風格來畫埃娃姣好的面容,以表達他的愛。他透過把她化作符號象徵來表達他的感情。這就是他在 1912 年 6 月 12 日寫信給發行人時的說辭:「我非常愛埃娃,並且要把她『寫』到我的畫裡去」。他把當時流行歌曲中的感傷主義「啊,曼依,我的美人。我的心向你致敬!」展現在他的作品中,來表達他對所愛的埃娃的傾心之愛。他自己認為,他這樣做是表明他已經能夠向全世界宣布他的這種愛。於是在這段時期中,在畢卡索的畫上,曾多次出現「我的美入」、「漂亮的埃娃」、「巴布羅—埃娃」和心形上寫著「我愛埃娃」等字樣。

畢卡索畫的埃娃

但是,就在畢卡索自認為如此深愛埃娃的時候,他又同時愛上別的女人。對他這種放蕩的背叛行徑,埃娃自然感到相當痛苦,竟導致抑鬱

成病。剛開始似乎只是咽喉炎,但是劇烈的咳嗽已經使畢卡索很煩惱。後來知道,埃娃罹患了可怕的肺結核。埃娃以為她的愛人還不知道她的病情。她深知,他是何等地厭惡疾病,她很擔心他會因此而離開她,於是竭力掩蓋病情,她藉由化裝使蒼白的臉色不至於被他看出,她還將帶血的手帕藏了起來。到了 1915 年,第一次世界大戰爆發後,嚴酷艱難的生活環境使埃娃的病越來越加劇。有資料說,最後當埃娃將自己的情況如實告訴了畢卡索後,畢卡索深恐自己被傳染,竟離開了寓所單獨居住。也有人認為,畢卡索因為不堪重負,才將她送進醫院。自然,在此期間,儘管他曾去探望過她幾次,卻也少不了與其他女子私通。另有人回憶,畢卡索對埃娃始終很有感情,直到四十年後還說起,當時「他非常愛一個即將死去的年輕女子」。但是不管怎樣,薄命的埃娃在抵抗病魔中,撐了一段時間後,最終於 1915 年 12 月 14 日愴然過世。參加葬禮的只有七、八個人。這時,畢卡索似乎產生一點兒罪惡感,曾在埃娃墓前低聲訴說,說埃娃對他實在太好,這使他萬分悲痛,她實在是不該死去,等等。但是沒過多久,當另一個女性出現在他面前時,新的衝動又使他去追求這一女性,而把埃娃忘得乾乾淨淨。

1917 年 2 月 17 日,畢卡索與法國藝術家尚·考克多(Jean Cocteau)去義大利首都羅馬。當時他肩負重任,謝爾蓋·達基列夫剛於 1909 年在巴黎創辦的俄羅斯芭蕾舞團要去那裡演出芭蕾舞劇《遊行》。此劇除考克多的劇本外,還有法國作曲家艾里克·薩蒂的音樂和優秀的演員列昂尼德·馬辛,畢卡索則是去為該劇設計布景和服裝的。演出果然獲得了極大的成功。在這段時間裡,人們都發現,畢卡索對芭蕾舞團中的一位雖無蓋世之才,但卻十分漂亮的女演員奧爾迦·科克洛娃非常傾心。奧爾迦也看出,這位性格開朗外向、不願隱藏感情的畫家對她頗有情意。

五、名士

芭蕾舞女演員奧爾迦・科克洛娃

　　奧爾迦於西元1897年6月17日生於烏克蘭，父親是一位上校軍官。雖然她沒有成為芭蕾舞團的主要演員，但是這個面容端正柔和的美麗少女，擁有西歐人的外表和貴族氣派的自制個性。從第一次見面時，奧爾迦就對畢卡索極具有吸引力。畢卡索深深地愛上她了。

科克洛娃在畢卡索的畫室

　　在義大利完成表演任務後幾個星期，俄羅斯芭蕾舞團在巴賽隆納進行連續演出，畢卡索也跟隨奧爾迦去那裡。他住在母親的家裡，每天都

到達基列夫舞團所駐點的地方去。他創作了〈露臺〉一畫，畫的是從奧爾迦及其同伴的臥室窗口俯視城市的景色。這段時間，畢卡索還完成了〈拿扇子的女人〉、〈扶手椅上的奧爾迦〉等女子系列畫，大多都是以奧爾迦為模特兒。芭蕾舞團結束了西班牙的演出之後去了南美。奧爾迦沒有走，她與畢卡索一起在巴賽隆納待了半年，隨後回巴黎。這段時間，畢卡索主要也是畫奧爾迦。11月9日，他畫了一張速寫，表現他自己坐在餐桌旁，身邊是他的兩隻狗，幸福的奧爾迦像一個少女在桌子對面朝著他微笑。這段時間，他以精巧且富有魅力的自然主義手法，表現奧爾迦溫和平靜的美，完全不同於以前畫奧莉維埃，奧爾迦的影響使他改變了畫風。

畢卡索畫的〈扶手椅上的奧爾迦〉

　　1918年7月12日，畢卡索與奧爾迦·科克洛娃在塔魯大街的俄國東正教教堂舉行了儀式十分講究的宗教婚禮，另外又按法國法律的要求，在新娘正式居住地所在的巴黎六區行政大樓，舉行了一次世俗的婚禮。

五、名士

雙方家屬無人參加,正式證婚人是尚‧考克多、著名詩人阿波耐里等三人。友人埃勒朱里茨夫人在婚禮時贈送一套畢卡索畫的奧爾迦紅色真絲床罩,並為這對新婚夫婦安排蜜月,地點就在她位於上塞納省蒙魯日的漂亮別墅。在這時,畢卡索完成了一幅奧爾迦的經典肖像畫,這使他獲得造型藝術國際最高獎的卡內基獎。此後,他還以奧爾迦為中心,畫了〈三位舞蹈家〉——左邊的是奧爾迦——和〈舞蹈小組〉——躺在前面的是奧爾迦。此外,他還創作了許多豐富的婦女和孩子肖像,風格帶有古典的華麗外貌。

1921年2月4日,奧爾迦生下了孩子保羅。做了父親以後,愉快的家庭生活激發畢卡索畫了許多母親與孩子的畫。這類畫不僅表現出兒童的天真純潔無邪,像1901年的〈兒童與鴿子〉,還表現出對於兒子和寧靜幸福的家庭,一位父親親切溫柔的態度。

但是慢慢地,畢卡索的本性又表現出來了。他與別的女人一次又一次發生關係,使奧爾迦的精神受到很大的刺激。沒有幾年,這個原來溫和的芭蕾舞女演員竟變成嚴厲暴躁的婦女,她譴責丈夫欺騙、不忠實,甚至把丈夫的每一個朋友都當成敵人,家中發生爭吵的次數越來越頻繁。畢卡索覺得她已經喪失正常心態。

畢卡索在1927年愛上了瑪麗‧泰蕾茲之後,下定決心要跟奧爾迦離婚。但奧爾迦完全不知道,她只是在丈夫發狂似地提出要分居時,才猜測一定有什麼事。畢卡索也不提與瑪麗-泰雷茲‧瓦爾特的愛情,只是要求她隱居在家,不再讓她參加社交活動或穿她堅持想穿的漂亮體面服裝。幾年之後他向別人解釋,說他這段婚姻的失敗是因為她對他過度猜疑。

離婚之事雖然由一位法國一流的律師經辦,但是由於奧爾迦和畢卡索兩人從結婚之後,就要受共同財產法的約束,這就是說,兩人所擁有

的每一件物品都得經過評估之後才可以分配。而畢卡索覺得，他自己畢生的藝術作品是無法估算的，這樣一來，事情就複雜化了，離婚訟訴就因此延宕，無限期地一直拖到永遠。最後，兩人只是分居，而沒有正式辦離婚手續。平靜下來之後，畢卡索也經常去探望她，尊重她為他的合法妻子，尊重她是他兒子的母親。但虛弱無力的奧爾迦卻不肯閒下來，她每天寫信給她法律上的丈夫，還以帶有一點糟糕的西班牙語和難懂的法俄混雜語，對他進行譴責和惡言相向，其中不時也流露出情愛和悔恨。對那些往往過於冗長的信，畢卡索總是狂怒不已，但仍然從頭讀到尾，他嚷嚷說，這些信令人作嘔。儘管如此，每當有人為他帶來「奧爾迦夫人」的信時，他又總是迫不及待地撕開來看，然後再大發雷霆一頓。

薄命的奧爾迦最後於1955年2月11日去世，按新教規矩舉行葬禮時，只有兒子保羅和少數幾個朋友參加。在過世前幾天，奧爾迦還做了一件令人感動的事：他送給尚·考克多一張1917年拍攝於羅馬的照片——與考克多站在一起的那位年輕而容光煥發的女人，即是數天後於65歲病逝的奧爾迦。照片背面寫著「羅馬－密涅瓦」，後者是一家以這位技藝女神之名命名的旅館名字，那時，他們為了準備《遊行》的演出而住在這裡。

1927年1月8日，在豪斯曼林蔭大道，畢卡索見到一位有著金色頭髮和一對動人灰藍色眼睛並且充滿青春活力的貌美姑娘，便一直緊盯對方看，並跟在她後面邀請她說：「小姐，妳有這麼一張誘人的臉孔，我要為妳畫像。我是畢卡索。」但是不管畢卡索的名字多麼有名，對這姑娘來說卻沒有任何意義，因為她對繪畫一無所知。她也沒有想太多連結到愛情之類的事。但畢卡索卻堅持說：「我們在一起可以做出許多大事來。」兩天後，當她在一個地鐵車站的約定處見到他時，他告訴她，自

五、名士

己已經結過婚。她對此倒不介意,她只覺得事情很有趣,而且這位男人倒也有點吸引力。

這姑娘名叫瑪麗-泰雷茲‧瓦爾特,與母親一起住在巴黎郊外,這年17歲,比畢卡索小差不多三十歲。她的青春活力、她的勃勃生氣和她的絕對順從,使畢卡索極為入迷;而且她那美麗的外表和明顯的肉感,也是他青年時代觀賞拉斐爾前派的繪畫時所嚮往的。

畢卡索真是想做什麼,都會如願以償。1928年夏,他就與瑪麗-泰雷茲同居了。這段關係畢卡索長期來一直保密,多數朋友都不知道瑪麗-泰雷茲,甚至1935年10月生了女兒瑪雅後也沒有公開。

這次新的愛情也成為畢卡索吸取青春活力的泉源,他再次滿懷喜悅,無比愉快。像對其他情婦一樣,他同樣向瑪麗-泰雷茲表示,自從遇到她之後,他才開始了新生活,並寫給她很多近於瘋狂的信和便條,上面往往畫有速寫,寫有「我只愛妳」、「我時時刻刻都愛著妳」、「我生活中美好的愛,我的情人瑪麗-泰雷茲」等語句。他還為她畫了許多幅肖像,畫面上十分謹慎地隱藏著瑪麗-泰雷茲的字首字母,他之所以這樣做,是因為他與她還處於祕密接觸。他們的幽會也很小心,他往往故意馬馬虎虎地穿上件衣服,去市郊的酒吧或飯店,與瑪麗-泰雷茲度過一段愉快的時光,再返回巴黎。而另一面畢卡索仍舊跟一直還沒有離婚的奧爾迦維持關係,像1933年8月中,他照樣帶著這位合法妻子和她的兒子以及他們的狗去巴賽隆納旅行一個星期。

畢卡索畫的瑪麗-泰雷茲

3、畢卡索：美的天使和魔鬼

1935 年 10 月 5 日，瑪麗 - 泰雷茲生了一個女兒。25 歲的母親自然很高興。畢卡索再一次向她保證，說要與奧爾迦離婚並跟她結婚，她也慫恿他立刻離婚。但由於離婚代表著畢卡索將分出一半財產給妻子，訴訟便延宕下來了。但是八年來與畢卡索這種無法公開的隱祕生活，瑪麗 - 泰雷茲覺得難以忍受，這次生下了瑪雅，她想此事應該可以如願了。沒想到她仍舊失望了，當畢卡索與瑪麗 - 泰雷茲的妹妹去市政廳申報孩子時，在生父欄上卻填了「不詳」兩字。後來孩子洗禮時，畢卡索也只是作為教父。瑪麗 - 泰雷茲只看到畢卡索很喜歡這個女兒，並且見到孩子臉孔也是那麼地像他，自己也很高興，他甚至肯幫她換尿布、洗尿布；而要與奧爾迦離婚，他是無論如何都不肯的，於是只好夜夜傷心痛哭。

但是對畢卡索來說，他根本不在乎這一切。他對愛情自有他獨特的看法。他認為自己的愛情有如他的創作，他對某些創作，在滿懷歡喜的同時，卻會中了魔似地將之摧毀；在他對異性懷著愛情和生兒育女的願望的同時，也往往萌發擺脫妻室羈絆的念頭。因此，在他還與奧爾迦保持法定連繫的同時，他不但與瑪麗 - 泰雷茲私通，還與另一個女人朵拉·馬爾（Dora Maar）交好。他甚至周到地考慮到，在進他的大畫室時，讓瑪麗 - 泰雷茲從一扇門進，朵拉從另一扇門進，兩人永遠不會碰面。他面對她們兩人時，從不提起另一方或者不講真話。舉例來說，有個星期天，他去瑪麗 - 泰雷茲那邊，這時朵拉正好往打電話過來，瑪麗 - 泰雷茲問他是誰的電話，他回答說是「阿根廷使館」……這樣的狀態大約維持到了 1939 年底，有一天，瑪麗 - 泰雷茲親眼看到畢卡索與他的祕書和另外一個年輕的女子從汽車裡出來。畢卡索見到是她，連忙跑過去吻她，這頗讓那名女子——朵拉吃驚。第二天，瑪麗 - 泰雷茲問他那女子是

五、名士

誰，他便含含糊糊地回答說「是一位西班牙難民……」雙方見過面後不久，兩個情敵便弄清了事情的真相，結束了互不知道的局面。兩人先是處在檯面下爭鬥狀態，後來又發展到公開爭吵。但畢卡索依舊按他自己的方式生活，按他自己的方式對待她們。他特地讓瑪麗-泰雷茲搬到離凡爾賽15公里遠的地方居住，自己每週定期去她那裡幾天，通常是從星期五晚上待到下個星期一早上，不去便常請人將熱情的短簡捎去給她，上面畫上花束和速寫，寫上永久相愛的誓言和與她名字的字首字母瑪·泰·瓦相連的組合文字。他還為瑪雅畫了許多肖像畫和兒童畫，僅1938年1月就畫了四幅瑪雅的畫像，又為常與她們待在一起的瑪麗-泰雷茲的母親繪製畫像，像以前與奧爾迦在一起時一樣，速寫簿中畫滿了「幸福家庭」的素描。有一次，正在畫畫時，他向瑪麗-泰雷茲宣稱：「〈格爾尼卡〉是妳的。」瑪麗-泰雷茲不疑有他，還擔心要把這巨幅作品擺在哪裡。其實，畢卡索雖然經常做出這一類的許諾，但往往說過後就忘記了，就像一個演員唸臺詞，絲毫沒有自身意念存在。不過這幅單色油畫的內涵，據專家說，不但表現了戰爭、鄉土、法西斯主義、死亡，使他活躍的性格整個融進了戰爭的主題，還有母愛和普通的男女之愛，包括他對瑪麗-泰雷茲和朵拉的愛。

儘管畢卡索幾乎每天都寫一封信給瑪麗-泰雷茲；瑪麗-泰雷茲也定期寫信給他，因為他堅稱，沒有她的信他無法生活。但是瑪麗-泰雷茲看透了這種狡猾的把戲。在度過了長期悒鬱的歲月後，她對畢卡索完全絕望了，於1977年自殺。

畢卡索第一次見到朵拉·馬爾是在1936年1月，那天，他坐在德·馬戈咖啡館，隔壁桌就是朵拉。他當然不認識她。朵拉長著一張鵝蛋形的漂亮臉孔，下巴明顯大了一點，那一頭黑髮整齊地向後梳挽成一個整

3、畢卡索：美的天使和魔鬼

齊的髮型，兩隻銅綠色的眼睛炯炯有神，一雙纖細的手，指頭修長。這樣文靜莊重的美，深深地打動了畢卡索。

朵拉的父親是克羅埃西亞的建築師，母親是法國人，她在阿根廷長大，然後回到法國，經人介紹接受了超現實主義派。她本人也是一位畫家和攝影家。她的全名為朵拉‧馬爾柯維奇，一般都叫她朵拉‧馬爾。

另一天，畢卡索在同一家咖啡廳坐在她的旁邊。她脫下繡有小小石竹花的黑手套，在他說話的時候，玩起拋刀遊戲：拋起一把鋒利的鉛筆刀，使它能插在桌上她叉開的指縫中間。她次次都躲過了，但是偶爾失手，使她手指上滲出一點血。畢卡索被迷住了，求她將這副手套送給他，作為紀念品放在大奧古斯丁畫室中的展示櫃內；他還請她去他那裡並幫他拍照。

朵拉‧馬爾

愛上新的女人後，畢卡索又像以往那樣，背棄前一個情婦，為新情婦畫像。1936年秋，朵拉開始出現在畢卡索的畫中。9月11日，他畫了一幅朵拉的迷人筆墨肖像畫，在畫的署名和日期旁，特地寫上了「懷著愛情」這麼幾個字。11月24日又畫了一幅油畫，著重表現出第一次在那家咖啡廳中，深深打動他的神聖而有點冷漠的態度。此外，他還畫了一些她的肖像，她的外形有更明顯的戲劇性轉化。而1937年3月畫的〈熟睡的朵拉‧馬爾〉和10月畫的〈哭泣的女人〉，上面的那個女人也是朵拉‧馬爾。

五、名士

畢卡索畫的朵拉‧馬爾

在畢卡索畫她同時，朵拉也用自己的攝影藝術去再現畢卡索。1937年4月26日，德國納粹空軍濫炸西班牙北部的小鎮格爾尼卡，為抗議這一暴行，畢卡索從5月11日起到6月初，創作了他的偉大油畫傑作〈格爾尼卡〉。朵拉就將他創作此作品中的每一段進展、每一張習作，包括每次細節的修改，都一一記錄下來，同時還把畢卡索在這段時間裡的行為和心理變化過程也畫成插圖。

畢卡索雖然按時去探望瑪麗-泰雷茲，但大多時間都與朵拉在一起。1937年夏，他與朵拉去遊覽著名的旅遊勝地尼斯和蒙地卡洛。清早，他們來到海濱沙灘，享受海水浴和日光浴。這時，朵拉又要畢卡索脫去衣服、禮拜太陽，一隻手拿一隻公牛的頭蓋骨，一隻手拿一枝手杖，閉起眼睛，宛如希臘神話中的米諾陶，朵拉將此景描繪下來。這是一幅很好的寫照，畢卡索本人很傾心於米諾陶。後來，從1953年11月到1954年2月，他自己就以這個半人半牛怪為題材，畫了一百八十幅自我剖析的作品。他們還去了濱海的昂蒂布遊覽。黃昏時分，他們像漁夫那樣準備好船隻去夜間捕魚。他們掛起電石燈，燈光在水面上閃耀，把魚吸引過來後，他們便用魚叉捉魚。回來時，朵拉買了霜淇淋，他們一邊吃，一

3、畢卡索：美的天使和魔鬼

邊凝視黑夜中月光灑在這座舊城和塔樓的上頭，感到十分富有情趣。一回到家，畢卡索又將這場景畫了下來，〈昂蒂布的夜獵〉記錄的就是上述一切活動。

畢卡索雖然想盡辦法不讓瑪麗-泰雷茲與朵拉見面，但最後還是沒有成功。起初，兩位情敵了解對方的一些情況後，還只是暗地裡爭鬥，後來發生了一場喜劇性的意外會面。

那天，朵拉照例去她的時裝設計師那裡挑選一件禮服，畢卡索讓設計師再做一件送給瑪麗-泰雷茲。瑪麗-泰雷茲相信是畢卡索故意這樣安排的，便打電話給畢卡索。由於畢卡索不在家，她便急急忙忙來到朵拉的住處。不受歡迎的場面當然不必贅述了。有意思的是，畢卡索就在隔壁的房間裡聽這兩個女人吵架，從開始一直聽到結束。下午，瑪麗-泰雷茲來到畢卡索的工作室，對他說：「長期以來，你一直許諾說要跟我結婚，你離婚該處裡完了吧？」畢卡索向她解釋，大意是他60多歲了，這麼大年紀離婚會成為人們的笑柄，而且一直不和睦下去也會惹出許多麻煩。正在談話的時候，朵拉突然到來，便當著瑪麗-泰雷茲的面，怒不可遏地大聲叫道：「瞧呀，畢卡索，你真愛我啊，你真懂得愛啊。」誰知畢卡索卻溫柔地伸出手臂挽住瑪麗-泰雷茲的頭頸，毫不含糊地對朵拉說：「朵拉·馬爾，妳非常清楚，我唯一愛的就是瑪麗-泰雷茲·瓦爾特。她就在這裡，瞧，這一位就是。」面對這樣的場面，朵拉簡直不敢相信自己的眼睛。瑪麗-泰雷茲同樣也被嚇了一跳，深受感動。畢卡索仍繼續說下去。於是，有了自信的瑪麗-泰雷茲轉向朵拉，命令她離開這裡，朵拉拒絕不走。畢卡索竟完全沉迷在這個戲劇性的場面中，任憑兩個女人彼此對抗下去。接著，瑪麗-泰雷茲再次要朵拉離開，朵拉仍舊不動。於是，瑪麗-泰雷茲抓住她的肩膀，朵拉就給了她一巴掌。她回敬了更

五、名士

重的一巴掌,還被推出了門外,而畢卡索對這一切都無動於衷。畢卡索這樣故意讓他的情人們互相鬥毆,不止這一次,他還曾在朋友間吹噓自己從這種做法中獲得了樂趣。

朵拉覺得自己完全成為畢卡索的玩物,受不了這種感情的她曾於1941年試圖自殺,雖然未成功,但她的精神顯然失常了。一天夜裡,巡邏員警發現她一個人在塞納河岸遊蕩。她告訴巡邏員說畢卡索以前送給她的一隻小狗被人偷走了,她要設法把它找回來。在她母親去世之後,朵拉受到神祕主義更深的影響,痛斥畢卡索罪不容赦。畢卡索看她狀態如此嚴重,便請一位朋友設法注意看好她。隨著病情加劇,朵拉最後進了精神病院,據說後來還做了修女,在孤寂中度過餘生。1943年5月的一天,演員阿蘭‧居尼在塞納河左岸大奧古斯丁街的卡塔蘭飯店與兩位少女一同吃飯。旁邊一桌,畢卡索正在跟朵拉‧馬爾、瑪麗‧洛爾‧德‧諾阿耶,還有幾個男子一起交談。畢卡索見是兩位年輕的女子,便故意大聲說話來引起她們的注意。當他認出那位男子是居尼時,便端起一盤櫻桃走到那桌去,請她們也吃一點。

順著畢卡索的要求,居尼向他介紹了這兩位少女,並說她們也是畫家。畢卡索突然朗聲笑了:「這是我今天聽到最好笑的事情。」他說:因為像這樣的姑娘,「不可能成為畫家」。兩位姑娘不贊成他的看法,告訴他,她們倆正在布瓦西‧唐格拉街一家畫廊合辦兩人的畫展。畢卡索說,既是這樣,她們不妨去看看他的工作室。

這兩位姑娘是22歲的法蘭索娃絲‧吉洛和她的女性友人熱納維埃芙。法蘭索娃絲,長長的臉龐在褐色頭髮下,顯得文雅而秀麗。她出生於納伊的一個富裕資產階級家庭,雖然父親希望她長大後做一名律師,她自己卻一心要把繪畫作為她的畢業事業。事實上,她的油畫也獲得過

3、畢卡索：美的天使和魔鬼

好評。法蘭索娃絲與一些畫家常有來往，曾成為其中一位的情婦，她一直把畢卡索視為自己最尊敬的大師之一。這次意外地見到了他，並得到他的邀請，心中自然十分高興。於是幾天後，便與熱納維埃芙一起去了他的工作室，此次談的也是繪畫方面的事。臨走前，畢卡索又邀請她們再來，並叮囑說：「如果妳們要來，可不要像朝聖者前往麥加那樣，妳們來是因為你們喜歡我……」

畢卡索和吉洛

後來，法蘭索娃絲又與熱納維埃芙一同去過畢卡索那裡一次，隨後就單獨一人去了，而且次數越來越多。畢卡索對她總是表現得殷勤又體貼。有一次，畢卡索讓她看他「收藏室」中的一些物品後，突然轉身摟住她親吻她。法蘭索娃絲沒有反抗，這使畢卡索感到吃驚，認為一點都不反抗，是令人討厭的；而當他問她是否愛他時，她則回答說：「還不能肯定。」不過法蘭索娃絲心裡是覺得跟他在一起很愉快，感到他對她的吸引力。又有一次，他把她哄到臥室裡，試圖誘惑她上床，法蘭索娃絲機敏地避開了。他又向她談起法國作家薩德，其行為和作品都涉及對女性的性虐待，還把她帶到頂樓的一間小屋裡，外面一面牆上畫有一個 7 英尺

五、名士

長的男性生殖器。他一邊稱讚眼前景色，一邊摸她的乳房。對這一切，法蘭索娃絲在感情上都沒有反應。於是畢卡索的進攻只好停止了一段時間。但是不久後，像是命中註定般，法蘭索娃絲最後還是接受了這位年齡大她三倍的老人的愛情。

那天下午，他們約好，乘畢卡索沒有來訪者，祕書也不在，法蘭索娃絲來到他的工作室。畢卡索先是向她講解自己十多年前畫的一些作品，裡面不少都是裸體或半裸體的女性。最後將她帶到他的臥室，說要檢查一下她的裸體與她的面容如何協調一致。於是法蘭索娃絲一動不動地站在那裡，任憑他幫她脫去衣褲，讓他站在前面仔細觀賞。畢卡索說：「妳可知道，也許妳會不信，在我的想像中，妳就是這個樣子。」隨後，他把她抱在懷裡，讚美道：不管將來怎樣，此時此景都是極其美好的。法蘭索娃絲表示，她願意做他所喜歡的任何事，這態度出乎畢卡索的意料。於是他把她放在床上，自己也在旁邊躺了下來，一邊以滿懷柔情的目光凝視著她，一邊輕輕地撫摸她的全身。

法蘭索娃絲與畢卡索同居後，於1947年5月15日生下一個兒子，取名克洛德，兩年後，即1949年4月19日，又生了女兒帕洛瑪。畢卡索為法蘭索娃絲和孩子們畫了不少畫。他為法蘭索娃絲畫的幾幅素描肖像和黑白肖像油畫都很有特色。1949年2至3月的那幅〈星光下的女子〉也是法蘭索娃絲，是懷孕的她坐在扶手椅上，與當年畫的奧爾迦無異。那幾年，畢卡索另外一些作品中的某些人物，其身形面容，也很像法蘭索娃絲。在這個時期中，也許可以說是畢卡索最快樂的生活了。

3、畢卡索：美的天使和魔鬼

畢卡索畫的吉洛

但是畢卡索對女性的一貫態度是難以改變的。他不但常把法蘭索娃絲當成虐待的對象，如用煙頭燙她的臉來取樂，說她即使是天使，自己即使是魔鬼，她仍是他的僕人；他又在與她如此相處的同時，跟瑪麗-泰雷茲、朵拉等女人保持原來的關係，使法蘭索娃絲感到，他對生活一向沒什麼嚴肅的態度，特別是他喜歡故意刺激她的感情。他特地在她面前暢談朵拉和讀瑪麗-雷茲每天的來信，為瑪雅的成長而欣喜若狂，對信中一些最親密的字句段落，都毫不厭煩地重讀一遍又一遍，完全沉迷在他和瑪麗-泰雷茲的熱烈感情中。這還不夠，他又嘲笑法蘭索娃絲，說：「不知為什麼，我看不到妳寫這樣的信給我，那是因為妳並不那麼愛我。那個女人才是真正愛我的……要懂得這種事，妳還太幼稚了……妳還是一個小姑娘。」在一個情人面前誇耀另一個情人，這種態度、這種話語，會產生怎樣的反效果，可想而知。特別是有一次，法蘭索娃絲骨折住院十天後，出院去南方休養，她請她的女性友人熱納維埃芙也來一

五、名士

起待幾天。沒想到畢卡索也來了。據熱納維埃芙說，在此期間，畢卡索有強姦她的企圖；而畢卡索則說是熱納維埃芙在誘惑她。起初法蘭索娃絲以為，畢卡索懷疑她們兩人有同性戀關係，出於妒忌，故意裝出那種樣子，目的是要趕走熱納維埃芙，但後來發現畢卡索是真的愛上了熱納維埃芙，並與她一次次幽會，持續了很多年，於是感到無比沮喪。雖然法蘭索娃絲知道，畢卡索是從來不容許一個女人長期與他一起生活的。但最一開始時，仍希望保持她和他的關係，並不止一次做過努力，但最後她感到這已經是無可挽回的了。於是在1953年至1954年的冬天，她懷著愛與眷戀的心，不得不帶了兩個孩子離他而去。

被畢卡索拋棄了的法蘭索娃絲·吉洛住進了蓋·魯撒克街畢卡索為她購置的一處公寓住宅，兩年後與一位年輕的畫家呂克·西蒙結婚；在生下了女兒奧蕾莉婭之後又離婚，據說是中了畢卡索的圈套，因為他騙她說離婚後他願跟她結婚。三年來，在與西蒙一起的平靜生活中，法蘭索娃絲重新開始繪畫創作，但是所有畫廊對不歡迎她，使她無法發展。1964年，紐約的麥克勞·希爾出版社出版了法蘭索娃絲·吉洛的《與畢卡索一起生活》（*Life with Picasso*）一書；第二年，卡爾曼·列維出版社略帶刪節的法文版在巴黎出版，成為當時轟動一時的事件。這是吉洛與美國記者和藝術評論家卡爾頓·萊克合寫的，萊克以《基督教科學箴言報》、《紐約人》和《大西洋月刊》記者的身分訪問過畢卡索很多次，寫作時主要闡釋畢卡索的創作，吉洛主要是回憶她親身經歷的事件。畢卡索曾運用種種壓力，試圖阻撓該書法文版的出版，但是沒有成功。

畢卡索在法蘭索娃絲出走之後，情緒十分不穩定。他無法維持長期沒有女人的生活。自1953年11月28日開始至1954年3月3日完成的系列素描，明顯地反映出他心靈上的孤獨和不安，他可是一個過慣狂熱

3、畢卡索：美的天使和魔鬼

性生活的人。在這段期間，他遇過幾位年輕的女人，都對她們入了迷。先是迷人的法國女子西爾維特·大衛，她生於塞納河畔布洛涅，當時 20 歲；後又有富有魅力的拉熱姆夫人；還有另外幾個女人，其中一個是 30 多歲的雅克琳·洛克，雅克琳原先嫁給國外的一名官吏，生有一個女兒，後與丈夫離婚，帶著女兒凱薩琳單獨居住，行動自由。她常去拉米耶家，蘇珊·拉米耶和丈夫喬治開了一家工廠，為振興地方陶器藝術而辛勤奮鬥，畢卡索也時常去他們家，於是認識了雅克琳·洛克。

畢卡索和雅克琳

雅克琳並不漂亮。小小的臉孔、藍色的眼睛、高高的顴骨，身高只有 1.5 公尺多一點。她的本領就是知道用西班牙語 —— 雖然說得並不好 —— 去逗樂畢卡索。當法蘭索娃絲不在時，他常常主動去找他。與雅克琳一起，畢卡索覺得總算找到了一位善解人意的伴侶。當畢卡索將一件別人剛剛送給他的披肩披到雅克琳的身上時，她會謙和有禮地微笑接受；當畢卡索叫嚷、指責、罵人、暴跳、用手敲打欄杆或者自己的膝蓋時，她會沉著、從容、耐心地勸解；而當畢卡索平靜下來之後，她又會從他的臉上讀出他是煩惱、氣憤還是讚賞、快樂的表情。於是，當畢卡

> 五、名士

索無法去找其他女人時，不無心計的雅克琳就主動地成了他的情婦。

1954年6月3日，畢卡索畫了一幅新的女性人像。這已經不是原來美貌的西爾維特，而是一位堅毅的女子，長方形的頭頸上面，冷酷的臉帶有眾多冷峻的線條，在她身後的空間被割出一塊寬闊的幾何平面圖，頭和髮的灰色裝飾性與整體畫面上的藍、紅、黃、褐等色所形成的對比相互調和，這幅肖像觸目驚心、令人難忘。少數能進畢卡索工作室的朋友也不知道，這幅僅僅題了「一位年輕婦女的肖像」的Z夫人畫像，到底是畫哪一位女性。畢卡索的親密朋友、詩人路易·阿拉貢也說：「我很難說清，這是一位強者，還是一位藝術家，或者是一位模特兒？」但是他全錯了。這就是當時暗中與畢卡索私通的雅克琳·洛克。有一位藝術評論家一針見血地指出，在這幅畫上，「畢卡索將她畫成難以理解的斯芬克斯。」

畢卡索畫的雅克琳

是的，雅克琳·洛克的確是一個不可捉摸的人。

藉由她的手段，大約到了1954年秋天，雅克琳便已經成為畢卡索私生活中的一部分了。不過她與畢卡索的關係仍舊是不公開的。就連畢

卡索的朋友們也極少有人知道，有雅克琳這個人。後來，當有人終於見到這個女人時，雅克琳無視於他們的驚訝表情，竟然大言不慚地說：「你們都不認識我吧？我可是新生的埃吉里婭啊！」把自己比作古羅馬宗教中預知未來、備受眾人崇拜的精靈。如此這般，雅克琳從幕後走到了臺前，接著，她的架子也展現出來了。從這個時候起，雅克琳把自己看得非常重要，認為自己是畢卡索生活中不可替代的人物。對她這種自以為是的態度，畢卡索的朋友們當然都不以為然，雖然認為她頗有智慧，但大家還是看出，她相當狡猾、詭計多端，而且她對老年畢卡索情欲上的熱誠和奉獻，顯然也是不適當且有害的。她已經覺察出他們的態度，但故作不知，不聲不響，她有她自己的打算。於是，她便一步一步地設法營造出一個與畢卡索並行的環境，將畢卡索裝進一個溫柔、體貼、關心的網裡面，而把自己變成一道堅固的保護牆，使畢卡索與他的老朋友們、與整個世界、甚至與除了保羅之外的孩子們都完全隔離開來。畢卡索不論是工作、接待來訪者，還是與他的朋友們、孩子們一起，與那些希望得到照顧的人或者受過恩惠的人一起，她都要在場。起初是作為陪襯，慢慢地就越來越突出，最後她好像成了不可或缺的人物。而且無論什麼人，要見一見畢卡索，得先經過她的許可。就這樣到了1961年3月，在法蘭索娃絲為了兩個孩子而忍辱期待著有一天會正式嫁給畢卡索的時候，這位80多歲的老人卻已經與雅克琳·洛克祕密結婚了。這次結婚，地點是在一個名叫巴羅里的小鎮，這樣的選擇，目的是為了對離開他的法蘭索娃絲·吉洛進行出乎她意料之外的報復。婚禮儀式極為簡單，就在鎮長、新郎一位多年好友M·德瑞貢的辦公室舉行，僅有畢卡索在坎城的公證人邁屈利·安泰比及其妻子作為證婚人，連畢卡索的兒子保羅都沒有得到通知，他也是事後讀了報上的消息才知道的。

雅克琳·洛克成了畢卡索的第二任合法妻子。畢卡索最後的十二年

五、名士

就在她統治下的王國裡度過，沒有到其他任何地方去。這個女王牢牢地控制了他，限制了他的世界。這裡的生活奢侈、紊亂且禁錮，有了雅克琳，又有了電視機，畢卡索也就不再需要別的什麼，不再需要整個外界世界了。在這個女人小心提防的監視下，畢卡索沒有其他的外界生活，他每天就只是在繪畫中顯示他的自我存在，這段時間畫的內容大多也都是女人、女人和女人，僅 1962 年畫雅克琳的作品就多達七十多幅，因為他生活在如此狹小的天地裡，無法從廣闊的現實生活中覓求新的題材。

畢卡索的晚年，雖然於 1965 年 11 月 18 日因胃潰瘍極祕密地動過一次手術，不過到 1971 年 90 歲時，仍舊身體硬朗，保持旺盛的創作力。但他的內心極其孤獨，瑪雅已經結婚，克洛德在紐約發展攝影事業，帕洛瑪設計珠寶飾物，都不在他的身邊，只有保羅有時會來一下。與保羅離婚的妻子和兩個孩子都很窮，畢卡索雖然喜歡這兩個孫子帕勃里托和孫女瑪麗娜，但很多年裡都沒有去看他們，也沒有對他們施予任何援助。他說，那是保羅的事，而不是他的事。

1973 年 1 月，被公認為大師的畢卡索同意在亞威衣的教皇宮內舉辦他的作品展覽。他親自選了 1970 年 9 月 25 日至 1972 年 3 月 1 日完成的油畫二百零一幅。但是突然，命運發生劇烈轉折，使他自己來不及看到這次於 5 月 23 日開始展出的展覽。

1972 年冬至 1973 年春，畢卡索患了流行性重感冒，好幾次都不得不臥床好幾天，使他的醫生很焦急，但是隨後他仍然又能不停作畫。3 月初，他突然又停止工作了。兩星期後，很多傳聞都說畢卡索病了。一家週刊甚至說，他已經答應住進納依一家美國人的醫院。有幾位朋友打電話來，雅克琳再次向他們保證，說畢卡索冬天時曾得過感冒，現在已經痊癒，他正在工作。的確，4 月 7 日，還有人見到畢卡索在花園裡散

步。這天晚上，他請邁屈利・安泰比與他和他妻子雅克琳一起吃晚飯，他似乎非常疲乏無力。當晚夜裡感到非常不舒服，覺得喘不過氣來。雅克琳立即找來家庭醫師，醫師幫他打了一針鎮靜劑，並致電給巴黎的心臟病專家。專家來後，大師已經睡著了，他時不時說一句什麼話，好像是在夢中囈語。就這樣到了 4 月 8 日上午 11 點 40 分，畢卡索去逝了。他的遺體於 10 日安葬在普羅旺斯地區艾克斯的沃弗納格古堡園內。電視臺於 8 月下午 3 點宣布了死亡公報之後，畢卡索的親人們，包括兒子保羅和巴賽隆納的姪輩和甥輩一直都在等待著給他們的通知，但均被要求不要前來。

1974 年，對畢卡索的遺產做了最後的估價，大約為 2.4 億美元，雅克琳分到十分之三，但是金錢對她根本沒有什麼用。這個斯芬克斯般的女人，雖然被人稱為「是唯一能夠牽著畢卡索鼻子走的人」，也仍然在 1986 年畢卡索生日之日開槍自殺。她的遺囑中，允許參加她葬禮的名單，排除了丈夫的任何一個直系親屬。

畢卡索到底是一位天使還是一個魔鬼，或者既是天使又是魔鬼？

畢卡索的傳記作者、知名法國作家彼爾・卡本說過一句話：「任何人要透過畢卡索來解釋或者評論他的作品或他的行為，都會遇到一堵沒有窗戶的牆。」——難以逾越的障礙。畢卡索的生活、個性與創作，都是無盡的謎。

4、阿爾瑪・辛德勒：繆斯還是魔女

頗有文化素養的英國女高音歌唱家薩拉・康諾利（Sarah Connolly, 1963-）在 2010 年 12 月 1 日的《衛報》網站上發表了一篇題為〈阿爾瑪問題〉的文章。開頭是這樣寫的：

五、名士

「音樂就是音樂，無論是天使或是魔鬼創作的。阿爾瑪‧馬勒無疑是一個惡魔。不過是一個令人著迷的惡魔……她和古斯塔夫‧馬勒、瓦爾特‧格羅皮厄斯和弗蘭茲‧沃菲爾的婚姻，和許多男人，包括她17歲時給她第一個吻的古斯塔夫‧克林姆，她的作曲老師、她第一個深愛的人亞歷山大‧馮‧澤姆林斯基，與或許是她唯一真正愛過的人奧斯卡‧柯克西卡的關係，使她成為20世紀最著名的繆斯和魔女。」

歷史上產生過諸多賦予男性藝術家創造靈感、善良而美麗的繆斯。從阿爾瑪‧辛德勒和多位大藝術家的關係來看，這個異常漂亮的女人的確曾經賦予他們靈感，成為這些藝術家的繆斯。而在作為繆斯的同時，她真的如薩拉‧康諾利說的，又是一個魔女嗎？

阿爾瑪‧瑪麗婭‧辛德勒（Alma Maria Schindler, 1879-1964）生於奧地利享樂主義首都維也納的一個生活優沃而心靈憂鬱的家庭。父親埃米爾‧雅克布‧辛德勒（Emil Jakob Schindler）是一位優秀的風景畫家，曾榮獲一項著名的藝術獎；1887年，他受魯道夫王儲（Crown Prince Rudolf）的委託繪製達爾馬提亞（Dalmatia）沿海地區圖，因而名聲大振，成為哈布斯堡王朝一位重要的藝術家。阿爾瑪很崇拜她的父親，每天都會好幾個小時待在父親的工作室陪伴他。父親也竭力提升她的音樂天賦和對文學的興趣，他為她朗讀歌德的《浮士德》，教她欣賞從尼采、叔本華到斯丹達爾、易卜生和其他名作家的經典作品。阿爾瑪的母親安娜‧索菲‧貝爾根（Anna Sofie Bergen）是從漢堡來到維也納的歌劇歌唱家。表面上來看，她是最忠實的妻子，但是她在阿爾瑪2歲時生下的格萊特卻是一個遺傳性梅毒患者。人們還知道，很多年來，她一直和她

奧地利作曲家和指揮家
古斯塔夫‧馬勒

丈夫的學生兼助手,後來成為「分離派」的創始人之一的年輕畫家卡爾‧莫爾(Carl Julius Rudolf Moll, 1861–1945)私通。1892 年 8 月 9 日,埃米爾‧辛德勒在他藝術成就最高峰的時刻,在北海的德國島嶼敘爾特(Sylt)死於闌尾炎感染(另外有資料說他是死於納粹安樂死的實驗)。隨後,他們兩人成婚。這年阿爾瑪 13 歲,經歷了一次類似哈姆雷特的母親背叛他父親的心靈痛苦。

客觀條件好或者不好,都可能讓人奮發,也可能使人沉淪。阿爾瑪有令人傾慕的美貌,又有富裕的生活和罕見的修養,也有喪父之痛,這一切對於她來說,究竟是有幸還是不幸?

1897 年,就是莫爾成為她繼父那年,正當阿爾瑪跨入少女成熟的門檻。對一個女孩子來說,這是非常重要的時期。劍橋大學的德國和

阿爾瑪

奧地利藝術史專家弗蘭克‧惠特福德(Frank Whutford)在《奧斯卡‧柯克西卡傳》(*Oskar Kokoschka: A Life*)寫道:

「雖然阿爾瑪不具古典式的美,但她姣好的容貌也引發許多男性的注意,特別是年紀較大的男性。她一頭栗色的秀髮和一對明亮透徹的藍眼睛就是她最好的相貌;即使沒有這些,她的舉止和她的自信也會讓人留下深刻的印象。她很健談,知識廣博,尤其在藝術、音樂和文學方面(這或許是最有力的催情劑——原文如此),並好像總是全神貫注地在傾聽男人說的每一句話。那並不表示她真的感興趣,而是因為她的輕度耳聾使她不得不聚精會神地去聽。」

因而似乎就讓阿爾瑪有條件如薩拉‧康諾利所言,成為「一個定會有

五、名士

創造性天才圍繞在她身邊的女人」。阿爾瑪的一生，也可以說都生活在和「創造性天才」們的交往中，從而演繹出一幕幕藝術家和他們的這位繆斯或魔女的離奇故事。

1897年4月，「奧地利分離派美術協會」（Vereinigung bildender Künstler Österreichs Sezession）在維也納成立，推選古斯塔夫·克林姆為主席，卡爾·莫爾為副主席。隨後，約瑟夫·奧爾勃里奇、約瑟夫·霍夫曼、柯洛曼·莫澤和阿爾弗雷德·羅勒等多位協會成員都成為副主席莫爾家的常客；正處在青春期的阿爾瑪，也已經獲准參加他們的共同聚餐會，並以她的青春美貌受到這些名人的注意。

克林姆漫畫像

古斯塔夫·克林姆（Gustav Klimt, 1862–1918）在藝術上主要關注女性形體，從他的許多鉛筆畫上可以看出，他作品的特色就是表現色情。克林姆在頻繁的聚餐會上，主要的注意力就落在莫爾的這個17歲繼女身上，十分欣賞這位異常美麗又有知識的少女，熱烈地愛上了她，雖然他要比她大十七、八歲。阿爾瑪大概也沒有拒絕他，她在日記中把他列為三次主要愛情中的第一次，認為他是她的第一個情人。她這樣描述第一

次戀愛經驗的浪漫狂想：

「古斯塔夫·克林姆作為我第一次的偉大愛情進入我的生活，而我還是一個天真的孩子，完全融入到我的音樂之中，遠離我真實的生活。我越是感受這愛，越是沉沒到我的音樂之中，所以我的不幸也就成了我最大的喜悅泉源。」

克林姆從阿爾瑪那裡獲得靈感，為她創作了多幅畫像。他們偷偷見面，克林姆還慫恿她兩人假日去義大利旅遊。阿爾瑪也發誓忠實於他。就在這次旅遊中，克林姆偷到了阿爾瑪的第一個親吻。但是，他們的關係被阿爾瑪的父母發現了。阿爾瑪在自傳中說：「我們的愛情被我母親粗暴地破壞了。她看了我吞吞吐吐寫在日記中的話，因而知道我戀愛的情形，最可怕的是還看到克林姆吻過我……」卡爾·莫爾強烈要求克林姆一定離開他繼女，並承諾今後不再與她保持聯繫。這件事情也導致了莫爾和克林姆之間的分裂。

馬克斯·布克哈德（Max Eugen Burckhard, 1854–1912）也是卡爾·莫爾家的常客。直至1898年，他都擔任維也納「宮廷劇院」（Burgtheater）的導演，特別是他導演的易卜生、霍普特曼、施尼茨勒、霍夫曼斯塔爾等現代劇作家的作品，受到極高的評價。布克哈德也為阿爾瑪的美所撼動，他將演出門票送給阿爾瑪，為她買了一袋袋經典的和現代的文學作品，培養她剛剛萌芽的才華。但是作為一個反猶主義者，他也灌輸了阿爾瑪反猶思想，特別是尼采哲學中的「跌倒了，就再推他一把！」這一句，成為阿爾瑪方針性的格言，影響到後來許多傾慕她的人的痛苦遭遇。

不過與繪畫或戲劇相比，阿爾瑪的心靈告訴她，她更喜歡音樂，她覺得自己有音樂天賦，總是被音樂所吸引。她喜愛的作曲家中包括舒伯特和舒曼，不過最喜愛的是理查·華格納，說是「我喜愛他超過世界上

五、名士

任何一個人——我發誓！」為了學習音樂創作，她找了後浪漫主義作曲家、捷克盲鋼琴家約瑟夫・拉博爾（Josef Labor, 1842–1924）。在拉博爾的指導下，阿爾瑪創作出了一些作品；還為她的這位老師創作了即興抒情兼有獨白的〈歌曲〉（Lieder）和鋼琴曲，風格有如她的日記那般直率而親切。

為提升她音樂創作的水準，阿爾瑪在1900年春天去找作曲家和指揮家亞歷山大・馮・澤姆林斯基（Alexander von Zemlinsky）。澤姆林斯基在創作和指揮兩方面都有極高的造詣，被認為是維也納最有前途的一個人。見面後，她在日記中以刻薄的語氣說他是個「小矮子，沒有下巴、眼睛突出、舉止粗野」，是「一副漫畫像」。不過兩人一交談，就變得相當融洽，他們長時間地談華格納和他的《崔斯坦與伊索德》。阿爾瑪向他表示，這是她所喜愛一部歌劇，澤姆林斯基說他也很喜歡，於是她說，她對他便刮目相看了，「我非常喜歡他，非常非常。」

在教學上，澤姆林斯基可算得上是一位無人能比的老師，他還曾是大作曲家阿諾德・勛伯格的老師，在他的引導下，阿爾瑪根據里爾克、海涅和其他詩人的作品，創作了許多歌曲。

兩人在一起時，澤姆林斯基被阿爾瑪的美貌和藝術修養所打動。於是，阿爾瑪這個性感而又有自信的年輕女人和內向的澤姆林斯基之間很快就產生了熱烈的愛情。她愛上這個「醜陋的小侏儒」，澤姆林斯基也以同樣的愛向她

澤姆林斯基

回報。起初，阿爾瑪只允許澤姆林斯基吻她和撫摸她。但澤姆林斯基深知如何以他「演奏家的手」來激發她的性欲望，於是在她的日記中就出

現這樣的內容:「阿歷克斯(澤姆林斯基的愛稱 —— 本文作者) —— 我的阿歷克斯。我渴望在你的聖洗池中 —— 讓你豐盈的水傾注進我的體內!」

阿爾瑪和澤姆林斯基的私通大約持續了兩年。家人和朋友們覺得他們的這種關係極不恰當,於是澤姆林斯基不得不中斷兩人的關係;也有說法認為澤姆林斯基發現古斯塔夫·馬勒也愛著他的這個學生時,就退縮了。

古斯塔夫·馬勒(Gustav Mahler, 1860–1911)是奧地利籍的猶太作曲家和指揮家,1897年,天才馬勒在37歲時被提升為「維也納歌劇院」藝術總監,登上了他所選擇職業的頂峰,是許多指揮家都夢寐以求而畢生不可得的位置。

馬勒1901年11月7日第一次在奧地利女作家伯莎·祖克康得爾-塞帕斯(Bertha Zuckerkandl-Szeps, 1864–1945)的沙龍見到阿爾瑪時,因她的美貌為之驚艷。一回到家,馬勒寫了第一封信給阿爾瑪,當天晚上的聚會上,便向她求婚。隨後又接連不斷地寫信給她,一次比一次著急,12月19日的信甚至長達20頁。家人試圖說服阿爾瑪不要和馬勒交往,因為對阿爾瑪來說,他比她大二十歲,畢竟差太多了,又有傳聞說馬勒非常窮,而且還患有不治之症。但是……

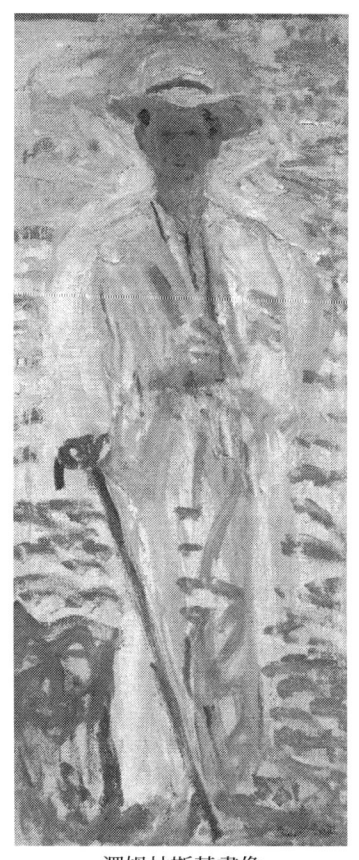

澤姆林斯基畫像

五、名士

　　阿爾瑪一直渴望自己能成為名人的妻子。雖然馬勒當時 42 歲，阿爾瑪 22 歲，而且古板又乏味，但是阿爾瑪想，他的名聲可以彌補他這枯燥乏味的個性。於是，她投降了，不是向馬勒本人，而是向維也納最偉大的作曲家和指揮家投降。於是，兩人於 1901 年 12 月 23 日耶誕節前訂婚，從他們認識到訂婚僅一個月多幾天，1902 年 3 月 9 日就在維也納卡爾教堂（Karlskirche）那裝飾華麗的大廳中舉行了婚禮。馬勒的朋友和雙方的共同朋友對他們的婚姻都感到茫然。不過結婚這天，阿爾瑪已經懷有他的第一個孩子了。

　　婚後，他們搬進歌劇院附近的一處公寓，雇了兩個保母和一位英國家教，因為女兒瑪利亞‧安娜已在 1902 年 11 月 2 日出生，不過她在 5 歲時就死於白喉；兩年後生的第二個女兒安娜（1904-1988）後來長大成為一位雕塑家。

　　與馬勒一起的生活跟阿爾瑪以往和她父母一起的外向生活完全不同。馬勒討厭社交，每天就只是死板板地按部就班做他的工作。與馬勒結婚甚至使阿爾瑪「忘掉」了自己對音樂的興趣。並不是她不再喜愛音樂，而是在婚前馬勒就向她提出，婚後「禁止」她繼續她最喜愛的音樂創作，要她為了他無怨無悔地犧牲，當時她含淚表示順從。阿爾瑪竭力希望在藝術上克制自己，甘願做一個可愛的妻子，支持丈夫的音樂創作。但是她感到拘束，感到孤獨，縱使有兩個孩子也無法改變她內心的空虛。但是有研究者認為，實際上阿爾瑪並不愛她的丈夫，她也根本不是馬勒作品的粉絲，也許只偏好其中有她音樂畫像的〈第六號（悲劇）交響曲〉和帶有迷信色彩的〈大地之歌〉（Das Lied von der Erde）。她只是被馬勒的無窮精力、充沛活力和兒童似的天真所吸引，她似乎從來就沒有真心「愛過」馬勒。畢竟最初的幾年，阿爾瑪和馬勒的關係還很親密。不過

慢慢地，阿爾瑪感到，馬勒雖然愛她，卻不能使她幸福，特別是女兒瑪利亞的死，再加上自己又有一次流產（可能是人工流產），使她罹患了嚴重的憂鬱症。

1910年5月，阿爾瑪帶女兒安娜去施泰爾馬克的托貝爾巴德（Tobelbad, Stelemark）溫泉鎮療養時，遇到了瓦爾特‧格羅皮厄斯（Walter Gropius, 1883–1969），兩人產生了愛情。這位比她還年輕四歲的建築師，後來成為「包豪斯」（Bauhaus，德國「建築設計及應用工藝美術學校」）創始人。最初，他們的關係還僅限於帶著強烈感性的信件。到了9月，阿爾瑪就在琢磨：「什麼時候，你會裸體躺在我的身邊，……什麼都不能把我們分開，我活著的唯一追求就是要能完完全全成為你的。」

這個時候很快就到來了，甚至在格羅皮厄斯將一封原要寄給阿爾瑪的信「錯誤地」寄給了馬勒，使事情敗露之後，他們仍然不顧後果地繼續兩人的關係。當馬勒和阿爾瑪去慕尼黑舉辦一場音樂會時，阿爾瑪設法安排和格羅皮厄斯在「攝政旅館」（Hotel Regina）見了面、睡在了一起。後來兩人又機敏地避開馬勒，一次次幽會。阿爾瑪希望有一個格羅皮厄斯的孩子，她甚至把他們的關係告訴了她母親。

由於從1908年1月1日在美國大都會指揮華格納的《崔斯坦與伊索德》開始，兩年多時間裡，馬勒都帶著阿爾瑪在歐洲各地演出，使她和格羅皮厄斯中斷了聯繫。1911年2月21日，馬勒忍受著40度的體溫，在紐約「卡內基音樂廳」完成了最後一場音樂會，被診斷出患有嚴重的「細菌性內膜炎」，回巴黎治療。於是，阿爾瑪寫信給格羅皮厄斯，要他去塞納河畔的納伊（Neuilly）和她見面，不過這次格羅皮厄斯沒有來。在巴黎的醫生感到無能為力之後，馬勒也明白，自己的病再治療也沒有希望，便要求把他送回維也納，最後於1911年5月18日去世，還不到51

五、名士

歲。他最後的〈第十號交響曲〉，就是在他發現妻子和格羅皮厄斯通姦的1910年夏天，一生最艱難的時刻創作的。在留存下來的手稿上也留下了他的泣血般的呼喊：「只有妳知道這代表著什麼！啊！啊！啊！別了！我的音樂！別了！別了！別了！」、「我為妳而活！也為妳為死！阿爾瑪奇呀！」

馬勒去世後，阿爾瑪繼續寫信給格羅皮厄斯。格羅皮厄斯來維也納見這位年輕的寡婦，繼續他們的熱烈情感。但是馬勒的死破壞了她的情緒，她決定在大眾面前保持一段時間的哀悼之情。格羅皮厄斯讓她留在維也納，和她分開，但向她表示：「不管幾年，都期待和渴望再見到妳。」並保證：「只要妳需要，我隨時都會出現。」

兩人很快就重新開始通信和見面，雖然沒有很頻繁。但是在此悼念期間，阿爾瑪對其他男人的興趣仍舊沒有降低。她認識了名叫魯道夫・卡默勒（Rudolf Kammerer）的生物學家，協助他做蟾蜍的人工授精和獲得性遺傳的實驗研究。至少卡默勒的妻子相信，他們的實驗一直都是在臥室裡做的，其含義不言自明。另外，她還認識了奧地利作曲家和指揮家弗朗茲・施賴克（Franz Schreker），也有過風流韻事。

1912年4月12日，在繼父卡爾・莫爾家享用午餐時，經繼父介紹，阿爾瑪認識了青年畫家柯克西卡。奧斯卡・柯克西卡（Oskar Kokoschka, 1886–1980）生於奧地利西部多瑙河邊的珀希拉恩（Pöchlarn）小鎮，3歲時隨父親遷居維也納，先是進入維也納工藝美術學校，1907至1909年建在維也納工藝製作室接受訂單。莫爾因為在一個以維也納酒店業主的名字命名的「哈根藝術」（Der Hagenbund 或 Künstlerbund Hagen）展覽會上看到他的作品，留下深刻的印象，便請他為他的繼女畫一幅肖像。畫像就安置在維也納最繁榮的地段之一，一個號稱「觀景臺」（Hohe Warte）之

4、阿爾瑪・辛德勒：繆斯還是魔女

地的其豪華住家。莫爾對繼女說柯克西卡是個「年輕的天才」，心想一定會引起她的興趣。柯克西卡宣稱阿爾瑪第一眼就愛上了他。這似乎很難接受，倒是阿爾瑪的帶有羅曼蒂克情調和戲劇化的回憶比較可信。據阿爾瑪所說，第一次畫像的時候是頗有戲劇性的：

「他帶來幾張粗糙的畫紙來作畫。過了一段時間，我告訴他，我不能就這樣被盯著讓他畫，要求是否可以在他畫的時候彈彈鋼琴。他開始畫了，總老是咳嗽，每次都把沾有血跡的手帕藏起來。他的鞋子裂了，他的外衣也破了。我們幾乎不說話，但他仍然無法下筆。

「他停了下來──突然激動地抱住了我。我覺得這種擁抱很奇特。……我沒有明確的反應，似乎是已經使他受到了感動。

「他急忙衝了出去，不到一小時，就有一封最美妙的情書在我手裡了。」

正式開始畫像的時候，柯克西卡讓阿爾瑪像達文西「蒙娜麗莎」的原型，義大利弗蘭西斯科・德・喬孔達的妻子麗莎・格拉迪（Lisa Gherardini, wife of Francesco del Giocondo）那樣，擺出她的坐姿，露出像她一樣神祕的微笑。最後，他畫出了一個年輕漂亮的纖弱女子，鬆散不整的金色頭髮，窄小而顯得有力的嘴。不過阿爾瑪自己認為，這幅畫就像盧克雷西亞・博爾吉亞（Lucrezia Borgia），義大利文藝復興時期聲名狼藉的博爾吉亞家族中心人物，與很多藝術家發生過風流韻事。

柯克西卡當時是個窮困的年輕畫家，此前未曾與女性交往過，見到貌美的阿爾瑪，立即深受觸動，特別是像她這樣受到許多男人追逐的名人；他相信她會成為她的繆斯，同時她還可以幫助他，使他有一個身分，促使他進入她一直保持密切關係的藝術圈子。阿爾瑪也受到柯克西卡所觸動。雖然他還沒有像她的其他征服者那樣出名，但她在他的身上看到

五、名士

才華。於是,從第一次見面起,他們就開始頻繁通信,每天都寫;認識之後大約兩天,他去她住所拜訪她時,兩人就上床了。不過她不允許他在她那裡過夜,也從不讓他所希望的那樣來控制她。在他們一起去她郊外的家時,她也堅持要各住一間臥室;兩人外出旅遊投宿同一家旅館時,也要他住另一個房間。研究者認為,她保持這種獨立性,或是因為她擔心完全沉迷在這種性愛中,或者是對這樣全然的沉迷不感興趣。

阿爾瑪的確賦予柯克西卡無窮靈感。從這第一幅畫像開始,直到1915年終止兩人的關係,柯克西卡共創作了大約450幅畫來描繪阿爾瑪和表達他對阿爾瑪的熱情,其中以〈風中新娘〉(Die Windsbraut)最出名,畫作表現畫家和阿爾瑪正處在海難中的一艘小船上。但是有評論家解讀說:畫面上,藝術家的手交叉,他的情婦溫柔地在他肩上休憩,彷彿兩人躺在月光和山景間、一張雲彩編織的床上。

柯克西卡1913年的自畫像

隨著第一次世界大戰的到來,柯克西卡應徵召加入奧匈軍隊,阿爾瑪與他拉開了距離,重新和格羅皮厄斯聯繫。1915年,阿爾瑪‧馬勒和瓦爾特‧格羅皮厄斯正式結婚,1916年生了一個女兒,沿用瓦爾特母親的名字,取名曼儂。可惜曼儂在18歲時死於脊髓灰質炎,即小兒麻痺症。奧地利作曲家阿爾班‧貝爾格(Alban Maria Johannes Berg)為她寫了一首小提琴協奏曲,來「紀念一位天使」。

4、阿爾瑪·辛德勒：繆斯還是魔女

〈風暴〉，又名〈風中的新娘〉

1917 年 11 月，阿爾瑪認識了捷克詩人威弗爾。

弗蘭茲·威弗爾 (Franz Werfel, 1890–1945) 是布拉格一位富有的手套商兒子，在大學預科讀書時就認識弗蘭茲·卡夫卡和卡夫卡的好友馬克斯·勃羅德。像卡夫卡一樣，威弗爾也是一個用德語寫作的猶太人，他從不忘記自己的猶太背景。從 1911 年第一部詩集，熱烈歌頌人類兄弟情誼的《人類友情》(*Der Weltfreund*) 開始，他出版了多部小說和戲劇，其中最著名的包括表現鄂圖曼帝國 1915 年對亞美尼亞人實行種族滅絕的小說《穆薩·達季的四十天》(*Die Vierzig Tage des Musa Dagh*, 1933) 和描寫天主教虔誠女信徒貝爾娜黛特 (Saint Bernadette Soubirious, 1844–1879) 生平的小說《貝爾娜黛特之歌》(*The Song of Bernadette*, 1941)。

威弗爾相貌醜陋，阿爾瑪說他是一個「弓形腿、凸嘴唇的猶太人」，比她小十一歲，她不喜歡。但威弗爾把阿爾瑪看成是他的救星、他的女神，一個讓他崇拜的人。不過，她去旅館拜訪他時，兩人仍會做愛。1918 年春，阿爾瑪懷孕了，生下一個兒子，用的是格羅皮厄斯的姓，叫馬丁·格羅皮厄斯 (Martin Carl Johannes Gropius)。起初，毫不知情的格羅皮厄斯以為這是他的孩子。但是阿爾瑪與威弗爾仍在繼續的關係很快

209

五、名士

就暴露了。於是，格羅皮厄斯和阿爾瑪協議離婚。在馬丁因腦積水只活了十個月就夭折之後，阿爾瑪和格羅皮厄斯於 1920 年離婚，和威弗爾公開同居，但拖到 1929 年才結婚。從此，她的姓名就叫阿爾瑪・馬勒－威弗爾了。

柯克西卡 1916 年

隨著 1938 年希特勒吞併了奧地利，作為猶太人的威弗爾和阿爾瑪被迫在同年的夏天逃往法國，在法國一直待到 1920 年春。第二次世界大戰德國法西斯入侵和占領法國後，猶太人在法國也不再安全了，他們指望能夠移民美國。在馬賽時，他們聯絡上了美國記者瓦里安・弗賴（Varian Fry），他同時也是美國私人救援組織「緊急救援組委會」（Emergency Rescue Committee）的代表，該組織旨在避免知識分子和藝術家受納粹迫害。弗賴安排威弗爾夫婦避開由德軍占領的「維希法國」（Vichy France）疆界，徒步穿越比利牛斯山，經西班牙到葡萄牙，然後渡船到了紐約，最後在洛杉磯定居下來。

威弗爾的《貝爾娜黛特之歌》於 1942 年在美國出版後，連續 13 周穩居「紐約時報暢銷書」榜首，1943 年又被美國導演喬治・西頓（Geogre

Staton）搬上大銀幕，因此他在美國有一定的知名度。使他得以於1946年取得美國國籍，幾年後遷居紐約，成為一位文化名人。馬勒音樂的偉大捍衛者，著名指揮家和作曲家，紐約「愛樂樂團」的音樂總監李奧納德·伯恩斯坦（Leonard Bernstein, 1918-1990）十分禮遇馬勒的遺孀，曾請她參加他的幾次預演，並聲稱她是馬勒和阿爾班·貝爾格的「在世的」紐帶。只是，不管阿爾瑪還留有多大的名聲，也已經不可能再有機會遇到新一代的男人、再現她的風流了。

五、名士

六、人生

六、人生

1、一夜白了髮

　　18世紀著名法國思想家、啟蒙運動的先驅查理‧路易‧德‧孟德斯鳩在他的諷刺文學《波斯人信札》中談到猶太先知穆罕默德被問及猶太人的飲食習慣時，附帶說了一則故事。聖先知穆罕默德說他自己有一次用汙泥捏成人形，擲在地上，對他喝道：「起來！」於是，立刻便有一個人站立起來，並且說：「我乃雅弗，諾亞之子是也。」穆罕默德又問：「你死的時候，頭髮就這麼白嗎？」那人答道：「不是的。但在你喊醒我的時候，我以為最後審判之日來到，大為驚慌，以致頭髮頓時變白。」……

　　穆罕默德所說的這一「奇蹟」，縱使他自己相信真的是他親眼所見，也完全可能屬於他的幻覺。這位宗教家敘述這則故事，是意在指出：人類的祖先雅弗是上帝用泥造成的。但附帶也說明，由於恐懼、驚慌等原因，有時是會使人「頭髮頓時變白」的。

16世紀的這幅畫表現天使造訪穆罕默德

　　不管是穆罕默德或是孟德斯鳩，是完全憑空虛構出頭髮頓時變白的事嗎？顯然，他們一定有自己的觀察作為基礎。事實上，頭髮迅速轉白

1、一夜白了髮

的事例在歷史上並不少見,只是它的轉變原理,長久以來都未能被醫學家所解釋。相反地,差不多兩百年前,以當時德國最偉大的醫學家、細胞病理學創始人魯道夫・菲爾紹命名的《菲爾紹文獻》(Virchow's Archive)上,有一篇由名叫蘭多斯 (Landois) 的學者發表的文章,文中說道:

「頭髮突然轉白是被病理學和生理學所忽略、並且一直籠罩在神話的黑暗之中、最古老的問題之一。我說神話的黑暗是因為自古時候記載下來的紀錄,更像是一則則神話,而不是一件件科學觀察。」

實際上,頭髮的突然轉白當然不是神話,而是一種生理變化。中國傳統上稱頭髮為「三千煩惱絲」,實在可算是相當科學的說法,因為當一個人處於極度煩惱、痛苦或悲傷之時,即使可以因為他的高度修養而很難使別人從他臉上、行為或動作上覺察出來,卻也會從頭髮上暴露出來,例如頭髮豎直起來,甚至迅速變白。西元 1812 年出版的一部《醫學科學辭典》(Dictionaire des Sciences Medicales) 根據當時的研究進展,也把頭髮突然轉白的現象歸因於「憤怒的激發、不愉快的意外消息、習慣性頭痛、性欲過度放縱或極度憂慮」。今日的醫學研究更充分地查明了,空氣浸入頭髮,是會使頭髮變白的,這稱為「突變性白髮症」;當白斑生於頭髮時,也會使頭髮迅速變白,此稱為「尋常性白髮症」;更常見的就是當一個人的心理遭遇激烈衝擊,在過度的恐懼、驚嚇中,由於神經高度緊張和集中,供血過度,消耗了太多的血液,影響血液迴路的正常運行,影響血液對頭部的供應、黑色素的製造和頭皮黑色素的分泌,最後就會在短時期內頭髮頓時變白,這種稱為「精神性白髮症」的現象,便是因為心靈極度憂愁而產生的。

由此說來,由於有巨大的痛苦而頭髮頓時變白的人,一定不少,只是大多並非名人,他們的情況未能流傳下來。文獻所記載的那些人,往

六、人生

往因為是歷史上的重要人物，同時正因為這些都是在歷史上發揮一定影響的人物，他們一般都有深切的情感，而且具有高潔的心靈、偉大的理想，但卻受到重大打擊，於是陷入極其深重的憂鬱及痛苦之中，心靈遭受到特別嚴重的創傷，所以也就更容易頓時頭髮變白。

英國歷史上就有好幾件這樣的事。

湯瑪斯・摩爾爵士（Sir Thomas More, 1477–1535）是一位著名的人文主義者和多產作家。他最有名的著作《烏托邦》受到從人文主義者、歷史學家、文學評論家到社會主義理論家的廣泛稱頌；他任大法官時態度公正、無私且給予窮人庇護，使他又贏得倫敦人的敬愛。誰能想到他最後竟會落到這樣一個結局呢，而且還落在他所敬愛的國王亨利八世的手裡？

確實，當亨利八世在 17 歲那年接替王位時，他身材高大勻稱，體格健壯結實，加上那白皙的皮膚、金色的頭髮，很多人都認為是歷代國王中少有的貌美男子。他還受過全面的教育，拉丁文和法文也說得非常好，而且對學術很感興趣，對藝術也有鑑賞力。摩爾想像他定是一位合乎他人文主義理想的君主。因此，在這位新國王加冕紀念日的那天，他天真地致上賀詞：「這個紀念日是奴隸制的末日，這個紀念日是自由的序幕」。他相信，年輕的亨利八世定然是一位主持正義的國王：「凡是告密的人，／凡是不久前惡意危害國家的人，／如今都將鋃鐺入獄，／讓他們也嘗嘗帶給別人的苦楚。／看，他為貿易打開了通往四海的大門，／如今受壓制的商人很少納稅。／從前長期受鄙視的正人君子，／在他執政的當天就享有永恆的榮譽。／從前國家的一切職務都掌握在廢物手中，／他把一切都還給當之無愧的人們。／……學者們管理國家。／從前法律被踐踏 —— 混淆是非，／如今他還法律於威嚴 —— 變化可喜」……

> 1、一夜白了髮

小霍爾拜因畫的湯瑪斯・摩爾

但是，很快他就發現，這個他相信能夠「還法律於威嚴」的人，卻是一個極端殘暴乖戾並踐踏法律的人，在對待他要跟凱薩琳離婚、娶安妮為合法妻子這件事情上，摩爾親身體會到這一點。因為摩爾不願違背自己的良心，表示除非誓詞明確說到，宣誓者本人未曾認可：否決教皇的權威及宣布亨利八世與凱薩琳的婚姻無效，否則他就不願遵從王命宣誓支持他，並辭去大法官的職務。結果，他在兩年之後遭到了指控，以蓄意侵犯國王特權的叛國罪，被關進了倫敦塔。

在囚禁中，摩爾權衡了當時英國的形勢，覺得自己的命運定然會以悲劇結束。他作好為宗教和道德信仰而殉難的準備，但對即將到來的死又感到萬分恐懼。他在給他女兒瑪格麗特的信中說，他「憂心忡忡地」等待著不幸的來臨，因為他深刻地意識到，自己在本質上「比基督徒更加害怕肉體上的痛苦和死亡」，以致「對死前的折磨恐懼萬分」。就在被處死的前夕，據記載，瑪格麗特來探望他時，發現父親一夜之間頭髮就全白了。後來，行人們都目睹了他那被陳列在倫敦橋上頭髮全白的頭顱。

蘇格蘭女王瑪麗・斯圖亞特也是一個驚心動魄的例子。

瑪麗・斯圖亞特（Mary Stuart, Queen of Scots, 1543-1587）是蘇格蘭國王詹姆士五世和他的法國妻子吉斯・德・瑪麗唯一的孩子。她從小在法國宮廷中長大，不但美貌絕倫，還培養了優雅的風度和對藝術的喜愛。

六、人生

瑪麗·斯圖亞特

西元 1558 年,他與法王亨利二世之子法朗西斯結婚,亨利二世於一年後逝世,法朗西斯接位,她就成為法國皇后。西元 1560 年,法朗西斯夭亡,瑪麗成了寡婦,於第二年回蘇格蘭。由於她在年少時起,就與英格蘭女王伊莉莎白結下了仇,伊莉莎白對她心懷敵意,一直持續到瑪麗生命的最後一刻。本來,瑪麗作為蘇格蘭女王,是英格蘭皇位的推定繼承人。但是,伊莉莎白不肯承認她的地位。性格倔強的瑪麗也不甘屈服,暗中策劃謀取英格蘭的王位。可是瑪麗是一個天主教徒,這時已經改信新教基督教的蘇格蘭人把她視為信奉異教的外國女王,不歡迎她;蘇格蘭的貴族們又都忙於宗派鬥爭,只關心自己的采邑,不支持這位國君。有一位第四代博思維爾伯爵,由於支持瑪麗與新教的鬥爭,頗得瑪麗女王的垂青,任命他為樞密官,後來還與他結婚。可是,蘇格蘭貴族不同意這種苟合,起兵討伐,打敗了博思維爾伯爵,並強迫瑪麗退位。無奈中,瑪麗逃至伊莉莎白宮中避難,請求寬恕。伊莉莎白考慮,既然蘇格蘭人不准瑪麗回國,若讓她去國外,又怕她會為了英格蘭的王位而聯合法國、西班牙舉兵侵犯英格蘭,於是就將她軟禁起來。在十八年地點幾經轉移的幽居生活中,瑪麗熱烈奔放的生活節奏逐漸消沉,她以寫詩、繡花、養狗、玩鳥自娛。但是一位傳記作家指出,切不可認為「她不可遏止而曾經震撼世界的野心已經泯滅,她的塵世欲念已經斷絕」,這位「高昂的女王從來不曾俯首帖耳地安於命運。」了解其個性的人都知道這一點。瑪麗的留駐激起英格蘭北方的叛亂。叛亂首領第七代諾森伯蘭伯爵因信奉天主教,難以在伊莉莎白宮廷中獲得晉升,他對被囚禁的瑪麗深感同情,於是就與一些

1、一夜白了髮

貴族於西元 1569 年共同起事,聲稱他們的目的就是擁立瑪麗、恢復信仰天主教的自由。此後還發生過一些類似的事件,都是天主教徒所策劃,目的也是執行教皇的訓令,廢黜伊莉莎白。所有這些外來勢力,都把伊莉莎白之死當作瑪麗繼位的條件。西元 1585 年,與女王有絕佳默契的國會通過了「女王安全法」,隨後便對瑪麗進行審判和定罪。西元 1587 年 2 月 7 日,伊莉莎白簽署了死刑執行令。

英格蘭的伊莉莎白女王

2 月 7 日星期二,瑪麗面對宣讀判決執行令,沒有表露絲毫驚恐。對此,她心理早有準備。在判決之後的三個月等待中,她深知在死期將近,她的每一個動作、每一句話語,都將被載入史冊,她要讓人們看到,她,斯圖亞特王室的後代,詹姆士五世的女兒,是有勇氣以堅強剛毅的姿態面對艱巨考驗的;這還只是開始,隨後還有刑場上的考驗。她要不管在任何的情況下,都保持平時應有的氣度,使她的死也要達到真正的偉大,絕不褻瀆她作為王者的高貴和尊嚴。因而只是平靜地說:「讚美天主,讓你為我帶來了這個消息!再沒有比這個消息更令我欣慰的了,因為它表示我的塵世苦難即將結束,代表著天主的恩典,是它成全了我為了弘揚天主的榮名和他眷愛的羅馬天主教而殉難。」並且以極其平

六、人生

靜的態度,與身邊忠誠的僕人共進最後的晚餐,一一囑咐,分送禮物,又寫了幾封信,精心準備好明日穿戴的服飾,直到午夜過後許久,才上床就寢,希望透過休息,明天早晨能以一副堅強而無畏的心來迎接死亡。

這幅畫描繪了對蘇格蘭女王瑪麗的審判

但是,「瑪麗·斯圖亞特無法入睡」。德國作家史蒂芬·茨威格在研究了浩繁的原始資料之後寫的《瑪麗·斯圖亞特傳》中這樣寫道。

還是少女的時候,瑪麗·斯圖亞特就曾為履行君主的職責,親臨刑場,觀看處決謀反者,看到那個人,活生生地被綁著手,按倒在行刑處前,雙膝下跪;劊子手揮下斧頭,隨著抑悶而低沉的咯吱聲,鮮血淋漓的頭顱滾到沙地上。這可怕的景象一直沒有離開過她的腦海。明日,人們見到她的,也將是這樣的可怕情景。現在,不管瑪麗·斯圖亞特在旁人的面前表現出來的是多麼地鎮靜,其深層不可抑制的心理是可以想像的。

第二天,死刑執行完畢,當劊子手按慣例高高舉起她的頭顱,讓全

場過目時,傳記寫到:「全場觀眾不禁目瞪口呆,彷彿見到了鬼魅,他們看到的是一個老嫗的頭顱,一頭花白的短髮。」她的侍女說,她這頭髮就是在一夜之間變白的。

瑪麗被押送至斷頭臺

還有一個著名的事例,義大利文藝復興時期最大的王公之一洛多維科‧斯福查(Ludovico Sforza, 1452–1508)。

洛多維科是自立為米蘭大公的弗朗切斯科‧斯福查的第二個兒子。由於他在孩提的時候就長一頭黑髮,而且全身皮膚黝黑,於是得了個「摩爾人」(il Moro)的綽號。他在宮廷中長大,西元1466年父親去世,由兄長加萊亞佐‧瑪里亞繼任公爵後,仍繼續留在宮廷服務。十年後,瑪里亞遭謀殺,他見繼位的姪子僅7歲,第一次暴露出他的權力野心,企圖從孩子的母親薩伏依的博納那裡奪取攝政權。陰謀失敗後,洛多維科被逐出米蘭,但他利用威脅和諂媚,使博納最後與他和解。西元1480年,他先是處決了博納的首席大臣和智囊,不久以後便迫使博納離開米蘭,終於成為他姪子的攝政。

六、人生

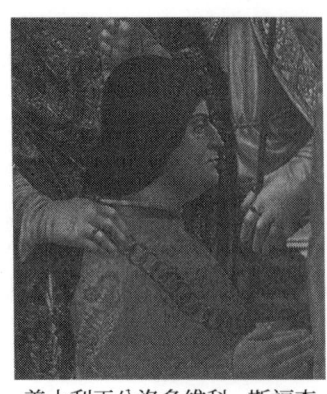

義大利王公洛多維科·斯福查

說起來，正如一位史學家所言，整個「斯福查家族都或多或少是有學問之人和文學的保護者」。洛多維科對所有像他自己一樣靠個人才能取得地位的人都建立起連繫，他的宮廷是學者、詩人、藝術家、音樂家的聚集之所，李奧納多·達文西就是其中最著名的一個。他還重視城防的建築。但他的政治權力慾望十分強烈，導致了他最後的滅亡。

西元1493、1495年，德國的馬克西米連一世在腓特烈三世死後，不但成為德意志王國的唯一統治者和哈布斯堡王朝的首領，在法國的查理八世入侵義大利時，還與教皇、西班牙、威尼斯、米蘭結成神聖同盟，成為神聖羅馬帝國皇帝。為保住自己的統治地位，斯福查同時與馬克西米連一世和威脅到他的查理八世結成同盟。他甚至用一筆巨額的錢款，獲得馬克西米連一世封他為米蘭公爵，合法化其地位。這個時候，斯福查是何等地狂妄不可一世啊。據說他曾吹牛，說亞歷山大教皇是他的宮廷住持，馬克西米連皇帝是他的僱傭兵隊長，威尼斯是他的管家，法蘭西國王是他的僕從，等等。可是好景不長，查理八世於西元1498年去世，繼承王位的路易十二是第一代米蘭公爵的後代，他宣稱要得到斯福查這個米蘭公爵的爵位。斯福查在米蘭稅收盤剝十分嚴重，深受米蘭百姓所痛恨，於是他們都支持路易十二，使他得以迅速征服斯福查的米蘭。在米蘭處於路易十二的統治之下的時候，斯福查先是逃至馬克西米連那裡避難，事先委任了一個向來受他恩遇的人守衛宮城，「作為將來回來的保證」。隨後，他試圖借助德意志和瑞士的僱傭軍重占米蘭。但是在關鍵的一場戰役中，瑞士的軍隊拒絕戰鬥，那個宮廷守衛者也背叛

了他。西元1500年4月，斯福查化裝成瑞士人準備逃跑時，仍被法國人認出而遭到俘獲，被囚禁於土倫的洛什堡（the castle of Loches in Touraine）。

斯福查絕不是一個安於命運的人。八年的囚禁歲月，絕不像他自己口頭上說的：「在監禁和痛苦中，我的格言是：忍耐是我的武器。」他讀唯一獲准帶入堡壘的但丁著作，曾經越獄一次，藏在農家車子的乾草裡逃走。可是因為不識路徑，在附近的森林裡迷路了。第二天，追兵的獵狗在荊棘叢中發現了他，將他抓了回來。從此，他似乎整天都只活在默想和祈禱中，不時在堡壘的牆壁、地面或天花板上畫幾筆、寫幾個字。其中一幅畫是戴頭盔的羅馬軍人，大概是他的自畫像，雖然不太像。而一行大小不一、以不是很通順的古體法文所寫的黃色文字，看來比較真實地表達了他的心情：

「一個心裡不快活的人」

因為這八個年頭他的確是在極度憂鬱之中度過的。據說剛被關進堡壘時，一夜之間，他的頭髮就白了。

在歷史上，像湯瑪斯·摩爾、瑪麗·斯圖亞特、洛多維科·斯福查這種頭髮突然或迅速轉白的事，還可以舉出很多很多，原因也各有不同。

與瑪麗·斯圖亞特相似，神聖羅馬帝國皇帝弗蘭茨一世的第十一個女兒、法國國王路易十六的王后瑪麗·安東尼（Marie-Antoinette, 1755–1793），在大革命期間丈夫被處決之後，她被交付革命法庭審判時，行為處事上都表現得堅強、有主見，她的內心是可想而知的。在上斷頭臺的前夕，她的頭髮也突然變白了。

六、人生

瑪麗・安東尼一行王室人員在出逃途中被捕

那瓦勒的亨利（Henry of Navarre, 1553-1610），又稱貝阿恩親王（Prince De Béam），別名波旁的亨利（Henri De Bourbon）。

那瓦勒的亨利原是旺多姆公爵 A・德・波旁之子，13 歲開始受軍事教育，西元 1570 年 6 月 26 日，他 16 歲時接受戰火洗禮，率領胡格諾派的騎兵進行衝鋒。西元 1572 年透過聯姻，他成為那瓦勒王國和貝阿恩的領主。這時，查理九世國王命令他公開放棄新教信仰，被禁錮在宮中達三年以上。但是他的政治野心始終不滅，他耐心期待著有坐上王位的一天。西元 1576 年，他終於得以出逃。獲得自由後，他就扮演新教保護者的角色。直到十三年後西元 1589 年亨利三世逝世，他才登上王位，成為亨利四世。這年，即「1589 年的 8 月 2 日之夜，」一部法國史寫到，「當大領主們向垂死的亨利三世發誓承認那瓦勒的亨利為王時，他已經準備好去做彌撒，以便一舉奪得巴黎和政權。」據說他因為等待王位實在等得太焦急了，就在這個時刻，一夜裡頭髮與鬍子都白了。

那瓦勒的亨利

1、一夜白了髮

　　印度歷史上最強盛的王朝之一蒙兀兒王朝第五代帝王沙賈汗（Shan Jahan, 1592–1666）於西元1612年與父親的一位妻子努爾·賈汗的姪女貝伽姆結婚。但在妻室中，他最寵愛的是慕塔芝·瑪哈（Mumtaz Mahal），她最常被稱為泰姬·瑪哈（Taj Mahal），意思為「宮中首選」，不但可以從這個名字看出沙賈汗對她的寵愛，沙賈汗還特地於西元1632年動工，在新德里南部的阿格拉郊外為她建造了一座宏偉建築，人稱「愛情紀念碑」。可是泰姬·瑪哈在為他生下第十四個孩子後，於西元1637年6月7日死在他的懷中。沙賈汗深陷極度痛苦中，兩個星期裡頭髮就全白了。

騎在馬上的沙賈汗

　　美國的金融投機商詹姆斯·菲斯克，不但與人合謀用發行假股票的辦法爭奪伊利鐵路公司的控制股權，又與另一個投機商策劃壟斷黃金市場，釀成使美國黃金價格暴跌、證券市場大恐慌的事件，人們稱之為「黑色星期五」。出於對菲斯克的極度痛恨，一位叫E·S·斯托克斯（E.S.Stokes）的青年人，於西元1872年的1月7日，開槍殺死了他，因而犯下殺人罪。當時，報紙上屢屢刊登的標題都是斯托克斯在獄中頭髮突然變白。

　　還有維羅納的瓜里諾（Guarini de Verona, 1370/74–1460）是文藝復興時期西歐鑽研希臘學的先驅之一，曾由於翻譯了古希臘地理學家斯特拉博的作品，從教皇尼古拉五世那裡得到五百個金幣；他還是義大利最著名的兩個書籍收藏家之一，為不少拉丁文作家編輯出版新版本。有一次，他費盡千辛萬苦，從君士坦丁堡收集到一份極有價值、不可替代的希臘文書稿，可是竟遺失了。這使他悲痛萬分，據說他一下子頭髮就白了。

六、人生

英國派任蘇丹的總督
查理斯・戈登將軍

英國將軍查理斯・喬治・戈登（Charles Geigre Gordon, 1833–1885）曾因鎮壓中國的太平軍而聞名。西元 1873 年，他被英國政府任命駐殖民地蘇丹的總督。後因健康原因辭職返回英國。西元 1881 年，蘇丹陷入危機，後來成為伊斯蘭教國家締造者的穆罕默德・阿赫美德・伊本・阿卜杜拉公，以「馬赫迪」的名號，宣稱要推翻所有玷汙伊斯蘭教義的勢力。在戈登於西元 1844 年初取得一系列勝利之後，英國政府再度任命他為蘇丹總督。戈登於 2 月 18 日到達蘇丹首都卡土穆。3 月 13 日，馬赫迪開始圍城卡土穆，戈登少將在指揮部隊頑強奮戰的幾天裡，人們發現他的頭髮頓時就白了。西元 1885 年 1 月 26 日，馬赫迪粉碎了駐軍的抵抗，占領了卡土穆，並將戈登擊斃。

　　歷史事件是真實的，但在記載有關某人頭髮頓時轉白這點上，很可能帶有誇張的成分。據研究，所謂因心理因素而頭髮「突然」轉白，過程大多持續三個星期，只是由於旁人和自己原來沒有注意，以致在被發現時，便覺得好像都是在一夜之間轉白的。不過無論如何，這與人體衰老而鬚髮漸漸轉白的情形，並不是相同原理。

2、倫敦塔裡的囚徒

　　在威廉・莎士比亞（William Shakespeare）描寫同名人物的歷史劇《亨利六世》裡，這位蘇格蘭國王在和篡奪王位的愛德華四世的鬥爭中兩次

2、倫敦塔裡的囚徒

被捕後，愛德華四世都吩咐說「派人把他送進倫敦塔」。「送進倫敦塔」是什麼意思？倫敦塔是個什麼地方？送到那裡去做什麼？伊莉莎白時代的觀眾都明白這句話的潛臺詞。

倫敦塔（Tower of London）是英國皇家的要塞，一處占地12英畝的建築群統稱，位於泰晤士河北岸和以倫敦市而為人所知的古代英國行政區東側。西元1066年征服者威廉一世（Willian I）於耶誕節這天加冕之後不久開始建造，為的是可以控制商業區，扼守通往泰晤士河倫敦橋下的水域。在

偉大的劇作家威廉·莎士比亞

河流仍是倫敦的主要通道的年代裡，要塞中13世紀修建起來的水門是最常為人們使用的。這水門有一個別名：「叛國者之門」（Traitors' Gate），原因是倫敦塔長期以來都被當成國家監獄，許多罪犯就是經過水門被送進塔裡。倫敦塔共關押過大約一千七百名囚徒，其中很多著名的人物就在塔裡遭到了謀殺。所以「送進倫敦塔」就代表著被關進監獄等待處死。

倫敦塔建築群

六、人生

倫敦塔建築群

　　亨利六世（Henry VI，1470–1471）高雅脫俗、慷慨大度，他篤信基督教，關心宗教教育事業，有著基督教徒的一切美德。從青年時代起，亨利六世總是穿一雙圓頭鞋或圓頭靴，披著一件長袍，戴一塊頭巾；而且鞋、襪、靴都一律為黑色，始終拒絕穿戴一切新奇式樣的衣著。即使大典之日，習俗上要求他戴上王冠，可是他仍舊堅持最裡面穿一件粗毛衣表示「贖罪」。但他根本不會治理國家，更不具備帝王的氣質。這就決定了他的悲劇命運。

　　亨利六世無能，且患有精神疾病，以致西元1461年被原來代他攝政的約克公爵繼承人奪去了王位，號稱愛德華四世（Edward IV），亨利六世只好逃往蘇格蘭。西元1464年，他回到英格蘭，支持蘭開斯特（Lancaster）家族起事，但最終失敗。被俘後，他像叛國罪犯一樣地被囚禁在倫敦塔。史學家描述說：「在那裡，如同真正的基督教徒，他耐心地忍受著饑渴、嘲弄、譏笑、責罵和很多其他折磨。」由於愛德華四世與瓦立克伯爵（Earl of Warwick）之間的紛爭，亨利六世又於西元1470年10月復位，這次是愛德華四世逃往國外。但不久又重新回來，打敗並殺死了瓦立克，第二年還擊退瑪格麗特王后（Margaret）的軍隊。亨利六世再次被關進了倫敦塔。幾個星期之後，朝庭宣布，說亨利六世在倫敦塔裡「憂鬱而死」。實際上他是於5月21日11點至12點之間被處死的。處死他是出於政治上的需求，因為他的名字有很強的號召力，以免今後會有人

2、倫敦塔裡的囚徒

打著他的旗號進行叛亂。

宛如歷史開的玩笑，倫敦塔監禁的第一個囚徒竟是最早主持建造倫敦塔的一名官員。

征服者威廉一世在一場戰鬥中受了傷，五週後於西元1087年9月9日死去。按照封建慣例，由長子羅貝爾繼承諾曼第的王位，因次子已在一次狩獵中死亡，他新征服的英格蘭王位則由三子威廉接承。西元1887年11月26日，大主教蘭夫任在西敏寺為威廉加冕，成為威廉二世。

威廉二世（William II，約1056–1100）體態有些肥胖，因黃色的頭髮、緋紅的面孔，而獲有「紅臉威廉」（William Rufus）的綽號。他的另一名聲是腐敗的暴君，突出的表現之一是他想方設法自己收稅。在實行這些有利的政策中，威廉依靠的是他的首席大臣蘭那夫·弗蘭巴德。

蘭那夫·弗蘭巴德（Ranulf Flambard, ? –1128），屬諾曼血統，是諾曼第巴約（Bayeux）主教管區的一個教區的牧師之子。隨家庭移居英格蘭後，蘭那夫進入威廉一世的大臣辦

威廉二世

事處，並因在青年時代就成為宮廷大臣而引人注目。不過他不受貴族們所喜歡，在說到他的才幹時，他們稱他是一個「挑撥離間者」（mischief-maker）。但他以自己的機智聰慧、多謀善斷，仍然被認為是一個有眼光的財政家，並於大約西元1083年成為威廉一世的掌璽大臣。同時在西元1086年開始的、對英格蘭所進行的皇家土地調查（Domesday survey）中，他似乎也發揮重要的作用。後來蘭那夫不但任王室顧問，甚至

229

六、人生

升至王室牧師、首席顧問，一度還擔任最高司法官。

作為威廉二世的寵信，弗蘭巴德受命任王室財務主管。在此期間，他透過增加稅收與勒索諸侯和教會，聚斂了大量的錢財，頗得國王的歡心。西元1094年，他開始建造諾曼十字形教堂，西元1099年被任命為特勒姆的主教（Bishop of Durham），並繼續建造特勒姆大教堂。建造倫敦塔要塞時，他又親臨指揮，特別是在要塞中處於中心位置、高達90英尺的最高建築──「白塔」，便是他親自參與建成的。

西元1100年8月2日，威廉在漢普郡紐福里斯特的森林打獵時，從背後飛來一箭，射中一隻眼睛。這可能是偶然的事故，也可能是有意的暗殺，因為他一向不得人心。普遍懷疑是國王之弟、老威廉最小的兒子亨利吩咐貴族蒂雷爾下手的。結果，在國王死後，弗蘭巴德被當成他的代罪羔羊，關進了倫敦塔，成為第一個關進塔裡的人。不過不久後，弗蘭巴德設法從監禁中逃脫出來，逃往諾曼第，後來還重新獲得王室的寵信，恢復了主教的職位。

都鐸王朝的第二任國王亨利八世（Henry VIII，1509–1547），青年時，有個不愛誇張的使者曾稱讚他是「我所見到過最漂亮的君主」，而且還極其多才多藝。但是他的性格恰恰與他的外貌和才能相反，是一個好大喜功、豪華奢侈、殘忍暴烈、性格乖戾又狡詐多疑的人。沃爾特·雷利爵士（Sir Walter Raliegh）曾經這樣描述他：「如果所有殘忍君主的典型和外貌都消失了，還是可以由亨利八世的故事復原出來。」

殘暴乖戾的亨利八世國王

2、倫敦塔裡的囚徒

亨利八世的殘暴乖戾，在歷代君王中，的確是特別突出的。他在繼位第二天，便將亨利七世主要的兩位稅收官關進倫敦塔，十六個月後以莫須有的罪名處決。隨後他又處決了三位主教、一位公爵、許多伯爵和一位伯爵夫人，甚至處決了兩個妻子。

安妮・博林（Anne Boleyn, 1507? –1516）是湯瑪斯・博林爵士和伊莉莎白・霍華德郡主的小女兒。她雖然沒有驚人美麗的容貌，但她從小在法國長大，回國後住在宮中，有一種令人傾倒的風範，還有那輕快的活力，是亨利八世的第一任妻子凱薩琳所無法比擬的，對亨利八世產生有前所未有的吸引力。

凱薩琳（Catherine of Aragon）是西班牙阿拉貢國王斐迪南二世的女兒，原來嫁給亨利七世的長子、亨利八世的長兄亞瑟，但婚後第二年，亞瑟便死了。為保持

無辜的王后安妮・博林

與西班牙的聯姻，老國王臨終時為她與亨利八世訂下了婚約。婚後，凱薩琳雖曾為亨利八世生過兩個兒子，但都夭折了。亨利八世極想有個合法的男嗣，將來可以繼承他的王位；同時又被安妮的魅力所引誘，就於西元1527年向羅馬教庭提出離婚的申請。可是教皇不同意離婚，亨利八世請英國國教會裁決，也未得到受理。直到湯瑪斯・克倫威爾（Thomas Cromwell）上臺之後，他才得以達成目的。

在此期間，亨利八世不但已經與一位宮女生下一個兒子，還把安妮的姐姐瑪麗占為己有，又寫了一封封情書給安妮，發誓說要娶她為合法妻子。大約在西元1533年1月25日，他與安妮祕密結婚，6月，安妮在西敏寺（Westminster Abbey）正式加冕為王后。這時，人們從她衣裙的皺

六、人生

折上看出她已經懷孕。三個月後，安妮生了一個女兒，即未來的伊莉莎白女王。亨利八世萬分失望：他可不是為了再生一個女兒才娶她的啊！從此，他對安妮母女倆就都表現得非常冷淡和厭棄。

得不到兒子，沒有合法的王位繼承者，自然是亨利厭棄安妮的重要原因；同時也因為，亨利這時候又已經看中了王后的侍女簡·西摩（Jane Seymour），她丰姿秀麗、秉性端莊，後來成為亨利第三任妻子。除此之外，更加上宮廷派別的鬥爭也攪和在一起，事情就複雜化了。

克倫威爾從西元1529年進入國會，隨後作為亨利八世的主要謀臣，成為英國的實際統治者。他主張英格蘭教會與羅馬教庭脫離。西元1534年，英國國會通過「至尊法案」，確定國王代替教皇成為英國聖公會的領導者，即全英國的無上領袖，提升了王室在教會中的權威。在此前後，亨利八世於西元1533年命令坎特伯雷大主教湯瑪斯·克蘭默（Thomas Cranmer）廢除他與凱薩琳的婚姻；隨後又要求全體臣民宣誓，毫無保留地支持他與凱薩琳婚姻的無效和他與安妮婚姻的有效。但是遭到一些人抵制。除了坎特伯雷大主教領地上的女僕、一位頗有影響的預言者和其他七、八名教士因此而遭處決外，還有羅徹斯特的主教聖約翰·費希爾（Saint John Fisher）和曾任下議院議長與內閣大臣的《烏托邦》作者湯瑪斯·摩爾（Sir Thomas More），也同樣都是因為不願違背良心宣誓而以叛國罪被關進了倫敦塔，隨後被處決。

這種宮廷鬥爭也將安妮捲入其中，有人不但說她體質上有缺陷，即她的左手有六根指頭，就是女巫的確鑿象徵；還透過嚴刑拷打，使一位宮廷樂師承認與安妮私通，還有四人也被牽連了進去。

西元1536年1月，亨利在騎馬時出了事故，生命似乎都有危險。安妮知道後，受到極大的驚嚇。她自己說，這次受驚使她懷著的男嬰流產

了。亨利異常惱怒，說自己當時肯定是被安妮的巫術所勾引才娶了她。但是實際上，歷史學家認為，安妮根本不太可能犯有被指控的罪行，她顯然只是「湯瑪斯‧克倫威爾所支持的宮廷派別的犧牲品」。

安妮先是以與人通姦、甚至與親兄弟通姦的「亂倫罪」被關進倫敦塔，隨後於西元1536年5月19日被處決，成為第一個被處決的王后。安妮對夫君亨利八世最後的請求是希望用劍了結她的生命，而不想像摩爾等人那樣死於斧下。亨利同意了，並派人去法國物色劍客。王后對此十分滿意，她對一位朋友說：「聽說劊子手很優秀。」隨後又笑著補充說：「我的脖子比較細。」

伊莉莎白一世（Elizabeth I of England）是英格蘭歷代最偉大的君主之一，她四十五年的成功統治，使她成為百姓所敬仰的女王，除了在私生活上對她有些議論。

由於考慮與他國聯姻可能會導致戰爭，伊莉莎白無論如何都不肯結婚，但她卻是一個喜歡與男人交往的女性，甚至到了老年，仍舊不減浪漫熱情。她與大法官克里斯多夫‧哈頓爵士（Sir Christopher Hatton），尤其是與羅伯特‧達德利伯爵（Robert Dudley）的風流韻事，廣為人知；她與埃塞克斯伯爵和沃爾特‧雷利的關係，把男女戀慕之情與君臣權力之爭交織在一起，至今也仍然常常被人所提及。

伊莉莎白一世女王

第二代埃塞克斯伯爵羅伯特‧達弗雷（2nd earl of Essex, Robert Devereus, 1567–1601）是伊莉莎白一名老臣的兒子，還叫女王姑婆；女王在

六、人生

他孩提時代就認識他，並很喜歡他。西元 1587 年，埃塞克斯伯爵任女王的侍從長，當時女王已 53 歲，而埃塞克斯伯爵還不到 20 歲。

埃塞克斯伯爵身材頎長，金色的頭髮柔順地披散了下來，顯得很有風度，加上他稚嫩的神情，恭敬的表情和言詞，使伊莉莎白很快就深受這個年輕人所吸引。他們兩人經常待在一起，一起在各處公園散步，一起去倫敦郊外的森林中騎馬，晚上又在一起聊天、談笑，或者欣賞音樂，甚至四周所有的廳室都沒有人了，他們兩個還在一起打牌或玩各種遊戲。

埃塞克斯伯爵與女王的這種關係，引起另一個人——女王原來寵信的警衛隊長沃爾特·雷利的嫉恨。於是兩個情敵都在女王面前訴說對方的種種壞話。由於伊莉莎白維護了雷利，導致埃塞克斯與女王的第一次爭吵。吵過之後，埃塞克斯一氣，聲言決意要渡海去參加支援荷蘭的戰爭，說是即使在戰鬥中死去，光榮犧牲也勝過煩惱偷生。但他出走後被伊莉莎白派人追了回來，於是兩人重歸於好⋯⋯像這樣一個年輕人，居然可以跟崇高的女王爭吵，甚至當面斥責了她，還沒有受到懲罰，這使埃塞克斯伯爵以後更加放肆。問題是，對埃塞克斯來說，憑著自己與女王的關係，什麼事都過於自信，而忘了伊莉莎白畢竟是一個政治家，她雖有感情上的纏綿，卻不會忘掉政治上的考慮。這個結果就使得以後兩人繼續爭執，最終鬧到不可收拾的地步。

有一次，對愛爾蘭總督的任命，在樞密院會議室談到此事時，女王斷定埃塞克斯伯爵的舅舅威廉·諾里斯爵士（Sir Willian Norris）是適當的人選，但埃塞克斯不願失去他舅舅在朝庭上對他的支持，極力想讓他留下來，便另外提出喬治·卡魯爵士（Sir Geogre Carew），為的是把這個他的政治對手趕出宮廷。女王不考慮他的意見，埃塞克斯卻仍然堅持，以

2、倫敦塔裡的囚徒

致兩人都惱火了，言辭也越來越激烈。最後，女王宣布，不管埃塞克斯怎麼說，還是派諾里斯去愛爾蘭。埃塞克斯氣憤至極，表現出輕蔑的神情，並轉身把背朝向了伊莉莎白。女王打了他一個耳光，憤怒地大吼一聲：「見鬼去吧！」埃塞克斯也憤憤地咒罵了一句，並以一隻手按住佩在身上的劍，作勢要拔劍，同時對著女王大聲叫道：「這樣的橫蠻無理，我忍受不了。……」該怎麼懲罰這個傲慢的年輕人呢？人們都在觀察。不過伊莉莎白倒不急於要處置他，她等待他來謝罪。伯爵寫了信給女王，請求再次為她效命，於是兩人又像往日那樣在一起了。表面看來，似乎什麼疙瘩都不存在，但實際上相互之間的信任已經消失。最後，發生一件大事，徹底割斷了他們之間的感情連結。

埃克塞斯伯爵

西元1599年，埃塞克斯伯爵任女王駐愛爾蘭的代表時，因調度無方，被叛軍打敗，與對手訂下一項屈辱的條約；又違反女王的明令，擅自回國；甚至不顧君臣的禮節，不通報、不按規矩地闖入女王的臥室，因而於西元1600年被女王撤去了一切職務，原來賞賜給他的葡萄酒稅收專利也被收歸國家。在此期間，埃塞克斯天真地一次次寫信給伊莉莎白，懇求與這位他從前愛過的女人「有一次親熱的會見」，還說什麼「吻她那正誤糾繆的秀美之手」，乞求獲得寬恕。卻都沒有發揮作用。由於政治上前途毀滅，又因失去專利而在經濟上瀕臨破產，伯爵就帶領了三百人，在西元1601年2月8日發動倫敦民眾叛亂；但被擊敗，只好無條件投降。隨即被關進倫敦塔，經審判，於2月19日被判處死刑。女王雖然對他的判決不曾猶豫，但曾經一再推延

六、人生

其死刑的執行時間,最後仍按伯爵本人的意願,不在公開場合,而於2月23日在倫敦塔內處死了他。行刑那天,沃爾特·雷利親眼目睹了他這個政敵被處死的整個過程。但是十七年後,他自己仍舊沒有逃脫與他相同的命運。

沃爾特·雷利(Walter Raleigh, 1554–1618)是個天才軍人,又是個富有才華的詩人。雷利出身名門,曾就讀於牛津大學奧里爾學院和中殿律師學院。他熟讀名著,喜好自然科學,曾認真學習數學以便出外航海,還學習過化學和醫學,他調劑的「沃爾特爵士酒」風行了一個多世紀。西元1580年,雷利參加鎮壓芒斯特省愛爾蘭人的反叛時,因坦率地譴責英國對愛爾蘭的政策,而引起伊莉莎白女王的注意,西元1585年受封為爵士,兩年後任女王的警衛隊長。

雷利風流倜儻,衣著華麗,又智慧過人,言語幽默。他寫詩讚頌女王,深得女王的歡心,一度曾比任何人都更得她的寵幸,她簡直完全深陷其中。但是當雷利意識到女王是絕不會跟他結婚之後,他就瞞著女王,於西元1592年與原來就有來往的宮女思羅克莫頓(Throckmorton)結了婚,並使她懷孕。他這樣做,使伊莉莎白十分惱怒,便以玷汙宮女的貞操和榮譽之名,將雷利投進了倫敦

沃爾特·雷利

塔。不久雖然獲釋,但從此就失去了女王的寵愛。十年後,伊莉莎白去世,詹姆士一世(James I)執政。詹姆士在國際關係上主和,對雷利敵視西班牙的政見不予支持。不久,雷利遭政敵的算計,被指控暗中策劃要推翻王位,因而被判死刑;後來獲得緩刑,被監禁在倫敦塔,是在倫

2、倫敦塔裡的囚徒

敦塔裡待得最久的囚徒。雷利在塔裡的日子過得相當舒坦。他甚至把妻子、兒子都接了進來。他在自己的花園裡種植煙草,還把一個雞舍改成化學實驗室。閒暇之餘,他甚至寫出了一部《世界史》,這部從創世紀寫到西元前2世紀的歷史著作,被公認是一部傳世名著。到了西元1616年,雷利寫信給國王,說服他忘掉過去,派他去二十年前去過的圭亞那(Guyana)開發遠征。詹姆士同意後,雷利獲得假釋,保證在不侵犯西班牙利益的前提下在那裡開挖金礦。但是結果一無所獲,且其下屬燒毀了一處西班牙聚落。於是,詹姆士根據西元1603年原判,於西元1618年將他處死。此時的雷利已經年老,又身染重病,顯得弱不禁風。但在走向斷頭臺時,仍表現出他那詼諧的個性。面對劊子手握著的利刃,他風趣地說:「這種藥的藥效太猛,不過倒是包治百病。」

西元1482冬到1483年春,因為法王路易十一(Louis XI)撕破西元1475年簽訂的皮基尼條約,愛德華四世(Edward IV)決心親自再次出兵入侵法國的時候,突然得了傷寒症,於4月9日病逝,王位傳給了太子愛德華。可是愛德華五世當年只有12歲,根據國王的遺囑,由他的弟弟、即愛德華五世的叔叔格洛斯特公爵(Duke of Gloucester)攝政。

格洛斯特公爵是一個很有野心的人,一意要想篡奪王位。結果,在他和以愛德華四世的妻子伊莉莎白·伍德維爾(Elizabeth Woodville)王后為首的力量之間,展開了一場激烈的較量。王后的人馬乘格洛斯特公爵不在倫敦的時候,要讓諮議會通過決議,以攝政會來取代格洛斯特公爵的攝政地位,同時設法儘快安排為愛德華四世加冕,以終止格洛斯特公爵的攝政職權;格洛斯特公爵則要讓諮議會宣布由他攝政,並讓愛德華三世的後裔第二代白金漢公爵(2nd duke of Buckingham)等人宣布愛德華四世的婚姻無效,他的子女不合法。

六、人生

　　有一個叫威廉·赫斯廷斯（William Hastings, 1439? –1483）的王室侍從，是個勛爵，也是愛德華四世的密友，但與王后並不親近。他暗中將王后的計畫透露給了格洛斯特公爵。得知這一計畫之後，格洛斯特公爵立刻在愛德華五世被帶往倫敦準備加冕的途中，劫持了他，同時把他的監護人也逮捕起來，囚禁在倫敦塔中。於是，王后在5月1日，帶著她的幼子、愛德華五世的弟弟理查進入西敏寺。這是英國最著名的教堂，是歷代君主加冕的地方。形勢緊迫，格洛斯特公爵於5月4日進駐倫敦，一邊加緊為自己的篡奪王位做準備，一邊於6月16日用武力將理查王子也轉移到倫敦塔。當赫斯廷斯勛爵表示不能忍受他剝奪兩位王子的繼承權時，他便在一次議會會議上逮捕了他，先是關進倫敦塔。有一天，格洛斯特公爵來到塔中，正巧與赫斯廷斯不期而遇，於是兩人爭吵起來，都罵對方「背信棄義」。格洛斯特公爵一氣之下，命人將他推出斬首。這是第一次在倫敦塔裡處死囚犯，純屬偶然的開端。兩位王子到底在倫敦塔裡關了多久，外人都不知道，反正從秋天起就沒有再見到他兩個了。7月6日，格洛斯特公爵加冕為理查三世。一般認為是在8月的某一天，愛德華和理查這兩位被稱為「倫敦塔王子」的兄弟，被人謀殺窒息而死。這是一次英國歷史上調查時間最長的謀殺案，雖然證據尚不夠充分，但最大的懷疑對象是格洛斯特公爵。

格洛斯特公爵與赫斯廷斯不期而遇

2、倫敦塔裡的囚徒

1941年5月10日,一位德國高級將領帶著特殊任務祕密飛來蘇格蘭。一見到他,人們就不難認出,他是德國國社黨黨員、納粹黨組織的頭目魯道夫·黑斯(Rudolf Hess,1894-1987)。

黑斯第一次世界大戰期間,在德國陸軍中服役。戰後就讀於慕尼黑大學,曾從事反猶太的宣傳活動。他於1920年加入新成立的納粹黨後,很快就成為該黨未來的領袖魯道夫·希特勒的密友,並於1923年參與啤酒店的暴動。失敗後,先是逃亡,後來投案,在獄中記錄和整理了希特勒口授的《我的奮鬥》一書的大部分篇幅。隨後,最初任希特勒的私人祕書,1933年成為副黨魁,12月參加內閣。

黑斯這次來英格蘭的祕密使命是要提出一些所謂的和平建議:要求允許德國人在歐洲任意行動,而德國則尊重不列顛帝國的領土完整,並退還英國原有的殖民地。他的這種唐吉訶德式的行動遭到希特勒本人反對,斥責他患了「和平主義臆想症」。他的夢想自然不能實現:黑斯被作為一名戰犯關進了倫敦塔,一直關到二次大戰結束。他是倫敦塔裡囚禁的最後一名囚徒。這時,黑斯已經神志不清,在紐倫堡國際法庭受審後,被判無期徒刑。

倫敦塔中處決犯人的場景

六、人生

　　如今，倫敦塔已經結束監禁、謀殺、處死囚徒的歷史，而作為一個甲冑博物館供人們來參觀展出的火炮和其他古代兵器，每年吸引兩、三百萬名遊客。但是倫敦塔還擁有大約四十多位守衛，因為倫敦塔中建於 1945 年的滑鐵盧大廈裡還收藏有英國王室的王冠和權杖，其中最引人注目的是鑲滿珠寶的帝國王冠和印度王冠，每個英國國王和女王都戴過它，卻沒有保險，需得守衛。這些守衛身穿深紅色的制服，頭戴高高的熊皮帽，日夜在院子裡巡邏，晚上還扛著自動步槍，盤問每個人的口令；並且每天晚上 10 點都要履行那個傳承了七百多年的交接儀式：「站住！口令？」「鑰匙。」「誰的鑰匙？」「伊莉莎白女王的鑰匙。」聽到這些對話，使人又想起了在這裡發生的一幕幕，英國歷史上的政治權力鬥爭。

3、紐瑞耶夫的輝煌和悲愴

　　20 世紀早已過去，離魯道夫·紐瑞耶夫（Rudolf Nureyev, 1938–1993）去世也有 30 年了，但是仍然還沒有另一個人能夠頂替他「芭蕾王子」、「本世紀最傑出的芭蕾舞演員」的稱號。這並不難理解：天才幾百年才會出現一個。

　　天才都是奇人。像歷史上別的天才一樣，紐瑞耶夫也不同於一般人，他一生都被籠罩在傳奇性的事件之中。

　　芭蕾舞是將正規的、有學術造詣的舞蹈藝術與音樂、服裝和舞臺布景等其他藝術要素結合起來的戲劇性舞蹈。它可以說是一種奢侈的藝術，在各方面都有很高的要求。許多出身於優裕家庭的芭蕾舞演員，從 3、5 歲起就開始得到良好的培養。紐瑞耶夫生在西伯利亞貝加爾湖畔烏

法（Уфа）的一個窮苦家庭，祖先為韃靼人，父親是軍人，母親是農民。紐瑞耶夫在一份自傳資料裡回憶說，小時候，「我記得的主要就是飢餓，接連不斷的飢餓。」長期來都沒有學習芭蕾的良好條件，只能偶爾向當地的教師請教；直到17歲，才得以進列寧格勒的基洛夫芭蕾舞學校接受正規訓練。但儘管起點晚了，他的成就卻無人能比，如今，專家們甚至認為他可以稱得上是「歷來最偉大的芭蕾藝術家」。

芭蕾王子紐瑞耶夫

天才的主要特點是有天賦才能，這是無法學習的。僅僅依仗天生的才情，固然會使這天賦最終被埋沒，但後天的勤奮卻只能讓人獲得一定程的技能，而無論如何都無法達到天才所能創造的高度。唯有天賦，再加後天的勤奮，才有可能使天才閃耀出燦爛的光輝，達到輝煌的頂點。

1944、1945年的新年前夕，7歲的紐瑞耶夫在家鄉第一次看到當地芭蕾舞團演出，劇目是芭蕾舞劇《群鶴的歌》(*The Song of the Cranes*)。這完全是屬於政治宣傳和教化，而不是有高度藝術造詣的俄羅斯傳統芭蕾舞，但是舞蹈的形體語言，還有音樂的節拍以及芭蕾特有的模式，深深地打動了這位天才少年的心靈，觸發他的靈感，使他突然覺得內心湧出一股奇異的衝動。「從這一刻起，」他後來回憶說，「我就進入了我感到已經脫離現實的那個魔幻世界。」他發誓長大後要做一名芭蕾舞演員，並以反傳統的個性開始他一生矢志不渝的芭蕾生涯。

在芭蕾舞學校，教師們馬上發現紐瑞耶夫所顯示出來的藝術天分。但另一方面，他又不服從校規，拒絕參加共產主義青年團組織，還偷偷在學習資本主義的英語，完全不同於其他聽話的的同學，被認為是一個

六、人生

難以管教的學生。只是由於他的成績異常優異，在 1958 年畢業後，仍被該劇院所錄用，並在演出中擔任主角；很快，他就成為劇院的臺柱，名氣甚至傳到了國外。

兩年多後，1961 年 5 月起，基洛夫芭蕾舞劇團赴歐洲首次巡迴演出。新聞記者描述說，在巴黎的香榭麗舍劇院（Théâtre des Champs-Elysées），才剛宣布紐瑞耶夫這個名字，幕還沒有拉開，觀眾馬上就發瘋似地歡聲雷動，熱烈歡呼達半分鐘。演出中，紐瑞耶夫的兩周旋轉加蜷腿側跳，更傾倒了全場觀眾，謝幕達三十次。這位共產黨國家裡的芭蕾舞演員，一時間成了西方人眼中的一顆耀眼新星。演出閒暇時，紐瑞耶夫總是不顧蘇聯國家安全委員會的禁令，常單獨與法國藝術界的友人一起，外出參觀遊覽，有時甚至一個人消失得無影無蹤。為此雖受到嚴厲指責，莫斯科還兩度命令他回國，但他根本不把這些放在眼裡。第三次不容選擇的命令中，首次提出蘇共主席尼基塔・赫魯雪夫希望他回莫斯科作一次特別演出，而且他的母親也患了病，他嗅出異樣的氣味，覺得事情不妙。他步入一間教堂，祈求主教說：「指點我吧，我沒有勇氣獨自作出這樣的決定。」心中惶惶不安，又猶豫不定。

紐瑞耶夫的舞姿

3、紐瑞耶夫的輝煌和悲愴

6月17日，紐瑞耶夫與基洛夫劇團的其他成員一起，在巴黎郊外的布日（Le Bourget）機場候機時，劇院管理者正式通知他，他不跟劇團一起去倫敦，他得應召見回國去克里姆林宮演出。他明白，當局確實擔心他要「叛逃」。離登機時間不到五分鐘，就在這可說是生死關頭的緊張時刻，一位好友走到他跟前，貼近他的耳朵悄悄跟他說了句話。於是，紐瑞耶夫立刻像閃電一般逃出幾個蘇聯國家安全委員會人員的監視圈，飛奔向兩個在旁邊不遠處待命的法國憲兵（gendarme）的懷抱，氣喘吁吁地求救，說「我要留下來！」第二天，紐瑞耶夫的事和他的照片上了西方各報的頭條，成為那年轟動世界的新聞。只是法國為了不影響當時與蘇聯的正常外交關係，不願給予紐瑞耶夫居留權，也不准他再在巴黎演出。這時皇家芭蕾舞團特邀藝術家瑪戈·芳廷（Margaret Hookham, Dame Margot Fonteyn, 1919–1991）對他伸出援手，芳廷原名瑪格麗特·胡卡姆，擁有「大英帝國女勛爵」之稱。透過她的邀請，使紐瑞耶夫不久後便可前往倫敦，首場演出劇目為莊重而優雅的《吉賽兒》，是法國芭蕾舞劇作家阿道夫·亞當（Adolphe Charles Adam, 1803–1856）的代表作，從這齣劇開始紐瑞耶夫與芳廷兩人開啟了長達十七年的「世紀合作」，並成為該團的永久特邀藝術家。在記者就「留下」一事採訪他時，紐瑞耶夫聲稱，是蘇聯的芭蕾舞組織太刻板，使他不能經常演出，而且對他扮演各種角色也多有限制。

畢卡索畫的俄羅斯芭蕾舞速寫

六、人生

確實，來到西方之後，紐瑞耶夫立即受到多方的寵信，他的才能也得以更為自由地發揮。他從古典芭蕾舞和美國的瑪莎・格雷厄姆（Martha Graham）、保羅・泰勒（Paul Taylor）和蘇俄的喬治・巴蘭欽（George Balanchine）等當代芭蕾藝術大師那裡吸取營養。在上臺的同時，還全神貫注於舞蹈的設計、編導，創造性地重新演出《天鵝湖》、《睡美人》等傳統芭蕾舞劇碼，將更多奇妙表演賦予男性角色，使男演員能在芭蕾舞劇中占優勢地位，一反往昔的慣例，成為舞劇的主角，打破了由巴蘭欽確立、芭蕾舞藝術家們公認的「芭蕾是女性的」（Ballet is woman）這一所謂的芭蕾第一律。從1983年起出任巴黎歌劇院管理者的七年裡，紐瑞耶夫對演出的芭蕾舞劇，從編劇到排演、從舞臺布景到樂隊演奏，大力進行改革，使這個一直在上演路易十四時代宮廷芭蕾的老劇院煥發出新生機。一位英國記者在形容他首演《吉賽兒》中青年伯爵阿爾貝特一角時說：「那就像是一頭野獸被放進客廳。」

這是指紐瑞耶夫對傳統芭蕾舞表演令人震驚的叛逆精神。這正是他的天才光芒。紐瑞耶夫一直都全心全意地投入芭蕾藝術創造。他聲稱，他很樂意讓自己的身體成為芭蕾藝術的「奴僕」，只希望觀眾在欣賞他的藝術時能夠「像站在繪畫大師的油畫前那樣激動」。就這樣，他以自己的天賦才能和超凡技巧，使芭蕾高雅的文化遺產與今日大眾的欣賞口味融合起來，因而理所當然地深受觀眾和劇院的歡迎。於資料記載，紐瑞耶夫剛來西方這年，就受到24家芭蕾舞團的邀請，到1974年，這個數字多達216家，觀眾從不到一百萬增加到一千萬。1965年，他與瑪戈・芳廷在維也納演出《天鵝湖》時，謝幕竟達八十九次，創造了舞蹈史上的謝幕紀錄。這都是對他的辛勤的回報。三十年裡，紐瑞耶夫可說是沒有一天停止過旋轉，他常常每年演出兩百至兩百五十場，沒有演出時，也不

3、紐瑞耶夫的輝煌和悲愴

忘記訓練。有次在接受採訪時,他脫下腳上的舞鞋,展示那雙引領他步入輝煌的腿時,記者們看到的不只是這雙腳所蘊含的堅定和力量,還有暴起的條條青筋、清晰的微血管和一處處的淤青。後來,當記者拍下他的雙腿,並將照片刊登在《巴黎競賽畫報》時,感動了無數讀者。

1938年3月17日,一列火車沿著結冰的貝加爾湖行駛在西伯利亞鐵道上,就在這列火車的一節車廂裡,紐瑞耶夫的母親生下了他。按照占星術的說法,主宰2月19日至3月20日前後的命宮是黃道第十二宮的雙魚宮,這註定這位新生者必與希臘神話裡的愛神阿芙蘿黛蒂(Aphrodite)及厄洛斯(Eros)有緣。紐瑞耶夫從第一次知道這一說法之後,便樂於接受這一迷信的觀點,在頸上掛了一個金鑄的雙魚座徽章,相信風流浪漫是自己命中註定不可改變的天性,並對此感到心安理得。

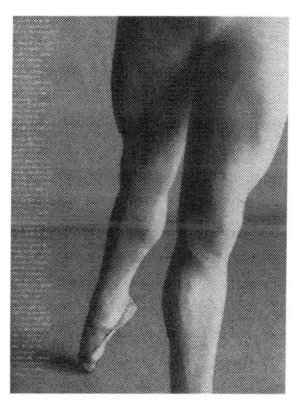

紐瑞耶夫的腿

有評論家形容紐瑞耶夫是「格雷特‧嘉寶(Greta Garbo)和成吉思汗的混合體」。嘉寶,1920、30年代最有魅力、最負盛名的女影星之一;成吉思汗,著名的軍事統帥和蒙古開國元勳。紐瑞耶夫確實表現出了美和力的結合和統一,並傾倒了千千萬萬的觀眾,特別是女性觀眾,被她們視為夢中情人。有一位知名女明星首次觀賞了紐瑞耶夫的演出之後,曾這樣表述她的驚豔之情:

「僅僅見他一個旋轉的動作,也是值得寫一封信回家的……啊,是何等形體之美!」

出於對紐瑞耶夫的傾慕,自己主動愛他、前去找他的女性不計其數。不過紐瑞耶夫大多都是以紳士風度,有禮貌地設法迴避她們。但仍

245

六、人生

紐瑞耶夫的搭檔瑪戈・芳廷

然與不少女子有過感情糾葛，事實上的情人、傳說的情人和自稱的情人，據說也難以統計。其中最著名的當然瑪戈・芳廷。比他大差不多二十歲的瑪戈與紐瑞耶夫既有母性之情，又有情人之愛，這種雙重的感情，使兩人一次次出現暴風雨般的突變。瑪戈・芳廷 1991 年去世時，紐瑞耶夫曾感到十分惆悵，說「她是我生活中唯一的女人」，自己本來應該與她結婚。實際上，許多人都相信，這兩個人之間根本不存在這種可能性：一方面是瑪戈始終不願離開她那任駐英大使、現已中風癱瘓的巴拿馬丈夫；另一方面，紐瑞耶夫實際上是個同性戀者，與女子的親密接觸只是他的一把保護傘，他對女性沒有太大興趣。

紐瑞耶夫在倫敦有一棟豪宅，在地中海濱的旅遊勝地蒙地卡洛（Monte-Carlo）有一棟別墅，另外在美國維吉尼亞（Virginia）的一個農莊和義大利的一座小島上，也有他的房舍，共七處之多。他說，這些地方「不中看，引不起上流社會人士的注意」。他總是過著到處漂泊的生活，有時甚至會在街頭的某一個小旅館裡住宿，始終沒有一個固定的住所。通常，演出結束後，即使已經深夜甚至凌晨，紐瑞耶夫仍舊喜歡穿上時髦的皮革服裝，與從事色情片製作的朋友們隱身在夜總會和酒吧間狂飲作樂。1967 年在舊金山演出之後，他曾與瑪戈一起到一個地方（Haight-Ashbury district）酗酒胡鬧。警方接到投訴後，及時趕到，發現他們躲在平房的屋頂上，被關了四個小時才被保釋出來。但這其實不過是假像，彷彿故意做給人看的。他更常混跡於男性之間。

芳廷夫人曾這樣描述她的這位舞伴：

3、紐瑞耶夫的輝煌和悲愴

「雖然，我與他常一起演出和外出，但我從不知道晚上他去了哪裡。他愛在深夜悄悄地走出街口，孤獨的身影慢慢消失。他離去的腳步常帶著一種哀愁。可能因為他是舞臺人物，永遠不會過正常人生活。」

說明她對他的不了解。但正是芳廷夫人說的這種生活，損害了紐瑞耶夫的藝術生命和自然生命。

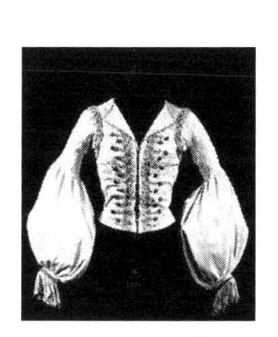

紐瑞耶夫上臺的服裝

紐瑞耶夫的舞蹈

有人認為，1980年代以後，紐瑞耶夫的藝術，技巧有些衰退，表演也有些落於俗套。於是，有幾位記者就問他，準備何時退出舞臺。他恨這種問題，因為縱使是在生命的最後一年，他也不肯停下來、離開舞臺的。於是，他總是堅持回答說：「我仍然是強健有力的，評論家嗎？我不屑一顧。」可是物質是第一的，精神的力量只能在一定程度上發揮有限

247

六、人生

的作用。疾病使紐瑞耶夫不能如他自己所宣稱的,要像生於西元 1894 年的瑪莎・格雷厄姆那樣,到 1970 年才告別舞臺,到快 90 歲時還繼續從事創作和教學;反倒僅僅在 54 歲就因病情嚴重而無法堅持。

紐瑞耶夫 1965 年在好萊塢的謝幕

　　紐瑞耶夫患的是什麼病呢?最一開始的公開說法是他在巴黎的醫生兼朋友蜜雪兒・卡內西(Michel Canesi)的說法:「一場重病之後的心臟併發症。」卡內西拒絕做進一步的說明,只聲稱:「遵照紐瑞耶夫先生的意願,我不能再多說什麼。」但是,人們普遍相信,這位巴黎夜總會的常客和同性戀者,多年前就染上了愛滋病。傑克・安德遜(Jack Anderson)載於 1 月 7 日《紐約時報》(The New York Times)上的〈魯道夫・紐瑞耶夫,賦予芭蕾光輝意象的天賦舞蹈家,死於 54 歲〉一文,直白地提到,紐瑞耶夫的許多朋友都說他罹患愛滋病。隨後,法國乃至世界最大的報紙之一《費加羅報》(Le Figaro)在同年 1 月 15 日發表對蜜雪兒・卡內西的獨家採訪:〈魯道夫・紐瑞耶夫的最後時日……〉(Les Derniers jours de

3、紐瑞耶夫的輝煌和悲愴

Rudolf Noureev……)。在採訪中,蜜雪兒・卡內西聲稱,紐瑞耶夫確實是死於愛滋病。卡內西這樣解釋自己先前的說法:

「如果說我現在才闡明真相,那是因為這類疾病已經不被視為可恥的了。我想到所有因此病而遭歧視的無名病人。魯道夫多虧他的魄力和他的鬥爭精神,才帶著愛滋病毒活了十三、四年。人們會理解這一點的。他是太有名了,才不得不隱瞞真相。」

紐瑞耶夫不公開他的愛滋病診斷,理由很簡單,因為有些國家,包括美國,拒絕讓 HTV（人類免疫缺陷病毒）的攜帶者入境。

患病後的紐瑞耶夫

於是,有關這位「芭蕾王子」最後時日的情況,也就漸漸為人所知。

1984 年,愛滋病雖然還只是不久前才為人所知的新疾病,但此病與同性戀者的關係,卻已有諸多討論,使許多同性戀者聞之色變。在英國,不少人甚至對傳統的耶誕節親吻禮都感到害怕。紐瑞耶夫作為一個同性戀者,也感到萬分焦慮。與蜜雪兒・卡內西商量過之後,他去巴黎最著名的薩爾佩特利耶爾（Salpêtrière）醫院做 HIV 抗體檢驗。檢驗的結

249

六、人生

果為陽性反應，於是，紐瑞耶夫患愛滋病的消息立即傳遍了全巴黎。但當時紐瑞耶夫的健康狀況很良好，他拒絕這項致命的診斷，認為是對他的欺騙。他辯稱，至今，有關愛滋病的研究還太少，對此病的實際情況了解得不夠多，何況驗證為血清陽性的人中只有百分之十的人會患病，意思是他有理由不相信這個診斷。不過他還是開始服藥，服一種法國正在實驗的藥品HPA23。藥性似乎很好，於是，接下來多年裡，他仍繼續不停他的職業生涯，在義大利、德國、美國和巴黎演出和編導芭蕾。那幾年，卡內西說，他真是興高采烈、格外愉快。

但是，1987、1988年間，紐瑞耶夫又擔心了，感到非常焦慮。他向卡內西諮詢，服用另一種法國醫生們已經在病人身上試用的藥品AZT是否合適。卡內西勸他不要用，說AZT具有危險的副作用，有關此藥的效果還不確定。可是紐瑞耶夫感到不高興，他對卡內西說：「我就是要這種藥！」顯得有些憤怒。於是，在紐瑞耶夫的堅持下，卡內西於1988年開給他AZT的處方。不過直至這時，紐瑞耶夫健康狀況還是很好。或許是本性所致，紐瑞耶夫在服藥時，總是不按照規定的劑量，卡內西每次去看他時，都發現地上到處散滿AZT的包裝。

紐瑞耶夫的健康狀況真正開始下降是在1991年的夏天，1992年春，病情墮入最後階段，專家診斷後確認疾病是由巨細胞病毒（cytomegalovirus）引起的。這種病毒透過性接觸或接觸含病毒的體液而傳播，使人體感染；但由於人體對它沒有自然的防禦能力，因此這感染常常是致命的。

紐瑞耶夫的確是一位堅強的天才演員。儘管明確患病，他在治療的同時，還仍然超乎想像地不停止他的芭蕾事業，如他踏上紐約大都會歌劇院（Metropolitan Opera）的舞臺演出《羅密歐與茱麗葉》，取得巨大的成就。

3、紐瑞耶夫的輝煌和悲愴

卡內西曾向紐瑞耶夫建議幾種治療方式，但他拒絕了，認為過於昂貴。為此，兩人發生了激烈的爭執，最後，紐瑞耶夫用英語說：「不，我不再需要你了。」也就是說不再需要他這位醫生為他診斷。但三天後，他來向卡內西道歉。

紐瑞耶夫在美國待了一段時間後，於 1992 年 7 月回到巴黎。他反對卡內西恢復治療的建議，他跟卡內西說：「親愛的蜜雪兒，如今對我最恰當的藥物就是陽光和大海。我要到我的島上去了。」不幸的是他並沒有一開始就遵從他的直覺這麼做。

1992 年 10 月 8 日，紐瑞耶夫在巴黎加尼埃宮（Palais Garnier）首場演出他編劇的《舞姬》（*La Bayadère*）。這時的他形容枯槁，已經是那麼地虛弱，不得不由兩位演員攙扶著上臺，甚至在接受法國文化教育部長授予他「藝文騎士」（Commander of Arts and Letters）勳章時都只能坐在那裡。但這榮譽，還有觀眾像炮彈一樣射來的一束束鮮花，和站立著不停歡呼達十分鐘之久，都使他感動。他覺得非常愉快，他用英語說：「能活下去多好啊。」可是臺下的人大家都明白，這是紐瑞耶夫「最後的芭蕾」，掩飾不住壓抑在心頭的悲愴之情。果然，這位芭蕾王子沒有再活過三個月，便於 1993 年的 1 月 6 日在巴黎病逝了。

努列耶夫的墳墓（聖 - 熱納維耶夫 - 德 - 博瓦）

六、人生

　　愛滋病，即使在 30 年後的今天，仍未能被科學所征服的一種疾病，無疑是它奪去了紐瑞耶夫的寶貴生命，但有專家認為，可能是 AZT 中毒，加速了天才的死亡。

　　輝煌的開始和悲愴的終結，這是許多像紐瑞耶夫一樣的著名同性戀名人傳奇性一生的寫照。

　　由於科學研究發現同性戀與遺傳基因有關，使如今整個人文環境都開始偏向同性戀者。天才的隕落畢竟是可悲的，紐瑞耶夫死後一個星期，美國發行量最大的雜誌之一《新聞週刊》(News Week) 以〈失落的十年〉(A Decade of Loss) 為題，列出了包括紐瑞耶夫和被視為西方思想界最後一位大師的法國哲學家蜜雪兒・福科 (Michel Foucault) 在內的九十四位十年內死於愛滋病的「名人、天才和尖兵」，涵蓋了舞蹈、戲劇、文學、音樂、設計、時裝、藝術、電視、電影等文化領域。這是何等令人惋惜和悲愴的事啊！

七、藥物

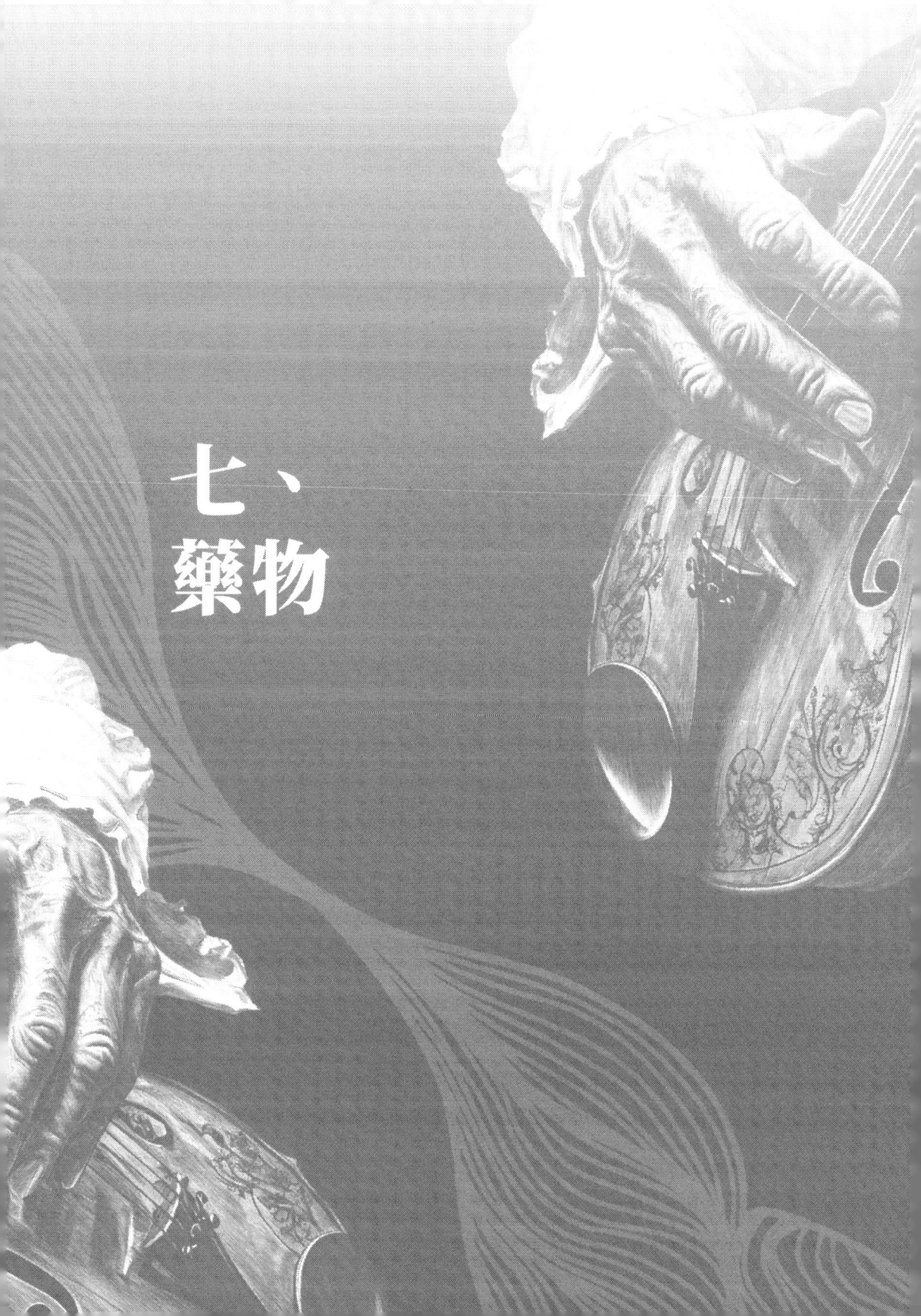

七、藥物

1、「斑蝥夾心」案

儘管早在 20 世紀初，法國大詩人紀堯姆·阿波里耐（Guillaume Apollinaire）就開始撰文稱他是「最自由的精靈」，以後還有包括吉伯特·萊利的兩卷本傳記（Gilbert Lely: Vie de Marquis de Sade, 1952, 1957）和西蒙娜·波伏瓦的書（Simone de Beauvoir: The Marquis de Sade, 1962）在內的不少著作，都希望確立他在文化史上的地位，但是他的作品長期來都屬禁忌，他的出版商讓·雅克·波韋爾還受到指控。直到他去世之後差不多一百八十年的 1991 年，以出版經典著作而聞名的「七星詩社」將他的全集收入「七星叢書」，他才獲得了全面性肯定，確立其作為公認經典作家的地位，認為他的創作是用邪惡來反抗上帝和他自己生活的社會，包含著道德觀念、文學觀念、小說理論，具有文化學、歷史學和人類學等方面的意義，並啟發了從巴爾扎克到龔古爾兄弟等 19 世紀的法國作家、甚至英國作家。

法國的厄運作家德·薩德

的確，作為一位「厄運作家」，他雖然如美國作家亨利·米勒（Henry Miller）所言，是「整個文學史中一位受到最多的誹謗、最大的扭曲和最深的誤解的人物——故意存心的誤解。」但說起來，由於他的怪僻，他確實是很容易被誤解的，莫非他的這些怪僻本身，就是他以自己的實際行動，用邪惡來反抗上帝和他自己生活的社會？

洗禮時被命名為多納西安-阿爾馮斯-法蘭索瓦的德·薩德侯爵（Marquis De Sade, Donatien-Alphose-Francois, 1740–1814）生於巴黎一個

1、「斑螯夾心」案

非常顯赫的家族，波旁王室主系孔代親王第八公主孔代公主（Princess de Condé）的宅內，因為他母親是這位公主的高級侍女；他的父親薩德伯爵也是一位出身高貴的外交家。薩德最初幾年的生活都是在王宮裡度過的。但是一踏入社會，青年侯爵的行為完全不像一個具有貴族背景的人所應有的表現。確實，他的婚姻是不合他意的：他父親硬要他娶父親朋友、國民議會主席戈迪埃·德·蒙特勒伊的大女兒，與他同齡的勒內·佩拉傑·蒙特勒伊（Renée-Pélagie Cordier de Launay de Montreuil）為妻，雖然他自己喜歡的是勒內的妹妹安娜·普羅斯佩德·洛內·德·蒙特勒伊（Anne-Prospere de Launay de Montreuil）；雖然風流放蕩也是一般貴族青年的共同習性或嗜好。但問題是，薩德所物色的對象，既不是伯爵、侯爵夫人，也不是沙龍的女主人，或者其他與他身分相稱的女性，而全是一些底層人物，如以製扇子為業、偶爾也透過賣淫來補貼收入的熱納·泰斯塔特（Jeanne Testard），德國糕餅師傅的遺孀羅絲·基勒（Rose Keller），作女僕和廚娘的凱薩琳·特列奧里（Catherine Triollet），和一些低階妓女等等。特別是薩德的性心理、性行為也不同於一個正常人的心理和行為，而是非常態的，如他最喜歡在精神上或肉體上虐待所愛的對象，來使自己的性衝動獲得滿足；或者反過來讓對方在精神上或肉體上虐待自己，從痛苦的施受中獲得性的快樂，以致此後他的姓氏竟成為一個普通名詞「施虐狂」（Sadism）。與德·薩德生活於相同時代、日記作家馬塞爾·巴尚蒙（Marcel Bachaumont）曾有這樣的一段記述：

「我被告知，德·薩德伯爵（原文如此，應為侯爵）於1768年惹了大麻煩，因為他想要在一個女人身上實驗一種新的治療方法，成為馬賽的第一娛樂景觀；但是後來發生的事就很可怕了。他舉辦了一場狂歡聚會，請來許多人，最後的一道甜點是給他們許多漂亮的巧克力糖。這些糖裡面摻有『西班牙蒼蠅』的粉末，其作用是盡人皆知的。所有吃了這

七、藥物

些粉末的人都會被無恥的熾熱所控制，好色貪欲，產生毫無節制、最狂野的愛欲。歡樂的聚會變成為古羅馬的狂歡節。最貞節的女子也無法克制自己……結果許多人就死於這種無節制中，另一些人則至今仍感到不適。」

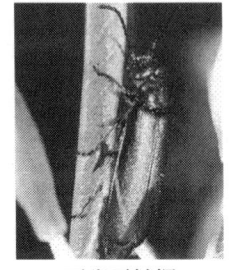

巴肖蒙說的西元1768年的事，是指當年4月3日復活節那天早上，薩德偶然邂逅羅絲‧基勒後，就把她帶到他所租用的房子裡，然後引她到房子的頂樓，反鎖上門，命令她脫去衣服。羅絲正不知怎麼回事，薩德突然又用腳絆了她一跤，並從衣袋裡拔出一支手槍，威脅她，說要聽她復活節的懺悔，同時又把她的兩隻手綁了起來，用小刀將她的皮肉割得血流如注。在以如此的性虐待來刺激自己出現性高潮之後，薩德又用滾燙的封蠟倒在羅絲的傷口上，說這是一種消毒油膏，他是在實驗新的治療方法。

西班牙蒼蠅

薩德在普羅旺斯的住所

通往薩德住處的臺階

1、「斑蝥夾心」案

「後來發生的事」是在西元1772年。6月中,薩德為債務之事在他貼身男僕拉圖爾(Latour)陪同下來到馬賽。月底,他讓拉圖爾去物色四位18至23歲「很年輕的女子」來供他娛樂一天一夜。在此期間,薩德至少不斷地給予兩個女人各種摻有「西班牙蒼蠅」粉末的夾心糖;時而鞭打她們,時而又讓她們鞭打他自己,然後完成他非常態的性活動,付過報酬後就了結此事。

一天後,薩德又讓拉圖爾招來一位名叫瑪格麗特·科斯特(Marguerite Coste)的妓女,他同樣以上述方式滿足他的性欲望,並也讓她吃了這種摻有「西班牙蒼蠅」粉末的夾心糖。

吃了夾心糖之後數小時,瑪格麗特便感到胃部痙攣,到了晚上就更不舒服了。根據莫里斯·利弗和亞瑟·戈德哈默在《薩德傳》(*Maurice Lever, Arthur Goldhammer: Sade: A Biography*)中引用相關檔記載,一個星期裡,雖經醫生開藥,但這個可憐的妓女仍「眼冒火花,臉孔緋紅發熱,舌頭有分泌物,滿是白色的黏液,脈搏快而急。」房東懷疑是中毒,便向警方報了案。

警方介入調查後,認為這是一件雞奸和投毒案。根據當時的法律,僅雞奸一項,即可判處死刑。於是,薩德立即帶著拉圖爾潛逃。9月3日,刑事庭以雞奸和毒殺未遂罪缺席審判他們,判決先處死薩德,然後絞死拉圖爾,最後將兩人同時焚屍。普羅旺斯省的艾克斯議會(Aix Parliament)於9月12日批准了法庭的判決,當日以燒毀他們的摹擬人像作為死刑的執行。

說起來,警方實在也太缺乏相關方面的知識了。其實,正如馬塞爾·巴肖蒙所說的,夾心糖裡面摻了「西班牙蒼蠅」的粉末,「其作用是盡人皆知的」。

七、藥物

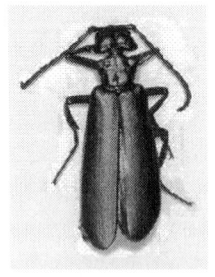

斑蝥即西班牙蒼蠅

「西班牙蒼蠅」(Spanish fly)是斑蝥的俗稱。

斑蝥(Cantharis)是一種昆蟲,長15-22公分,寬5-8公分,全身豔綠色。它的拉丁文學名是Canthris vesicatoria或者Lytta vesicatoria,字根來源分別是希臘文的lytta,意思是「狂熱」;拉丁文的vesica,則是「突起」的意思。

斑蝥的產地是歐洲,主要是南俄和匈牙利,以及義大利、西班牙;以俄國的為最佳,比英國和法國的大,色澤也好。它有一種難聞的氣味,聞到時,人會感到濃厚的燒灼氣息。

斑蝥作為一種藥物具有悠久的歷史。集古代知識之大成的古希臘大哲學家和大科學家亞里斯多德(Aristotle)在他的《動物志》中曾寫到它作為催情藥(aphrodisiac)的功能,說是「……為使性交時間持久,斑蝥這類昆蟲是常用的……」。另外,有「神醫」之稱的古希臘醫生希波克拉底(Hippocrates)、古羅馬的大科學家普林尼(Pliny)、古羅馬最偉大的醫學作家塞爾蘇斯(Aulus Cornelius Celsus)也都曾提到過它,說將斑蝥烘乾、碾碎後,可作為有效的催情藥,尤其對那些年紀較大的紳士來說;同時也指出它藥性,一方面它是一種利尿劑,另一方面又是刺激劑,會使尿道出現燒灼感,甚至出血;皮膚接觸也會出現炎症,服用過量則具有毒性,會引發精神疾患,有時還會導致死亡。

菲力浦斯·奧雷奧盧斯·特奧夫拉斯圖斯·邦巴斯特·馮·霍恩海姆(Philippus Aureolus Bombastus von Hohenheim, 1493-1541)是一位德籍瑞士醫師,他另外取名帕拉塞爾蘇斯(Paracelsus),意思是「超越」(para)「塞爾蘇斯」(Celsus)。他曾經開過一張處方,現在珍藏在維也納的奧地利國家圖書館裡。這張處方寫道:

1、「斑蝥夾心」案

給予——

斑蝥　　　1打蘭

調味劑　　2打蘭

即用1打蘭斑蝥（西班牙蒼蠅）和2打蘭調味劑，合成5劑最好的粉劑。

打蘭（dram）為藥衡單位，1打蘭等於1.771克，可見少量的斑蝥即能發揮藥效。

斑蝥作為催情劑，在追求奢靡的古羅馬時代，富人們經常使用。有趣的是，利維婭竟然透過使用斑蝥，將它作為她的政治工具。

利維婭·德魯西拉（Livia Drusilla, 西元前58–西元29）出身於朱利亞-克老狄王朝（Julio-Claudian Dynasty）家族，原來嫁給朱利烏斯·凱撒的財務官和艦隊指揮官提貝里烏斯·克勞狄烏斯·尼祿；西元前38年，古羅馬傳記歷史作家蘇維托尼烏斯說：「在奧古斯都的請求下，尼祿將她出讓給奧古斯都。當時德魯西拉已有身孕，並且以前曾為他生過一個兒子。不久，尼祿去世，留下兩個兒子——提比略·尼祿和德魯蘇斯·尼祿。」（張竹明等譯）

古羅馬提比略的母親利維婭

雖然利維婭始終沒有露面，但在奧古斯都成為皇帝的四十五年裡，她擁有絕對的權力。另外，她作為提比略皇帝（14–37）的母親，卡利古拉皇帝（Caligula, 37–41）和克勞狄皇帝（Claudius, 41–54）的祖母，和尼祿皇帝（Nero, 54–68）的曾祖母，是羅馬歷史上第一個被神化的女性，獲得「國母」（Mater Patriae）的稱號。但是在這些年代中，這個女子做了許

七、藥物

多壞事，其中最重要是在奧古斯都於西元 14 年去世後，她害死許多爭奪王位的對手，使兒子提貝里烏斯得以於 9 月登上皇位。羅馬帝國的歷史學家塔西佗（Tacitus）在他的《編年史》中寫道：

「……奧古斯都這時為了加強自己的統治，提拔了他姐妹的兒子克勞狄烏斯・瑪爾凱路斯這個十分年輕的小夥子擔任祭司和高級營造官，又使那雖非貴族出身但精通軍事，並曾協助他打過勝仗的瑪爾庫斯・阿格里帕享受了兩次連任執政官的榮譽；稍後，在瑪爾凱路斯死後，他又選阿格里帕為自己的女婿。他使他的繼子提貝里烏斯・尼祿和克勞狄烏斯・杜魯蘇斯兩人都取得統帥的稱號。他雖然這樣做了，但其實家裡的人數仍未改變：因為他已經過繼了阿格里帕的兩個兒子蓋烏斯和路奇烏斯到自己家裡來。儘管他裝出不願這樣做的樣子，他心裡卻極想使他們甚至在還未成年的時候就為他們保留執政官的職務並且取得青年元首的稱號。阿格里帕死了。路奇烏斯・凱撒和蓋烏斯・凱撒跟著也相繼喪命。……他們的死亡或許是他們兩人天生命短，或許是因為他們的繼母利維婭下了毒手……」（王以鑄等譯）

甚至奧古斯都「年老多病、體力不支、大去之日不遠」之時，塔西佗說：「奧古斯都的病情更加惡化了。有些人懷疑是他的妻子在暗中搞鬼。」

利維婭

下什麼「毒手」？如何「搞鬼」？

古羅馬是一個奢靡的時代，性生活很放縱，催情藥常為人們所用。利維婭深知這一風氣，便利用斑蝥這一催情藥，來作為達到自己政治目的的手段。對此，《約翰催情藥導引》（*John's Guide to Aphrodisiacs*）一書是這樣說的：

「⋯⋯羅馬女王利維婭似乎曾將斑蝥摻在帝國家族其他成員的食物裡，刺激他們在性生活方面失去節制，然後就可以對付他們。」

在中世紀，似乎有一段時間忘卻了斑蝥的效用。但到了近代，它又被人們注意到了。除了德·薩德的這宗「斑蝥夾心糖案」（The Canthardic Bon-Bon Affair），還有在西元 1862 年的一次審訊，也常被人提及。

事情發生在英格蘭東部舊郡烏斯特郡的克拉德利（Cradley, Wordertershire）。

查理斯·湯瑪斯（Charles Thomas）是農民亨利·湯瑪斯的兒子，家裡雇用了一個馬車夫，名叫理查·埃文斯（Richard Evans）。西元 1862 年秋天，農田裡沒有什麼活可做，兩人便去正在修建的克拉德利鐵道路線上打工。

在靠緊未來的一個車站，一處石南叢生的荒地上，有一家鐵鋪，雇有一名 20 歲的女工瑪麗·布里奇沃特（Mary Bridgewater）。她的工作是清理已經熄滅的爐爐和炭渣，以便可以重新用作燃料。瑪麗上班時，總是自帶食物，並習慣於將它放在鋪外一個她工作時看得見的地方。

這年 10 月 1 日上午，大約 8 點半的時候，瑪麗見埃文斯撿起一包東西，跟隨湯瑪斯後面，帶著它進了一間小屋，兩人在那裡待了大約半小時。她自然覺得很奇怪，他們在做什麼，只是她認識他們，因此可能看到也沒有多加懷疑。

一段時間之後，瑪麗·布里奇沃特要吃早飯了。她打開食物包，咬了一口麵包，感覺有不明之物，法學家們似乎會稱之為「毒物」（noxious substance），隨後還真的如此稱呼。第二片麵包同樣有這「毒物」；就像埃文斯以前曾經給過她一顆蘋果，果心裡挖了一個洞，從外面嵌進去這種

七、藥物

神祕古怪的東西。瑪麗‧布里奇沃特把麵包給她一位同事威廉斯夫人（a Mrs Williams）查看，威廉斯夫人說，她想都沒有想就「把它扔到垃圾堆裡去了」。

根據西元 1860 年一項有關非法投毒的修正案，埃文斯和湯瑪斯因施予某種毒藥致使瑪麗‧布里奇沃特身體遭受嚴重損傷，於 10 月 10 日在斯陶爾布里奇法院（Stourbridge Bench）被起訴。該法令第一款規定，施予任何「毒物或其他有害或有毒的東西因而危及生命……或使身體遭受嚴重損傷」，屬重罪，處三至十年監禁，加或不加勞役。法令第二款將投毒「引發損傷或痛苦、煩惱」歸屬於輕罪，處三年以下監禁，加或不加勞役。

一般人會以為此案更符合第二款，但埃文斯和湯瑪斯是按第一款受審的。

審訊持續了足足五個小時，法庭裡擠滿了人，都是被「性」或「性欲」所吸引，才如此感興趣。

據一份出版物經過刪節的描述，起訴內容是說他們將斑蝥嵌進瑪麗‧布里奇沃特的麵包裡。該報告稱，雖然斑蝥作為一種催情藥，已經有悠久的名聲，但埃文斯和湯瑪斯這樣做，只是希望瑪麗‧布里奇沃特接受他兩人的求愛，不知道它會危及生命，和引起身體嚴重損傷。一位叫梅特拜先生的（Mr.Meitby）代表埃文斯和湯瑪斯出庭。他辯解說，根據法令，必須是已經投毒，才構成罪狀，而被告不過是企圖施予，法律不應該承認這一過錯。法庭駁回了他的陳述。但梅特拜先生又以相當長的言詞，有力地盤問了原告，指出原告對原來的陳述有一些重大改變，並迫使她承認自己對不同的人述說事件時的說法不一致，證詞前後有抵觸；

他又對法庭傳喚來的原告證人進行盤問，證明證人的偽證；他還暗示由於原告的人品，她的證詞不值得法庭相信。

最後，此案以原告撤訴作結。

「斑蝥夾心」什麼味道？自己吃了，欲火中燒；給別人吃，則會有上法庭、進牢房的味道！

2、大麻的罪與罰

植物學書中繪畫大麻

有數千年文明的古國印度，對許多事物，都流傳著神奇的傳說，其中有一則說：眾神賜給人類一種叫 Hemp 的植物幼苗，不但能帶給人歡愉，還賦予人以膽量，並能增強性欲望。當眾神所飲的酒從天上掉落到人間時，這幼苗便發芽、抽枝、長葉，長成為 Cannabis。另一則故事說，眾神得到魔鬼的協助，將大量牛奶攪拌之後，變成為 Cannabis，來獻給主神濕婆（Shiva）。魔鬼想要霸占這種飲料，但眾神成功地制止了被它所占有，並將 Cannabis 取名為 Vijaya，這個詞的梵語意思是「勝利」，以紀念他們的成功。從那時以來，眾神的這種植物就一直生長在印度，並賦予它的應用者神奇的力量。

Hemp 和 Cannabis 都是大麻，前者是指天生的大麻，後者則是著名瑞典植物分類學家卡爾·林奈西元 1753 年為人工栽培的大麻所取的名字 Cannabis sativa。

七、藥物

大麻發源於中亞，生長於溫帶地區，印度的確是它最初的產地。被引種到其他地區之後，不同的地域又有不同的名字，印度是按照梵文的拼法，稱大麻的製劑為 bhang，埃及和伊朗則叫 hashish 或 ashishins，摩洛哥和北非海岸是稱為 kif，南美、墨西哥一帶又叫 marijuana。此植物屬大麻科植物，平均高度2、3公尺，纖維屬韌性纖維，花裡分泌出來的油脂，可製成麻醉劑和致幻劑。由於大麻有麻醉和致幻功效，因此各地都流傳了許多有關它的傳奇性故事。

哈桑‧伊本‧薩巴哈 (al-Hassan ibn-al-Sabbah, ？–1124)，大概是波斯人，自稱是西元前大約115年至大約西元525年占據阿拉比亞南部的希木葉爾人 (Himyar) 國王血脈，年輕時曾接受伊斯蘭教什葉派中伊斯瑪儀派 (Ismaéliens) 巴蒂尼體系 (Batinite system) 的奧祕教育；隨後在埃及待了一年半，回到故鄉，任以先知穆罕默德女兒法蒂瑪名字命名的穆斯林王朝的布道師。西元1090年，薩巴哈占據了伊朗北中部厄爾布士山脈 (Alburz Mountains) 南麓加茲溫 (Quzwin) 西北山頭的阿剌模式 (Alamut) 城堡，聚集了一萬二千名黨羽。他們稱薩巴哈為「山中老人」(the Old Man of the Mountain)，簡稱為「山老」。

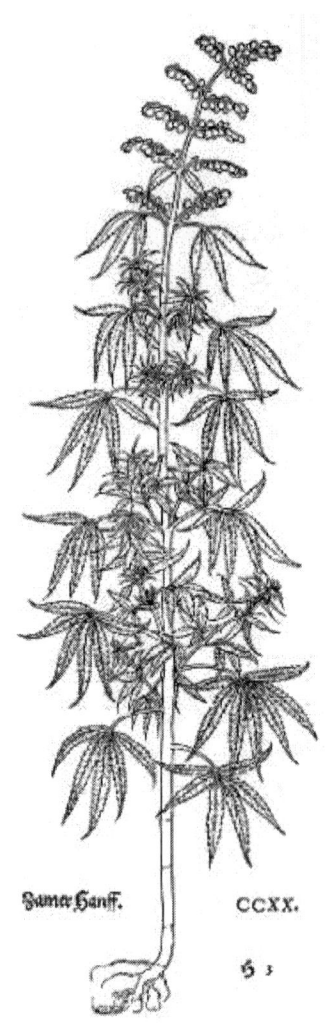

藥物學書中繪製的大麻

2、大麻的罪與罰

大麻　　　　　　　　　哈桑・薩巴赫

山中老人和他的黨羽

厄爾布士山脈從裡海西南直至裡海東南方,綿延9千公里,海拔1萬2千多公尺,在這裡,即使前進短短一段路程都異常困難,使這城堡得到「鷹巢」的稱號。

大約一百八十年後,西元1271年或1272年,義大利威尼斯商人、傑出的旅行家馬可・波羅穿過伊朗北部南下波斯灣的霍爾木茲海峽時曾到過這裡。他後來被俘虜在獄中,並向另一名囚犯魯斯蒂恰諾(Rusticiano)口述他的「東方見聞」,據魯斯蒂恰諾的筆錄,曾這樣描述這裡的情事:

265

七、藥物

「……山老在兩山之間，山谷之內，建一大園，美麗無比。中有世界之一切果物，又有世人從來未見之壯麗宮殿，以金為飾，鑲嵌百物，有管流通酒、乳、蜜、水。世界最美婦女充滿其中，善知樂、舞、歌唱，見之者莫不目眩神迷。山老使其黨視此為天堂，所以布置一切摩訶末所言之天堂。內有美園、酒、乳、蜜、水，與夫美女，充滿其中。凡服從山老者得享其樂。所以諸人皆信其為天堂。

「只有欲為其哈昔新（Hasisins）者，始能入是園，他人皆不能入。園口有一堡，其堅固至極，全世界人皆難奪據。人入此園者，須經此堡。山老宮內蓄有當地12歲之幼童，皆自願為武士，山老授以摩訶末所言上述天堂之說。諸童信之，一如回教徒之信徒。已而使此輩十人，或六人，或四人同入此園。其入園之法如下：先以一種飲料飲之，飲後醉臥，使人舁置園中，及其醒時，則已在園中矣。

「彼等在園中醒時，見此美景，真以為處在天堂中。婦女日日供其娛樂，此輩青年適意之極，願終於是不復出矣。

「山老有一宮廷，彼常給其左右樸實之人，使之信其為一大預言人，此輩竟信之。若彼欲遣其哈昔新赴某地，則以上述之飲料，飲現居園中之若干人，乘其醉臥，命人舁來宮中。此輩醒後，見已身不在天堂，而在宮中，驚詫失意。山老命之來前，此輩乃跪伏於其所信為真正預言人之前。山老詢其何自來。答曰，來自天堂。天堂之狀，誠如摩訶末教法所言。由是未見天堂之人聞其語者，急欲一往見之。

「若欲刺殺某大貴人，則語此輩曰：『往殺某人，歸後，將命我之天神導汝輩至天堂。脫死於彼，則將命我之天神領汝輩重還天堂中。』

「其誑之法如是。此輩望歸天堂之切，雖冒萬死，必奉行其命。山老用此法命此輩殺其所欲殺之人。諸國君主畏甚，乃納幣以求和好。」（馮承鈞譯：《馬可‧波羅行紀》）

馬可・波羅　　　　　　馬可波羅遊記的一副插圖

曾任巴黎大學校長的著名法國東方學家西爾維斯特・德・薩西（Silvestre de Sacy, Antoine Isaac, Baron, 1758–1838）在他的名著《阿薩辛史》中的〈阿薩辛王朝傳，與其名字的來源〉（The History of the Assassins: Memoir on the Dynasty of the Assassins, and on the Origin if Their Name）一章裡認為，哈桑・薩巴哈所使用的麻醉品即是 hashish（大麻），阿薩辛（Assassins）這個名字也來源於其黨羽的稱呼 Hashishiyans。許多人都接受這一解釋，Assassins 這一專有名詞也被延伸成為普通名詞「暗殺者」之意。馮承鈞先生（1887–1946）在被公認是《馬可・波羅行紀》最好的中文譯本中注釋說：

「亦思馬因（伊斯瑪儀）教徒之名哈昔新者，蓋因其吸食苧葉所製名曰哈石失（haschich）之麻醉劑也。今日東方全境尚識此物，由哈石失所發生之麻醉狀態，與中國之鴉片所發生者無異。嗜此物者，突厥語名之曰哈失新（Haschichin），或哈撒新（Haschaachin）。所以十字軍史家之名亦思馬因教徒，或曰 Assissini，或名 Assassini。此法蘭西語 Assissin 一名之由來。」

七、藥物

但德・薩西的看法遭到學者們的質疑。深受尊敬的中東史學家伯納德・路易斯（Bernard Lewis）1963年出版的《伊斯蘭世界中的激進派》（*The Assassins: A Radical Sect in Islam*）、小威廉・恩博登（Jr.William Emboden）1972年的論文〈宗教儀式中的大麻應用〉（Ritual Use of Cannabis Sativa L）和弗朗茲・羅森塔爾在1971年編的《藥草：大麻與中世紀穆斯林社會》（*Franz Rosenthai:The Herb: Hashish versus Medieval Muslin Society*）中都說，認為馬可・波羅提到的即是大麻，尚缺乏歷史事實的佐證。他們相信，既然馬可・波羅說是「一種飲料」，那當是某種藥水，而不是通常用大麻的花、葉或莖乾燥後製成、用煙斗吸食的生藥。而且，如果山老確實曾配製過大麻，也一定會節制使用，只會像穆罕默德那樣，僅賜給那些允諾死於沙場的忠實信徒，讓他們預先目睹一眼自己死後將會進入怎樣歡樂的天堂，而不會讓眾多黨徒濫用。而且，阿薩辛的名稱，也並非源於Hashishiyans，等等。何況，直到11世紀，大麻還沒有普遍應用，說明馬可・波羅說的情況不太可能是大麻。

一般認為，大麻的確是一直到12世紀末期，才被廣泛用作麻醉劑的。但是作為一種古老的藥物，甚至早在西元前，它就有被應用的紀錄，具有非常悠久的歷史。

從撰於秦漢時期的中國第一部集藥物學大成之作《神農本草經》開始，中國的傳統藥物學都提到過大麻以果實入藥，稱「火麻仁」或「大麻仁」，功能為潤燥、滑腸，可主治大便燥結。

在古代的印度，大麻這一「諸神的禮品」也在民間醫學中找到了廣闊的用途。

《妙聞集》（*Sushruta*）是以印度的一位大約生於西元前7世紀的外科醫生妙聞（Sushruta Samhita）命名的醫學文獻，書中說，大麻對於治療

麻風特別有效。成書於大約西元 1600 年的《巴拉拉卡薩》(*Bharaprakasha*) 對大麻的廣泛藥用範圍,如止咳化痰、幫助消化、刺激食欲、增強吸收、改善嗓音,以及止血、化解血液中的黏液質等等,也有詳細的描述。在傳統的印度醫學中,大麻的用途還包括緩解頭痛、抑制失眠症、狂躁症和治療結核、淋病、百日咳。傳統的印度醫學還相信,大麻不僅能治療肉體上的疾病,還對改善人的神經系統有顯著的效果,認為它能使人心明眼亮、福壽延年、降熱、催眠,還能增強人的判斷力,所以對它有很高的評價。

大麻在非洲也被當成一種傳統藥物,用來醫治痢疾、瘧疾、炭疽。時至今日,非洲南部的霍屯督人 (Hotentots) 和姆豐古人 (Mfengu) 被蛇咬時,還在用大麻來治療。住在非洲南部高低草原上的索托族 (Sotho) 女子,則習慣在生孩子前用吸大麻發出的煙來熱敷。

大麻在歐洲的應用可以追溯到西元前 500 年左右:古老的西徐亞人 (Scythian) 用大麻使蒸汽浴產生奇特效果。古希臘歷史學家希羅多德在他的名著《歷史》中描述說,「西徐亞人拿著這種大麻的種子,爬到毛氈下面去,把它撒在灼熱的石子上,種子便冒起煙來,並放出這麼多的蒸汽,以致是任何希臘蒸汽浴都比不上的。西徐亞人在蒸汽中會舒服得叫起來。」(王以鑄譯) 在古代的著名城市底比斯 (Thebes),人們歡喜將大麻製成飲料,據說飲用後像是吸食鴉片的感受。古希臘醫生和藥物學家迪奧斯寇里斯 (Pedanius Dioscorides, 約 40– 約 90) 和古羅馬醫生蓋侖 (Galen, 129–199) 也都說到大麻的藥用價值。但他們同時也讓人注意它的毒性,如蓋侖說,人們都喜歡吃大麻蛋糕,不過吃得太多則會中毒。中世紀的本草學家已能區別野生的大麻和人工栽培的大麻有不同的用途,將後者用來治療結節、粉瘤、皮脂瘤及其他質地堅硬的腫瘤;前者用於

七、藥物

治咳嗽和黃疸病。他們同樣也告誡說，用量過大，會影響生育，使「男子的精液和女子乳房的乳汁乾癟」。

作為一種藥物，大麻在傳統上和民間醫學中被應用於治療某些疾病，還有馬可‧波羅所描述的，服用後會使人在意識中產生「天堂似的美景」，這怎麼會不引起醫學家們的興趣呢？為了能夠親身感受大麻對人體神經系統的作用，一些醫學家曾經進行過實驗，其中著名的是 19 世紀兩位醫生做的自體實驗。

奧地利維也納的醫學家卡爾‧施羅夫（Karl Schroff）從埃及的一位教授那裡要來一份大麻製劑，然後以輕鬆自在的態度進行了一次實驗。

那是一個晚上，10 點鐘左右，施羅夫先是躺到床上，像平時一樣，一邊抽著雪茄，一邊讀休閒小說。一個鐘頭後，他開始按預定計畫進行實驗：他服下 70 毫克的這種製劑，等待會有什麼奇蹟出現。最初，他絲毫沒有感到身體有任何變化，而且脈搏也很正常。於是，他準備睡了。可是正在這時，他在出版於西元 1856 年的一部《藥理學手冊》中寫道：

「突然，我感到我的頭和耳朵轟鳴得很厲害，像是裡面有一壺開水在沸騰；同時覺得周圍的一切都被愉悅的亮光所照耀，彷彿是透過我的軀體才使這一切變得晶瑩透明。意識明朗了，感覺敏銳了，眼前飛快閃過童話般的幻象和畫面。可惜我手頭沒有紙，也沒有筆，好將這些美景記錄下來。」

施羅夫說，他的幻覺沒有出現任何使他引起情慾感的景象。不過僅這一些，也已經足夠誘人，所以施羅夫接著又說：「實際上我也不希望有筆和紙，免得把這極樂的情景破壞掉，而一心企望在這意識明朗、感覺敏銳的時候，能將看到的美景和畫面全部保留在記憶中直到第二天清晨。」可惜的是，雖然第二天一早他第一個想法就是竭力希望恢復昨晚記憶中的幻象，但除了上述這一些，其他什麼都再也回想不起來了。

美女歌舞圖　　　　　　　夢中的美境

這是醫學史上有關大麻實驗的首次記載。

西元 1855 年，德國醫生恩斯特・馮・布貝爾男爵（Ernst von Buber）發表了一篇有關麻醉劑的論文，在文中敘述了自己實驗飲用大麻後的自體感覺：

「我手中是一塊白手帕，當我凝視著它的時候，在手帕折痕處看到的全是一些極為優美的身姿；而我剛剛覺得折痕的輪廓有些微的改變，便又會出乎意料地出現新的形象。只要我期望的，在這裡都能看到：有鬍子的男人、女性的臉龐，與應有盡有的動物。手帕折痕的輪廓微微地變化，呈現在我面前的是我所憧憬的景象。我就用這樣的方法，輕而易舉地創造出美妙的畫面。」

服大麻飲料後的幻境

七、藥物

　　醫生們作為科學工作者，考慮得最多的可能就是科學和實驗，而較少想到其他方面。但另一些人就不同了，正是出於這種意識，才使大麻從古至今一直在某些特殊的群體中流行。

　　考古學研究查明，早在人類文明的黎明時期，原始人就將包括大麻在內的各種植物作為食物，研究者們據此相信，那時的這些原始人一定已經了解大麻的致幻效果，它那種能夠令人陶醉的作用，使他們感到被帶往另一個世界，並引發他們產生宗教信仰。大麻的神奇效果曾對以後的人們產生極大的影響。最近考古學家在中亞大約西元前 500 至 300 年西徐亞的冰凍墳墓中，發現有青銅三腳祭壇以及火盆、木炭和大麻的葉子和果實，被認為是這種宗教信仰的證明之一。

　　在大麻的老家——古代印度，認為 Bhang 這種「諸神的禮品」是非常神聖的。印度教《吠陀經》中所載的因陀羅（Indra），是眾神之首，它以雷電為武器，征服人間和魔界的無數敵手，甚至降伏太陽。而它最喜歡的飲料蘇摩汁，就是用大麻製成的。主神濕婆下諭，對於大麻這一神聖植物，無論在播種、結實或收穫之時，都得保持虔誠之心，反覆唸頌 Bhang 一詞。古代的印度人普遍相信大麻能夠威懾魔鬼，淨化人的原罪，並為人帶來幸運，甚至相信人踩在這神聖植物的葉子上，就會使人避難消災。

　　藏族人也都認為大麻是一種神聖的植物。佛教教派之一的大乘佛教，相信「布施」、「持戒」、「忍」、「精進」、「定」，直到「智慧」這六個階段，是從生死此岸到達涅槃彼岸的「六度無極」或者「六到彼岸」的修行途徑；他們聲稱，釋迦牟尼佛修行到六度後，每天就以一顆大麻籽為生。他們說，佛陀外出總是帶一個盛裝施捨物的「乞食托缽」，缽裡是神奇的「蘇摩葉子」（Soma leaves），這種葉子被認為便是大麻。佛教另一個宗派

密宗是以高度組織化的咒術、儀禮和民俗信仰為特徵的。在他們的宗教儀式中,也是透過應用大麻來促進教徒沉思冥想、增強信仰意識。

此後,弗朗茲·羅森塔爾所編著作中的第五卷,收錄了埃及史學家和蘇非評論家馬梨齊(Al-Maqrizi)的論文,文中指出伊斯蘭教中一個叫「蘇非」(sufi)的神祕組織,最先開始應用大麻的致幻作用。阿拉伯語 sufi,源自 suf(羊毛),可能與早期伊斯蘭教苦行者所穿的粗羊毛衣衫有關。他們企圖透過多種神祕主義的「道路」,包括應用大麻產生的幻覺,達到對真主的親身體驗,來尋求神之愛。在大約西元 1200 年,據說,長居伊朗和阿富汗西南哈拉山(Kharasan)上一座寺院裡的蘇非海達爾派創始人沙·海達爾(Shaikh Haidar)有次來到鄉間,發現一種植物,即大麻,具有神奇的功效,不但充饑解渴,且帶給人無限的歡樂。於是他對信徒說:「全能的神將此物的功效特別賜予你們,它會驅散你們心頭的陰霾,使你們精神愉快。」他像在他兩千年前的印度教祭司,勸說他的信徒們,要向他人嚴守這珍貴本草的神奇性質。但是祕密沒有保守很多年,他死之後,他的信徒們便公開讚賞大麻的這種奇異功效:「不要喝酒,喝一杯海達爾,它有琥珀的芳香和綠寶石一般的光彩。」

不過研究者認為,未必是海達爾最先發現大麻改變人類心靈的特性,表示他確實有可能改進了大麻的配製方法來服用。或許是一些蘇非主義者,原來是將大麻用於宗教儀式的,後來又將用法擴大到伊斯蘭社會,再推廣到敘利亞、埃及。有些蘇非主義者宣稱,他們體驗到,此物能使人神志明朗、視力清明、意識平和、心境安寧,與神更加親近了。

13 世紀,生於西班牙的伊本·巴塔爾,擁有一串長長的名字(Abu Muhammad Abdallah Ibn Ahmad Ibn al-Baitar Dhiya al-Din al-Malaqi, ?–1248),是穆斯林社會最偉大的科學家之一,也是中世紀最偉大的植物

七、藥物

學家和藥物學家。他在記錄自己旅遊埃及的見聞時，描述了當地居民稱為「Konnab Indi」（印度大麻）的栽培情形。他肯定地指出，大麻原來是在宗教祈禱或禮拜時吸食的，會引發陶醉、歡愉和夢幻的狀態。但伊本・巴塔爾是最先提到大麻會導致智力衰退甚至喪失的人，他認為蘇非主義者是「最可鄙的人」。

普遍認為，大麻是在 12 世紀末期，被蘇非主義者與鴉片一起推廣到埃及的。那段時期，統治當時的整個埃及和現今的伊拉克和敘利亞大部地區的阿尤布王朝的法達爾王（Ayubid King al-Afdal），禁止酒精的生產和貿易，但不禁止大麻的栽培和應用。如此一來，到了 13 世紀，應用大麻的習慣便擴展到了伊斯蘭世界的普通居民，並得到埃及、西班牙乃至西方人的信任。從此，大麻便廣泛地流傳於世界各地，並獲得各界的關注。如此這般，在往後的日子裡，大麻一方面令人陶醉，一方面在帶給人暫時的愉快之時，也使人陷入墮落的深淵。

雖然大麻在伊斯蘭社會被廣泛應用，在知識界中的發展卻一直存有爭論。爭論的根源在於伊斯蘭教的經典《可蘭經》中沒有提到大麻，而第五章教導的：「通道的人們啊！飲酒（Khamr）、賭博、拜像、求籤，只是一種穢行，只是惡魔的行為，故當遠離，以便你們成功。」和「惡魔唯願你們因飲酒和賭博而互相仇恨，並且阻止你們紀念真主，和謹守拜功。你們將解除（飲酒和賭博）嗎？」（馬堅譯）其中的 Khamr 被解釋為是酒和麻醉性飲料，會迷惑人的心靈，這就把人麻也算進去了。但有人就是不相信這樣的解釋，竭力為大麻辯護。

最毫無顧忌的辯護者是兀克巴里（al-Ukbari, 1275）。針對 Khamr 的解釋，他寫了〈大麻特性贊〉（Thoughts in Praise of the Qualities of Cannabis）一文，大膽地說「神聖的律法並沒有提到禁止食用番紅花或大麻之

2、大麻的罪與罰

類引起快樂的其他藥物。先知也沒有說過禁止大麻,而且食用大麻也未曾受到過懲罰。」

不僅如此,幾百年間,許多阿拉伯詩人甚至都紛紛寫詩讚頌大麻,把它與酒相比較,說是「綠的(大麻)」和「紅的(酒)」,都會使人激發靈感。生活在13世紀中期的敘利亞詩人伊希迪(ai-Is-Irdi)唱道:「神祕的大麻振奮人的心靈。/那是純潔的心靈。讓思維/超越軀體,遠離煩惱,自由清新。」他讚揚吸食大麻「不會涉及犯罪,不會受到懲罰」,而且「無需很多金銀」,「藏在手帕裡」,攜帶也方便,卻能「使心靈明亮歡快,擺脫一切煩惱」,「絲毫無礙於夜間的禮拜、祈禱」。

在法國與歐洲其他強國之間的「拿破崙戰爭」中,法國第一執政拿破崙先是在西元1798年5月進入埃及;隔年2月進軍敘利亞時受到英軍的阻擋,於6月返回埃及。他發現,在這些國家,吸食大麻十分普遍。為防止此風氣影響到他的士兵,便下令禁止。但是沒有達到預期的效果,可見大麻對人的吸引力。一個多世紀後,甚至在法國本土,大麻也廣泛流傳於知識界了,特別是被浪漫主義作家視為靈感的泉源。

法國的泰奧菲爾·戈蒂埃(Théophile Gautier, 1811–1872)是「為藝術而藝術」的重要代表。這位曾經學過繪畫的浪漫主義詩人聲稱,黃金、大理石和猩紅,燦爛輝煌、扎實堅固、色彩鮮豔,是使我產生快感的三大事物。這是他富有浪漫主義特徵的體驗。他覺得吸食大麻非常有助於他的創作。他曾以詩一樣的言語描述自己服用大麻提取物之後的感受:

法國詩人泰奧菲爾·戈蒂埃

275

七、藥物

「……我的身子彷彿已經融化，變得通體透明。我看到，在我的體內，我吃下的大麻，像一顆綠寶石似的，發散出億萬支微細的星花……我聽到色彩繽紛的珠寶散落和碎裂的聲響……千千萬萬的蝴蝶，拍動著扇子一樣的羽翼，成群飛入一個微微發亮的空際。我聽見色彩的聲音：綠的、紅的、藍的、黃的，連續不斷的聲浪。一個翻落的杯子，有如雷鳴循著我的周身迴響……我已經完全與我自己分離，脫離我的軀體，使陪伴我的證人不明白我到底在什麼地方。」

法國詩人夏爾・波特萊爾

戈蒂埃以自己的這種親身感受向作家維克多・雨果和其他人推薦大麻的奇效，雨果又向另一位大作家奧諾雷・巴爾扎克推薦。經戈蒂埃和他朋友們的連結，西元 1844 年，一個喜愛大麻的組織——「吸食大麻俱樂部」(Les Club des Haschischins)成立，成員中還包括頹廢派詩人夏爾・波特萊爾。

波特萊爾對大麻的確情有獨鍾。為表達自己吸食大麻之後的感受，這位詩人甚至專門寫了一篇散文〈人造的天堂〉(Les Paradis Artificiels)。在這篇作品中，波特萊爾讚美酒能使人「容光煥發、精神抖擻」，是「增強戰士肌肉的香油」；而大麻的作用，根據他的「奇妙的體驗」，是在服用之後——

「常會有一種無形的至高力量作用於身體……這種異常愉悅的狀態沒有前兆。它像鬼魂似的無法期待，是一種間隙性的隱現，但它無疑是存在的，聰明的人定然能夠獲得。此種感覺上和精神上的神祕靈感雖然十分敏捷，仍然會出現於不同的年齡階段……」

但波特萊爾說的畢竟只是「人造的」，也就是想像中或幻覺中的「天堂」，而不是現實中真正的天堂。儘管最新的科學研究表明，大麻及其精

製品在某些方面有一定的醫學價值，如可以治療青光眼患者的眼內壓，緩解癌症病人因化療引起的噁心和嘔吐。但更重要的是，它的毒性無疑是存在的，而且很嚴重。

服過大麻飲料後產生的幻境

　　吸食大麻後會出現的生理反應包括結膜充血、口咽乾燥、心率加快、胸廓緊繃、困倦、不安及共濟失調。急性中毒可能導致幻視、焦慮、憂鬱、情緒多變、妄想反應和精神失常，時間可持續四至六小時。20世紀初，巴黎知識分子圈子吸大麻成風。有天，西班牙大畫家巴布羅‧畢卡索和幾位朋友在蒙馬特一位數學家的家中吸食大麻，結果詩人紀堯姆‧阿波里耐出現分身現象，認為自己是在妓院；畢卡索也產生極為痛苦的恐懼感，大哭大叫，說發現了一些照片，明白了自己的藝術實際上毫無價值，應該去自殺。到了1908年，住在「洗衣船」（Bateau-Lavoir）的一位德國藝術家在吸過大麻和鴉片之後真的自殺了，這畢卡索深受震撼，發誓從此不再吸這種毒品了。

　　對大麻，國際上早就已經獲得共識，明確認為這是一種會導致心理成癮的致幻劑。在1925年，大麻即被置於《國際鴉片公約》的控制之下。到1960年代後期，全球大部分國家都加強了對大麻及其製品的運輸、貿易和使用的限制，並普遍對非法持有、銷售和供應者處以重罰。

七、藥物

吸食大麻的人們

像許多植物一樣,大麻也是一柄雙面刃,且是弊多利少的雙面刃。

3、勞倫斯神父的藥水

儘管《羅密歐與茱麗葉》因是威廉·莎士比亞藝術上的初次嘗試,以最簡捷的手法,即過多的偶然性來促使情節的發生和發展,因而不能列入偉大悲劇的行列;但由於男女主角感人至深的愛情,它還是廣受青年男女受眾的喜愛和讚賞,被公認為是一齣「甜美的愛情劇」。

畫家描繪羅密歐登上陽臺幽會茱麗葉

3、勞倫斯神父的藥水

　　追溯劇中一系列的偶然性，不難看出，其中最關鍵的是女主角的死。

　　既然茱麗葉寧死也不願被父親逼迫嫁給帕里斯伯爵，於是為了逃避這不幸的婚姻，她求助於勞倫斯神父，好心的神父便送給她一個藥瓶，教她當晚上床以後，「把這裡面煉就的汁液一口喝下」(And this distilled liquor drink thou off)，並告訴她說，之後，她就會全身「都像死一樣僵硬寒冷」；但是在過了 42 小時之後，她就又會「彷彿從一場酣夢中醒了過來」，然後便可以讓羅密歐帶著她逃離了。只是由於通知羅密歐的信件意外地被耽擱，以致這對忠實的戀人男方死在女方醒來之前，女方死在男方死去之後，釀成一幕愛情悲劇。

神父給茱麗葉藥水

描寫茱麗葉之死的版畫

七、藥物

勞倫斯給茱麗葉喝的是什麼？莎士比亞只說是「煉就的汁液」。這就引起文學史家、傳記作家、醫學史家們的猜測。

勞倫斯給茱麗葉喝的是什麼汁液？這的確是一個值得探討的有趣問題。

《羅密歐與茱麗葉》的故事不是莎士比亞憑空虛構的，而有其來源，而且每個相關故事都提到這種汁液。

早在西元3世紀的古希臘時代，一位以「以弗所的色諾芬」（Xenophon of Ephesus）而為人知的作家，在後人稱之為《以弗所羅曼斯》（*Ephesian Romance*）的書中收錄了一則故事，文中描述有如女神一樣美麗的少女安西婭（Anthia），與英俊青年哈勃洛科姆斯（Habrocomes）相愛，發誓相互忠於對方。婚後，安西亞被強盜擄走，多虧佩里勞斯（Perilaus）的營救，使她獲得自由。但為了不嫁給佩里勞斯，安西亞從醫生尤多霍科斯（Eudoxos）那裡得到一瓶藥水，準備在婚禮的晚上喝下自殺。誰知那只是一瓶催眠藥水（a sleeping potion），當她從墓中甦醒過來之後，又落入盜墓者之手……。

差不多一千年後，在義大利的維洛納，也發生過一起類似羅密歐與茱麗葉故事的悲劇事件。接著，義大利作家馬索喬·薩勒尼塔諾（Masuccio Salernitano）在西元1476年出版的《小說集》（*Novellino Novellino*）中，第二十三則故事，便首次寫下了有關這兩位情人的故事；隨後的一個世紀中，還有好多位義大利和法國作家重新編寫過這個故事，其中一部經常被人提起的著作，是法國作家波瓦托（Boiastuau）出版於西元1559年的作品。三年後，西元1562年，英國詩人亞瑟·布魯克（Arthur Brooke）根據這個故事寫出了敘事詩〈羅密歐與茱麗葉的悲劇故事〉（The Tragicall Historye of Romeus and Juliet）。還有英國作家威廉·佩因特（William

> 3、勞倫斯神父的藥水

Painter)出版於西元 1566 年的故事集《歡樂宮》(*Palace of Pleasure*)，這是一部譯自拉丁、希臘和義大利文，共計一百零一則故事的故事集，原作者包括古羅馬歷史學家李維(Titus Livius)、古希臘歷史學家希羅多德(Herodotus)、義大利小說家薄伽丘和義大利小說家班戴洛(Mateo Bandello, 1485–1561)。此書擁有廣泛的讀者，並成為伊莉莎白時代本·瓊生、莎士比亞等許多劇作家創作情節的來源。莎士比亞對布魯克和佩因特的作品都非常熟悉，他不但根據佩因特的《歡樂宮》寫了《雅典的泰門》和《終成眷屬》，還參照布魯克的〈羅密歐與茱麗葉的悲劇故事〉和佩因特《歡樂宮》中的〈羅密歐與茱麗葉愛情真摯不渝的美麗故事〉(The goodly History of the true and constant love between Rhomeo and Julietta)寫出這部《羅密歐與茱麗葉》。在上述這幾部作品中，都毫無例外地有神父設法讓女主角昏迷假死的情節。如布魯克的〈羅密歐與茱麗葉的悲劇故事〉中，寫到神父這樣自述他的神奇藥物：

「雖然我早已知道／最近我才了解它的實際妙用，／某些植物的根，／可以製成藥劑，／將它烤乾，並／磨成細粉，／和水或任何酒類一同服下，／半個鐘頭便會發揮作用／控制人的感官，／使人迷醉，／不再煩憂疲困，／並停止呼吸，／即使最有經驗的人看到，／也會說他已為死神所俘而無疑問。」

故事還寫到，神父讓茱麗葉喝下這藥劑，結果釀成兩位主角的死亡。莎士比亞的《羅密歐與茱麗葉》就直接取材於布魯克的這部作品。

當茱麗葉舉著自殺的刀子來向勞倫斯求助，說「只要不嫁給帕里斯，……無論什麼使我聽了戰慄的事，只要可以讓我活著對我的愛人羅密歐做一個純淨無瑕的妻子，我都願意毫不恐懼、毫不遲疑地做去」時，勞倫斯為她想的也就是這樣一個能在「經過 42 小時，然後妳就彷彿

(七、藥物)

從一場酣夢中醒了過來」的辦法。

不論在西元 1303 年發生在維洛納的悲劇事件裡,還是兩位義大利作家所寫的故事中,或是亞瑟·布魯克的敘事詩裡,可以肯定勞倫斯給茱麗葉的「煉就的汁液」正是一種麻醉劑,可是具有麻醉作用的東西很多,哪一種更可能呢?醫學史家們相信是曼陀羅。

曼陀羅(mandragora,是指果實;曼陀羅草叫「mandrake」)是一種雙子葉植物,大多生長在南歐,尤其是地中海和喜馬拉雅山地區,它那暗綠色的葉子幾乎長達一英尺,開黃綠色或紫紅色的鈴狀小花,結出卵形的橘紅色的漿果,味如蘋果。由於曼陀羅所具有的特異功效,使它在民間和學者中比任何其他植物都特別受到關注。

書上描繪的曼陀羅

結實的曼陀羅

從外形看,曼陀羅有個特別碩大的根,這根會深入到地底下 3、4 英尺,通常是單枝的,有時也分叉成兩枝或三枝。這使它像人,或是像嬰

兒的四肢。按巫術的說法,認為它有雄性和雌性之分:分叉像人軀幹下兩隻腳叉開的是雌性,單枝象男性生殖器的屬雄性。古老的本草書常把後者描繪成有鬍子的男子;雌性則說是女子,有茂密蓬鬆的頭髮,是最難尋求的。古羅馬大科學家老普林尼在《博物志》中則說,春天長成的通常被認為是雄性,秋天長成的是雌性。這後來演變成歐洲人的民間傳說,譬如在英格蘭就有春天的男性曼陀羅和秋天的女性曼陀羅之說。

因為曼陀羅的這種形狀,使古人相信它具有隱祕的力量,具有促進生殖和催情的作用,並獲得「愛的蘋果」(Love Apples)和「阿芙蘿黛蒂的作物」(The Plant of Aphrodite)的別稱。反過來說,神話中的愛神維納斯則有一個「曼陀羅癖」(Mandragoritis)的別號,阿芙蘿黛蒂則被稱為「曼陀羅之妻」(Lady of the mandrake)。

曼陀羅的這種催情作用最早在《聖經》裡有所記述。《聖經・創世紀》第三十章描寫猶太人的祖先之一雅各為了向美貌的表妹拉結求婚,答應替舅舅做七年活;可是到了約定的時間,舅舅卻要把他的大女兒、拉結的姐姐利亞嫁給他。直到他再做了七年活,才得到了拉結。於是「利亞失寵」。有一天,

「割麥子的時候,(雅各和利亞生的兒子)流便往田裡去尋見風茄(即曼陀羅),拿來給他母親利亞。拉結對利亞說,請你把兒子的風茄給我些。利亞說,妳奪了我的丈夫還算小事麼,妳又要奪我兒子的風茄麼。拉結說,為妳兒子的風茄,今夜他可以與妳同寢。到了晚上,雅各從田裡回來,利亞出來迎接他,說,妳要與我同寢,因為我實在用我兒子的風茄,把你雇下了。那一夜,雅各就與她同寢。神應允了利亞,她就懷孕,為雅各生了第五個兒子。」(中國基督教協會印發:《新舊約全書》)

七、藥物

約翰‧米萊斯畫的奧菲莉亞自沉

歷史上有許多有關曼陀羅催情作用的記載。

西元 3 世紀的古羅馬皇帝和學者尤里安（Julian, 約 331–363）自稱信奉異教，因而有「叛教者」之稱。他蔑視基督教頌揚摒棄人世歡樂的所謂「天上的真理」，而宣稱現實人性需求的「地上的真理」；他自己在日常生活中也十分熱衷於享受人間的歡樂。在一封書信中，尤里安就曾對一位友人（Calixenes）承認，他幾乎夜夜都要喝浸泡曼陀羅的汁液，作為催情藥。

到了中世紀，曼陀羅誘發愛情、促進生育的催情作用更被人們所注意。

大阿爾伯圖斯，又稱聖阿爾伯特（Saint Albertus Magnus, 約 1200–1280）是天主教多明我會的主教和哲學家，曾歷時二十年對自然科學各領域和一些人文學科進行詮釋，代表了他那個時代歐洲的全部知識。他在《祕笈》（*The Book of Secrets of Albertus Magnus*）中這樣描寫曼陀羅作為催情藥促使受孕的功效：

「取曼陀羅，調成汁液，供淫婦或其他粗人服用，與年輕人……時會倍感美妙。……並會懷上年輕人的孩子；倘若高興，雙方都有興趣，還可再喝一些之後開始再次作戰。」

3、勞倫斯神父的藥水

在中世紀的黑暗時代，基督教的禁欲主義比任何時候都更嚴酷地鉗制著人的心靈。人們，特別是青年男女，在強大的宗教壓力下，不得不強烈壓抑自己的物質需求，甚至生理上自然的性欲望，結果導致神經及精神疾病。為了在心理上滿足這一欲求，許多年輕女性常常暗地裡將用曼陀羅汁液伴成的藥膏抹在自己的生殖器黏膜上，使她們在意識上產生性幻覺，在這種幻覺中，她們會感到自己身心輕盈，彷彿已經處在飛翔狀態，導致她們誇耀自己能臨風飛行，甚至在受宗教法庭審訊時也承認自己是一個能夠飛行的女巫，結果被以「女巫」論罪處死。研究魔鬼學的專家羅蘭‧維爾納夫（Roland Villeneuve）在《狼人和吸血鬼》中證明，曼陀羅「能使人產生癡呆、嗜睡、陰莖異常勃起等症狀」，「是一種名副其實的魔草，用它擦拭身體，會出現飄飄欲仙的感覺；而服用它的人則會覺得自己變成一種動物」，造成一種「暫短的精神錯亂，或神經衰弱、極度興奮的狀態……」。

中世紀以來，多瑙河下游瓦拉幾亞公國（Walachia）一帶的人在決定年輕女子的婚配時，一般都會舉行一種隆重的儀式，儀式上，奉人形的曼陀羅為命運之神並向它祈禱：「祢，聖者，／祢慈善的聖者，／祢聖潔的聖者，／我獻給祢蜜、酒，麵包和鹽。／讓我知曉命運」，等等。同樣的，曼陀羅還被用來作為幫助離異的夫婦重新結合的媒介。這類儀式有這樣的祈禱辭：

「祢曼陀羅，／祢是慈善女神，／聖者的藥草，／知曉她的命運。／如果她丈夫命定成婚，／這結合是他的命運，／請讓他回來，／重新聚合，／使他們永結聯盟……／給他們第二次機會……／如果上帝希望他們分離，／他們就會分離，／不然的話，／祢慈善女神，／聖者的草，／就帶他們一起，／使他們第二次結合，／讓她家快快活活……」

七、藥物

　　現代化學對曼陀羅進行的研究查明，曼陀羅的根部含有一種屬於顛茄類的生物鹼，有局部麻醉的作用。自古以來，許多學者也都談到它的這一主要藥性。

　　考古學家發現西元前 9 世紀一組被稱為「亞述本草」（Assyrian Herbal）的書板上，曾提到「曼陀羅可用於止痛和催眠」。古希臘「植物學之父」泰奧弗拉斯托斯在《植物研究》、古羅馬最偉大的醫師塞爾蘇斯在《醫學》中，也都有提到曼陀羅有催眠和止痛的作用。古希臘藥物學家迪奧斯寇里斯的《藥物論》對曼陀羅的功效有相當多的描述，其中說到：「曼陀羅……香味甜蜜濃郁，牧羊人食後會不知不覺地入睡。它的止痛效果很好，在切割、燒灼手術中，可籍助它的催眠作用，使人消除疼痛、不再恐懼。」迪奧斯寇里斯特別建議，可將曼陀羅浸泡在酒中，「應用於失眠的人和在切割或燒灼的巨痛中希望陷入麻醉的人」。這裡的希臘原文 ανα;θησταν 被認為是「麻醉」這個術語首次記錄於文獻上。老普林尼在《博物志》甚至提到：「有些人甚至嗅了曼陀羅草便會入睡，對手術的進行全然不知。」此外，古希臘作家弗拉維烏斯·菲洛斯特拉托斯在《阿波羅尼奧斯傳》中指出，曼陀羅是一種「催眠的藥物而不是致人於死的毒物」，古羅馬作家奧維德在《變形記》中也說它能「引起類似死亡的睡眠，卻並不會致命」。

　　在義大利南方小城薩萊諾（Salerno）近旁的卡西諾山（Monte Cassino），有一座隱修院，由基督教隱修制度創始人聖本尼狄克（Saint Benedict, 約 480– 約 547）所創建。這座隱修院曾以傳統的「聖本尼狄克藥酒」為德意志薩克森王朝的最後一任統治者亨利二世治癒他的痼疾腎結石，並因此而聞名。歷史學家和醫學史家研究查明，卡西諾山實際上從一開始就是一間醫院或是醫療中心，保存許多古希臘羅馬的醫學手稿。專家

3、勞倫斯神父的藥水

們從一份9世紀的手稿中發現一段關於「催眠海綿」的描述，說這種「催眠海綿」的主要成分是曼陀羅的汁液，另外再加上新鮮毒芹、天仙子、鴉片等素材，調成溶液，然後用乾燥的乾淨海綿充分吸收溶液，再將這海綿小心晾乾。「當你要用這海綿時，可用溫水濡濕它，置於病人的鼻孔上，使他在深呼吸中入睡」；並說那海綿「適用於需要外科治療之人，使他入睡，從而不感到切割疼痛的催眠藥物。」

曼陀羅的這一麻醉功效，不但被醫生們用於「切割或燒灼」等手術，業餘人士也大多知曉。

直到君士坦丁大帝將基督教定為國教之前，在古羅馬時代，好多位統治者都是以殘酷迫害基督教而聞名的。那些年裡，被處死的基督教徒不計其數，好幾部殉教教徒的名錄被流傳下來，如西元5世紀聖哲羅姆編著的《殉教士傳》等記載。那時，許多猶太婦女就常讓這些甘願為宗教而犧牲的教徒，在上十字架前喝浸泡過曼陀羅的酒，使他們被麻醉得昏昏入睡，以減輕肉體所受的痛楚。也有記載說到，有的基督教徒在釘上十字架後被親友抬去埋葬時，偶爾會出現活過來的人，這時，羅馬士兵受命要斬去他的手足。在這種情形下，也會讓他喝浸泡過曼陀羅的酒。

此外，在古羅馬性放縱的歲月裡，據說也有一些女性能巧妙地利用曼陀羅的麻醉功效。羅馬最有影響力的諷刺詩人尤維納利斯（Juvenal）就曾譴責羅馬的婦女讓丈夫服用曼陀羅，使他們健忘、暈眩。有人相信，拉丁詩人兼哲學家盧克萊修（Lucretius）就是因為經常服用他妻子給予的曼陀羅汁液而精神失常，導致最後自殺的。

由於曼陀羅在人們心目中有這種種奇異的功效，加上常有形體發光的菌類或寄生蟲喜歡附著在它的葉子上面，使它能夠在夜裡發光，於是使它被認為是一種非比尋常的植物，甚至相信它具有魔力，與魔王有連

七、藥物

繫。這讓許多人把它與傳說中的魔王或荷馬史詩中的女巫連繫起來，稱它為「撒旦的蘋果」(Satan's apple)和「喀耳刻的作物」(Ciece's plant)等神奇名號，阿拉伯本草學家伊本・呲娑(Ibn Beithor)又稱它為「魔王的蠟燭」(Devil of Candle)，摩爾人叫它「精靈的燈籠」(Lamp of Elves)。而曼陀羅本身，特別是有關生長和採集，流傳許多有趣、神奇的傳說。

第一個寫到曼陀羅的人是二十卷《上古猶太史》的作者、著名的猶太歷史學家弗雷維厄斯・約瑟夫斯(Flavius Josephus, 37/38–約100)；後來，一位活躍於西元5世紀的植物學家阿普列烏斯・普拉托尼科斯(Apuleius Platonicus)出版了一本《草藥書》(*Herborium*)，其中最後一章不僅說到曼陀羅的醫學和巫術性質，並詳細描述了採集程序；此書現存於大英圖書館，還附有相當清晰的插圖，可惜不幸在火災中遭受損傷。隨著時間的推移，這些描述被添加和虛構了一些富有迷信色彩的細節；最後加上聖希爾德加德的敘述，就更神乎其神了。

出身貴族的德意志女隱修士聖希爾德加德(Saint Hildegard, 1098–1179)是一位神祕主義者，自幼屢稱見異象，43歲起，請人協助將這些「經驗」記錄下來，取名《異象》(*Subtleties*)，敘述二十六次異象的情景，包括異象和預言等方面。在書的第一冊《形形色色的造物異象》(*Subtleties of Diverse Creature*)的「序言」中，聖希爾德加德說：有些草木魔鬼是受不了的，但另有一些，魔鬼不但喜愛，還肯與它接近，例如曼陀羅，「魔王比對其他藥草更直接賦予它力量」，是「黑暗世界的精靈」(dark earth spirits)。她特別指稱曼陀羅是一種與魔鬼結盟的奇特植物。聖希爾德加德對中世紀西方的影響非常大，她的話被當作《聖經》裡的言語般看待，加深了人們對曼陀羅的迷信。

> 3、勞倫斯神父的藥水

神祕主義者希爾德加德

傳說相信，用希爾德加德的話來說，曼陀羅雖然也是從「創造亞當的泥土」裡長出來的，但並不是在任何地方的泥土都會生長。它大多都生長在重刑犯被絞死、往往還能見到絞刑架的濕地裡，很少見到有天然生長的曼陀羅。傳統上相信生長在這種絞刑架底下或埋葬自殺者的十字路口的曼陀羅用起來最有神效。16世紀的英國植物學家約翰·傑勒德（John Gerard）在西元1597年的《草藥志》（Herball）中提到許多有關曼陀羅生長的荒謬傳說，如說男女死刑犯的屍體會讓某種物質滲入絞刑架底下的泥土裡，這才生出了雄性或雌性的曼陀羅。有一位名叫阿爾伯特·瑪麗·施密特（Albert-Marie Schmidt）的研究者在1958年的《曼陀羅》（La Mandragore）一書中認為，曼陀羅生長在絞刑架底下，是因為有些奇偉的男死刑犯，上了絞索之後，頸骨斷裂、脊椎神經嚴重受損，陰莖會自行勃起並流出精液。由譯自法文、於西元1526年由彼得·特雷維茨印行的《格雷特本草書》（Grete Harball）早就指出此類故事，包括採集曼陀羅故事的「荒謬」。

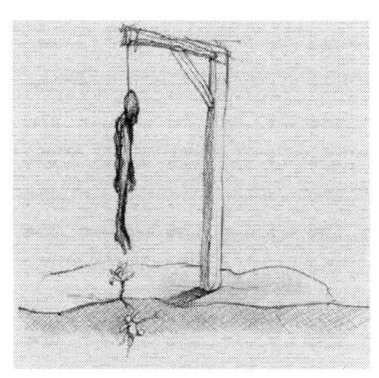

曼陀羅被認為是生長在絞刑架下

七、藥物

　　有關採集曼陀羅的傳說，就更加神奇了。

　　傳說曼陀羅生長在絞刑架下的地底裡，魔鬼就棲居在它的根部，因此當它被拔出來的時候，人就突然會聽到一聲伴有痛苦呻吟的慘烈尖叫，若沒有及時掩住耳朵，這叫聲會將聽者的耳朵震聾，或者震得發狂，甚至被立即震死。為此，人去採集曼陀羅時，為確保安全，得事先用蠟或棉花將耳朵塞住。而關鍵是採集曼陀羅得有個儀式：一、採集時間要在日落之後或者月夜，因為在這段時間裡曼陀羅的能量到達最高點，也有說是得在黎明拂曉時分，或找一個星期五的夜裡；二、採集時先要用雙面刃的劍頭或柳枝的尖頭在曼陀羅的四周畫三圈。完成這一套儀式後，再從逆風處將曼陀羅從地裡拔出來，以免直接聽到它可怕的尖叫。當然，最重要的是不能由人自己親自來拔，而是將一隻餓了多日、經過訓練的狗，最好是白狗，用黑色繩子一端套住狗的脖子，另一頭拴在曼陀羅的根上。狗主人拿一塊肉在遠處引誘牠，餓急了的狗就奮力跳過去搶肉，於是，曼陀羅就被拔出來了。據說，採集到曼陀羅後，狗便會死掉；若沒有死，也必須將牠殺死。在中世紀的藥物學手稿上，不但常把曼陀羅描繪成人的模樣，同時還畫著由狗來協助拔它的場面。有一本《阿普列烏斯的植物標本集》(*Herbarium of Apuleius*) 手稿，其中有幾幅華麗的插圖，表現曼陀羅像一個人站立在一隻狗的背上；或者像一個人的樣子，幾片葉子長在它的頭上，由一隻腰上或頸上拴著鏈子的狗將它拉出來。在另外一部手稿的插圖上，一組醫生在討論醫學問題，原來坐在折疊椅上寫作的迪奧斯寇里斯正伸手接過一株曼陀羅，前景中的那只狗，因被這株植物的叫聲被震死，躺在地上，背景則是一隻光彩照人的開屏孔雀。

3、勞倫斯神父的藥水

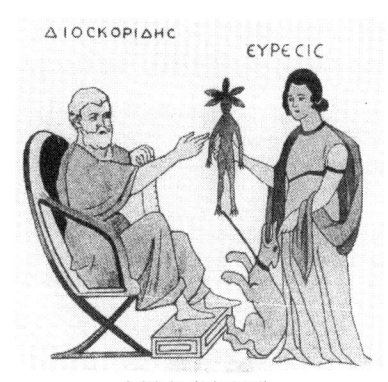

素描畫〈曼陀羅〉

〈採集曼陀羅〉，
1390年一部拉丁文醫學手稿上的插圖

想像中的曼陀羅

　　曼陀羅從地裡拔出之後，要立即用紅酒將它洗淨，穿上白色或紅色的絲織服裝，放進小盒子裡，被視為活物，稱為「絞架小人」(Little Gallows Man)。每個星期五夜裡都要再用紅酒洗淨，每個新月之夜都要穿新服裝。若沒有履行此項最後禮儀，曼陀羅就會失去魔性。聖希爾德加德則說要日日夜夜將它置於泉水中「淨化」。如果這些規定都能做到，據說絞架小人就會說話，回答有關未來的全部問題。它的幸運擁有者此後便不會有仇人，也永遠不再貧窮，因為只要前一個晚上將一枚金幣放在它旁邊，第二天清早便能變為兩枚。不過也不能經常這麼做，否則可能使絞架小人太疲勞，甚至死亡。聖希爾德加德則宣稱，可將「淨化」過後的

291

七、藥物

　　曼陀羅綁在人的胸臆之間三天三夜，再將它分成兩半，綁在人兩隻大腿上三天三夜，最後將左邊的那一半搗碎，混和樟腦吃下，這樣便能實現自己的願望。如果人感到心情憂鬱、悲傷，可將它放在床頭，使它與人一起，被人的體溫暖和起來。這時，就祈禱說：「用大地的泥土毫不費力地造人的上帝啊，現在讓我置身於大地之旁，為的是使我的肉體，感受到你創造時那樣的平靜。」雖然聖希爾德加德宣稱曼陀羅是因為「魔王比對其他藥草更直接賦於它力量，因此，人可以從那裡獲得激發，實現他的願望」，但只能懷有良好的願望，如治療疾病、誘導愛情、促進生育、鎮定睡眠等等；如果「將它用於妖術和怪異的目的，就不再會有功效」。

　　不過這些只是傳說而已，另外還有一些相關傳說。阿拉伯人普遍相信曼陀羅會神奇地為它的所有者效勞，包括能醫治各種疾病，因而它有一個阿拉伯名號，叫阿卜杜爾·塞拉姆（Abdul Selam），意思是「健康之僕」。伊本·吡娑說以色列最偉大的國王所羅門，在他著名的圖章戒指中存放著曼陀羅的汁液，認為這能使他有力量對付各種神怪；而偉大的亞歷山大大帝能夠征服東方，靠的也是曼陀羅的神奇力量。

　　有人甚至相信「奧爾良少女」（La Pucelle d'Orleans）貞德能夠獲得「聖女」（Saint Joan of Arc, 1412?-1431）的美稱，也是靠曼陀羅的的力量。貞德在完成把英格蘭人及其勃艮第同盟者，從法國瓦洛瓦王國驅趕出去這一使命中，聲稱自己常聽到聖蜜雪兒、聖凱薩琳、聖瑪格麗特的聲音，是受到立在她出生地棟雷米村教堂（Domremy village church）裡的這幾位聖徒的聖像指引。她的敵人指控她這是在與魔鬼對話，有些人則認為這「聲音」是她咀嚼曼陀羅引起的幻聽，她把曼陀羅暗藏在胸部。

　　專家說，歐洲的曼陀羅都不是正統的，有些還是冒牌的贗品，甚至有製作出來的。造假者將薯類植物的根部雕刻成人形，上面嵌入麥粒，

3、勞倫斯神父的藥水

埋入土中。一段時間後，麥粒發芽，像是雌性曼陀羅的頭髮，整個形狀和色澤也變得像曼陀羅的根。

遠東是曼陀羅的原生地，那邊的曼陀羅葉大又長，花也漂亮。現在這種曼陀羅即使在以色列的南方也不常見到了，據說只有在以色列北部的著名高地，也就是傳說為耶穌現顯聖容之處的塔博爾山（Mount Tabor），和另一個聖地、耶穌第一次施行神跡的出發點拿撒勒（Nazareth）的幾個山谷，才仍有曼陀羅茂盛地生長。

曼陀羅是亨利八世時代（1509–1547）傳入英格蘭的，到了伊莉莎白時代（1558–1603）獲得了廣泛的聲譽，受到很多人所應用。生活在這個時代的威廉·莎士比亞（1564–1616）無疑曾聽過更多有關它的故事。

莎士比亞作為有史以來最偉大的劇作家，在他的 37、8 部戲劇中，不但描寫了眾多各色人物，還涉及歷史、社會、神話和各種專業知識。讀莎士比亞的作品，可以發現有很多處都涉及植物和醫藥，不僅提到它們的名稱，往往還描寫它們的功效。在《冬天的故事》中，西西里國王之女帕地塔說了一大堆花名及其適合送給什麼人：

「……我父親要我今天擔任主婦的職務：——歡迎，先生。……兩位先生，這迷迭香和芸香是送給你們的；這些可以整個冬天的保持原樣和香味；願你們二位永沫聖恩長毋相忘，……這季節之最美麗的花是康乃馨和一些人所謂天然雜種的斑紋石竹：那種花我們園裡是沒有的，而且我也不喜歡摘取。……這些花是給你們的；濃馥的歐薄荷、薄荷、香薄荷、唇形薄荷；還有晚上和太陽同時去睡，早上又流著淚和太陽同時起來的金盞草：這都是仲夏的花，我想這應該送給中年人。……我希望我有一些春天的花，可以和你的青春相配；以及枝頭高掛含苞未放的蓓蕾：啊普洛塞蘋娜！我希望能有祢驚惶中從（冥王）狄斯車上遺落下來的

七、藥物

花兒！在燕子尚未歸來的時候以美貌迷醉了三月的和風之水仙花；顏色沉暗但是比朱諾的眼瞼或維納斯的呼吸還要香甜的紫羅蘭；像薄命女郎之常受打擊，尚未受到強烈的陽光孕育之前就枯萎而死的櫻草；挺拔的蓮香花和貝母；各種的百合花，鳶尾花是其中之一，啊！我沒有這些花給你紫花圈，也不能給我的好朋友渾身上下的灑！」（梁實秋譯）

《哈姆雷特》第四幕第五場奧菲莉亞也有類似的臺詞。

莎士比亞對植物中的曼陀羅非常熟悉，對它的功效也十分了解，在作品中不止一次提到它。在《奧賽羅》裡，狡詐的伊阿古對被他蒙蔽的奧賽羅說到：曼陀羅是一種「使人昏迷的藥草」。在《安東尼和克莉奧佩特拉》裡，安東尼死後，克莉奧佩特拉十分思念他，就對侍女說：「給我喝一些曼陀羅汁。我的安東尼去了，讓我把這一段長長的時間昏睡過去吧。」莎士比亞甚至在《羅密歐和茱麗葉》裡寫了採集曼陀羅時，這一作物被「拔出地面」時，會發出一陣「尖叫，那聲音使聽到的人發狂」，表明莎士比亞深知曼陀羅從古羅馬時代直到文藝復興時期，如何被人們所了解和應用。而曼陀羅的神祕傳說及其催情和麻醉功效，也符合用在沉醉於愛情中的茱麗葉的故事上。因此，醫學家們更傾向於認為勞倫斯神父給茱麗葉喝的是浸泡過曼陀羅的酒或是曼陀羅蒸餾成的「汁液」。

八、死亡

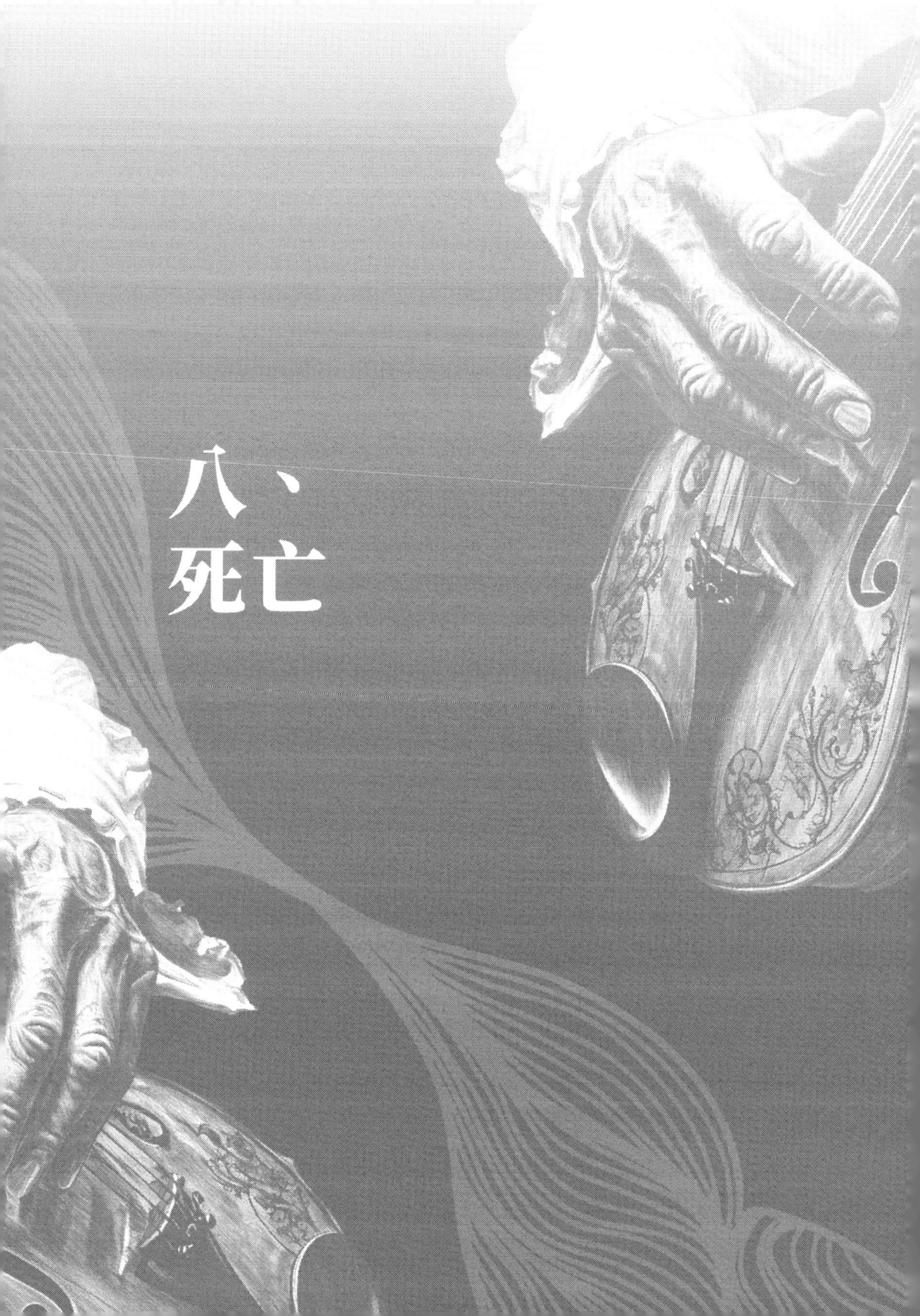

八、死亡

1、「死亡之舞」

在世界歷史上，像 14 世紀這樣多災多難的時期是很少的，尤其在 1350 年代。首先是黑死病，也就是鼠疫，十多年的時間裡，它於西元 1347 年從戈壁灘和中亞傳到義大利北部和普羅旺斯，經羅納河谷北上襲向巴黎。第二年到了葡萄牙和英格蘭，又波及德國，並在斯堪地那維亞半島傳開，並經北方回到俄羅斯。在這場歐洲歷史上的大悲劇中，僅幾個月，便有三分之一的歐洲人死於此病。

隨後是英格蘭和法國因合法繼承法國王位問題，而展開始於西元 1337 年終於 1453 年的「百年戰爭」。從整體形勢來看，最初是英國節節勝利，法國北部全被英軍占領；在「聖女」貞德被英國人作為「女巫」燒死後，法國軍隊連續取得一個接一個的勝利，直到英國在法國的據點波爾多於西元 1453 年陷落。雖然並不是一直連續不停地打，但只要想到這樣的進展過程，就不難想像，會有多少人在這場《世界文明史》描述「大部分時期裡充滿混亂和災難」的一百多年中死去。

「聖女」貞德與英國人作戰

1、「死亡之舞」

不管什麼人，剛剛還是好好的，一下子染上了疾病，很快便死了；早上母親或妻子送兒子和丈夫上前線，下午傳來消息，說已經戰死沙場。在瘟疫和戰爭中，人的命運太難預測了。於是，「死亡對任何人來說都是不可抗拒的」這一思想就很自然地在人們的心中形成。這一普遍思想，作為一種精神或一個觀念，最後昇華為文學藝術的主題，產生出一種類似於當時流行的「道德劇」的戲劇形式，或者是為這類「道德劇」增添了新題材。

與神祕劇、奇蹟劇同時流行於中世紀的道德劇（morality play）可說是戲劇化的寓言，劇中的人物都是一些抽象概念，據《大英百科全書》介紹，「劇情」一般是「圍繞一個正面人物如『人類』而展開，其先天弱點常被人格化的魔鬼的力量如『七大罪』等襲擊，但此人透過選擇贖罪的道路，在其為拯救靈魂的戰鬥中，終於得到上帝的四個女兒（憐憫、正義、節欲和真理）的幫助。這種戲劇是禮拜儀式邁向職業性世俗戲劇的一步……」

新出現的戲劇〈死亡之舞〉（*Dance of Death*），角色也是概念化的人物，主角死神作為「上帝的使者」，而不是「破壞者」和「消滅者」。演出這種戲劇的倫理目的是向人們教導一個真理，即所有的人都一定會死，因此在接受「最後的審判」之前，自己必須作好準備。

〈死亡之舞〉的場景大致是在公共墓地或教堂墓地，有時也在教堂中。幕啟時，一位修道士出來布道，說明死對每個人來說都是必然的、不可避免的。布道結束時，一個個戴傳統死亡面具、穿畫有屍骨的黃色亞麻布緊身衣的人，從通常就在教堂裡的屍骨存放所中步上前臺。其中一個場景是邀請預定要死的犧牲者，第一個犧牲者通常是教皇或者國王。對這邀請，沒有什麼喜不喜歡的考慮，也不能拒絕，任何理由都是

八、死亡

不適當和不充分的。於是，死神最後便將這犧牲者帶走。隨後，第二位使者將一位新的犧牲者的手緊緊抓住，要把他帶走。這新的犧牲者通常是王子或主教。之後再將代表社會各階層的人物依序一一帶走，一般是二十四人。最後以增加了一些教訓的第二次布道結束演出。

〈死亡之舞〉最早見於德國。但目前能讀到的一個演出文本是西元1360年西班牙的版本〈死亡之舞〉(*La Danza General de la Muerte*)。文學史家曾發現可以證明〈死亡之舞〉在宮廷演出的各種資料。資料記載，西元1412年，在卡斯蒂利亞王國國王胡安二世的叔叔、原來替胡安攝政的安特克拉的費爾南多 (Fernando de Antequera) 被選定為阿拉貢王國的國王加冕典禮上，就曾演出過〈死亡之舞〉的戲碼。在這齣戲中，一個戴面具的角色從天而降，他扮演的就是死神。他告訴教士、貴族、商人、律師、醫生和其他的男人和女人，不要忘記，人人都一定會死。這戲的劇本以八行詩的格律寫成，臺詞全是死神與這些人物之間的對白，像是論辯，而沒有動作，也沒有必死的恐懼和設法拯救兩種思想或兩種心理狀態的衝突。但是由於死亡的題材本身所包含的嚴峻性，使〈死亡之舞〉仍然具有相當的戲劇性。

除德國和西班牙外，類似的戲劇表演，在歐洲其他地區也很普遍。文學史家研究，西元1449年，曾在布魯日 (Bruges) 為勃艮第瓦洛瓦家族中最重要的一位公爵、別名「善良的菲力普」的腓力三世演出過；西元1453年，在法國東部的省會城市貝桑松 (Besançon) 也有過一次演出；甚至在巴黎附近著名的「無辜者墓地」(Cimetière des Innocent)，也於西元1424年演出過〈死亡之舞〉。

約翰·利德蓋特 (John Lydgate, 約1370–約1450) 是英國的一位詩人，曾作過本篤會隱修院的見習修士，作品十分豐富，包括寓言詩、宗教抒

情詩等。他有一部作品就叫〈死亡之舞〉（*Dance of Death*）。專家相信，由此可以推斷出，在英國也一定存在過「死亡之舞」的表演。

「死亡之舞」的戲劇，在歐洲是有普遍性的。據 18 世紀的德國哲學家和神學家約翰·赫爾德（Johann Gottfried von Herder）的《禮拜百科全書》（*Kirchenlexkon*）記載，法文的文本，在 15 世紀共有七種，16 世紀有三種，17 世紀有三種，時間不定的有七種；另外，英文文本有五種，義大利文本有四種。這種戲劇的表演模式，大多是死神和犧牲者之間一對一的對話，表現死神的邀請和犧牲者的應答，沒有什麼動作，更沒有心理描述。

在義大利，除了以傳統形式演出如上所述的「死亡之舞」外，還有把死亡作為征服一切的「死的勝利」（Trionfo della Morte）的表演。西元 1559 年，「死的勝利」甚至形成為狂歡慶祝儀式的一部分。這儀式大致上是這樣進行的：天黑之後，一輛被蓋得黑黑的大貨車，由幾頭公牛拉著穿過城市各街道。在車桿的一頭，看到的是死亡天使（Angel of Death）在吹著小號。巨型的死神，手攜一把長柄大鐮刀站立在車頂上，周圍是幾口棺材。貨車的四周全是封閉的墳墓，墓蓋打開，可以見到站著一排人，男的穿畫有骷髏和骨骼的黑色長外套。他們走上前來，在墳墓旁坐下，開始緩緩唱起挽歌，哀悼人的生命短促。這時，在貨車前後，又出現另一些身穿黑衣和白衣、手舉火炬、戴死亡面具的男人；於是，隨著數面旗幟或橫幅展開，一個個骷髏和骨架，騎在瘦得宛如皮包骨的馬上，一邊齊步前進，一邊唱起聲音顫抖的悲歌。

隨著藝術的發展，「死亡之舞」的題材在造型藝術中也得到廣泛的表現。最多是繪畫，不但畫在公墓的圍牆上，畫在屍骨存放所，也畫在殯儀館的小教堂甚至大教堂裡，歐洲大部分的國家都有。巴黎「無辜者公

八、死亡

墓」的「死亡之舞」，作於西元 1425 年，可能是此繪畫主題最古老的作品之一；西元 1450 年和 1500 年間畫於義大利比薩 (Pisa) 公墓的〈死的勝利〉也可稱得上是這一主題最著名的畫作之一。

老布魯蓋爾的名畫〈死的勝利〉

還有一幅 30 公尺大的巨型作品〈魯貝克的死神〉（Death of Lubeck），表現死神與各階層的人，從教皇到嬰兒連續跳死亡之舞。內容是死神在人們的佇列周圍邀請他們一起來跳死亡之舞。他們拒絕，但沒有用。此畫原來作於西元 1463 年，被認為是世界上最早的大型「死亡之舞」作品，但西元 1701 年被一幅新作所取代，不過這幅新作也在第二次世界大戰中遭到毀壞。

15 世紀的壁畫〈死亡之舞〉

「死亡之舞」在中世紀也出現過雕塑作品,最著名的是德國雕塑家和畫家伯恩特・諾特克(Bernt Notke, 約 1430–1501 前)西元 1482 年為愛沙尼亞塔林(Tallinn)的著名祭壇所創作的那一件。

不過,在眾多以「死亡之舞」為題的作品中,影響最大的是小霍爾拜因的同名作品。

出生地存在爭議的漢斯・霍爾拜因(Hans Holbein, THE YOUNG, 1497–1543)父親和叔叔都以晚期哥德畫派而聞名;哥哥也是畫家。霍爾拜因的創作十分豐富,有宗教畫、肖像畫、細密畫、書籍裝幀木刻,還設計珠寶、傢俱,創作室內外的大型壁畫。但在他的所有作品中,最重要的還是題為〈死亡之舞〉(*Todtentanz*)的木刻畫。

霍爾拜因的〈死亡之舞〉共有五十三幅,屬於尺寸較小的木刻畫,由他本人設計和雕刻,內容是從上帝造人起,到第三幅亞當和夏娃被逐出樂園,「死亡」就與人形影不離了。這是為了說明死亡從一開始,就註定是人的必然歸宿。隨後,〈死亡之舞〉逐一闡述「死神出發」、死神被天使所「驅逐」,從而來到「教皇」、「皇帝」、「士兵」、「商人」、「小販」、「老人」、「兒童」、「吝嗇鬼」、「車夫」等不同職業、不同身分的人們跟前,最終將他們帶走,表明死亡對各種人都無一例外。但是霍爾拜因強調,這些人對待死亡的態度各有不同:老年人憧憬永久的安息,以微笑來迎接死亡,於是死神便慈祥地攙扶著他走向墳墓;皇帝雖然不肯捨棄皇冠,商人也一心留戀他的財物,但死神看透人世間的貪婪和虛榮,仍不顧一切執行自己的使命,無情地將其拖走,洋溢著冷峻的諷刺和機智的幽默。在作品中,霍爾拜因竭力讓死亡擬人化,使它具有人的模樣。這並不是製造恐怖,而是讓讀者感到不要小看它的力量。

(八、死亡)

霍爾拜因的組畫〈死亡之舞〉之一：死神與教士

霍爾拜因的〈死亡之舞〉之二

霍爾拜因的〈死亡之舞〉之三

霍爾拜因的〈死亡之舞〉之四

1、「死亡之舞」

霍爾拜因的〈死亡之舞〉之五

也有人說，〈死亡之舞〉本來只有四十一幅圖，由於合乎大眾思潮，一出版很快就非常流行，後來作者才又補充了十幅木刻畫，由他的刻工漢斯‧呂措比格爾（Hans Luetzelburger）在木質很差的版上完成的，他自己只設計了畫面。

一般藝術史上都說霍爾拜因的〈死亡之舞〉是於西元1538年由梅爾基奧爾和加斯帕‧特雷克塞兄弟（Brothers Melchior and Gaspard Trechsel）在里昂出版的。但也有資料說首批書籍早於西元1530年就印出。專家評論說，霍爾拜因的〈死亡之舞〉在每幅2乘2英寸半，也就是比香煙盒還要小一些的空間裡深刻地表現了主題，線條極為經減，卻富有戲劇性，有震撼人的悲劇效果；而呂措比格爾同樣技巧熟練，能將霍爾拜因的優美線條轉換到木板上，兩者獲得成功相互諧調。〈死亡之舞〉被公認是「插圖藝術的最高典範」。

霍爾拜因還創作過一套〈死亡字母〉（The Alphabet of Death）。這是

八、死亡

從 A 到 Z，除了 I 和 U 可以與 J 和 V 互換，按字母順序刻了二十四個字母，每個字母後都有死神在捕捉各階層人物的情節。圖中的字母大約只有一英寸平方，但風格與〈死亡之舞〉十分相近，因為創作的時間比〈死亡之舞〉要早，所以研究者推測，霍爾拜因創作這些插圖可能只是為創作〈死亡之舞〉做準備。

「死亡之舞」作為文學藝術的主題，主要是強調死亡不可抗拒和人人必有一死，不論尊卑皆無法倖免，這一思想廣泛流傳到往後的作品中。

威廉·莎士比亞（1564-1616）的詩句「即使現在沒有到，將來總會降臨」，是最常被人引用的。最著名的 17 世紀法國寓言詩人拉封丹也寫過一首詩〈死神和垂死之人〉，提到「王上的孩子向光明／睜開眼睛的同時，／有時也就是他們永遠／合上眼皮的時辰。」詩的關鍵字句是：「不要以為你出身顯貴，／不要誇耀你是多麼年輕、貌美和有德行，／死神會不顧情面，把一切都奪走，／總有一天全世界的人都要成為她的臣民。」（遠方譯）

湯瑪斯·葛雷（Thomas Gray, 1716-1771）是英國最著名的抒情詩人之一。他的長詩〈墓園挽歌〉（Elegy Written in a Country Churchyard）所強調的同樣也是這一思想：「可以誇耀的閥閱，顯赫的權勢，／美色和財富給予的一切東西，／等著它們的都是那難逃之時──／榮華的道路通向的只是墓地。」（黃杲炘譯）

「死亡之舞」的主題，從本質上說，它傳遞給人的理念是人的無所作為，在死亡面前，人人平等，不必再有什麼奢求，人唯一可做的只有等待死亡，對苦難的現實，也就不妨忍受，因為反正人人都難免一死；或者既然死亡不可避免，那麼及時行樂吧。因此不難想像，「黑死病」流行期間會出現許多道德墮落的事件。

喬治‧桑無疑注意到了這一點。她看了霍爾拜因〈死亡之舞〉中一幅表現農夫和死神的〈扶犁人〉（*Plowman*）（作家稱〈扶犁人〉為 Sueur et usage ——〈汗水和勞作〉）之後，連繫到霍爾拜因〈死亡之舞〉的系列作品，一方面肯定它反映現實的真實性：「霍爾拜因再現了君王、大祭司、情人、賭徒、酒鬼、修女、妓女、強盜、窮人、戰士、僧侶、猶太人、旅行者 —— 他那個時代以及我們這個時代的所有人物。而死神這具幽靈在四處嘲弄、威脅，以戰勝者的姿態出現……」但同時也認為這一類的作品只是「透著難以排解的憂愁，可怕的宿命思想」，覺得這是十分要不得的。她強調，甚至可以說是在呼籲：「不，我們不再著眼於死亡，而要立足於生存。我們不再相信虛無的墳墓，不再相信以無奈的遁世換取靈魂的拯救；我們希望過好日子，希望生活豐富多才。」（林珍妮譯，譯者將法語化了的 Holbein —— 霍爾拜因譯成了奧爾貝納。）有鑑於此，這位法國女作家寫了《魔沼》，一部樂觀的小說。

法國女作家喬治‧桑

八、死亡

2、「木乃伊詛咒」的產生和破解

　　埃及底比斯西部靠近盧克索（Luxor）的地方有一條狹長的山谷，是西元前西元1539年至西元前1075年古埃及從圖特摩斯一世到拉美西斯十一世第十八、十九、二十王朝幾乎所有法老的陵墓所在地，因而有「國王谷」（Valley of Kings）之名。但是這些陵墓，在古代就差不多全都已經被盜掘過，有的甚至在死者的繼承人和子孫在世的時候即被盜墓，只有位於谷底的圖坦卡門的小墓，大概因為被稍微晚一點的一座墓上倒落下來的一堆石塊所掩蓋，才倖免於被盜。

　　圖坦卡門（Tutankhamen）是埃及第十八王朝的法老，從西元前1361年即位，至西元前1352年突然死去，在位僅九年，死時約18歲。

圖坦卡門

　　圖坦卡門的木乃伊在墓中平靜地躺了三千多年，雖然也曾兩度被盜，但仍完好如初，基本上沒有受到破壞，直到西元1930年代。

　　對整個「國王谷」的考古挖掘，開始於1902年。美國的希歐多爾爾·大衛斯（Theodore Davis）工作了十二年，獲得了不少發現之後，於1914年將挖掘權轉讓給了英國的卡那封勳爵和霍華德·卡特。

2、「木乃伊詛咒」的產生和破解

帝王谷

　　卡那封，即喬治‧愛德華‧赫伯特，是這伯爵家族的第五代（Carnarvon, George Edward Stanhope Molyneux Herbert, 5th earl of, 1866–1923），曾就讀於劍橋著名的伊頓學院和三一學院。像許多富有的貴族子弟一樣，他年輕時喜歡賽馬、跑車、攝影，收集稀有版本的書籍和藝術品，還喜歡到鄉村遊玩，外出旅行和考古。並且這些方面他都不是淺嘗則止，確實有所成就。他自始至終都持續記錄自己的這些活動，並成為著名的攝影家、熱情的跑車駕駛員和受人尊重的賽馬飼養員。只是由於一場突然的事故，使他中斷了這一切愛好。

卡那封

　　那是1901年，卡那封因在路上急馳翻車，關節嚴重受損，並引起呼吸困難。醫生警告他說，像他這樣的身體，不適合在寒冷而潮濕多霧的英國過冬，得去比較溫暖乾燥的地方。於是，他在1903年去埃及尋求宜人的氣候。

　　在埃及，愛好考古的卡那封參觀了幾處考古發掘場所，進一步激發了他原有的興趣。於是他自己也開始實地考察起來。但他

八、死亡

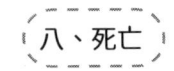

畢竟只是一個業餘愛好者，缺乏這方面的知識。他自己也意識到這一點，便去請教當時替埃及政府進行考古挖掘的主要負責人、著名的法國東方學家馬伯樂（Gaston Maspero）。馬伯樂向卡那封推薦卡特做他的助手。

霍華德·卡特（Howard Carter, 1873-1939）是一位貧窮的動物畫畫家的兒子，對繪畫和古跡很感興趣，17歲時就參加過英國主辦的埃及考古調查，為英國埃及學先驅法蘭西斯·L·格里菲斯（Francis Llewellyn Griffith）臨摹考古發掘墓壁上的畫作。一年後，他有幸在有高度成就的考古學家弗林德斯·皮特里（Sir Flindes Petrie）的指導下，獲得了第一次考古挖掘的經驗；西元1890年被任命為埃及政府的古物總監（Chief Inspector of Antiquities to Egyptian Government）。1902年，在黃陵谷地監督挖掘時，發現了西元前1472及前1458年的古埃及女王哈特謝普蘇特和古埃及第十八王朝國王圖特摩斯四世的墓。

霍華德·卡特

馬伯樂簽署批准在卡那封勛爵開發國王谷的文件時，曾坦率地承認，認為這塊墓區已經被挖掘殆盡，再也不可能挖出什麼有價值的東西了。但是卡特在研究了大衛斯發現的古物之後，相信這裡會有一座圖坦卡門的陵墓，有繼續挖掘的必要。

卡特的挖掘工作從1922年11月1日開始。三天後，他在古代的工房下面發現了第一道通向圖坦卡門墓的石階。第二天，他到達了封閉的墓口，並向遠在倫敦的卡那封發電報，告知自己的發現。

2、「木乃伊詛咒」的產生和破解

圖坦卡門的墓 　　　　　　　　墓穴的門

11月23日，卡那封由女兒伊芙琳夫人（Lady Evelyn）陪同來到盧克索。26日星期天，卡特和卡那封帶著蠟燭打開石門進入陵墓。「你看見什麼了嗎？」卡那封問。「是的，」卡特回答，「盡是奇妙的東西。」（Yes, wonderful things.）在眼睛慢慢適應微弱的燭光之後，浮現出來的，到處是黃金鑄造的雕像和動物等「奇妙的東西」。這是考古史上最重要的發現之一，成為當時世界各國報紙的頭條新聞。在考古學差不多二百年歷史中，從來沒有像這一次引起那麼大的轟動。

有豺守護的入口 　　　　　　　卡特在棺室門口

八、死亡

卡特在工作

　　但是，緊跟——似乎緊跟在這「奇妙」之後，出現了一些一下子難以解釋的事。

　　四個月後，即1923年3月，卡那封勳爵覺得自己突然病了。他極度疲憊，時常高燒；急忙前往埃及首都開羅，高燒仍退不下來。發病的確切原因不明，醫生說是與被一隻蚊子叮咬引起的感染有關。4月5日凌晨快2點時，卡那封陷入垂危狀態，身旁的人聽他不止一次唸著「圖坦卡門」這個名字；迷迷糊糊的最後幾個字是：「完了，我已經聽到召喚，我準備好了。」就在這個時候，全賓館的燈火閃了一下立即熄滅，據說是因為短時間電力不足，全城斷電，陷入黑暗之中，幾分鐘後才恢復。後來，勳爵的兒子說，父親死亡的同時，在他老家英國的莊園，勳爵喜愛的那隻狗也突然慘叫一聲倒地而死。

　　卡那封的病和死，引起人們的種種猜測，最常被提起的是認為這是對不敬神者的報復。更神奇的是，當1925年打開圖坦卡門的木乃伊時，據說發現屍體左臉頰上有一個傷口，正好是卡那封被蚊子叮咬的部位。

2、「木乃伊詛咒」的產生和破解

於是，關於「木乃伊詛咒」的神話更是不脛而走。

「木乃伊詛咒」的神話究竟起自何處，已經無從考證，但這無疑是那段時期，報紙上最常討論的話題和在人們中間傳播得最廣的新聞。

傳來傳去的「詛咒」很多，由真正刻在碑文上的象形文字，翻譯出來的「詛咒」包括「任何懷有不純之心進這墳墓的，我要像扼一隻鳥兒似地扼住他的脖子。」、「任何要毀掉這一切的人，月神透特會毀掉他。」、「誰要毀壞這銘文，他會回不了家，抱不了孩子。他看不到希望。」等幾條。

後來，人們越來越相信這「詛咒」了，因為報紙上報導說愈來愈多死去的人，都與這次考古挖掘工作有關。

牛津考古學家休·伊芙琳-懷特（Hugh Evelyn-White），以前曾在底比斯古代墓地做過考古挖掘工作。這次是跟隨卡特後面第一個進到圖坦卡門墓室、發現這位法老的木乃伊的。他於1924年上吊自殺。自殺前他在給友人的一封信中解釋自己這一極端行為說：「是一句詛咒迫使我離開人世的。」

卡特的私人祕書理查·貝瑟爾（Richard Bethell）也是第一批進入墓室的人。他於1929年45歲壯年之時突發心臟病而死。他父親聽到兒子的死訊後，從倫敦住所的七樓跳樓自殺身亡。

另一位英國科學家，受雇於埃及政府負責用X光透視木乃伊的阿齊巴爾德·道格拉斯·里德（Archibald Douglas Reed），由他第一個解開圖坦卡門的裹屍布。他原本身體健康、強壯，但在對屍體做過透視之後，當天就發病，三天後病逝，沒有人知道他死於何種疾病。

還有，卡特的老師愛德華·內維爾（Edouard Neville），卡特的朋友喬治·傑伊·古爾德（George Jay-Gould），莎草紙學家伯納德·格林菲爾（Bernard Greenfell），美國埃及學家艾倫·恩伯（Aaron Ember），還有

八、死亡

照顧卡那封勛爵的護士，全都死於 1926 年。恩伯還死得格外古怪：為了從失火的家中救出一份他研究多年的古埃及《死者之書》(The Book of Dead)手稿而殞命。卡特的密友，拉弗洛爾教授 (Professor La Fleur) 出於對科學的好奇，來到盧克索協助工作，到達後兩個星期就生了奇怪的病過世了。

1929 年，卡那封勛爵的妻子、年僅 35 歲的阿爾米娜夫人 (Lady Almina)，顯然是因血液循環系統的疾病死在床上。有人說，起因也像她丈夫一樣，是由於蚊蟲叮螫，而且被叮螫的部位也是左臉頰。

在阿爾米娜夫人死後六個月，卡那封勛爵的弟弟，奧布里‧赫伯特陸軍上校 (Colonel Aubrey Herbert) 也因無法解釋的原因而死亡。

還有一位被卡特請來協助的考古學家亞瑟‧梅斯 (Arthur Mace)，進入圖坦卡門墳墓裡的密室之後，立刻就感到虛弱、暈眩，此後更是日漸衰弱，不到幾天，就死在卡那封死前待的同一家旅館。

有人做過統計，說是從發現圖坦卡門墓之後算起，到 1930 年，共有二十二位涉及這一挖掘工作的人非正式死亡，其中有十三人曾直接參與開挖陵墓工作。認為是「木乃伊詛咒」奪走生命的傳言影響非常大，不但報紙上經常以「木乃伊詛咒又害死一個人」、「英國全國處在恐慌中」等標題報導這類所謂「神奇的」非正常死亡，流言故事甚至成為作家的創作題材。一生共創作了一百多部長篇偵探小說的英國女作家阿嘉莎‧克莉絲蒂 (Agatha Christie, 1890–1976) 在她的《埃及墳墓的冒險》(The Adventure Of The Egyptian Tomb) 中描寫了一支考古探險隊在國王谷發現了古代孟赫拉國王 (King-Men-her-Ra) 的墳墓。但當約翰‧威拉德爵士 (Sir John Willard) 一打開封閉的國王密室，立即便突發心臟病而死；他的富有贊助人也隨之死去。接著，參與探險的人員也一個接一個像蒼蠅一樣地倒下。

2、「木乃伊詛咒」的產生和破解

是有什麼詛咒或是存在什麼更邪惡的力量？女作家的主角、比利時偵探赫丘勒·白羅被召來調查。他剛到達開羅，又聽說大都會博物館館長也死了。所有的線索都集中到「木乃伊詛咒」的作用上，但白羅相信這是人為謀殺。這部小說於1924年出版，第二年又再版，1993年還被改編成電視劇。

英國女作家阿嘉莎·克莉絲蒂

不過並不是所有的人都相信所謂「木乃伊詛咒」的作用；實際上，比較理性的人，全都不這樣認為，就連卡特也不信存在什麼「木乃伊詛咒」。

按照傳播者的邏輯，卡特作為開發圖坦卡門墓的主要人物，應屬首當其衝遭受「木乃伊詛咒」的人。但是他卻沒有在打開墓室之後立即，或者至少是幾個月內、幾年之內死於詛咒，而是一直活了十多年，活到1939年66歲高齡。他不信「木乃伊詛咒」，並指責那些傳播「詛咒」的人中間「充滿了愚昧的迷信」，他甚至把這種誇張現象提升到高層次來認知，聲稱「在有些問題上，我們的道德並不像善良人們期望的那樣明顯。」

這種缺乏新聞道德的情況的確存在。美國亞利桑那州的作家約翰·沃恩霍特（John Vomholt, 1951–）對當年的新聞媒體作了深入的調查之後發現，在那些年裡，各報都把「木乃伊詛咒」當成一宗極大的新聞事件（a field day with the curse），任何一個去世的人，只要與卡那封和挖掘圖坦卡

八、死亡

門的墓有一點點關係，都被當作受「木乃伊詛咒」報復的證據予以報導。最明顯的例子是，各報曾競相報導，說圖坦卡門的復仇，甚至奪走了一個與英國遠隔重洋的卡特親人的性命。而事實是，那個死在美國的卡特，與考古學家卡特只是同姓而已，此外毫無任何關聯。其他還有許多被作為「木乃伊詛咒」報導的大新聞，也都是一些牽強附會、甚至捕風捉影的傳言。

有一則流傳甚廣的消息，說卡特和卡那封在探勘了圖坦卡門墓的外觀之後，一天夜裡，帶著金絲雀悄悄潛入內室，發現存放圖坦卡門的金棺。這時，有一條眼鏡蛇爬了進來，咬死了卡特的金絲雀；認為這是圖坦卡門發出的警告，因為眼鏡蛇是法老的守護者。實際上，卡特雖然有一隻他很喜愛的金絲雀，但他把牠送給了朋友明妮·伯頓（Minnie Burton），一直活著，而且很健康；後來明妮又把牠送給了一位銀行經理。

又說卡那封勳爵在開羅賓館去世時，開羅全城燈火熄滅五分鐘。這也是大大被扭曲的新聞。事實是在卡那封死亡的過程中，開羅賓館裡的電燈只有一瞬間閃停，既不是五分鐘，也不是開羅全城。而在開羅這個城市，研究者指出，不事先通知就停電的現象經常發生，即使到今天也是如此。

傳聞還說，卡那封死於開羅賓館的那個晚上，他在英國的愛犬蘇西（Susie）突然慘叫一聲倒地而亡，時間正好是卡那封死的清晨2點。當然，沒有人能釐清這則報導的真假。可疑的是埃及和英格蘭不屬於同一時區，比較可信的是蘇西是死於埃及時間2點鐘，而不是英格蘭時間的2點鐘。等等。另外的許多報導也與事實不符。

埃及學家、紐約大都會藝術博物館館長赫伯特·E·溫洛克（Herbert E. Winlock），曾對發掘圖坦卡門墓之後十二年間的情況進行了研究，發現打開墓室時共有二十六人進入，這二十六人在此後的十年裡，僅有六人去世；到打開石棺時，這二十六人中，只有二十二人進入；這二十二

2、「木乃伊詛咒」的產生和破解

人中，只有二人在之後的十年裡死去。而 1925 年打開圖坦卡門的木乃伊時，所有的在場者全都活超過 1934 年。

最近，加拿大莫納什（Monash）大學的傳染病學和預防醫學專家馬克・R・納爾遜（Mark R.Nelson）在 2002 年的《英國醫學雜誌》（BMJ）上發表了〈對木乃伊詛咒的歷史群體研究〉（The Mummy's Curse: Historical Cohort Study）的論文。納爾遜選擇了四十四位挖掘圖坦卡門墓期間在埃及的西方人，有比利時王族、英國官員和權貴、受埃及政府雇用的專家，有的人是在揭開墳墓封印時在場，有的人是在打開石棺時在場，有的人是在打開棺材或解開木乃伊時在場。納爾遜根據美國《時代雜誌》、《紐約時報》、巴黎《世界報》（Le Monde）和各年的《名人錄》（Who was who）等權威報刊上的傳記資料和訃告，以統計學的方法對這些人的生死年月進行了細緻的研究，得出的結論是：「接觸木乃伊詛咒與生死之間並無必然的連繫，因此沒有證據支持存在木乃伊詛咒。」

那麼如何解釋一些人的死呢？

開羅大學的伊澤丁・塔哈（Dr.Ezzeddin Taha）對博物館工作人員的健康檔案做了檢查，發現他們中的許多人都曾接觸過一種麴黴菌（Asperillus nigor），這種病菌會在墳墓裡存活數千年，使人高燒、疲乏和起疹子。

義大利醫生尼柯拉・迪・波洛（Dr. Nicola Di Paolo）在人類學家們於埃及工作的地方檢測出另外一種麴黴菌（Asperillus ochraceus），認為有可能是這種病菌進入墳墓，對學者造成危害。

1999 年，德國萊比錫大學的微生物學家戈特哈德・克萊默（Gotthard Kramer）檢查分析了四十具木乃伊，鑑定出每一具木乃伊上面都有幾種具有潛在危險的孢子。這些孢子甚至在乾燥、黑暗的墳墓中存活數千年，多數雖然無害，但有一些是可以有毒性的。克萊默說，當墳墓打開、新

八、死亡

鮮空氣進入，這些孢子就會飄到空氣中，「透過鼻子、口腔和眼睛的黏膜進入人體內，導致身體衰弱甚至死亡，特別是免疫系統虛弱的人。」

經過否定木乃伊詛咒的存在和細菌學的研究這正反兩方面的對照，學者們比較相信，所謂「木乃伊詛咒」的死亡，只能透過生物學的研究來尋求解釋。

3、真假安娜塔西亞

俄國在西元 1917 年的「二月革命」之後，沙皇尼古拉二世被迫於 3 月 15 日宣布放棄皇位。兼任內務部長的臨時政府總理格列高利·李沃夫先是將這個末代皇帝扣留在皇村，計劃把他和他的家族送往英格蘭；但因為彼得格勒蘇維埃反對這樣做，於是改送他們去西伯利亞的托博爾斯克。十月革命後隔年的 4 月，他們被押送至烏拉爾的葉卡捷琳堡，即後來蘇維埃時期稱為斯維爾德洛夫斯克的地方。但是到了 6、7 月，政治、軍事形勢一下子發生了劇烈變化。

沙皇尼古拉一家

3、真假安娜塔西亞

國外的保皇勢力一直在計劃設法讓尼古拉逃脫。在此前後，美國人和英國人在摩爾曼斯克登陸，沙皇的將軍又組織了一支白衛志願軍；更主要的是一支叛亂的捷克白軍軍團在5月底占領了位於烏拉爾山脈東麓的車里雅賓斯克，不但切斷了當局與中央各省的連繫，和莫斯科與彼得格勒之間的連繫；還以這個樞紐站為出發點，從兩側控制著鐵路幹線，並分三路前進，其中北路的大軍便是朝葉卡捷琳堡挺進，目的是企圖劫持被囚禁在那裡的尼古拉一家。最初以為將沙皇一家從托博爾斯克遷出來，是便於把他們遷到後方，可以避免一切麻煩；如今，這後方也變成了前方，而且隨著時間的逼近，烏拉爾受到的威脅越來越嚴重。於是，烏拉爾的蘇維埃執委會執行來自中央的命令，將沙皇全家處死。

7月16日或17日凌晨，十一名布爾什維克士兵把已經入睡的沙皇、原是普魯士公主的皇后亞歷山德拉、患血友病的兒子阿列克謝、四個女兒一家七人，連同四個親信叫醒，聲稱白軍正在向這裡進攻，可能會遭到炮擊，要他們從樓上遷到樓下。但在他們進入一個半地下室似的房間後，警衛隊長打開一份文件說：「現在宣布烏拉爾工農兵代表蘇維埃的決定。……」隨後就開槍射擊。

沙皇一家被押送到地下室槍殺

八、死亡

尼古拉和皇后立即斃命，22歲的大女兒奧爾迦，還有家庭醫生葉夫根尼·波特金（Evgeni Botkin）、廚師和隨從也跟著死去。阿列克謝倒在地上，痛苦呻吟，一個士兵對準他的腦袋開了一槍。但21歲的塔吉雅娜、19歲的瑪麗亞和17歲的安娜塔西亞沒有死：這三姐妹為了偷帶鑽石，曾暗中將它們大量地縫在自己的內衣上，擋得子彈只是在室內亂飛，卻未能擊中她們的致命部位。

事件過後，烏拉爾方面連夜把屍體運往離城17俄里一處荒涼偏僻的「四兄弟荒地」埋葬。後又考慮要將這些屍體火化揚灰，不留痕跡，以免復仇者以後有可能藉此舉行宗教儀式。但是等到去挖掘屍體進行焚燒時，據說發現少了兩具。有人說安娜塔西亞和她的姐姐最後還是被用刺刀和槍托被了結了生命，但有人仍然不相信她們真的死了。這一傳聞引出了許多有關這個羅曼諾夫家族後裔的傳奇故事。

為了獲得皇族後裔的榮譽，也為了錢。不但沙皇在西方銀行尚有巨額存款，而且只要提起是末代沙皇家族中的倖存者，自會有人給他們錢。於是，幾十年來，竟出現上百名自稱是末代沙皇後裔的人，俄國的、德國的、美國的、奧地利的，幾乎哪一個國家的人都有，而且每一個沙皇子女都曾被冒充過。

第二次世界大戰結束後，在德國的烏爾姆，有一個自稱是阿列克謝的人。他說自己原來是紅軍少校，因皇室身分被軍隊開除。有人為他提供了庇護權，他到臨死前才承認自己是在說謊。

另一個「沙皇王儲」是一個美國人，他是一名馬術運動員，雖然骨折十一次，對患血友病的真阿列克謝來說是完全不可想像的，但是盲目的人們還是相信了他，他「阿列克謝」商標的俄羅斯伏特加酒一度成為非常暢銷的商品。

3、真假安娜塔西亞

還有一個叫戈萊涅夫斯基的波蘭人,聲稱自己就是阿列克謝,是當時一位長官基於同情,將他從地下室裡放了出來,使他得以逃到波蘭。他於1960年在美國取得美國國籍,還向美國的銀行提出要求,想得到沙皇所存的4億美元財產。但他編造的故事根本不能自圓其說,最後於1993年死於貧困。

甚至直到1996年DNA檢測技術已經相當普遍成熟了,還有最後一個嘗試者自稱是王儲的兒子。

不但是阿列克謝,他的四個姐姐也無一不被冒充過,其中最常被冒充的是安娜塔西亞,個個都聲稱自己當時奇蹟般地被救出來。到1970年止,僅僅正式提出法律訴訟的「安娜塔西亞」就有三十多人。如1920年,一名女青年從西伯利亞朝中國方向逃跑失敗,被判處死刑。但當她辯稱說自己就是安娜塔西亞時,竟得救了,法官改判她坐牢。而影響最大的要數一位化名安娜‧安德遜(Anna Anderson)的年輕女子。

大公爵尼古拉耶夫娜‧安娜塔西亞公主(Princess Nikolayevna Anastasia, 1901–1918)是尼古拉二世四個女兒中最小、也是最聰明的一個。

安娜塔西亞有一頭棕色或說是金色的閃亮頭髮,和一對藍色的眼睛,像她的母親和姐姐一樣非常漂亮,雖然以她的年齡來說,略嫌胖了一些。她有十分卓越的模仿才能,愛開玩笑,甚至喜歡胡鬧。她童年時代的遊戲夥伴、波特金醫生的女兒塔吉雅娜‧波特金(Tatiana Botkin)說她的個性「天真、活潑……又淘氣」;她的表姐克謝尼雅公主(Princess Xenia)也說她「任性而放肆、容易興奮」。但同時,安娜塔西亞也有性情溫和、感情細膩的一面。她非常愛她患病的弟弟。血友病使阿列克謝稍一碰撞就痛苦異常,他喜歡整天沉鬱在孤獨之中,不願與人待在一起,安娜塔西亞就處處都很體貼他。她還很愛她的狗,當傑米因死於腦病的

八、死亡

時候,她感到格外沮喪;後來她要來的一隻長毛垂耳狗,也與他們全家一起被處死了。安娜塔西亞與三姐瑪麗亞同住一間臥室,她們的房間與奧爾迦和塔吉雅娜的相鄰,與父母的住處則隔得遠一些。她們的生活很簡樸,睡硬床、洗冷水澡。無論去哪裡,即使去德國找她們舅舅,也帶著她們的硬床。像她的姐姐一樣,安娜塔西亞說法語、英語和俄語,只是因為一直與外界隔離,她的俄語非常稚嫩。

安娜塔西亞公主

安娜·安德遜第一次露面是在葉卡捷琳堡槍殺事件之後十九個月,即 1920 年的 2 月。

2 月 17 日的晚上,這名年輕女子在柏林的一座橋上企圖跳河自殺,被員警救起,送往一家醫院。問她姓名和情況,她什麼都不肯說,並拒絕回答任何有關她身世的問題。因此,警方以為她是一個精神病患,將她送進了精神病院。在那裡,有人辨認說她是塔吉雅娜公主,但她對此不置可否,只說:「我從沒說過我是塔吉雅娜。」後來給她看一張沙皇女兒的名單,她把一個個名字都劃掉,只剩安娜塔西亞一個留著。最後她

3、真假安娜塔西亞

聲稱或說「承認」自己是羅曼諾夫家族的小女兒安娜塔西亞，在葉卡捷琳堡的地下室裡被刺刀刺傷，因為這刺刀太鈍，沒有將她刺死。不過當時她已經暈過去了，什麼也不知道。在一片混亂之中，一位叫柴可夫斯基的士兵看到她還有動靜，便救了她。這名士兵幫助她乘上一輛馬車，越過俄國邊境，來到羅馬尼亞。後來她嫁給了柴可夫斯基，在他於巷戰中犧牲後，她為他生下一個兒子，這兒子被送進了一家孤兒院。她原想從德國母親的親戚那裡尋求幫助，但是他們都不相信她的身分。她在柏林遊蕩時，曾走到她母親的表姐妹伊雷妮（Irene）公主的邸宅前，又怕沒有人會認出她，也就沒有進去。最後她實在心灰意冷了，便想投河自殺。從精神病院出來後，她靠著一些同情者的施捨生活。

影響最大的冒充者
安娜‧安德遜

故事彷彿無可挑剔，許多人相信，也有許多人不信。但不管信不信，過了一段時間，在她開始自稱是安娜‧安德遜之後，兩方人士都對她非常關注。

後來曾有一位皇后的宮廷侍女前來，躲在暗處悄悄地仔細端詳過她之後，說了句「這女子是騙子」，就憤憤地走了。安娜塔西亞的家庭教師彼埃爾‧吉利爾（Pierre Gilliard）第一次見到安德遜時，認為她有可能是，但後來改變了看法，說她算得上是「第一個少見的女演員。」安娜塔西亞的親戚采齊莉厄女王儲（Crown Princess Cecilie）相信這個叫安娜‧安德遜的女子就是他們離散的大公主，可是她的兒子路易‧斐迪南（Louis Ferdinand）和他妻子基拉（Kyra）都不相信。安娜塔西亞的姑姑奧爾迦大公爵（Grand Duchess Olga）見過安德遜多次，剛開始時看法有些搖擺不定，最後還是宣稱她不是安娜塔西亞。1928年10月，羅曼諾夫家族的幾位成員和亞歷山德拉的三位親戚發表了一份聯

[八、死亡]

合聲明，宣稱「現在住在紐約的那名女子不是安娜塔西亞公主」。還有一位羅曼諾夫家族的旁系親戚，據說從某個小小的生活細節，認定她是冒充安娜塔西亞的騙子。

但更多人都堅定地認為安德遜就是安娜塔西亞確實無疑。

伊雷妮公主也見過這個女人，起初她否認她是安娜塔西亞，但過後又惋惜自己說錯了話，承認「她是很像，她是很像」。伊雷妮的兒子西吉斯蒙德親王（Prince Sigismund）是安娜塔西亞童年時的朋友，他向安德遜提出一連串問題，她的回答使他相信她確實是安娜塔西亞。還有1920年流亡西方的「絕對芭蕾舞女演員」瑪蒂爾德·克謝辛斯卡（Mathilde Kschessinska），她婚前是尼古拉二世的情婦，與沙皇全家也都很熟。她說安德遜長著一雙尼古拉的眼睛，見到她時就以「這位皇帝的眼神」看著她，肯定是安娜塔西亞。還有尼古拉二世的堂兄弟、亞歷山大大公爵（Grand Duke Alexander），他在與安德遜共處兩天之後竟大聲驚叫道：「我見到尼基的女兒了！我見到尼基的女兒了！」另外一些羅曼諾夫家族流亡在西方的親戚，包括克謝尼雅公主，塔吉雅娜·波特金和他哥哥格列勃（Glib）在內，都說這位體弱多病的年輕女子所講的事，的確都只有沙皇皇宮裡的人才可能知道的，堅信她很像安娜塔西亞，甚至真的就是安娜塔西亞。格列勃小時畫過幾幅動物畫，他在畫上讓那些小東西穿上宮廷服裝，安娜塔西亞看了非常喜歡。他第一次見安德遜時，就拿畫「滑稽動物」這件小事問她，安德遜的回答表明她似乎完全記得這些小事，使他相信，她是安娜塔西亞。安德遜甚至還提到一件事，說安娜塔西亞的叔叔、大公爵黑森的恩斯特（Grand Duke Ernst of Hesse）曾於1916年造訪俄國。因為這年奧地利和俄國正處於交戰之中，恩斯特便憤怒地否認曾有此事。但是在差不多四十年之後，奧皇的繼子於1966年證實，

3、真假安娜塔西亞

恩斯特那年的確有過這次祕密造訪。人們認為，要是安德遜不是安娜塔西亞，她怎麼會知道這麼機密的事呢？甚至連懷疑者提出她從不講俄語使人不得不懷疑她俄國公主的身分時，支持者也覺得這是完全合情合理的：因為當時皇宮裡都習慣講法語，而且安德遜自己說過，她和她的全家都被那些講俄語的人殺害，她恨那些講俄語的人，她為什麼還要講俄語呢？何況他人用俄語向她提問，她都能夠聽懂，然後再以英語、德語或法語回答。這樣的語言能力，又恰好可以證明一般的冒充者，例如一個普通工人是不可能掌握的。

只是無論是懷疑的人，還是肯定的人，雙方都沒有確鑿的證據，他們對自己和對方的看法既不能予以證實，又不能給予否定，使安德遜的故事變得更加有趣、更為誘人。故事被寫成小說，被編成戲劇和電影。其中最著名的是20世紀福克斯電影公司攝於1956年、中文譯為《真假公主》的影片《安娜塔西亞》。以扮演《北非諜影》等影片主角而聞名的漂亮瑞典女演員英格麗·褒曼（Ingrid Bergman）和尤·伯連納、海倫·海絲等知名演員主演了這部電影，電影上映後立即取得橫跨全世界的巨大成功。鮑斯萊·克勞瑟在《紐約時報》上寫道：「褒曼小姐的表演超群絕倫。這一塑造得絕妙的演出是應該授予學院獎的。」凱特·卡梅倫在《每日新聞》上甚至說：「如果好萊塢把更多的時間、金錢和才能都花在像《真假公主》這樣的影片上，就不會為今日影業的前途擔憂了。」當年秋天，褒曼繼1944年的《煤氣燈下》之後，第二次在沒有任何爭論的情況下，獲得奧斯卡最佳女主角獎。

安德遜一直完全是一副皇室公主的作風。她目中無人，時常要指責別人，甚至對她的支持者也表現得傲慢無理，不時與這些供養她的人發生爭執；她還多次裸露軀體跑來跑去，毫無教養，不像一個公主。但支

八、死亡

持者非常理解她、體諒她,認為像安娜塔西亞這樣一個目睹全家遭受殺害、連自己都差點死於非命的女性,精神自然是會受到嚴重傷害。後來,安德遜又提出,說她父親,也就是尼古拉二世在「二月革命」前在美國和英國存有一筆鉅款,她要領回。可是她既沒有或說找不到這些錢的存款帳號,又沒有一個法院能夠證實她的皇族身分,自然只好被擱置著。她向西德最高法庭提出有關身分的上訴,也同樣因為缺乏證據而被駁回。她不服,聲稱不妨獲取安娜塔西亞的指紋來與她的指紋作對照證明,當然這是不可能的。雖然如此,這個神祕女人仍然有她特殊的誘人之處。一位流亡國外的舊俄前騎兵團騎兵大尉,一直協助她為取得那筆巨額存款進行法律程序達五十年之久;她最後的十五年與美國維吉尼亞州夏洛特維爾(Charlottesville)一位富有的歷史學家約翰‧馬納漢(John Manahan)結婚,最後於1984年因肺炎去世之時,都堅稱自己是安娜塔西亞。死後,她丈夫根據她生前的要求,將她的屍體火化,並看著她的骨灰在屬於羅曼諾夫家族德國直系親屬的墓地上飛得無影無蹤。

安德遜的墓

其實,事情的真實性是早就有點眉目的。

黑森的恩斯特一直對安德遜的陳述持懷疑態度。他深入進行調查,

3、真假安娜塔西亞

最後找到一個女人。她慎重聲明，她與這個叫安娜・安德遜的人相識，1920年以前她們曾住在一起，她正好是在安娜塔西亞的事件之前失蹤的，實際上她是一家波蘭工廠裡的工人，名字叫弗蘭齊斯卡・尚斯可夫斯卡（Franziska Schanzkowska）。但是很多人認為這是為找證據而進行的調查，動機不純，因此不可信。他們寧可相信傳聞，而不願相信事實，以致使情況一直拖延了下去。

事情也確實撲朔迷離。安德遜還曾展示自己身上的傷疤，說是那天夜裡被士兵的刺刀和槍把扎傷的。調查資料卻指證說這是她在工廠裡被手榴彈炸傷的。但好多位人類學家研究她和安娜塔西亞的照片後，認為兩人的臉孔非常非常像。奧托・雷克博士（Dr.Otto Reche）是德國一位著名的人類學家，他1964年在法庭上作證說，安德遜和安娜塔西亞如果不是同一個人，就是同卵雙胞胎。另外，安德遜和安娜塔西亞還有其他生理上的相似之處，例如她們的腳上都有一處畸形。一位筆跡專家不肯作證，但發誓說她是安娜塔西亞。案件一直拖到1970年，法庭的最終裁決是，安德遜並非不是安娜塔西亞，但她也不能證明自己是安娜塔西亞。可1977年，有崇高威望的法醫專家莫里茨・富特邁爾博士（Dr.Moritz Furtmayr）認定安德遜是安娜塔西亞。

1989年在葉卡捷琳堡附近的沼澤地裡發現羅曼諾夫家族成員的屍骸，為研究人員透過DNA——去氧核糖核酸檢驗，來破解安娜塔西亞這個傳奇故事，提供了有力的科學證據。

伊莉莎白女王的丈夫菲利普親王是沙皇皇后亞歷山德拉的姪外孫，他同意提供自己的血液。1993年，將這血液樣本與屍骨作對照，經歷七個月的化驗，證明菲利普親王98.5%可能是屬於羅曼諾夫家族，後來的種種檢驗顯示出更高的機率。

> 八、死亡

科學家研究安德遜的身分

　　隨後，從安德遜曾在那裡住院的夏洛特維爾醫院得到她作手術時按慣例保存下來的組織標本，將其組織細胞中的 DNA 與葉卡捷琳堡骨骸中提取的 DNA 作對比，證明它們來自完全沒有血緣關係的兩個人。

　　最後又從一位波蘭農民身上提取血液樣本，他是弗蘭齊斯卡·尚斯可夫斯卡的姪孫子，將安德遜組織細胞中的 DNA 與他的血液樣本進行對照，化驗結果是 100% 吻合，說明她不是安娜塔西亞，而是以前指認的弗蘭齊斯卡·尚斯可夫斯卡這個女工。

　　傳奇的面紗揭開了，疑案終於在 1996 年得到了釐清，安娜·安德遜被認為是冒牌的安娜塔西亞。但是她的支持者仍不服輸，他們堅信她是真正的安娜塔西亞，那所謂的 DNA 組織檢驗是不真實的。難道安娜塔西亞的故事還有什麼永無止境的傳奇性嗎？

4、「吸血鬼」傳說的終結

　　西元 1693 年，一家報紙披露，有一具據說是被魔鬼抓獲的屍體，全身充滿鮮血。於是，相信墳墓裡有滿身是血的屍體的說法就在歐洲南部整個巴爾幹地區流傳開來了。英格蘭韋靈伯勒的阿奎里安公司出版於

4、「吸血鬼」傳說的終結

1980年的《歐洲的吸血鬼》(M. Summers: *The vampire of Europe*)描述當時的情形說:

「村子裡的居民看到一個鬼魂，以一隻狗的形體出現在一些人的面前，而出現在另一些人的面前時，樣子又像一個瘦削、醜陋、可怕的男人；而且不僅一個人看到，許多人都看到，引起極大的驚恐和擔憂，怕遭它猛烈的襲擊，怕被它扼住咽喉窒息而死。這鬼魂甚至襲擊各種動物，發現有幾頭牛遭它沉重攻擊後差點死掉。」

此後，有關吸血鬼的傳說越來越多，其中最著名的出現在西元1731年–1732年冬，發源於巴爾幹山脈和喀爾巴阡山脈旁塞爾維亞地區的梅德維傑亞村(Serbian village of Medvedja)。一個名叫阿諾德·泡勒(Arnold Paole)的農民，五年前從裝載乾草的車上跌下摔死。現在，據說他已經變成為吸血鬼，害死幾個農民和不少家畜。這一駭人聽聞的傳說在人們之間轟動一時，並引起當局的注意，立即正式進行調查。調查報告發表後，甚至對西方都產生很大的影響：法國國王路易十五指示他的首席大臣黎塞留寫一份詳細報告給他；在巴黎很有影響力的《拾穗者》雜誌在西元1732年3月3日出版的一期中，詳盡描述了這一事件，在法語裡首次用了vampyre（吸血鬼）這個新詞；同年3月11日的《倫敦日報》也刊登報導文章。《拾穗者》在兩周後又刊出專集，聲稱以後還要請些科學家對吸血鬼現象作出解釋。自此之後，西方不少人開始對吸血鬼進行研究，寫出了一系列文章和論著，同時，「吸血鬼」一詞也開始以vampyre、vampyr、vampire等不同拼法出現於文中。

這正是西元1680年起始於英國、隨後擴散到整個歐洲的啟蒙運動時期，歷史上很少有哪一個運動像它那樣對人的思想和行動產生如此深刻的影響。這個運動的思想重點是對理性的運用和讚揚，其中最重要的觀念之一是相信人類能夠擺脫愚昧、按照理性生活，如果人類在理性的方

八、死亡

針下拋棄迷信和偏見,人類前途便充滿希望,會出現「天堂般的城市」。

在這樣的時候,竟會有如此多的人傳播吸血鬼迷信,不得不使集中展現啟蒙思想的法國思想家伏爾泰(Voltaire, 1694–1778)在他編著的《哲學辭典》「吸血鬼」這一條目中,以他一貫的筆法盡情地諷刺:

法國思想家伏爾泰

「什麼!18世紀了居然還有吸血鬼!⋯⋯人們竟然相信有吸血鬼!而一向受人尊敬的卡爾梅神父、身兼聖瓦恩和聖伊迪爾夫兩所修會的修士,同時也是擁有十萬里弗爾歲入的塞農修道院的院長,卻由索邦神學院的瑪律西里簽署批准,一再出版關於吸血鬼的故事!

「這些吸血鬼是一些死人,夜間從墳墓出來吸活人的血,在脖子或肚子上吸完血後再回到墓穴。⋯⋯在波蘭、匈牙利、西利西亞、摩爾達維亞、奧地利以及洛林等地,都有這類事件。在倫敦和巴黎,從來沒有人談起吸血鬼。不過我承認,這兩個城市充斥著投機客、飯店老闆和生意人,他們成天吸人民的血,過著行屍走肉的生活。這些真正的吸血鬼住的不是墳墓,而是非常舒適豪華的宅邸。」

讓·雅克·盧梭(Jean-Jacques Rousseau, 1712–1778)本質上是反理性主義者,認為把理性視為行為的道標,就像是依靠一根折斷的蘆葦。但對吸血鬼的迷信,他在給一位友人的信中(Lettre à Christophe de Beaumont),也以挖苦的筆調抱怨說:

法國作家讓-雅克·盧梭

「如果說世界上有什麼得到很好證明的故事,那就是吸血鬼的故事。口頭審問、著名人物、外科

醫師、教士和地方官員提供的證據,件件不缺。有了這一切,還有誰會不相信吸血鬼呢?」

問題是人性的深處永遠擺脫不了某種對於神祕難以理喻的敏感,使吸血鬼的傳說能夠輕易地被人接受。

奧古斯丁・卡爾梅(Augustin Calmet),這位尊敬的法國神父在他出版於西元 1746 年的《論天使、魔鬼和精靈的顯現與吸血鬼在匈牙利、波希米亞、莫拉維亞的轉世》(*Dissertations sur les apparitions des anges, des demons et des esprits et vampires de Hongrie, de Boheme, de Moravie*)中肯定說道:

「本世紀,從差不多六十年前起,一種新的場景展示在我們眼前。看到已經死去好多年,至少是好幾個月的人轉世回來,說話、行走、侵擾村莊、殘害人畜,吸他們親人的血,使他們得病,最後死去。自古以來大概從沒有看到或聽說過這類事情。」

法國神父卡爾梅

卡爾梅根據歐洲報刊上發表和轉載的消息和調查報告寫了很多書和文章,他相信這些都是「最真實、最確切無疑的紀錄」。特別引起他注意的是匈牙利的一則吸血鬼傳聞。這傳聞說這個吸血鬼在半個月裡害死他五個姪兒女中的三個和一個親兄弟。他的另一個姪女,作為他的第五個

八、死亡

犧牲者，也已經被他吸過兩次血，雖然被制止了，但這個美麗的少女，因為被折磨得太厲害了，已經顯得衰弱無力、萎靡不振。

想像中的吸血鬼

這是一個由塞爾維亞總督符騰堡的查理・亞歷山大公爵率領、有日爾曼王國的檢察官等參加人數眾多的代表團，在離貝爾格勒不遠處調查時親眼看到的。據說，這個害人的吸血鬼是三年前入土的。眾人打開他的墳墓，果然「發現裡面有一個人，看起來和在場的活人一樣健全，軀體完好無損。他的頭髮、汗毛、指甲、牙齒，以及半閉的眼睛，都無異於我們這些人，而且他的心臟還在跳動呢！」卡爾梅這樣記載。隨後，當準備將這吸血鬼的屍體從墳墓裡拉出來時，發現他的身體雖然並不柔軟，肌肉、骨骼卻都一應俱全。有人用鐵標槍刺穿他的心臟，立即噴出一股血，還有大量偏白的液體；後來有人用斧頭砍下他的腦袋，則噴出更多的血和這種液體。最後，大家將這具遺體扔回墓穴，然後覆以大量生石灰。據說，「這時他那被吸過兩次血的姪女才稍稍好轉。其他受害者身上被吸血的部位，形成一塊瘀青。」……卡爾梅堅稱，上述所有紀錄，「是一件眾所周知的事實，有最可靠的文件可資證明，而且有一千三百多位值得信賴的人士親眼看見。」

根據人類學家從相信吸血鬼的人那裡收集到的資料，結合歷史性的

4、「吸血鬼」傳說的終結

紀錄，有關吸血鬼的事，可以重建出一些完整的資料：

人死之後，如果他的屍體從鏡子裡看到他自己的形象，或者在他被埋葬之前有狗、貓或蝙蝠越過他身上，這屍體就會變成一個吸血鬼。屍體是否已經變成為吸血鬼，可疑的跡象主要是軀體外表完好，但全身鼓脹，口鼻流血，生殖器突起；如用木樁打進他的軀體，他還會發出哭聲。吸血鬼通常都是男性，大多是來自農村地區的窮人；他們都是在夜裡活動，在日出和日落之間，他們是無能為力的，必須在原先被埋在土裡的棺材中休息。他們離開墳墓去襲擊人、狗、牛和其他馴養動物，吸他們的血，還會去找女子性交。遭吸血鬼襲擊的人，也會變成吸血鬼，去吃被吸血鬼殺死的動物的肉，成為偉大的情人。吸血鬼的受害者死前都有窒息感。據說狗和狼是跟吸血鬼關係最密切的動物，同時也是吸血鬼最厲害的敵人，因為一個吸血鬼能夠化身為一隻狗，去害死全村所有的狗。這些狗不但會有人的外形，還會以狼或者貓甚至隱形出現。吸血鬼的生命可持續四十天，也有說幾乎可以長到無限期。對付吸血鬼的方法一般包括摩擦大蒜或燃起松脂；聖水能燒灼他們，用十字架碰觸他也有相同效果，尤其是銀製的，由一位受任命、有堅定信念的牧師使用最為有效；將可疑的屍體埋到島上或湖裡去，或者往他的棺材四周潑水，也不失為一種好辦法。

西元1760年起開始的工業革命不僅在技術方面的，同時也是社會經濟和文化方面的變革。隨著對女巫、魔鬼的迷信消失，有關吸血鬼的傳說，也從18世紀下半葉起，慢慢地從巴爾幹地區消失。但是浪漫主義追求奇異和超自然的特性，又使吸血鬼的故事後來在歐洲和美國作家的作品中重新出現。德國浪漫主義先驅沃爾夫岡·馮·歌德曾描寫過吸血鬼，法國很多作家和詩人都對吸血鬼的題材感興趣，如泰奧菲爾·戈蒂埃、

八、死亡

夏爾・波特萊爾等作家,夏爾・諾迪埃把他人撰寫的吸血鬼故事改編為戲劇,大仲馬又把諾迪埃的戲劇再次改編成一齣五幕劇;英國詩人喬治・拜倫也曾想以吸血鬼為題創作。而影響最大的,則是愛爾蘭作家史杜克西元 1797 年在同名小說中所創造的文學人物德古拉(Dracula),被認為是吸血鬼形象的典範。

英國畫家 Philip Burne Jones 畫的〈吸血鬼〉

孟克的畫〈吸血鬼〉

4、「吸血鬼」傳說的終結

從都柏林大學畢業以後，伯蘭・史杜克（Bram Stoker, 1847–1912）最初的十年都是在總統府工作，同時兼任都柏林《郵報》的戲劇評論家。後來他認識了當時英國最著名的演員之一，以藝名亨利・歐文聞名的約翰・亨利・布羅德里布，在歐文租賃倫敦蘭心劇院（Lyceum Theatre）並自任經理期間，史杜克持續為他經營事務，每天代寫書信多達五十封，直至歐文去世。

史杜克從小就喜歡閱讀幻想、離奇的故事，有些吸血鬼故事對他產生很大的影響，以致他自己也想寫一篇描寫吸血鬼的小說。他上大英博物館查閱有關吸血鬼的傳說，甚至當非常熟悉中歐民間傳說的布達佩斯大學教授阿米尼烏斯・范貝里某次途經倫敦時，史杜克就去拜訪了他。從范貝里口中，史杜克得知四百年前有一個叫弗拉德的吸血鬼的真實故事。

弗拉德四世

大約生於西元 1413 年的弗拉德即多瑙河畔瓦拉幾亞（Valachie）公國的督軍弗拉德四世（Vlad IV），他有「特普」（Tapes）和「德古拉」（Dracula）這兩個綽號，前者的意思是「施木樁刑的人」，後者是「魔鬼」或「龍」的別稱。弗拉德還只有 13 歲的時候，曾被土耳其反對者俘虜過；在監禁期間，他獲得了虐待敵人、對他們施以刺刑的嗜好。從西元 1456 年起，他一直是瓦拉幾亞的殘酷統治者，最後被自己人誤認為土耳其人殺死。

八、死亡

愛爾蘭作家伯蘭・史杜克　　史杜克的小說《德古拉》

　　史杜克為「德古拉」這個富有異國情調的名字所吸引，決定用他作為小說的主角。

　　《德古拉》敘述身為公證人的年輕書記喬納森・哈克，被派往去與一位叫德古拉的伯爵洽談伯爵購置房產事宜，工作期間，哈克從檔案的日記、信件上發現這個伯爵可能是一具僵屍，一個夜裡從棺材裡出來的吸血鬼。於是，他就暗中監視他的行徑，雙方展開了一次又一次的鬥爭。起初是德古拉占了上風，得以去吸哈克未婚妻米娜的朋友露西的血，使她血被吸乾而死。但是最後，在范・赫爾辛教授和美國人昆西・莫里斯等人的幫助下，哈克反敗為勝。莫里斯用匕首刺穿德古拉的心臟，這個吸血鬼立刻化為灰燼，消失得無影無蹤，米娜也被解救出來。

　　史杜克在《德古拉》中描寫伯爵迎接哈克時，始終待在原處不跨出一步，「猶如一尊雕像」；而且姿勢也「顯得有點僵硬」。特別是他有力的握手，那手「凍得像冰，簡直像個死人的手，而不是活人的」，且手掌中長有一撮毛。一開始就使讀者對他產生懷疑。接著描繪伯爵的外貌，一個鷹鉤鼻「看起來真像一隻鷹」，兩條濃眉幾乎連成一字眉。他的嘴巴露出殘酷的表情，「閃著白光的牙齒格外銳利，突出在嘴唇上方」。然而他

4、「吸血鬼」傳說的終結

的耳朵卻沒有血色，臉孔也蒼白得嚇人……相貌也不同於常人。後來當哈克勉強睡了幾個小時醒來後，開始刮鬍子時，儘管感到有一隻手按到他的肩上，並且分明還聽到伯爵打招呼的聲音，但是「從鏡子裡我看得見背後的整個房間，卻沒有看到他進來」，而且「鏡子裡更沒有他的倒影！」情節漸入險境。隨著哈克對他的跟蹤，小說描寫哈克親眼目睹一幕幕使他毛骨悚然的景象：他不但看到伯爵從地下室的窗口爬出，「猶如一隻壁虎」沿著城堡的牆壁爬行，還發現他躺在棺材裡，「嘴角滲出一滴滴鮮血，流到下巴和脖子上。深陷而發亮的眼睛，隱沒在浮腫的臉孔裡。」此外，小說還寫到米娜向丈夫述說自己遭伯爵這個吸血鬼襲擊，「用一隻手抓住我的雙手，使我無法動彈，同時用另一隻手提起我的項背，使勁把我的嘴按在他（胸口他自己用長指甲劃破的）破裂的血管上」的可怕情景。所有這些描述，確實符合小說出版時的廣告詞：「世上最恐怖、最令人毛骨悚然的德古拉」（The World's most horrible thriller Dracula），從而吸引了維多利亞時代熱中怪異和超自然現象的讀者，並受到「極其出色」的好評，甚至被評價為與艾蜜莉·勃朗特的《咆哮山莊》和愛倫·坡的《亞瑟府的沒落》相媲美。

1924 年，小說《德古拉》被搬上英國的舞臺，三年後又在紐約百老匯上演。陶德·白朗寧（Tod Browning）根據這部小說拍出的第一部有聲電影，竟成為電影史上的一部名片，為以後眾多同類電影開闢道路。這些電影除了描寫吸血鬼的恐怖外，還讓他帶有性的意識和行為，因此對觀眾特別有吸引力。就在人們為銀幕上的吸血鬼形象既膽戰心驚又激動萬分的時候，德古拉的原型──弗拉德的墳墓於 1931 年被打開，墓中的那具破碎的屍骸，連同一條蛇形項鍊與一件連著金冠、縫有一枚戒指的紅色絲綢斗篷，成為布加勒斯特的貴重收藏，但很快就被盜走。

八、死亡

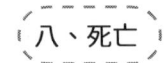

電影《德古拉》的劇照

大仲馬劇中的一個場景

　　如果僅從理性出發，堅信世界上不存在吸血鬼，卻又不能用可信的事實來反證千百年來有關吸血鬼的傳說和種種調查報告的真實性，那麼怎樣調和這兩者之間的矛盾呢？路透社 1998 年 9 月 21 日從舊金山發出的一條消息，為解開吸血鬼之謎嶄露出了一道曙光。這條消息認為西班牙神經病學家胡安・戈麥斯 - 阿隆索博士對吸血鬼的研究可能是一種說得通的解釋。

　　胡安・戈麥斯 - 阿隆索（Juan Gómez-Alonso）是西班牙加利西亞區維哥市克塞拉爾醫院（Hospital Xeral, Vigo [Galicia]）的神經科醫生，他在

4、「吸血鬼」傳說的終結

1998年九月號的《神經學》(*Neurology*)雜誌上發表了一篇注釋多達42條的長文〈狂犬病：吸血鬼傳說的一種可能的解釋〉(Rabies A possible explanation for the vampire legend)，文中聲稱，像吸血鬼這類「貌似怪誕不經的事，有時也可以找到合乎邏輯的解釋。」

戈麥斯-阿隆索說他與其說是從一名觀眾的角度，還不如說是從一位醫生的角度看了根據史杜克的小說改編的電影《德古拉》後，覺得「吸血鬼與狂犬病患者的所作所為，明顯存在一些相似之處。」在這個直覺的推動下，他翻閱了幾乎所有關於吸血鬼的資料，並詳細調查有關狂犬病症狀的統計資料，進行了細緻的科學研究。

戈麥斯-阿隆索指出，愚昧無知和把不理解的現象歸因於超自然力量的萬物有靈論思想，可能是產生吸血鬼傳說的主要根源；另一方面，參與挖掘屍體的教士和希臘東正教教會相信不腐的屍體是魔鬼的徵兆，對吸血鬼傳說的擴大流行產生相當大的影響。但實際上，被誤認存在吸血鬼也是可以提出科學解釋的。

據卡爾梅和其他相關描述，吸血鬼的概念包括兩個部分，即死亡的軀體和復活的軀體，前者可以被叫做「躺著的吸血鬼」(lying vampire)，後者則可稱為「遊蕩的吸血鬼」(wandering vampire)。巴爾幹地區的居民們認為遊蕩的吸血鬼會襲擊人和動物，他們有時是隱形的，有時則以人和動物的形體出現。這些所謂遊蕩的吸血鬼，戈麥斯-阿隆索說，可能就是患有當時尚未意識到是嚴重狂犬病的人或動物，一種中樞神經系統急性病毒性傳染病。戈麥斯-阿隆索指出狂犬病人和所謂吸血鬼之間的相似點包括：認為吸血鬼攻擊性強，而狂犬病患者，由於病毒存在於唾液和其他分泌物中，使他們「在打架和進行性行為時都有用嘴

八、死亡

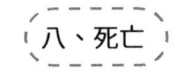

咬的傾向」，統計學資料表明，百分之二十五的狂犬病患者「都有咬人的傾向」；又如相信吸血鬼經常要在夜間找女子性交，而狂犬病對患者調節睡眠週期和性行為那部分的大腦產生的影響，致使夜間行動和性慾過度可能成為狂犬病的「明顯特徵」：根據文獻記載，「某些狂犬病患者每天性交多達三十多次」；再如傳說中吸血鬼對大蒜和鏡子強烈反感，也可以解釋為狂犬病帶來的神經過敏……總之，戈麥斯-阿隆索說，幾乎所有與吸血鬼有關的最常見特徵，都可以解釋為狂犬病的症狀。但是在吸血鬼傳說流行的那個時候，在某種環境下，對狂犬病的診斷，很容易出錯。如果傷口是舊有的，或者傷口不是被狗而是被其他動物咬的，如果感染是由於呼吸或者性交而獲得的，如果病人的狂犬病病情已經發展到出現古怪行為，等等，都可能會出現誤診。還有，戈麥斯-阿隆索說，狂犬病患者攻擊性強和性慾過度，也可能被忽略是此病的症狀，而當作精神疾病。他舉 1984 年《熱帶地理醫學》雜誌上一篇題為〈狂犬病的精神病學表象〉（Psychiatric presentation of rabies）的論文，對一例狂犬病人的描述：

「一無名中年男性……在路上被視為一個『遊蕩的瘋癲病人』，他穿著骯髒邋遢，說話毫無節制，又唱又跳，偶爾還哭泣。他一次次對路過的女性提出性要求。當他試圖襲擊一名女性時，遭到沉重的打擊。」

此病例原來遭到誤診，是經屍體解剖才得以認定是狂犬病患者。甚至在今日也竟是如此，戈麥斯-阿隆索說在 18 世紀，這種情況就更為普遍了，尤其在農村，當狂犬病人在患病或死後被埋葬在陰冷潮濕的地方，更容易被認為是「躺著的吸血鬼」或「遊蕩的吸血鬼」，造成極大的影響。

4、「吸血鬼」傳說的終結

　　吸血鬼的離奇傳說之所以能夠長期存在，是因為它始終被掩蓋在一層神祕面紗底下，當這層神祕面紗被揭開了，它的生命力也會隨之結束，雖然戈麥斯-阿隆索的解釋因為無法重現、因而也就無法予以證明，但也不失為一項可信的、很有價值的研究。

八、死亡

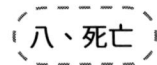

後記

　　二十年前,有一段時間,我熱衷於去圖書館的外文閱覽室瀏覽各種英語和俄語的刊物,選取資料來撰寫隨筆,向當時很受讀者、特別是年輕讀者歡迎的《萬象》雜誌,以及《音樂愛好者》雜誌和《中華讀書報》的「國際文化」專欄投稿,經由陸灝先生、柳立婷、趙雅茹女士和樊瑜先生發表。感謝周實老弟的美意,讓我將這些隨筆匯集成冊,以其中一篇的題目〈帕格尼尼的手〉為題,於2005年由嶽麓出版社出版。2007年,在受吳立昌兄之邀、參與復旦大學中文系現代文學博士研究生的答辯時,復旦大學出版社社長賀聖遂先生和編輯曹珍芬女士得知我曾於2003年由湖南人民出版社出版過一冊題為《天才就是瘋子》的書,而且頗受好評,就表示樂意重印此書,同時還讓我編整一冊此類隨筆集《死亡之吻》,同時於2007年出版。

　　感謝林緻筠經理的厚愛,表示樂意出版這兩冊隨筆集的繁體字版,我便抽掉兩書中部分已在別的著作中寫過的隨筆,重新編成這樣一冊,並換掉原來的黑白插圖,重新配置彩色圖片,封面仍沿用《帕格尼尼的手》,由黃榮華總編輯的崧燁文化出版。今日借此之際,特對以上幾位女士和先生的幫助表示我真誠的謝意。

余鳳高

帕格尼尼的手：

死亡之吻、木乃伊詛咒、吸血鬼傳說……對文藝軼聞趣事的獨到見解，余鳳高藝術隨筆集

作　　　者：余鳳高，馮高	**國家圖書館出版品預行編目資料**
發　行　人：黃振庭	
出　版　者：樂律文化事業有限公司	帕格尼尼的手：死亡之吻、木乃伊詛咒、吸血鬼傳說……對文藝軼聞趣事的獨到見解，余鳳高藝術隨筆集 / 余鳳高，馮高 著. -- 第一版. -- 臺北市：樂律文化事業有限公司，2025.02
發　行　者：崧博出版事業有限公司	
E-mail：sonbookservice@gmail.com	
粉　絲　頁：https://www.facebook.com/sonbookss/	
網　　　址：https://sonbook.net/	面；　公分
地　　　址：台北市中正區重慶南路一段61號8樓	POD版
8F., No.61, Sec. 1, Chongqing S. Rd., Zhongzheng Dist., Taipei City 100, Taiwan	ISBN 978-626-7644-49-2 (平裝)
	855　　　　　　　114000808
電　　　話：(02)2370-3310	
傳　　　真：(02)2388-1990	

印　　　刷：京峯數位服務有限公司
律師顧問：廣華律師事務所 張珮琦律師

-版權聲明────
本書版權為作者所有授權樂律文化事業有限公司獨家發行電子書及繁體書繁體字版。若有其他相關權利及授權需求請與本公司連繫。
未經書面許可，不得複製、發行。

定　　　價：480元
發行日期：2025年02月第一版
◎本書以POD印製

電子書購買

爽讀APP　　臉書